COLLECTION SÉRIE NOIRE
Créée par Marcel Duhamel

Parutions du mois

n° 2313. LES ORPAILLEURS
(THIERRY JONQUET)

n° 2314. VICKY
(STEVE FISHER)

n° 545. FLAMBE LA BARAQUE !
(STEVE FISHER)

n° 2315. UNE POIRE POUR LA SOIF
(JAMES ROSS)

JAMES ROSS

Une poire pour la soif

TRADUIT DE L'AMÉRICAIN
PAR PHILIPPE GARNIER

nrf

GALLIMARD

Titre original :
THEY DON'T DANCE MUCH

PRÉFACE

Nous étions arrivés à Greensboro un peu après midi, ayant musardé toute la matinée à chercher Norwood, Cottonville et la Pee Dee River, juste au nord de la frontière entre les deux Caroline. Cottonville était un bourg si considérable qu'il était miséricordieusement signalé par un panneau vert au bord de la route, marqué « Cottonville » des deux côtés. Norwood pouvait en revanche s'enorgueillir d'un cimetière, d'une église et d'une station-service.

La campagne était triste et grise : des terres à coton poudreuses coupées de bosquets insignifiants. Il faisait froid, malgré la date avancée. Dans le pays on parle encore de cet avril 1983, l'année où les fleurs ont gelé sur tous les pêchers de Géorgie. Il m'avait fallu un sacré bagout et autant de perfidie pour convaincre mon compagnon d'écourter ses vacances et d'abandonner les moiteurs embaumées de Key West afin d'aller rendre visite à un écrivain de soixante-douze ans, parfait inconnu au demeurant, et résidant à plus de quinze cents bornes au nord.

La voiture n'était pas à moi, est-il besoin de le préciser ?

Mais mon compagnon ne s'était pas trop fait tirer l'oreille. Il m'avait suffi de lui dire que mon homme, James Ross, avait en 1940 publié un roman singulier salué par Chandler à l'époque, une histoire bien dure et atroce à mi-chemin entre

Jim Thompson et *Fantasia chez les ploucs*, qui n'avait eu aucun succès et n'était même pas tombé dans les nasses de Marcel Duhamel après la guerre. Il avait dit : en route, tout de suite.

James Ross est né dans Stanly County, dans une ferme près de Norwood ; en un sens, il n'a jamais écrit que sur cette contrée inscrite entre Charlotte et la Pee Dee River, un peu comme Faulkner avec sa saga de Yoknapatawpha County. La région est truffée de patelins avec des noms grecs et romains, comme Concord ou Spartanburg. Dans son roman *They Don't Dance Much*, on trouve un composite de Norwood et des villes avoisinantes nommé Corinth.

Même s'il s'est aussi piètrement vendu lors de sa réédition en 1976 dans la série Lost American Fiction qu'à sa sortie initiale (deux mille deux cents exemplaires, sur un tirage déjà fort prudent de trois mille), *They Don't Dance Much* a toujours joui d'un statut spécial auprès des connaisseurs. A cause de sa rareté, d'abord. L'édition Houghton, Mifflin (avec sa mirifique couverture bleu nuit et ses Buicks de bandes dessinées agglutinées autour du River Bend Roadhouse comme de gros insectes attirés par la lumière) est aujourd'hui plus qu'introuvable. Il y a bien eu en 1952 une édition de poche (expurgée) chez Signet, avec le fameux nickelodeon et une longue blonde en couverture ; mais elle a également disparu sans laisser beaucoup de traces. Il y avait surtout le fait que ce roman semblait être venu de nulle part, et que son auteur, James Ross, n'avait rien publié d'autre – c'est du moins ce qu'on pouvait croire, comme Raymond Chandler à l'époque, le seul à avoir repéré ce « récit sordide et complètement corrompu d'une petite ville de Caroline du Nord à peu près de la taille de Raleigh. » (Lettre à son éditeur anglais Hamish Hamilton, septembre 1954.)

James Ross, quant à lui, se serait fort bien passé de cette mystique du « one book writer », qui aurait tendance à jouer en sa faveur aujourd'hui. Il est toujours un peu irrité quand les gens lui demandent pourquoi il n'a écrit qu'un seul roman. « Est-ce qu'ils en ont seulement écrit un, eux, d'abord ? »

Mrs. Ross avait eu l'obligeance de venir nous chercher au Hilton de Greensboro pour nous guider jusque chez eux. En fait, ils habitaient à quelques rues à peine, dans un quartier tranquille et presque pimpant non loin du centre ville. Les époux se sont connus à la rédaction du *Greensboro Daily News* dans les années 60. Après le départ en retraite de Ross en 1976, Marion Ross est restée critique musicale du *Daily News*, où son père travaillait déjà.

James Ross est arrivé dans le living-room plutôt laborieusement, en s'aidant de cannes. Il souffre d'arthrite chronique qui l'empêche souvent d'écrire, et parfois de marcher. Les premiers mots échangés furent sur leur vieille chienne aveugle, qui dormait près de la fenêtre et revenait de chez le vétérinaire. La pièce était ensoleillée. Une horloge cliquetait quelque part dans la maison. Ross a précautionneusement disposé sa longue carcasse dans un fauteuil. Malgré son accent chantant très prononcé et sa courtoisie Vieux Sud, Ross possédait les manières abruptes et sans façon qu'on acquiert dans les salles de rédaction. On l'imaginait très bien travaillant en bras de chemise, avec un nœud papillon. Tout était pâle chez lui : le rose de son teint, ses cheveux blonds virés à la cendre, son regard désabusé noyé sous les cernes ; jusqu'au sourire, comme perdu sur ses lèvres fines.

« Je suis toujours un peu embarrassé quand on me demande pourquoi je n'ai écrit que ce roman. En fait, je n'en ai pas écrit un autre, mais deux – qui ont été refusés par les éditeurs. Quand j'ai commencé à écrire, à la fin des années 30, le roman ne m'intéressait pas tellement. Moi je voulais écrire des nouvelles ; c'est la forme que j'aimais. Mais celles que j'envoyais aux éditeurs n'étaient jamais retenues par les revues ou les magazines. C'est Caroline Gordon, une amie romancière qui vivait à cette époque-là à Greensboro (son mari était le poète et critique Allen Tate), qui m'a suggéré d'écrire d'abord un roman pour faire un peu parler de moi. Elle disait que ce serait plus facile après de placer mes nouvelles, qu'elle trouvait plutôt bonnes, mais qui étaient un peu trop le genre de choses qu'on n'accepte que dans les revues littéraires et les petits magazines qui sont parfois prestigieux mais qui ne payent pas un clou.

« Alors je me suis mis à écrire un roman sur le sujet le plus corsé et le plus outré que je pouvais imaginer. A cette époque, fin 1939, j'étais employé au bureau des impôts sur le revenu, à Greensboro, il fallait donc que j'écrive ça la nuit et les week-ends. J'ai mis environ six mois. Je l'ai envoyé à Houghton, Mifflin, et ils l'ont publié en automne 1940. Mais ça n'a pas eu du tout l'effet escompté. Mes nouvelles ne se sont pas mieux vendues pour autant. En fait, le livre n'a pas du tout marché. A part deux bonnes critiques dans le *New York Times* et le *Saturday Review of Literature*, il a été complètement ignoré. Dans le Sud, surtout, on considérait le livre sale et ignoble. Je me souviens que le rédacteur sportif du *Charlotte Observer* en a parlé dans sa chronique, simplement parce que la femme qui s'occupait de la page livres ne voulait même pas le mentionner. Pour elle, si mon roman parlait de gens qu'elle considérait *trashy* (vulgaires), nécessairement mon roman devait être *trashy* aussi. En fait, je ne faisais que dépeindre certaines personnes que j'avais connues ou dont j'avais entendu parler, qui habitaient dans les régions rurales que je connaissais bien, pour y avoir grandi. Aujourd'hui, cette partie du pays (au sud de la Caroline du Nord) a beaucoup perdu de son caractère rural et arriéré. Les roadhouses ont disparu depuis longtemps ; mais pas la cupidité humaine, ni les atrocités commises en son nom. On me dit souvent que mon roman appartient au "Southern Gothic", ce qui veut sûrement dire qu'on trouve le cadre et les personnages exagérés. Moi dans mon souvenir les gens étaient comme ça; mon seul but était de dire les choses comme elles étaient, ni plus ni moins, et laisser le lecteur se former une opinion ou en tirer une morale, s'il y tenait absolument. En tout cas, moi je ne faisais pas de morale. »

C'est le moins qu'on puisse dire. Mais même si James Ross a grandi dans une ferme, et parfois aidé à récolter le coton, il était loin d'appartenir au monde qu'il décrit dans *They Don't Dance Much*. Durant la Dépression il a certes travaillé comme ouvrier agricole, bûcheron et même joueur de baseball semi-professionnel (un peu comme Smut Milligan aurait pu faire, en jouant pour les universités). Mais il était aussi l'aîné d'une famille de quatre enfants, dont tous ont plus ou moins vécu de leur plume par la suite. Et si, au plus noir de la panade, il a pu obtenir un poste d'instructeur dans un de ces camps C. C. C. de Roosevelt (dans les Blue Ridge Mountains), et plus tard, dès 1935, entrer dans le fonctionnariat au service des impôts, c'est que son père Fred Ross Sr. dirigeait en sous-main la machine politique des Démocrates dans tout Stanly County. Et il avait un oncle qui était une sorte d'Astor LeGrand au petit pied. Ce qui explique aussi que les enfants ont eu une éducation plus poussée qu'on pourrait l'imaginer dans pareille région. Même si celle de James fut écourtée à cause de la Dépression, il est allé à Elon College et Louisburg (et plus tard à Princeton, mais sur la G. I. Bill). Sa sœur, Eleanor Ross Taylor, a publié de nombreux poèmes, notamment dans le *New Yorker*. Le frère cadet de Jim, Fred Ross, est devenu journaliste. « Et après la publication de mon livre », ajoute Ross, « il s'est dit que si j'étais capable d'en écrire un, il devait sûrement pouvoir en faire autant, sinon mieux. En fait, le sien a beaucoup mieux marché » (*Shad Hannah*, roman historique régional dans la manière de Frank Yerby, eut surtout un fort tirage en édition de poche Bantam).

Quand on lui demande s'il a jamais fréquenté des tripots comme celui de Smut Milligan, ou des restaurants-dancings comme le River Bend Roadhouse, Ross hoche la tête. « J'en connaissais un, plutôt dangereux. Mais je n'y serais jamais allé. La seule fois où j'ai mis les pieds dans un endroit comme ça, j'ai commandé une tasse de café. Ils m'ont tous regardé d'un drôle d'air. Il a fallu qu'ils aillent en faire dans la cuisine. Je suppose qu'on ne leur en demandait pas très souvent. Mais tout le monde dans la région savait ce qui se passait dans un roadhouse. Pratiquement tout ce que j'ai écrit comme fiction est basé sur des gens que j'ai connus. »

Malgré les efforts qu'il lui faut faire pour se déplacer, Ross a tout à coup insisté pour remonter chercher les éditions anglaise et italienne de son roman. J'ai compris son regard malicieux quand il m'a montré la couverture du *They Don't Dance Much* paru chez Jarod's, représentant une bande de joyeux fêtards en manteaux noirs et écharpes blanches, coiffés de chapeaux hauts-de-forme, comme une sortie de cabaret chez Lautrec. L'édition italienne est encore plus folichonne dans le contresens visuel, avec sa ballerine en pointes et tutu sur la couverture. C'est carrément Degas que *They Don't Dance Much* a évoqué dans le cerveau surmené de l'illustrateur transalpin.

Comme dans un roman de James Cain, *They Don't Dance Much* est l'histoire d'une entreprise qui semble devoir réussir : celle de Smut Milligan et son roadhouse. Comme avec le restaurant (plus huppé) de Mildred Pierce à Glendale, on suit les travaux préparatifs et l'ouverture de l'établissement. Et comme chez Cain, c'est aussi l'histoire d'un meurtre qui a la cupidité pour mobile. Mais la comparaison s'arrête là. Chez Ross, la violence et le meurtre sont décrits avec un prosaïsme positivement décourageant et tout à fait horrible. La crudité et la platitude du ton, comme celles du propos, auraient rebuté même un James Cain ou un Horace

McCoy (qui au fond étaient des grands faiseurs baroques). Dans sa véracité à tout crin, James Ross fait plus songer au Edward Anderson de *Tous des voleurs* ; ce sont eux les deux vrais naïfs du roman américain. Ross en tout cas est catégorique et persuasif là-dessus : « A l'époque où j'écrivais *They Don't Dance Much*, je n'avais jamais lu une ligne de Cain. Les auteurs que j'admirais le plus étaient Hemingway, Faulkner, Ring Lardner et Mark Twain. Les seuls avec qui j'ai jamais discuté littérature sont Caroline Gordon, Allen Tate, Jean Stafford et Flannery O'Connor. »

C'est à Princeton (New Jersey) qu'il a connu Stafford. « J'avais démissionné des Impôts, mon roman était un flop et j'écrivais des nouvelles. J'ai aussi écrit un autre roman, sur les aventures de deux adolescents durant la Dépression. Houghton, Mifflin l'a rejeté, et je l'ai soumis à Scribner's. Ils l'ont refusé aussi, mais j'ai tout de même eu l'honneur d'être invité à déjeuner par Maxwell Perkins (le légendaire directeur littéraire qui servait de sage-femme et de trésorier-payeur à Thomas Wolfe, Fitzgerald et Hemingway chez Scribner's). Perkins m'a fait venir à New York pour discuter du manuscrit. A son avis, il contenait une douzaine de nouvelles sauvables, mais ne constituait pas un tout publiable comme roman. Il me conseillait de reprendre le matériau et de le vendre comme des nouvelles. Mais à ce moment-là je suis parti faire la guerre dans la U. S. Army ; alors je n'en ai rien fait. Je suis resté en Europe jusqu'en 1946. Entre-temps, j'ai perdu le manuscrit, qui s'appelait *The Tainted Money*. Le roman n'était pas très bon, de toute manière.

« A mon retour au printemps 1946, jusque fin 1953, je me suis maintenu en vie en vendant une nouvelle par-ci par-là, tout en prenant des petits boulots. J'ai vécu au New Hampshire, à Washington et en Caroline du Nord. J'ai aussi passé deux hivers à Yaddo, la fameuse colonie pour artistes près de Saratoga Springs. C'est là que j'ai connu Flannery

O'Connor, en 1948. Vous étiez nourri, logé, et on vous donnait un studio pour écrire. C'était une drôle d'atmosphère. J'ai souvent songé à écrire un roman qui se passerait dans une de ces colonies, Yaddo ou MacDowell (celle à Petersborough, dans le New Hampshire, où j'ai d'ailleurs passé l'hiver 1956). Cela n'a jamais été fait, je pense. »

Quand j'ai répliqué à Ross que Kenneth Fearing avait écrit un roman policier se moquant de ce genre de milieu (*The Dagger of the Mind*), il m'a regardé d'un œil aussi jaune qu'un gin gimlet : « C'est tout autre chose que j'avais dans l'idée. »

Aux petites revues littéraires comme *The Partisan Review* ou *The Sewanee Review* (qui publiait Faulkner et toute la crème des écrivains du Sud de l'époque), Ross vendait des nouvelles avec des titres comme *Roman*, ou *The Dollar That Evaded the Gates of Hell.* Dans cette dernière et belle histoire (dans laquelle un vieux barbon moribond entend littéralement réfuter le vieil adage selon lequel « on ne peut pas emmener un dollar avec soi en enfer »), on retrouve Corinth, la Yonce & Company, et l'atroce LeRoy Smathers comme fossoyeur – un monde où l'on vous répète machinalement que le coton ça nourrit pas son homme. Ce genre de nouvelles « littéraires » non plus, apparemment : Ross s'estimait heureux de recevoir trente ou quarante dollars pour chacune. Il touchait un peu plus quand il vendait une histoire à *Argosy.* Dans les années 40 et 50, la différence entre ce marché et celui des slicks (les magazines populaires) était immense. *Collier's* payait mille dollars pour une nouvelle, quand cent cinquante dollars par semaine étaient considérés comme un bon salaire pour un journaliste dans le Sud.

C'est pourtant journaliste que Ross s'est finalement résigné à devenir, à l'âge improbable et guère encourageant de quarante-deux ans. « Je me suis trouvé une place au *Morning News* de Savannah, ensuite je suis entré au *Daily News* de

Greensboro, où j'ai fait une seconde carrière comme journaliste politique, à couvrir les élections, la législature à Raleigh, et même plus tard les conventions nationales et élections Présidentielles. Quand j'ai débuté dans ce métier, c'était avec la ferme intention de continuer à écrire pour moi, à mes moments perdus. Mais à ma grande surprise je me suis mis à être bon journaliste, donc très demandé, donc très pris aussi. »

« C'est pour ça que je suis embarrassé quand on me demande pourquoi je n'ai écrit qu'un seul roman. La vérité, c'est que j'en ai écrit plusieurs, mais que je n'ai jamais réussi à les placer. En plus du roman qui s'est perdu, j'ai écrit environ cent cinquante pages d'un roman qui s'appelait *Waiting for the boat*, sur une bande de soldats américains en Belgique qui attendent d'être rapatriés après l'Armistice. Je l'ai envoyé à Little, Brown, et ils m'ont répondu qu'ils me donneraient une avance si je leur donnais une idée de ce qui allait se passer dans la suite du roman. Comme si je pouvais le savoir sans m'atteler au fichu truc ! Pourquoi croyaient-ils que je leur demandais une avance ? C'était justement l'époque où je commençais à me fatiguer de cette existence. Je suis donc devenu journaliste. Et puis après ma retraite du *Daily News*, j'ai écrit un roman sur une session au Capitol de Raleigh, où siège la législature de l'état, et toute la corruption qui s'y rattache. Ca s'appelle *In the Red*, une expression qui en anglais veut dire que ce que vous faites ne marche pas très fort. Ce qui est aussi mon cas, je suppose. Mon agent, Knox Burger, dit qu'il y a trop de personnages et que l'histoire est trop compliquée à suivre. Il s'occupe de moi depuis l'époque où il était à *Collier's*. Il avait publié une nouvelle à moi, *Zone of the Interior*. Il est toujours mon agent, même si je ne lui rapporte pas un radis. Cela fait plusieurs années qu'il essaie de placer un recueil de mes nouvelles, mais sans succès jusqu'à présent. Je suppose que c'est parce que l'édition ne va pas très bien en ce moment, et aussi parce que je ne suis pas assez connu. »

C'était il y a neuf ans. James Ross n'est toujours pas assez connu. L'été de la parution d'*Une poire pour la soif* chez Quai Voltaire en 1989, il s'est cassé la hanche. L'éditeur, lui, n'allait pas bien non plus. En proie au chambardement intérieur, la maison laissa le livre voguer à son sort, sans aide d'aucune sorte. L'attachée de presse ayant été remerciée, ainsi qu'une bonne partie du personnel, il incomba au traducteur de se faire porteur de valises dans tout Paris. Bien en vain, d'ailleurs. Il n'y eut aucune presse. *They Don't Dance Much* conservait toujours sa fameuse guigne. James Ross est mort au mois de juillet l'année suivante, sans connaître la consécration tardive qu'il était en droit d'attendre.

Une note pour terminer : Le titre français de *They Don't Dance Much* était autant un aveu d'impuissance qu'un titre honorifique. Le roman de James Ross avait amplement sa place dans le panthéon de la Série Noire à la grande époque de l'après-guerre. C'est désormais un oubli réparé. En revanche, l'aveu d'impuissance sera manifeste pour qui se donnera la peine de lire le livre en anglais. Le titre ne swinguait pas des masses en français, n'avait pas cette massive âpreté que possède l'anglais. Il faut aussi se résigner à perdre la saveur des mots si justement archaïques ou régionaux qu'emploient Ross et son narrateur Jack McDonald. Traduire *roadhouse* par « café » ou « routier », ou même « bastringue », serait dénaturer le rêve américain, pas moins. Car il s'agit non seulement de quelque chose qui n'existe pas en Europe, mais aussi d'une institution qui n'existe plus là-bas depuis longtemps – un élément mythique du paysage américain. On n'en trouve plus qu'au cinéma. Comme son nom l'indique, le roadhouse est presque toujours situé au bord d'une route, à l'écart, hors de portée des regards et des interdits municipaux, juste passées les city *limits*. Et puisqu'on y fait surtout le commerce de l'illicite (liaisons furtives, gniole de contrebande, jeu, trafics en tous genres), le roadhouse doit aussi posséder un décor mirifique. Rutilant comme un nickelodeon ou un pare-choc de Hudson Terraplane. C'est pour cette raison qu'il apparaîtra toujours plus cossu qu'une simple taverne ou qu'un bouge de campagne.

Il suffira cependant de se régaler des noms propres qui parsèment cette histoire de dupes – la merveilleuse euphonie des Baxter Yonce, Smut Milligan, Brock Boone ou Astor LeGrand, sans oublier le dénommé Rance – pour se convaincre que James Ross savait ce qu'il faisait, même si ce qu'il faisait, comme le coton, n'a jamais nourri son homme.

Philippe Garnier

Los Angeles, 14 juillet 1992

1

Je me rappelle, ce soir-là je traînais devant la station-service à Rich Anderson et Charles Fisher s'est arrêté devant la pompe à super. La Cadillac dernier modèle qu'il conduisait tournait tellement doucement que je ne l'avais pas entendue arriver. Il est resté là un petit moment, mais sans klaxonner. J'ai passé la tête à l'intérieur. «Rich, t'as un client.»

J'ai entendu Rich faire racler sa chaise. «Tout de suite, m'sieur», il a fait. Et il s'est sorti de là-dedans, un long crayon jaune derrière l'oreille.

«Oui, m'sieur Fisher, je vous en mets combien, m'sieur Fisher?»

Charles Fisher l'a regardé par-dessus son épaule. «Le plein», il a dit.

Fisher avait sa femme avec lui. Elle m'avait regardé en arrivant, mais quand elle avait vu qui c'était elle avait tourné la tête vers le clocher de l'église méthodiste. Elle restait là comme ça à regarder le clocher, et sa tête me cachait son mari. Moi ça me faisait rien; lui je le connaissais. Lola aussi, notez bien, mais je la reluquais quand même.

Elle portait des lunettes noires et elle était bronzée, fallait voir; cuivrée, on aurait dit un penny. Elle portait une sorte de jersey à manches courtes et elle avait l'air d'avoir laissé son soutien-gorge à la maison. Elle était plus grande que Charles Fisher.

Rich a rempli le réservoir et il est revenu à l'avant de la voiture.

« Ce sera tout, m'sieur Fisher ? »

Fisher a fait oui de la tête. Il a payé Rich pour l'essence et il a disparu au bout de la rue. Rich est revenu sur le pas de la porte et il a glissé l'argent dans son portefeuille. Ensuite il s'est épongé la figure avec son mouchoir. Il était en nage. Rich il est jeune, comme gars, mais là il faisait vieux et avachi. Jusque-là j'avais jamais remarqué ses mauvaises dents, ni comment qu'il se déplumait sur le caillou. Il était en combinaison de pompiste vert foncé, et avec le peu de jour qui restait ça lui faisait la peau presque verte.

« Il en a encore fait un sacré plat aujourd'hui, qu'il a dit. Moi non plus ça me déplairait pas d'aller à la plage.

— Alors pourquoi t'y vas pas ?

— Putain, j'ai pas les ronds pour. Tu crois tout de même pas que je reste vissé à cette saleté de pompe parce que je raffole des pompes à essence, des fois ?

— Est-ce que je sais, moi. T'aurais pu avoir un truc pour les pompes à essence, j'ai fait. Alors comme ça c'est à la plage qu'il allait, ton pote Fisher ?

— Daytona Beach, en Floride. Son négro m'a amené la voiture pour faire le graissage. C'est par lui que je sais qu'ils partaient pour Daytona Beach, en Floride. » Rich il disait : « Daytona Beach, en Floride » comme un dévot aurait parlé du ciel.

« C'est pas la porte à côté, dis donc. Pourquoi qu'il va pas plutôt à Myrtle Beach, ou Wrightville Beach, ou Carolina Beach ?

— Ça lui coûte plus cher d'aller à Daytona, je suppose que c'est pour ça. Il a tellement d'argent, son problème c'est comment s'en débarrasser.

— Il pourrait m'en laisser un sac devant ma porte, un de ces soirs.

— Ou devant la mienne. » Là-dessus, Rich s'est rentré faire sa caisse.

Je suis resté là à chauffer le banc, qui était déjà brûlant. Moi aussi j'aurais bien dû me rentrer. J'avais une vache à traire et une mule à nourrir. Fallait aussi que je me fasse à manger, sous peine d'aller au lit le ventre creux. Jusqu'ici j'avais tenu avec du raisin, des pêches, du pain sec et des tomates crues, parce que quand il fait chaud comme ça j'aime pas trop faire la tambouille. Mais là j'avais la bouche tout esquintée, à manger acide comme ça; ça me donnait plein d'aphtes. Rien que de penser à manger j'avais faim, et je me suis dit que ce soir pour une fois j'allais faire à manger, et quelque chose de consistant. J'allais me faire une omelette en rentrant, pour peu que les poules aient pondu depuis mon départ.

Mais j'arrivais pas à me mettre en route. Je me suis bien levé pour partir, mais l'idée des sept bornes à pinces me disait rien du tout. Le soleil était bas, maintenant, mais il faisait pas plus frais pour autant. La chemise me collait dans le dos. Du coup, je suis entré me chercher une bière à dix cents.

La bière m'a rafraîchi et je me suis dit que c'était dix cents bien dépensés. Si bien que j'ai remis ça. Tout en éclusant celle-là, j'ai ramassé le *Corinth Enterprise* et je me suis mis à lire. C'est Fletch Monroe qui publie l'*Enterprise*, quand il est pas trop saoul. Les gens de Corinth et des environs s'y abonnent principalement pour se débarrasser de Fletch. Il décuite pas pendant trois semaines, et puis une fois remis de sa muflée il demande ce qui s'est passé quand il était bourré. Le temps qu'il publie ça, les nouvelles datent tellement qu'elles en deviendraient presque intéressantes. L'été passé il avait une photo de Babe Ruth sur une page, et en dessous il avait mis : « Il marche fort cette saison. » A l'époque que je vous cause, Babe il jouait déjà plus au base-ball depuis trois ans, mais faut croire que Fletch était toujours pas au courant.

Je me suis tapé ma bière numéro trois, et ma situation commençait déjà à me paraître nettement meilleure. J'ai arrêté de chercher vainement les nouvelles dans le journal et je me suis plongé dans les avis et les petites annonces en dernière page. Il y avait la liste des gens qui allaient perdre leur terre à cause des impôts en retard, et ça couvrait une demi-page. J'ai regardé à la lettre M, et j'étais là aussi : « McDonald, Jackson T., 45 arpents, West Lee Township. » Ça faisait deux ans que j'avais pas payé de taxe immobilière, alors j'aurais bien dû me douter que ça me pendait au nez. N'empêche que ça me faisait mal au ventre de voir ma terre mise en vente comme ça rien que pour une histoire d'impôts. Mes chances de récolte cette année étaient lamentables. J'avais une traite à la banque qui tombait à l'automne. Ma mule avait la goutte, ou quelque chose comme ça. Je voyais le coup qu'il allait falloir la remplacer ; ça ou alors plaquer la culture pour de bon. Et maintenant ça qui me tombait dessus. Du coup ça m'en a ôté tout le confort que m'avaient procuré les trois bouteilles de bière, et j'étais comme à jeun. J'avais qu'une envie, c'était de me prendre une muflée carabinée.

Rich a fait claquer son livre de comptes. Le bruit semblait d'autant plus fort qu'il ne se passait rien à ce moment-là. Mais alors ce qui s'appelle rien. Il s'est levé de son bureau dans le coin et il a sorti sa montre.

« Tu fermes ? j'ai demandé.

— Pas avant dix heures. Je me demandais seulement quand Charlie allait rappliquer. » Charlie c'était le môme qui travaillait pour lui. « J'ai drôlement les crocs, moi, mais je peux pas y aller avant qu'il revienne de la soupe.

— Quelle heure qui se fait ?

— Sept heures.

— Dis donc, Rich, t'aurais pas de la gniole, des fois ?

— Tu sais bien que j'en vends pas.

— C'est ce qui me semblait », j'ai fait. Et je me suis mis en route.

Tout le monde était rentré manger sa soupe, qu'on aurait dit, et tout en marchant je ruminais ces histoires d'impôts que je devais, et aussi je me demandais où j'allais bien trouver à boire. Mais LeRoy Smathers, lui, était pas en train de manger sa soupe. Juste comme j'arrivais au niveau de la Smathers Company, « Pompes funèbres et ameublement », le voilà qu'est sorti pile devant moi. C'était déjà trop tard pour me planquer, alors j'ai fait celui qu'était pressé et qui l'avait pas vu. Mais LeRoy il vous voit dans le noir, on dirait un chat ; spécialement quand vous lui devez de l'argent. La façon qu'il m'a alpagué par ma manche de chemise, on aurait cru qu'il mourait de plaisir de me voir. C'était peut-être le cas.

« Où c'est que tu cours comme ça, Jack ?

— Oh, salut LeRoy. Un peu plus, je te reconnaissais pas.

— Comment tu vas, Jack ? » Il faisait presque nuit à présent, mais je pouvais voir son sourire. Et comment. C'était un sourire comme qui dirait menaçant. Qui me donnait une folle envie de boire un coup ou deux pour me remonter.

« La santé ça va pas fort, j'ai fait, et les finances c'est encore pire.

— T'es malade ? » il a demandé, comme si ça lui faisait vraiment quelque chose. Il était du genre avorton débectant, avec deux sortes de dents dans la bouche. Des en or et des pourries. Il avait les yeux tout renfoncés avec des poches bleues en dessous. LeRoy allait à l'église et il était contre l'alcool. Ça lui détraquait l'estomac. C'était un tout petit mecton, mais je le redoutais pire que n'importe qui à Corinth.

« Pas malade exactement, j'ai dit, mais je me fais pas mal de bile ces temps-ci.

— C'est moche, ça.

— Tu l'as dit. Toi j'espère que tu vas bien, LeRoy», j'ai fait en reprenant ma route.

A deux mains, qu'il m'a retenu.

«Jack, tu te rappelles bien qu'on a enterré ta pauv'maman, y a de ça trois ans?

— Evidemment que je me rappelle, mais...

— Ça faisait cent vingt-cinq dollars. Cent vingt-cinq. Et tu nous as versé que trente-cinq dollars.

— LeRoy, je te payerai le reste dès que je pourrai.»

LeRoy il porte un gilet sous sa veste, été comme hiver. Et le voilà qui passe ses pouces dans ses poches à gousset, avec ce sourire de merlan qu'il a toujours.

«Ça fait un bout de temps que tu nous promets. Alors qu'est-ce que tu dirais de nous payer par petits bouts tous les mois? Disons dix dollars par mois, jusqu'à ce que tout soit remboursé. Evidemment, ça sera un peu différent, vu qu'on pratique plus comme avant avec ces choses-là.

— Différent comment? j'ai demandé.

— Que je t'explique. Y a de ça deux semaines on a lancé la Smathers Finance Company. On a mis tous les vieux comptes en retard dedans et on s'arrange pour que les gens qui nous doivent des sous puissent payer un petit peu tous les mois. On fait payer un petit quelque chose pour ça aussi, en plus du six pour cent d'intérêt normal.

— Et combien que je vous dois, d'après toi, LeRoy?»

Il s'est mis à calculer de tête pendant un petit moment, dans le noir.

«Voyons voir. Cent vingt-cinq au départ. Moins trente-cinq il y a deux ans. Restent quatre-vingt-dix. Un peu plus de cent dollars. Disons cent cinq. Evidemment, de la façon qu'on va devoir opérer pour les traites à partir de maintenant, ça va faire un peu plus que ça.

— LeRoy, c'est simple: j'ai pas d'argent pour te payer

rien tous les mois. Je suis même pas sûr de pouvoir te payer quelque chose avant l'automne. J'ai bien l'impression que mon coton va même pas payer la note de guano.

— Jack, tu voudrais pas qu'on raconte partout que tu refuses de payer pour enterrer ta pauv'mère, quand même ? »

Ça me faisait rudement mal au sein de l'entendre causer comme ça.

« LeRoy, bordel, puisque je te dis que j'ai pas de quoi payer. Ni aucun moyen de faire rentrer de l'argent. Autrement y a longtemps que je t'aurais payé. »

Il continuait avec son sourire.

« Tu sais bien que c'est pas notre politique de faire des histoires. Mais faut quand même qu'on rentre dans nos sous. On pourrait passer devant le juge, tu sais, et faire saisir tes biens.

— Quels biens ? j'ai fait.

— Tes biens immobiliers, pardi.

— Mes biens immobiliers ? Ecoute, p'tite tête, la Land Bank a une hypothèque sur la ferme déjà plus grosse qu'elle peut rapporter. Mes meubles valent vingt dollars à tout casser – et ça m'étonnerait qu'on puisse seulement en tirer dix. Je dois quarante dollars d'impôts en retard. Tout ça passe avant ta facture. J'ai bien un peu d'outillage de ferme – pour quinze dollars à peu près. J'ai une mule aussi. Qui vaut pas tripette. Y a des poules aussi à la ferme, mais si elles ont pondu un œuf en deux mois de temps, doit y avoir un chien dans les parages qui l'a gobé, parce que moi j'en ai pas vu la couleur.

— T'as une vache.

— Une bonne vache, même. Mais je dois cinquante dollars dessus à la Yonce & Company, pour une note de guano. Ils ont l'hypothèque et sur ma récolte et sur ma vache.

— T'es mal barré, pas vrai ? » Et LeRoy souriait pire que jamais.

« C'est rien de le dire, j'ai fait.

— Oui. Faut être sacrément mal barré pour faire enterrer sa maman à tempérament, et après ça pas payer les traites.

— Nom de Dieu, LeRoy. Rentre donc chez toi siffler ton verre de lait écrémé et avaler ton œuf poché. Ton argent, je te le trouverai, même si je dois attaquer une banque. » Sur ce, je me suis dégagé d'un coup sec et je me suis remis en route.

LeRoy je l'ai toujours eu en dégoûtation. Toujours eu un petit peu peur de lui aussi, faut bien dire ce qui est. On aurait dit un fantôme mal luné qu'aurait des aigreurs d'estomac. Une nuit, j'étais passé par chez les Smathers, mais par-derrière, et LeRoy était en train de mettre Dick Whitney dans son cercueil. Dick il s'était cassé le cou l'après-midi même dans un accident d'auto, mais une fois que LeRoy a eu passé un petit peu de temps sur lui, il avait l'air frais comme une rose. Mon avis, c'est que Dick aurait dû descendre de ce cercueil et laisser sa place à LeRoy. C'est LeRoy qui se tapait le sale travail, dans cette boîte. Le vieux Bud Smathers, son paternel, il était bon qu'à bavasser en attendant le client. De temps en temps ça lui arrivait de vendre un meuble. Fred Smathers dirigeait l'affaire et s'occupait des comptes. Len Smathers servait comme vendeur, et quand il y avait un enterrement c'est lui qui conduisait le corbillard. LeRoy, lui, c'était les viandes froides. Il leur enfonçait son pic à glace dans les poumons et l'estomac pour vider l'eau et le sang. Après ça il les embaumait et leur arrangeait le portrait. Un mec pouvait s'être fait mettre en pièces dans une bagarre au couteau ou s'être éclaté la tête dans un accident d'auto ; il aurait même pu avoir sauté sur un bâton de dynamite, LeRoy les reconstituait souvent plus beaux qu'ils étaient de leur vivant. Quand il travaillait pas sur les morts, LeRoy s'occupait des factures en souffrance.

Une fois débarrassé de LeRoy, j'avais plus que jamais

besoin de boire un coup. Rich avait dit qu'il vendait pas de gniole, mais c'était du flan. Peut-être qu'il en avait plus ce jour-là, ça je veux bien. D'habitude à Corinth c'est plus facile de trouver de la gniole que de la farine, mais là ce soir tout le monde était de sans, ou alors c'est qu'on me faisait pas confiance. J'ai fait toutes les stations-service du patelin. Tous m'ont dit qu'ils avaient plus rien. Même refrain dans Shantytown, mais là qu'ils soient à sec ou non ça m'était un peu égal. J'étais pas très chaud pour tâter de cette gniole à négros. Ils la rallongent tant qu'ils peuvent à la flotte, et pour la corser un peu ils mettent un genre de cachet dedans. Même que ça rend les gens cinglés, des fois.

Depuis, quand je raconte aux gens qu'un soir j'ai fait tout Corinth avec un dollar en poche et que j'ai pas été fichu de trouver une goutte de gniole, ils disent tous que c'est des menteries ; que ça pourrait jamais se produire à Corinth, une chose pareille. Mais ce soir-là c'était pourtant le cas. Finalement j'ai décidé de rentrer par la station-service à Smut Milligan et de m'acheter une pinte là-bas. Ça me faisait faire un crochet, mais je savais que si Smut Milligan était encore en vie il aurait de la gniole quelque part à me vendre.

Sa station-service était à trois bornes de Corinth environ, sur la route de la Rocky River, à l'embranchement de Lover's Lane. Perdue dans les bois, qu'elle était. Et avec ça, l'endroit avait une sacrée réputation. Milligan vendait de la gniole, et chez lui on jouait pas mal aussi. Il était en dehors des limites de Corinth, alors les flics pouvaient pas le toucher. Je suppose qu'il devait arroser suffisamment de monde au comté, parce qu'il avait jamais de descentes chez lui.

Il faisait déjà noir quand j'ai attaqué la route de la rivière. Plusieurs voitures m'ont dépassé, mais la nuit les gens s'arrêtent pas pour vous prendre, alors je me suis mis à marcher sur le bas-côté. Les maisons sont plutôt rares sur cette route-là, et aucune avait de la lumière. C'est rien que des champs, le long de cette route, et à cette saison ils étaient tous en chaume, avec un champ de maïs ou un carré de coton par-ci par-là. A moitié chemin on trouvait une étendue de pins sur le côté gauche. On les avait éclaircis pour qu'ils poussent plus vite, et ils faisaient tout drôle, cette nuit-là. Des lucioles il y en avait bien eu quelques-unes depuis le début, mais arrivé à cette pinède on aurait bien dit qu'elles étaient des millions là-dedans, à usiner aussi fort qu'elles pouvaient. Un million de petites lumières qui allaient et venaient. Le plus drôle avec les lucioles – ou les vers luisants –, c'est qu'ils éclairent rien du tout en réalité ; ils donnent juste une petite lueur, vite fait. Les bois en étaient pas moins noirs pour autant, et ces bestioles à lampion me faisaient l'effet de plein de petits yeux là-dedans. Je marchais aussi vite que je pouvais sans pour autant courir.

La station à Smut Milligan était à vingt mètres en retrait de Lover's Lane environ, et en contrebas de la route. Une bâtisse en bois, peinte en jaune, avec un toit en ferraille pardessus. C'était pas bien grand, mais Smut habitait quand même par-derrière. Dedans, il avait beaucoup de marchandises, autant que dans une épicerie générale à la campagne. Mais il vendait plus de gniole que d'autre chose. Tout autour à gauche de la station il y avait un grand bois de chênes et de pins. La route de la rivière passait sur la droite. Le terrain en bas était rude et rocailleux, et derrière il y avait des blocs ferrugineux aussi gros qu'une maison. Smut avait un abri pour son camion, à vingt mètres en retrait derrière la cambuse, avec un grand mûrier juste à côté.

Le samedi soir et le dimanche c'était toujours animé, mais là c'était mercredi soir, je crois bien. En arrivant là-bas j'ai trouvé Smut devant chez lui, assis sur un baril à clous. A part lui, il y avait que Catfish Wall, un négro qui faisait de la gniole pour Smut. Catfish était assis le cul dans la poussière devant l'entrée, en train de se tailler une branche d'hickory. Ça m'avait tout l'air d'être une canne, qu'il allait se faire.

Il y avait un peu de lumière par-devant, mais à l'intérieur de la station c'était le noir absolu. Smut Milligan s'est étiré en bâillant.

« Salut, Jack, il a fait.

— Salut, Smut. Salut, Catfish.

— Comment va, m'sieur Jack ? »

J'ai amené un baril près des pompes à essence et je me suis posé en face de Smut et Catfish. Smut Milligan était penché en avant sur son baril, les bras croisés sur la poitrine. Il était costaud comme gars, noueux, la peau foncée comme un Croate ou un Cherokee. Ses cheveux aussi étaient noirs comme ceux d'un Indien, et il devait se les faire couper tous les trente-six du mois. Il avait roulé ses manches de chemise jusqu'aux épaules, et les muscles de ses bras ressortaient plus gros que les muscles des jambes sur beaucoup de gars. Ses doigts étaient anormalement longs, avec des jointures si épaisses qu'ils en ressemblaient à des barreaux de chaise.

« Comment ça va le commerce, Smut ?

— Mollement. Mollement c'est rien de le dire, même. »

Smut s'est mis à bâiller encore un coup. Quand il faisait ça je pouvais voir les muscles qui lui montaient et descendaient le long du cou.

« Qu'est-ce que tu dirais de vendre une pinte ? j'ai demandé.

— Un gallon* ça m'irait encore mieux, qu'il a fait. Mais n'importe, n'importe, je suis pas regardant. Qu'est-ce qui te ferait plaisir ce soir, Jack ?

— Donne-moi une pinte de tord-boyaux.

— J'ai du Cream of Kentucky, je te dis que ça. Un dollar vingt-cinq la pinte. Et de l'eau de source pour faire passer ça – pour pas un rond.

* L'alcool de contrebande (*corn liquor*) se vendait en cruchons d'un « gallon » (3, 78 litres) ou dans des bocaux à conserve en verre d'un « quart » (un litre à peu près), ou en pinte (un demi-litre). (*Toutes les notes sont du traducteur.*)

— Un dollar c'est tout ce que j'ai.

— J'ai du raide maison aussi, alors. Pas mauvais du tout. Du que Catfish a tiré en avril, quand la lune était juste là où qui faut. L'a du goût, l'a du corps. Même qu'on l'a baptisé l'Haleine de Printemps. Cat, donne-z-y voir une pinte d'Haleine. »

Catfish a continué à tailler sa canne encore un petit moment ; ensuite il a refermé son canif et il l'a mis dans sa poche de salopette. Il s'est aidé de sa canne pour se relever, aussi long à venir que la Noël. Deux minutes rien que pour se lever, on aurait cru. Il était pas saoul ni rien. Juste un fainéant de nègre, long comme un jour sans pain, qu'avait probablement les vers – un plein panier de vers dans le buffet. Il a tourné le coin de la station et il a disparu.

On est restés assis là, Smut et moi, tranquilles comme deux nœuds sur une bûche. Autour de nous c'était tranquille aussi, près de la rivière. Les moustiques on les entendait chanter « cousin, cousin », avant de piquer. Quand ils étaient gorgés de sang jusqu'aux yeux ils s'en allaient en chantant « y'a erreur », pareil que les humains avec les liens du sang.

Catfish est revenu et il m'a tendu une bouteille avec un motif en toile d'araignée dans le verre, sur un côté. J'ai dévissé la capsule et j'en ai offert un coup à Smut. Il a secoué la tête. La gniole sentait comme si le printemps puait pas mal du goulot cette année-là, question haleine. J'en ai quand même bu un petit coup, et j'ai senti le fond de mon estomac prendre feu. Ça m'en mettait la larme à l'œil, tellement c'était fort, et il a bien fallu que je recrache.

« Enfin, elle a du ressort, ça on peut pas dire », j'ai fait comme ça à Smut.

Il a pris une cigarette dans sa poche de chemise, il l'a fait rouler entre ses paumes et se l'est collée dans le bec. « Elle a tout ce qui faut, il a fait. Et c'est normal, vu que Catfish il a mis un peu de tout dans le moût d'où qu'elle est tirée, cette gniole. Y'en a pas deux comme cet animal pour rajouter plein de trucs dans le moût. »

Catfish se fendait la pipe.

« Le moût moi j'aime bien le traficoter, qu'il a fait, voir à quelles nouveautés que je peux arriver, question goût. »

Smut a allumé sa cigarette, et au lieu de jeter l'allumette il l'a tenue jusqu'à ce que la flamme lui touche les doigts. Il s'est léché deux doigts de la main gauche et il a pincé l'allumette par le bout brûlant pour qu'elle se consume entièrement, histoire de voir si sa chérie l'aimait ou pas. L'allumette s'est éteinte et elle est restée noire, sans bout rouge. Alors Smut a balancé l'allumette.

« Elle m'aime pas, il a fait. Oh, bon, qu'elle aille se faire voir. Oui, ça je te jure, Cat c'est un gars qu'adore faire joujou avec le moût et le whisky. Un artiste, dans son genre. »

La gniole arrachait pas mal, mais une fois descendue ça allait. J'en ai repris un coup. Un grand, cette fois. Je me suis étranglé un moment, à m'en faire monter les larmes aux yeux, ensuite ça s'est calmé. Je me sentais même plutôt bien.

Il y avait des éclairs de chaleur au nord-ouest, mais trop loin pour qu'on entende le tonnerre. La plupart du temps l'air bougeait pas, mais des fois une petite brise se levait et venait froisser les feuilles dans les chênes. Au bruit qu'elles faisaient, elles étaient aussi sèches que de la poussière. On était fin juillet, ou début août, les feuilles étaient pas supposées faire ce bruit-là. Mais c'était pourtant bien le bruit que j'entendais : cassant. Je me sentais comme ça aussi, cette nuit-là : cassant, les nerfs à vif, la bouche sèche, et comme qui dirait pas tranquille. Comme si j'étais sur le point de faire quelque chose qui n'avait rien à voir avec ce que j'avais fait avant.

J'ai remis ça avec la bouteille à toile d'araignée. Une fois terminé, j'ai regardé la bouteille. Un bon tiers de parti. Je l'ai reposée par la terre près de moi. Moi aussi je me sentais un peu parti. Rien qu'un petit tour.

« Si c'est pas une foutue honte quand même, la façon qu'ils bazardent les terres pour des histoires d'impôts dans cette saleté de comté, j'ai dit. Devraient bien se douter que je les payerais, mes impôts, si seulement j'avais l'argent. »

Smut a repris une cigarette dans sa poche de chemise. Il m'en offrait pas.

« Alors comme ça, ils te font vendre, ce coup-ci ?

— Dans l'*Enterprise* d'aujourd'hui », j'ai dit.

Smut a craqué une allumette contre sa semelle et l'a approchée de la cigarette. Il a tenu celle-là comme il avait fait pour l'autre, voir si sa chérie aurait pas des fois changé d'avis. Ce coup-ci, une fois la flamme éteinte, on voyait nettement un point rouge qui brillait.

« V'là qu'elle m'aime, maintenant. Doit vouloir se faire emmener au bal. Oh, bon, Jack, tu sais comment qu'ils sont. Au Palais de Justice, tout ce qui les intéresse c'est de toucher leur salaire et leurs pots-de-vin. Le pauv'monde ils s'en foutent pas mal. Du moment qu'eux ils palpent.

— Veulent me foutre sur la paille, oui. C'est ça qu'ils cherchent. Savent pourtant bien que je peux pas payer mes taxes maintenant. Ni cet automne non plus. Le charançon s'est mis dans mon coton, il en reste bientôt plus. »

Catfish, ça l'a réveillé. En bayant aux corneilles il a fait :

« Le coton y a rien à faire, ça paye pas. Une fois payés la graine, le guano et tout ça, on se retrouve à devoir de l'argent à quelqu'un pour le privilège de s'éreinter sur son coton à soi. Moi, le coton, j'en suis revenu.

— Qu'est-ce que tu veux dire, « revenu » ? Smut il a fait. Tu t'y es encore jamais mis. Ça m'épaterait que t'aies seulement fait une journée dans un champ de coton de toute ta vie.

— J'en ai fait, du coton. Pendant la guerre quand le coton il était à quarante cents la livre, je me suis fait quelque chose comme mille dollars. Dans le comté de Marlboro, que c'était. Craline du Sud.

— Et qu'est-ce que t'en as fait, du pognon ? Smut a demandé.

— L'ai jeté par les fenêtres. Fait la vie jusqu'à ce qui reste plus un sou. Une machine Ford, que j'avais. Et pis une Victrola qui causait. Bocal de gniole sur la table de la cuisine, jour et nuit.

— Pour ça, t'as pas perdu le coup, Smut lui a fait.

— La culture de nos jours, y a pus rien à y gagner, j'ai dit comme ça. Même pas sa croûte.

— Pas pour le petit fermier, ça c'est sûr, Smut a dit.

— Encore, si j'arrivais à me sortir des dettes, ça pourrait aller. Ou si je pouvais emprunter assez pour m'acheter un peu plus de terre – de la bonne – et un peu d'outillage.

— Pourquoi que t'empruntes pas au gouvernement fédéral ?

— Parce que je dois déjà plus sur la ferme qu'elle en vaut.

— Alors pourquoi que tu vends pas ta ferme pour essayer d'entrer quelque part comme fonctionnaire ?

— Une supposition que je vende et que je rembourse tout ce que je dois. Il me resterait pas un sou. Et pis trouver une place, c'est pas commode. J'ai déjà essayé.

— C'est dur, ça je sais », il a fait en étirant les bras au-dessus de sa tête. « Mais toi t'as plus d'instruction que beaucoup de gars par ici.

— J'ai juste fait un an à Yadkin College, et j'ai perdu mon temps. Je payais rien, alors j'ai pas vraiment perdu d'argent. Mais j'y aurais plus trouvé mon compte à rester ici faire de la gniole ou quelque chose dans ce goût-là. Yadkin College, ça pisse pas bien haut en fait d'université, mais l'année que j'y ai passée j'ai appris des tas de moyens pour dépenser des sous, et aucun pour en gagner.

— Un sacré programme, ça, on peut pas dire.

— Faut que je fasse quelque chose, j'ai dit. Ça me tracasse brutal, moi, qu'ils mettent ma terre en vente dans le journal. » Mais c'était LeRoy et sa facture qui me tracassaient encore le plus.

Smut s'est appuyé le menton sur ses mains. Il se tordait la bouche de tous les côtés, on aurait dit qu'il réfléchissait à quelque chose.

« Je vais te dire, Jack. Peut-être que je pourrais te donner du boulot.

— Ça marche, j'ai fait. Je commence quand ?

— Quand tu veux. Seulement, je sais pas si ça va t'aller.

— Ça va m'aller, t'occupe pas. C'est quoi, au juste ? »

Smut a regardé tout autour de lui comme quelqu'un qu'aurait peur qu'on l'entende, mais on était tout seuls, à part Catfish, et il piquait du nez.

— Que je te dise, Jack. Je vais m'agrandir. On dirait pas à voir comme ça, surtout ce soir, mais le fait est que je ramasse pas mal d'argent ici, depuis un bout de temps. Surtout les fins de semaine. Alors je vais m'agrandir.

— Tu vas te construire une station-service plus grande, c'est ça ? » j'ai demandé. Moi ça me paraissait pas l'endroit rêvé pour ça. Ça donnait sur la route de la rivière sur un côté, c'est un fait, une route carrossable, même, qu'allait jusqu'à Miami au bout du compte. Mais le temps d'arriver devant chez Smut les voitures roulaient à toute blinde, et y en a pas beaucoup qui s'arrêtaient.

« Pas une station exactement, il a fait. Ce que j'ai dans l'idée, c'est une sorte de roadhouse. Tu sais, restaurant-dancing. Bien sûr, faudra toujours que je vende ma gniole en plus, et pis un peu d'essence.

— Tu crois vraiment qu'un roadhouse ça rapporterait, en pleine cambrousse comme ici ?

— Y a intérêt. Suis sûr que si.

— Je veux bien bosser pour toi, j'ai dit.

— Ce que j'ai dans l'idée, c'est un endroit qui attirerait une meilleure clientèle que celle que j'ai maintenant. Plus classe. Ces types de la filature, y font rien qu'acheter un peu de gniole, pour la boire et la dégueuler sur place.

— Je te dis pas, mais y a qu'eux qui viennent par ici.

— Oh, ça les empêchera pas de continuer à venir. Mais c'est pas grave. Un roadhouse ça doit servir le tout-venant. Ce que je veux, c'est attirer les ouvriers des ateliers de bonneterie, là-bas. Le peu d'argent qui se fait à Corinth, c'est eux qui se le font.

— Ils le dépensent aussi, c'est pas la question, j'ai fait. L'ennui c'est que ces tricoteurs ce qui les intéresse surtout c'est de faire un tour en voiture avec leurs poules après le turbin. Et à mon avis, ils doivent se dire qu'ici c'est un peu trop mal fréquenté pour amener sa poule.

— C'est ça la raison. Mais attends un peu que j'arrange la taule comme il faut, que je la transforme à la mode avec des chromes tout partout, et tu les verras rappliquer dare-dare avec leurs copines. Rien que de changer de nom, tiens, d'appeler ça roadhouse au lieu de station-service, ça en ferait venir pas mal. Faut qu'une boîte elle ait du cachet, pour attirer les jobards comme ces mecs du textile.

— Pour les connaître, tu les connais, j'ai dit.

— Comme si je les avais faits. Je les ai bien étudiés. Je sais qu'un roadhouse ça rapporterait.

— Et moi, là-dedans, je sers à quoi, à ton idée?

— Tu m'aides à faire tourner la boîte, pardi. Va falloir que je me trouve des serveurs, et pis des cuistots. Toi tu pourrais tenir la caisse.

— A t'entendre, c'est comme si c'était fait.

— C'est tout comme. Tout préparé dans ma tête.» Là il a tordu du cou pour expédier un glaviot en direction des chaussures à Catfish. «Quand j'ai arrêté l'école, j'ai travaillé dans des roadhouses. J'en ai connu pas mal. J'aime autaut te dire que les gens qui s'en occupaient ils s'en mettaient plein les fouilles. Plein.

— T'as déjà fait le videur? j'ai demandé.

— Sûr. Videur d'un bout à l'autre de la côte Pacifique. On m'a jamais beaucoup cherché noises.»

A voir ses bras, je voulais bien le croire.

« Je suppose que t'auras pas besoin de moi avant que tu fasses retaper la taule, hein ?

— Pardi, bien sûr que si. Je vais pas savoir où donner du collier, moi, dans les semaines qui vont venir, et tu pourrais me remplacer quand je serai pas là. Pour ton mois, combien que tu comptais ?

— Trente dollars, ça irait ? » j'ai fait.

Il a fermé un œil et s'est mis à regarder par terre.

« C'est un peu beaucoup. C'est pension comprise, oublie pas, et t'aurais un endroit pour coucher.

— Je peux gagner trente dollars par mois au C. C. C.*, nourri logé, j'ai fait.

— On mange pas terrible, là-bas. Qu'est-ce que tu dirais de vingt-cinq dollars pour commencer ?

— Pousse jusqu'à vingt-cinq soixante-quinze. »

Il a secoué la tête. « Non, peux pas. Vingt-cinq c'est tout ce que je peux payer pour l'instant.

— Bon, d'accord, j'ai fait. Quand est-ce que tu veux que je commence ?

— Lundi, ça t'irait ?

— Va pour lundi. Mais tu pourrais pas me prêter ton camion pour ramener ma malle ici ?

— Dimanche, tu peux l'avoir.

— Bon. Alors à dimanche, dans l'après-midi. » J'ai ramassé ma bouteille et je me suis levé pour partir.

« Y a pas le feu, dis donc. Reste encore un peu, il est pas tard.

— Le sera quand j'arriverai chez moi », j'ai dit, et je me suis remis en route.

* *Civilian Conservation Corps* : les camps de travail pour jeunes chômeurs créés par Roosevelt.

2

Smut Milligan avait deux ans de plus que moi, mais je le connaissais bien. Son petit nom c'était Richard, mais tout le monde l'appelait Smut*. J'ai jamais su son vrai nom de famille. Lui non plus il savait pas. Il a été adopté tout gamin par Ches Milligan et sa femme. Ches Milligan il tenait une épicerie générale à Corinth. Lui, c'est sa femme qui le tenait. Une fois qu'elle lui a bien cassé le tempérament – à ce qu'on m'a dit – elle s'est mis dans la tête d'aller à l'orphelinat de Raleigh et de se ramener un petiot. Un gars, qu'elle voulait. Elle aimait bien faire tourner les mâles en bourrique.

Smut avait trois ou quatre ans à l'époque, mais d'après ce qu'on dit il a jamais beaucoup fait attention à la mère Milligan. A l'école il était dur, et il la manquait pas mal aussi. En automne il se cavalait pour chasser les muscadins, et au printemps il allait à la pêche dans la Pee Dee River, et des fois dans la Rocky River. Il leur en faisait voir de drôles, aux Milligan. La vieille se mordait sans doute les doigts de pas l'avoir laissé à l'orphelinat. Mais elle est morte quand il marchait sur seize ans, environ. De ce moment-là, Smut a plus jamais rendu de comptes à personne.

* *Smut*: cochonneries ou publications obscènes.

Sa femme partie, Ches s'est retrouvé avec la bride sur le cou. Mais il était comme perdu sans elle, alors il s'est mis à boire. Il a épousé la veuve Bolick, qu'était un vrai dromadaire, mais elle lui a claqué dans les pattes au bout de six mois à peine. Ches il s'était habitué à se faire commander, et d'avoir autant de poisse avec ses bonnes femmes ça l'a comme qui dirait découragé. Il s'est mis à picoler tellement qu'il en a perdu son commerce. Un peu plus tard il a perdu sa maison aussi, et à partir de ce moment-là il a pratiquement plus décuité. Il a encaissé l'argent des assurances qu'il avait prises, et il a bu ça aussi jusqu'à ce qu'il reste plus rien. Quand il a décuité, il lui restait plus que son fusil de chasse et une cartouche. Il a scié le canon du fusil, et la cartouche il se l'est tirée dans la tête.

Smut il courait les rues depuis un bout de temps déjà, et pour lui ça changeait pas grand-chose que Ches se soit fichu en l'air ou non. Il devait avoir dix-huit ans à l'époque, et c'était un homme. Il est resté à Corinth tout l'été. Il faisait le pompiste à droite à gauche, et le samedi il jouait au base-ball. A la rentrée il est allé au Harrell Junior College, mais ils l'ont fichu dehors dès que la saison de foot a été finie.

Il a fait ça une paire d'années. En automne il allait jouer au foot pour une petite université quelconque. Une fois la saison de football terminée il revenait traîner à Corinth jusqu'au printemps, et là il se faisait recruter par une autre école. Il était nourri logé pour jouer dans leur équipe de base-ball. L'été, il pouvait toujours gagner sa croûte à jouer au base-ball dans une équipe corpo comme ils en ont dans le textile. Au base-ball il se défendait pas mal, comme joueur, mais les recruteurs des grandes équipes professionnelles qui traînent toujours sur les terrains dans cette partie du pays ils ont jamais beaucoup fait attention à lui. Suffisait de lui expédier une balle vicieuse, il se faisait avoir à tous les coups.

Quand Smut a eu vingt et un ou vingt-deux ans, il est parti

et je l'ai plus revu durant trois ou quatre ans. Et puis en 1935 il est revenu. Un samedi après-midi je suis entré au City Bowling, et il était là à s'occuper de faire tourner la boutique, on aurait dit qu'il avait fait ça toute sa vie.

Il avait un peu d'argent – forcément –, et il a pas été long à racheter la station-service de River Bend. Il y avait eu un meurtre, là-bas. Le gars à qui ça appartenait était mêlé à l'histoire, et il a fait de la taule. A ce qu'on m'a dit, Smut a fait une drôle d'affaire.

Dès le début il s'est bien défendu. En semaine il faisait pas grand-chose, mais le samedi et le dimanche il y avait une sacrée animation. Je me suis laissé dire par plus d'un branleur à Corinth que Smut des fois il se couchait pas du samedi matin au lundi. Il y avait toujours une partie de poker ou de blackjack en cours par-derrière. Smut en était presque toujours, et il y trouvait généralement son compte. Il vendait aussi un peu d'essence, et beaucoup d'alcool.

Quand on était mômes à l'école, je me défendais rudement bien comme receveur, au base-ball, mais comme Smut était le receveur titulaire, je jouais jamais beaucoup. Si bien que j'ai redoublé une classe exprès pour qu'il passe devant, comme ça j'avais le terrain pour moi tout seul. Il était costaud et pas baisant, comme gars. J'en avais toujours la trouille, mais lui il avait l'air de m'avoir à la bonne.

A l'école, la plupart des garçons trouvaient que la plus jolie fille c'était Lola Shaw. Elle avait les cheveux bruns et des grands yeux bruns aussi. Sa façon de regarder les garçons en coin, ça les tuait tous. Un regard qui semblait dire : « Si seulement on pouvait être seuls tous les deux, qu'est-ce qu'on s'en payerait ensemble. » Elle était de taille moyenne comme fille, tout en courbes, balisées là où il faut. Son visage était pour ainsi dire ovale. Les garçons l'aimaient bien, mais pas les filles.

Son paternel c'était le vieux Flake Shaw, le véto. Il était

bon avec les bourrins et il mettait son argent de côté. Quand il est mort il a laissé de la fortune à sa femme. C'est là qu'elle s'est lancée dans le monde, enfin si on peut parler comme ça pour une ville comme Corinth. Elle s'est abonnée à un ou deux clubs de lecture et elle s'est mise à être très active au conseil des parents d'élèves. On pouvait plus ouvrir l'*Enterprise* sans lire qu'elle venait de régaler ces dames de la société de charité, les grenouilles de bénitier de l'église méthodiste. Elle faisait drôlement attention aux fréquentations de Lola, et quand Lola a terminé le secondaire, elle l'a envoyée à Duke University.

C'est vers ce moment-là, en fin d'études, que Smut Milligan l'a remarquée. Ou c'est peut-être elle qui l'a remarqué. Enfin bref, ils ont commencé à se fréquenter. La mère à Lola, ça lui allait pas du tout. Smut était pas un gars comme il faut, alors elle y a mis un frein. Du coup, fallait que Lola descende en douce de sa chambre par la fenêtre, la nuit. Peut-être qu'elle allait rejoindre d'autres gars aussi, mais moi j'ai jamais été sûr que pour Smut.

Quand Smut a quitté Corinth, pour la côte Pacifique ou ailleurs, Lola elle s'est mise à sortir avec beaucoup de gars différents. Le soir elle sortait avec des bons petits gars, le genre à faire des études en théologie, en droit, ou peut-être bien une école de commerce et compta. Elle sortait avec ceux-là pour contenter sa mère. Elle faisait son devoir, et après ça elle se trissait en douce avec d'autres gars du patelin, ce coup-ci pour s'amuser. A l'époque que je vous cause, je me tenais au courant des gars avec qui elle frayait, parce que moi aussi j'en pinçais un peu pour elle.

Quand Lola a fini l'université, Smut Milligan est revenu à Corinth le même été. Elle est sortie une ou deux fois avec lui, ouvertement, mais je pense que sa mère a recommencé à lui faire la vie, parce que très vite ils se sont remis à se voir en cachette. A sa façon d'agir, je croyais que Lola était amoureuse de Smut, mais en septembre la même année elle a épousé Charles Fisher.

Lui, je crois pas qu'elle soit sortie une seule fois avec jusqu'à environ un mois de se marier.

Charles Fisher était fils unique. Son paternel c'était Henry Fisher, l'homme qui possédait les ateliers de bonneterie à Corinth. Quand la mère à Charles est morte, elle lui a laissé sa fortune de son côté à elle, et ça devait bien tourner aux alentours d'un demi-million de dollars. Il aurait pu vivre comme un prince rien que sur les intérêts, mais au lieu de ça il s'est mis à travailler aux ateliers de papa. A ce qu'on dit, le vieux voulait qu'il prenne la suite. Il a travaillé un peu partout, à différents postes. Il avait environ trente-cinq ans quand il a épousé Lola. Il venait de prendre la direction des ventes. Il allait beaucoup dans le nord, des villes comme New York et Philadelphie, et là-bas il plaçait la bonneterie qu'ils fabriquaient. Ça faisait qu'il s'absentait de Corinth une bonne partie du temps.

Il avait de l'instruction. D'abord à Duke, et puis un an à Harvard. A la suite de quoi il est retourné à Corinth, pour commencer dans la bonneterie. Tranquille, comme gars, et il jouait beaucoup au bridge avec le gratin de Corinth. Des fois il traînait un peu au comptoir à soda de la Beaucom's Pharmacy, ou au billard de l'Elite Pool Room. Là il faisait de son mieux pour être comme les copains. Mais il y arrivait pas tout à fait.

De loin il payait pas de mine, mais quand on s'approchait et qu'on le regardait mieux, il avait rien qui clochait vraiment dans son apparence. Il était clair de cheveux et rose de teint, comme une tomate qui sera mûre dans un jour ou deux. Il portait des lunettes avec des verres octogonaux, et il clignait tout le temps des yeux. Je suppose qu'il était miro. Mais il voyait suffisamment clair pour remarquer que Lola elle avait pas été oubliée le jour de la distribution, et qu'elle était bâtie comme un hôtel en briques. En plus, je suppose qu'elle avait pas lésiné sur le charme, avec ces yeux à coucher qu'elle avait ; il était pas de taille à résister. Je doute fort qu'il ait beaucoup fréquenté de femmes avant ça.

A Corinth à l'époque on disait que Smut croyait qu'elle voyait Fisher pour faire plaisir à sa mère, comme avec les autres. Mais si c'est ça qu'il croyait, il était bien bête. Elle était tout ce qu'il y a de sérieux. Sa mère avait mangé presque tout l'argent que le vieux véto leur avait laissé, et Lola je doute fort que ça l'enchantait tant que ça d'avoir à gagner sa vie comme maîtresse d'école. Ça lui a seulement pris un peu plus d'un mois pour mettre le grappin sur le jeune homme le plus riche du patelin. On dira ce qu'on voudra, mais une fille de rebouteux capable de faire ça, fallait quand même qu'elle ait plus que de la suite dans les idées.

Le vieux Henry Fisher, ça l'enchantait pas trop que Charles se marie avec elle. Pourtant, je crois pas qu'il ait dit grand-chose contre non plus.

Le mariage s'est déroulé dans l'intimité et la simplicité.

Enfin, c'est ce que Fletch Monroe a dit dans l'*Enterprise*, deux mois après la lune de miel. Charles a fait construire sur Pee Dee Avenue, dans la même rue que chez papa, mais à l'autre bout. Lola il lui est poussé une voiture toute neuve aux fesses. Vert Nil, je crois bien qu'on m'a dit que ça s'appelait, comme couleur.

Si Smut Milligan l'a eu sec de la façon que les choses ont tourné, il l'a jamais laissé paraître. Même pas une biture quand les mariés sont partis à New York et au Canada en voyage de noces. C'était bien Smut, ça : rester sur ses jambes et encaisser.

3

C'est un mercredi soir que Smut Milligan m'a offert de venir travailler chez lui. Le reste de la semaine je me suis activé à régler mes affaires. J'ai écrit à la Land Bank, à Columbia en Caroline du Sud, pour leur dire que je plaquais la ferme. J'ai été à Corinth dire à Jasper Yonce d'envoyer quelqu'un chercher la vache. J'ai causé au shérif et il a accepté de prendre la mule et l'outillage pour couvrir les taxes en retard et les intérêts. Comme il avait une ferme lui aussi, ça l'arrangeait. Le samedi midi j'ai vendu mes poules à Wash Davis, un négro qui se balade dans tout le pays en voiture à cheval et qui rachète poules, chiens, lapins, œufs, opossums, et à peu près tout ce que vous avez à lui fourguer ou échanger.

J'en étais de la récolte, le peu qu'il y avait, mais ça j'y pouvais rien. A voir la touche de mon coton, il valait sans doute pas la peine de se baisser. Pour le maïs, je pouvais toujours le vendre sur pied à un fermier quelconque et lui laisser le plaisir de le cueillir.

Arrivé le dimanche, j'ai pris le camion à Smut et j'ai ramené ma malle chez lui, et ce que j'avais de meubles. Les meubles je les ai entreposés dans son garage, le temps de trouver à les bazarder.

J'ai laissé des trucs à la maison. Surtout des choses que

je pouvais pas utiliser ailleurs que là, et celles que je savais que je pourrais pas vendre. J'ai laissé un rouet cassé et des chaises bancales, et puis des pots et des casseroles qui fuyaient tous plus ou moins. J'ai laissé une horloge de grand-père aussi, mais elle marchait plus.

En un sens, ça me faisait mal au sein d'abandonner la maison. J'en avais bavé, là-bas, et je m'étais souvent senti bien seul, mais c'était un endroit où je pouvais toujours aller. Quand j'étais môme et que j'étais en vadrouille, je savais que je pouvais toujours rentrer, si j'avais trop faim ou si je perdais courage. Là j'allais chez Smut Milligan, mais c'était pas pareil qu'un chez-soi. A moins qu'il y trouve son compte de me garder, je savais bien que Milligan y regarderait pas à deux fois pour me mettre le cul dehors. C'était le genre de gars pour qui un sou c'est un sou.

Ce premier dimanche soir j'ai couché sur un matelas par terre dans la cambuse de derrière. Smut il avait bien un lit de camp là-dedans, mais il était dessus. On était un brin serrés là où on vivait, mais on faisait aller. La pièce par-devant était grande, vingt-cinq sur douze environ. Elle était remplie de marchandises, présentoirs, casiers à bouteilles de Coca-Cola – des choses comme ça. Il y avait aussi un poêle par-devant, et une glacière pour les bouteilles. Et deux machines à sous, une de chaque côté de l'entrée. Derrière la pièce principale il y en avait une autre tout aussi large, mais moins profonde. Pleine de provisions et marchandises aussi, une sorte de réserve. Avec les nègres et les fermiers qui vivaient de ce côté de la rivière, Smut il vendait pas mal de choses. Derrière cette seconde pièce, sur la droite, se trouvait une annexe divisée en deux. Smut avait fait construire la première pour y dormir, et après ça il avait fait rajouter une cuisine. L'hiver dans la cuisine ça jouait pas mal au poker, selon Smut. Le plus gros de la gniole était planqué dans la seconde salle. La cuisine semblait plus indiquée comme endroit, mais c'était la barbe de faire tout ce chemin pour venir la chercher.

Moi pour le boulot j'étais vert comme un tige de maïs, et les deux premiers jours il a fallu que Smut me fasse voir comment tout marchait. Il m'a montré où étaient les différentes choses, combien ça coûtait, et comment faire marcher la caisse enregistreuse. Il m'a fait voir où qu'il planquait sa gniole en réserve, des fois qu'on soit pris de court quand il était pas là. Dans le petit cellier en dessous du garage, que c'était.

John Morrison, Inc., une entreprise de Blytheville, était la compagnie que Smut avait engagée pour construire la taule. Ils ont commencé cette semaine-là, un mercredi. Smut avait bien goupillé son coup, on peut pas dire. Il avait fait un emprunt de deux mille dollars en hypothéquant le commerce et en signant une demi-douzaine de traites. Et il avait un peu d'argent à lui pour amorcer la pompe. A Charlotte il avait fait faire des plans par un architecte, pour le dancing. Ça lui a coûté pas mal d'argent, mais comme il disait, tant que de faire, autant le faire comme il faut. « Tu fais les choses à moitié, elles sont jamais faites. » C'est comme ça qu'il voyait les choses, Smut.

Les charpentiers et les maçons ont commencé à construire le nouveau bâtiment juste à côté de la station-service. Pendant les travaux nous on continuait le commerce dans la vieille taule. Le nouveau bâtiment fini, Smut avait dans l'idée de leur faire transformer l'ancienne station en salle de danse, et la faire communiquer avec la partie neuve.

Smut il arrêtait pas, toujours sur le dos des charpentiers, à les houspiller pour qu'ils aillent plus vite, pour ensuite les enguirlander en leur disant qu'ils avaient intérêt à faire du bon travail, ou sans ça. Il allait souvent à Corinth, et des fois à Charlotte. Quand il était parti, c'est moi qui tenais la boutique. Dans la semaine, j'en écalais pas lourd. Le matin je nettoyais la cuisine et je balayais la carrée, ensuite je passais le reste du temps à lire le journal ou à discuter le bout de gras avec les gars du bâtiment. Des fois quelqu'un venait acheter de l'essence, un Coca-Cola ou un paquet de cigarettes. L'après-midi, ça m'arrivait de faire un somme. Mais je me réveillais toujours à temps pour suivre le match de base-ball à la radio. C'était toujours les Washington Senators qu'ils donnaient, et ils se faisaient taper à plates coutures presque à chaque coup; mais des fois ils vous surprenaient et gagnaient un match. Vers cinq heures le commerce reprenait un peu. Il y avait plusieurs jeunes péquenots des fermes le long de la rivière qui travaillaient à la filature de Corinth, et le soir ils s'arrêtaient en rentrant du boulot. Ils achetaient pas grand-chose. Buvaient juste des Coca-Cola et jouaient sur les machines à sous. Des fois quelqu'un s'amenait de Corinth s'acheter une pinte de whisky gouvernement. A Corinth il y avait de la gniole de contrebande en-veux-tu-en-voilà, mais on était les seuls à toujours avoir du whisky gouvernement, avec la taxe payée dessus.

Deux gars venaient souvent chez nous. Bert Ford et un autre.

Bert il avait la cinquantaine, je dirais, un grand bonhomme tout courbé. Il buvait, mais avec lui c'était par périodes. Durant deux semaines il allait s'enfiler sa bouteille par jour. Ensuite il arrêtait complètement, des fois pendant un mois.

Il y a bien de ça vingt-cinq ans, Bert frayait avec une fille de la filature à Corinth. Elle s'est retrouvée en cloque. Je suppose que Bert s'est dit que c'était lui le responsable, parce qu'il a quitté la ville. Mais la fille a fait porter le chapeau à un autre gars, et l'autre gars l'a épousée.

En 1932, le père de Bert est mort et lui a laissé sa ferme. Il est revenu à ce moment-là et il s'est mis à habiter la grande maison à deux étages sur la ferme qui lui revenait de l'héritage. Il vivait là-bas tout seul; il avait même pas un chien avec lui. Il était le dernier de la lignée, et il avait pas de famille autour de Corinth.

On disait toujours que Bert était au Texas, tout le temps qu'il était parti de Corinth, mais plus tard j'ai su que c'est dans le Middle West qu'il était. A ce qu'on dit, il avait ramené beaucoup d'argent avec lui à son retour. D'abord il l'avait mis à la banque de Corinth, ensuite il l'avait placé à la Depositors'Trust Company, à Charlotte. Quand cette banque-là a commencé à branler dans le manche, il y est allé et il a pu sortir ses sous à temps. J'ai jamais su ce qu'il en avait fait après ça. N'importe, moi j'ai toujours pensé que tout ça c'était des racontars de nègres. Un homme vit tout seul et il se marie pas, les nègres ils croient tout de suite que le mec est forcément millionnaire.

J'ai jamais vu Bert Ford habillé. Toujours des salopettes à rayures et des chemises de travail en chambray bleu ; et presque toujours un chapeau noir, haut de fond. Il avait la figure allongée comme celle d'un chien de chasse, avec comme des plis qui lui couraient le long des joues. Sa peau était à peu près de la couleur d'une poire tardive quand elle est mûre. Je crois bien que ses yeux avaient commencé par être verts, mais l'alcool les avait rendus rouges et injectés. Il avait une dent en or juste sur le devant, en bas au milieu. Des fois quand il faisait soleil et qu'il ouvrait la bouche, le soleil tapait sur sa dent et sa figure s'éclairait. Mais je l'ai jamais vu sourire.

Il était pas marié, mais il courait bien la gueuse de temps en temps quand ça le prenait. Toujours dans les périodes qu'il picolait. Il allait avec les bonnes femmes de la filature. On dit aussi qu'il avait une négresse dans Shantytown.

Bert Ford je le trouvais déjà étrange. Mais son copain Wilbur Brannon c'était encore autre chose. Lui il faisait rien comme tout le monde. Vraiment le jour et la nuit. J'ai jamais compris ce qui les rendait potes, Bert et Wilbur. Ils étaient pas du même monde. Du côté de Wilbur, ils avaient du bien et des terres en quantité déjà avant la guerre de Sécession; on trouve encore pas mal de négros près de Corinth qui s'appellent Brannon. Mais le paternel à Wilbur, lui, il est passé dans la fortune familiale comme un feu de broussailles à travers les chaumes un jour de grand vent. Quand il est mort, il restait juste de quoi envoyer Wilbur faire sa médecine. Wilbur a terminé sa médecine et s'est établi toubib dans une ville quelque part en Caroline du Sud. Mais on l'a pincé à vendre de la morphine et il a fait de la taule à Atlanta. Du pénitencier, il est allé directement à la guerre, et après ça il est revenu à Corinth. Au Keystone Hotel, qu'il s'est installé. Il a jamais pratiqué à Corinth.

Il était aussi grand que Bert Ford, mais plus droit. Il était du même âge que Bert aussi, et ses cheveux étaient blancs comme neige. On dit que ça tient de famille, qu'ils ont tous eu les cheveux blancs très tôt. Ses yeux étaient gris et froids. Quand il s'intéressait à quelque chose, ils brillaient comme les étoiles en hiver. S'il avait pas eu le front et la moitié de la figure couverte d'une tache de vin qu'il tenait de naissance, on aurait pu dire qu'il était beau gars.

Wilbur avait une flopée de cabanes à nègres un peu partout dans Charlotte, et il vivait de ce qu'il arrivait à leur soutirer comme loyers. Il avait peut-être d'autres façons de gagner de l'argent, ça se peut bien. Sur lui il avait toujours des habits qu'avaient l'air de coûter cher, et il changeait sa voiture chaque automne. Des fois il s'absentait de Corinth un ou deux mois. Personne savait où il allait, jamais.

Chez Smut il restait bien jusqu'à des minuit, le soir, en supposant qu'il trouve quelqu'un pour veiller si tard avec lui. Des fois il achetait une pinte à Smut, mais en général il amenait son whisky. Il sifflait sa pinte en deux heures à peine, et après ça il arrêtait. Je l'ai jamais vu saoul.

Une fois dans la lune il jouait aux machines à sous. De

temps en temps il faisait une partie de dames avec moi, mais il me battait toujours, comme il battait tous ceux qui voulaient bien jouer contre lui, sauf des fois Bert Ford. Quand il y avait un poker en cours, il s'y mettait. Les parties là-bas ça montait jamais bien haut, mais si quelqu'un voulait jouer plus gros, Wilbur était jamais contre. Un papier qu'il signait, c'était comme de l'argent en banque.

A Corinth, les gens de son monde pour la plupart évitaient Wilbur Brannon. On oubliait pas qu'il avait fait du bagne. En plus de ça, il allait jamais à l'église et il faisait jamais semblant de travailler. Il y en a beaucoup qui trouvaient ça contre nature de rester debout toute la nuit et de dormir dans la journée. Mais Wilbur il en faisait qu'à son idée sans s'occuper des autres.

Bert Ford et Wilbur Brannon c'étaient nos clients les plus fidèles. Des fois Astor LeGrand s'amenait en voiture, histoire de s'asseoir un moment sur un baril à clous, le chapeau enfoncé jusqu'à ces lunettes noires qu'il portait tout le temps. Catfish aussi était là, quand il était pas de corvée de gniole. En semaine, les péquenots faisaient un saut de temps en temps, pour bavarder un peu. Mais à partir du vendredi soir, jour de paye à la filature, c'était la cohue. A l'époque c'était encore risqué de jouer pour de l'argent autour de Corinth, même dans Shantytown. Mais là-bas chez Smut c'était pas un problème. Les ouvriers de la filature passaient pratiquement leur week-end là-bas. Ils achetaient de la gniole et un peu d'essence. Mais Smut la façon qu'il leur gagnait de l'argent sur le poil, c'est qu'il attendait qu'ils soient tous lessivés au poker; pour ensuite prendre juste les gagnants.

Ces gars-là jouaient surtout au poker, mais des fois ils jouaient au blackjack. Smut il préférait le blackjack, parce que ça allait plus vite et il pouvait les plumer sans avoir à s'absenter trop longtemps. Il savait tricher au poker aussi, mais c'était plus simple et plus vite fait au blackjack. Toutes les cartes qu'il avait là-bas étaient biseautées. Il se servait toujours de jeux de cartes avec des rangées de petits losanges dessinés derrière. Il rognait le bord des cartes de façon à pouvoir dire quelle carte c'était. Il rognait les as de façon à ce qu'on puisse voir une moitié de losange sur chaque bord, en haut, en bas, et de chaque côté.

Pour les petites cartes, il laissait les losanges entiers sur chaque bord. Pour les cartes moyennes, il s'arrangeait pour faire apparaître un demi-losange de chaque côté et un losange entier en haut et en bas. Un losange entier sur les côtés et un demi-losange en haut et en bas, ça voulait dire que la carte était un dix. Je l'ai surpris en train de biseauter un jeu tout neuf le premier jeudi que j'ai commencé à travailler pour lui. C'est lui qui m'a expliqué pourquoi il faisait ça.

Moi j'aurais cru que les gars de la filature se seraient avisés du truc en moins de deux, parce que quand même Smut les plumait de cinquante ou soixante dollars toutes les semaines. Mais ils revenaient toujours, à croire qu'ils en redemandaient. Et ils se servaient toujours des cartes qu'il fournissait.

Bien sûr, les fileurs étaient pas les seuls à rappliquer en fin de semaine. Pas mal de fermiers et ouvriers agricoles venaient là parce qu'ils pouvaient boire avec les copains. Un certain nombre de morveux de Corinth venaient aussi le vendredi et le samedi soir, au lieu d'être au lit chez eux. Ils pensaient que ça les rendait intéressants d'aller traîner au tripot à Smut Milligan. Le samedi on vendait bien jusqu'à cinquante pintes de gniole, si on compte le whisky maison et le gouvernement ensemble. Smut ramassait gros avec les deux machines à sous – surtout celle qu'était détraquée et qui payait jamais rien. Il vendait des provisions aux fermiers, du tabac et des bricoles. Je me rendais bien compte qu'il gagnait pas mal d'argent. Ce que j'arrivais pas à me figurer, par contre, c'est comment qu'il avait fait pour s'occuper de tout ça à lui tout seul jusqu'ici. En dormant pas beaucoup et en gardant des yeux dans le dos, qu'il disait. Arrivé le vendredi soir, il se trimbalait avec un flingue dans la poche en guise de mouchoir.

4

Un soir, il allait bientôt faire nuit, Charles Fischer s'est amené en voiture. J'étais à l'intérieur en train de ranger des bouteilles vides dans un casier et j'ai entendu les pneus crisser sur le gravier dehors. Je suis sorti voir qui c'était, si des fois ils voulaient quelque chose. Mais je suppose que Smut était assis par-devant tout ce temps-là. Je l'ai trouvé en train de faire le plein. En voyant qui c'était dans la voiture, je suis sorti m'asseoir sur un des barils à clous.

C'était Lola qui conduisait, et Fischer était de mon côté. Il me la cachait en partie. Elle restait affalée contre le volant; elle avait l'air crevée. Fischer bâillait aussi comme s'il avait sommeil, ou alors peut-être bien qu'il était fatigué aussi. Je suppose qu'ils s'en revenaient juste de Floride.

Smut a fini de remplir le réservoir et il a fait le tour de la voiture, vers l'avant. Il a pris un chiffon de sa poche et il est monté sur le marchepied. Il s'est mis à essuyer le pare-brise en sifflotant « Une belle dame en bleu. Si je la connais, parbleu ». Lola avait un pull bleu. Quand Smut a commencé à siffler ça, elle s'est redressée et elle a regardé de son côté.

Smut a fini de nettoyer le pare-brise et il a sauté du marchepied. « Ce sera tout, monsieur Fischer ? »

Fischer a sorti son portefeuille et a pris un billet. Il l'a donné à Smut. « Je crois, oui. »

Smut lui a rendu sa monnaie, et Fischer a fait :
« On dirait que vous êtes en train de vous agrandir. Les affaires marchent bien, à ce que je vois. »
Smut a hoché la tête en repoussant sa casquette en arrière.
« Ça peut aller, il a dit. Mais j'espère que ça ira encore mieux quand j'aurai ouvert mon roadhouse tout neuf. »
Fischer a retiré ses lunettes et s'est mis à passer son doigt sur le rebord octogonal des verres. « Alors comme ça c'est un roadhouse que vous construisez ? Oh, ça devrait bien marcher. Pas beaucoup de concurrence dans le coin.
— J'espère bien, Smut lui a dit. Passez nous voir quand on sera installés.
— Merci », Fischer a fait en bâillant encore un coup.
Lola Fisher a jeté un coup d'œil en douce du côté de Smut Milligan, avant de retourner à son volant. Elle a fait démarrer le moteur et ils sont partis.
Smut est venu se poser sur un baril. On était chacun d'un côté de l'entrée. « Y a pas à dire, il a fait, mon ancienne copine elle est dans le beau linge. Elle s'est pas mal défendue, pour une fille de véto.
— Je me demande comment qu'elle a fait pour le gruger comme ça. »
Smut m'a regardé en biais. « Le "gruger", lui ? Mince, il est drôlement verni de l'avoir. Un imbécile pareil.
— Peut-être.
— Y a pas de peut-être. Qu'est-ce qu'il a de si spécial ?
— De l'argent.
— Ça, je te dis pas. Mais c'est pas ce que j'appelle un homme. Je me demande souvent s'il l'est assez pour s'occuper de Lola.
— En tout cas, c'est l'homme qui l'a », j'ai dit.
Smut a retiré sa casquette de pompiste pour se gratter la tête. « Ouais, enfin c'est l'homme qui l'entretient, disons. »
Les charpentiers et les maçons travaillaient drôlement vite

sur le nouveau bâtiment. Du coup, Smut sortait les enguirlander des trois, quatre fois par jour. Lui aussi il voulait que le bâtiment soit terminé le plus vite possible, mais il disait qu'un truc construit aussi vite ça pouvait pas tenir debout comme il faut. La première construction était pour ainsi dire finie le jour où Lola Fisher s'est amenée dans sa voiture de sport vert Nil. Le petit roadster avait des pneus à flancs blancs, et il en jetait vraiment.

C'était la fin septembre, un après-midi. Il faisait beau et l'air était vif. Les feuilles viraient tout juste au rouge et jaune. Lola s'est arrêtée devant la pompe et je suis sorti m'occuper d'elle.

Elle était toute fagotée en vert, ce coup-ci. Pour aller avec la voiture, je suppose. Pull vert qu'était trop moulant, comme d'habitude, et jupe verte. Ses cheveux étaient en partie cachés par une sorte de bandeau rouge. Elle avait les cils longs et noirs, on aurait dit qu'elle venait de se les faire faire au salon de beauté. Elle était jolie et elle avait quelque chose derrière la tête. Quand elle m'a souri, j'ai détourné les yeux.

« Oui, m'dame, combien j'en mets ?

— Bonjour, Jack », elle a fait. Je l'ai regardée à nouveau. Elle souriait toujours. Ça me faisait tout drôle de l'entendre m'appeler par mon prénom de cette voix-là, douce et maligne. Je sentais que j'étais en train de piquer mon fard. « Combien vous m'avez dit, m'dame Fisher ?

— Fais-moi le plein. Je croyais que j'avais assez d'essence pour aller jusqu'à Blytheville, mais j'ai décidé que c'était peut-être tenter le diable. »

J'ai commencé à pomper l'essence. Et tout en pompant je regardais Lola Fischer. Elle était un peu tournée sur son siège, et elle souriait toujours. Un sourire un peu nerveux, je trouvais ; et puis elle arrêtait pas de croiser et décroiser les doigts. Elle s'est tournée encore un peu plus pour me regarder.

« Quand est-ce que t'as commencé à travailler pour Smut Milligan ? elle m'a demandé.

— Un mois, environ. »

Juste à ce moment Smut est apparu dans l'entrée. Il avait un Coca-Cola à la main et ses cheveux étaient tout défaits, comme s'il venait de sauter du lit. Il a vu Lola et lui a fait signe de la main.

« Bonjour, m'dame Fisher », il lui a fait avec un petit sourire.

Lola a décroisé les doigts. « Bonjour, Smut. » Elle souriait comme s'ils s'étaient remis ensemble. Elle a ouvert la portière et a passé les jambes par-dessus le marchepied. Une paire de jambes à vous en faire péter les mirettes, qu'elle avait.

« Quelle sorte de bouge infernal tu vas encore nous ouvrir ici, Smut Milligan ? » elle a demandé comme ça tout en tirant sur son pull, histoire de le tendre encore un peu plus sur le devant.

Smut a bu une dernière gorgée et il a posé la bouteille par terre pour que je la ramasse plus tard. Il a pas pu s'empêcher de sourire en annonçant : « River Bend Road-house. Restaurant. Dancing. Bringue et amours. Machines à sous et parties de dés. Annoncez vos péchés et vos ustensiles préférés. On les aura. »

Lola a regardé autour d'elle pour voir si la route était libre. A la suite de quoi elle lui a décoché un sourire à en faire claquer son mari de jalousie. « Intéressant, elle a fait comme ça. Mais les églises à Corinth vont pas trop apprécier ce genre de concurrence. Tu crois vraiment qu'ils vont te laisser faire ? »

Smuth s'est rapproché et s'est assis sur le marchepied comme s'il avait tout d'un coup décidé d'acheter la voiture. Il s'est choisi un endroit tout près des jambes à Lola.

« Oh, je serai vilipendé en chaire un peu partout. Mais je crois que ma réputation est assez solide pour supporter ça.

— Oh, pour être solide, elle est solide », Lola a répliqué. Et ils ont éclaté de rire tous les deux.

Elle m'a tendu un billet de cinq dollars, alors il a bien fallu que je rentre chercher la monnaie. Quand je suis ressorti, Smut était toujours assis sur le marchepied et ils causaient en rigolant. Lola ne se tordait plus les mains, et elle se renversait sur les coussins comme si elle se sentait à son aise, tout d'un coup. Je lui ai rendu sa monnaie et je suis parti voir du côté du nouveau bâtiment.

C'est pas que le bâtiment avait changé d'un poil depuis le matin, mais j'y suis quand même resté jusqu'à ce que j'entende démarrer la voiture à Lola. Elle a pris River Road en direction de Blytheville, alors peut-être bien qu'elle avait réellement eu l'intention d'aller là-bas.

Quand je suis retourné par-devant, Smut était assis sur son baril à clous favori, à gauche de l'entrée. Il fumait une cigarette.

« Elle en jette vraiment, la bagnole à Lola », il a fait comme ça. Je voyais bien qu'il avait envie de causer d'elle.

« Bien la première fois que je la vois par ici toute seule.

— Première fois qu'elle vient par ici depuis qu'elle est mariée. Sauf la fois qu'elle est venue avec son mari, y a de ça une quinzaine. Fisher ça lui arrive de venir de temps en temps s'acheter une bouteille. Note bien que d'habitude, il vient tout seul.

— La gniole moi je l'achèterais par caisses, si j'étais lui ; au lieu de m'emmerder à venir chercher une pinte au coup.

— Je crois pas qu'il boive beaucoup.

— N'empêche, il pourrait se trouver de la meilleure gniole, s'il l'achetait là où on a le droit ; et pis il aurait du choix. Lui qu'est tout le temps fourré dans le Nord, là-bas c'est pourri d'endroits qui vendent que ça.

— Ouais, il est à New York en ce moment.

— On pourrait penser que Lola irait avec lui, quand il s'en va comme ça. »

Smut m'a regardé, comme si des fois il m'en aurait pas

trop dit. « On pourrait, oui », il a fait en se levant. Et puis il s'est rentré.

Jusqu'au week-end ça a été le calme plat. Mais alors après, pardon. La filature tournait à plein cette semaine-là pour la première fois depuis le printemps, et les ouvriers avaient tous touché paye entière. Probable qu'ils devaient tout ce qu'ils avaient touché, et des plumes avec, mais c'est plus comme avant maintenant à la filature. Avant, la compagnie forçait les employés à acheter au magasin de la filature, et ils déduisaient ça de la paye. Il y a des familles qu'ont travaillé cinq ans et des fois plus à la filature sans jamais voir la couleur d'un chèque de paye. Mais tout ça c'est du passé, maintenant les mecs de la filature rappliquent chez nous avant qu'on puisse leur mettre la main dessus et retenir ce qu'ils doivent un peu partout. Toute la journée du samedi, il y a bien eu une douzaine de parties de poker différentes en cours à la station-service et autour. L'après-midi, plusieurs gars de la briqueterie sont venus rejoindre ceux de la filature. Et puis il y avait une poignée de gars venus de Corinth. Eux ils travaillaient nulle part, mais ils venaient chez Smut en fin de semaine pour les parties de poker. Ils s'en revenaient rarement les poches vides. Quand ils plumaient un de ces gars de la filature, le gars était plumé comme il faut. Smut les aimait pas, vu qu'ils le laissaient jamais jouer contre eux pour leur repiquer un peu de leurs gains. Mais, bon, il pouvait pas les mettre dehors et leur interdire de remettre les pieds chez lui. Ça l'aurait foutu mal pour le commerce, qu'on dise partout que les clients étaient pas les bienvenus chez nous.

Mais Smut il était quand même sec avec eux, et des fois il y avait de la bagarre. Une fois, je parle de ça c'était avant que je vienne travailler pour lui, Smut s'est fait suriner quelque chose de bien par un de ces requins. Whitey Duke, qu'il s'appelait. Mais comme un idiot Whitey il est revenu. Alors un soir Smut l'a fichu bas, il s'est assis dessus et il lui a à moitié cassé la tête. Avec une chopine de bière. Whitey il s'était mis à la ramener, après son histoire avec Smut. Il se vantait comme quoi il étriperait le premier qui se frotterait à lui. Et à force, il s'était pris pour un dur. Le soir que Smut lui a cassé la tête avec la canette, Whitey s'est mis à chialer et à supplier Smut de pas le tuer. Sa réputation en a pris un sale coup; après ça, tout le monde s'est mis à l'envoyer aux pelotes et à se payer sa tête. Si bien qu'au bout d'un moment Whitey a quitté le patelin, il est parti vivre à Charlotte. Il fait le taxi là-bas, maintenant.

Vers trois heures ce samedi-là, deux mecs de la filature se sont bigornés pendant une partie de blackjack. Un dénommé Rance et un gars en salopette et chaussures blanches, avec la gueule pleine de boutons. Dans une voiture parquée dehors, qu'ils jouaient. Le boutonneux a coursé Rance jusque dans la taule. Rance est entré à fond de train pour aller se protéger derrière le comptoir où Smut était assis, le dos tourné à la porte. Rance c'est un gros lard avec des lunettes en écaille. Il était tout essoufflé. «Le laisse pas m'avoir, Smut», qu'il beuglait. «Y va me trouer si tu fais pas quèqu'chose. Le laisse pas me trouer.» Rance a reculé encore un peu plus en bout de comptoir. «L'a saigné deux gars rien que cette année.»

Le mec à boutons s'était arrêté à la porte. Il s'est approché du comptoir. Il avait la figure en feu, avec ses petites bosses à pus qui dépassaient partout. Il a essayé de sauter sur le comptoir, mais Smut l'a repoussé.

«Descends de là, toi, Slop Face*, Smut a fait comme ça. Rentre ton couteau et fous-moi le camp.»

Le boutonneux a fait passer son couteau dans la main gauche. Avec la droite il repoussait les cheveux qu'il avait dans les yeux. Il avait quelque chose au poignet on aurait

* *Slop*: rata, tambouille. *Sloppy*: négligé, dégueulasse.

dit une gourmette, mais quand il a tourné la main j'ai vu que c'était sa montre.

« Un dix, qu'il avait de planqué, l'enflure. » Son front était en nage, avec une mèche de cheveux collée dessus.

« Et pis après ? Smut a dit. T'en avais sans doute une demi-douzaine de planqués toi aussi. Allez, rentre-moi ça. »

Là-dessus voilà le boutonneux qui se lance, il passe une jambe par-dessus le comptoir. Rance fait un bond de sauterelle en se débinant dans l'arrière-salle. Smut attrape la jambe du gars. L'autre pouvait plus bouger. Smut lui tord le poignet en arrière, le gars ouvre la bouche, et au bout d'un moment les doigts aussi. Le couteau tombe de sa main. Smut l'envoie dinguer par terre tout en récupérant le couteau.

« Casse-toi, Sloppy. Que je t'entende encore faire des histoires par ici, et je t'arrange de telle façon que tu pourras plus opérer ta bécane à l'usine lundi matin. » Sitôt relevé, le nommé Sloppy a jeté un œil sur son couteau. Mais il a préféré sortir sans faire d'histoires. J'ai plus entendu parler de lui de tout le week-end. Un gars tout maigre, pas bien dangereux quand il avait pas son couteau, ou un coup dans le nez.

Le dimanche matin il s'en est ramené une bonne douzaine qui se sont remis à jouer. Ceux-là c'était ceux qu'avaient gagné tout l'argent la veille. Ils se sont fait écaler les uns après les autres, et vers deux heures de l'après-midi il en restait plus que trois. Ils étaient installés dehors sous le mûrier, et Smut les a appelés à l'intérieur.

Ils se sont pas fait prier, d'autant que Smut leur offrait à boire, et pas du ratafia. Moi j'étais dans la cuisine en train de me faire un casse-croûte au fromage quand ils sont entrés. Smut était aussi costaud que ces trois-là pris ensemble. Il y en avait un qui boitait, son nom c'était Crip* Wood. Les deux autres s'appelaient Red et Lonnie. Je crois que Red son

* Déformation argotique de *cripple*, « éclopé ».

nom c'était Smith ; Lonnie, j'ai jamais su. Lonnie il lui restait plus beaucoup de cheveux, et il avait l'air tout délavé. Il avait des taches de rousseur sur le haut du crâne, là où il se déplumait le plus.

Smut a pris trois verres et les a posés sur la table de la cuisine à côté de la bouteille. « Allez-y les gars, servez-vous. »

Ils se sont servis, et pas des petits. Moi j'ai pris mon casse-croûte et je suis sorti. Je savais qu'il faudrait pas longtemps à Smut pour se mettre dans la partie. Et pas longtemps non plus pour leur prendre presque tous leurs sous.

Par-devant les affaires étaient plutôt calmes. De temps en temps un des jeunes rouspétait après la machine qui payait plus. Je la réparais – Smut m'avait montré comment – de façon à ce qu'elle paye une ou deux fois mais qu'elle se déglingue aussitôt après. N'importe qui avec un peu de gingin se serait arrêté de jouer sur cette machine. Mais il y en a qui peuvent pas s'empêcher. On dirait qu'ils sont impatients de perdre le peu d'argent qu'ils ont. Et puis l'autre machine était tout le temps prise.

Vers quatre heures, Wilbur Brannon s'est ramené et il a garé sa voiture sous le chêne rouge. Il est descendu et il est venu là où j'étais assis. Il avait un costume brun en tweed, avec un chapeau vert, une chemise verte et une cravate rouge. Il s'habillait un peu trop bien pour traîner dans une station-service.

« Ça va-t-y comme tu veux, Jack ? » il a fait en rapprochant un baril à clous. Avant de s'asseoir dessus il a essuyé le baril avec son mouchoir.

« Comment ça va, m'sieur Brannon ? j'ai dit.

— Ça va. Mais j'ai soif. T'aurais pas un peu d'eau bien froide et une bouteille de ginger ale ?

— Dedans. Je vais vous chercher ça. » Et quand je me suis levé, il m'a suivi à l'intérieur.

« Je vais boire ça ici », qu'il a fait. Il avait les yeux un peu rouges, et sa tache de naissance était plus pâle que d'habitude.

J'ai sorti la cruche d'eau de la glacière, et une bouteille de ginger ale. J'ai sorti un verre aussi, parce qu'on gardait les verres dans la glacière pour qu'ils soient bien froids. Pas pour les péquenots ni ceux de la filature. Juste pour nous quand on avait soif, et pour les clients spéciaux. Brannon s'est versé un demi-verre d'eau et il a rempli le reste de whisky jusqu'à ras bord. Il avait une bouteille dans sa poche de veste. Il s'est enfilé le tout, d'un trait. Ensuite il a bu un coup de ginger ale. « A quoi je pense ? il a fait en reposant la bouteille. J'ai oublié de t'offrir un verre.

— Y a pas de mal. Je peux pas boire quand je travaille.

— Des fois que tu roulerais les clients, eh ? il a dit avec un petit sourire.

— Des fois que les clients me rouleraient, ouais. »

Quand on est retournés dehors, Bert Ford était assis sur un des barils. Il était en salopette à rayures, avec une chemise grise en chambray. La chemise était propre et amidonnée tellement raide que Bert avait pas l'air d'être vraiment dedans. Bert tenait une brosse dans une main et une boîte en fer-blanc pleine de tabac à chiquer dans l'autre.

« Salut les gars, il a fait.

— Tu bois, aujourd'hui, Bert ? » Wilbur lui a demandé.

Bert Ford a craché un gros glaviot brun. « J'ai ce qui me faut. J'ai bu un coup en passant devant la source de l'autre côté de la route.

— J'ai du scotch qu'est sacrément bon, si t'en veux un coup.

— Préfère continuer au raide. J'ai commencé au raide, et j'aime pas faire de mélanges.

— Une partie de dames, alors ? » Wilbur sa tache avait changé de couleur sur sa figure. Un rouge presque noir. Lui des fois ça lui faisait beaucoup de bien de boire un coup.

«Pas de refus», a dit Bert. Il a pris sa brosse et l'a touillée dans sa boîte. Ensuite il se l'est calée dans un coin de la joue, en refermant bien les lèvres*.

J'ai été chercher le damier à l'intérieur. Bert a rapproché encore un baril et ils ont mis le damier dessus.

Je les ai regardés jouer un moment. Ils étaient plutôt forticches, mais Wilbur était meilleur. Il était plus culotté que Bert Ford. Bert aux dames il jouait la défense, sans jamais se mouiller. Il préférait faire match nul que de prendre un risque et peut-être perdre. Au bout d'un moment je me suis fatigué de les regarder et je suis rentré écouter la radio.

La partie de poker par-derrière s'est pas éternisée bien longtemps. Aucun des gars est ressorti par-devant, mais il y en a deux, Crip Wood et Lonnie, qui sont repassés devant la station dans une vieille berline V-8. Deux minutes après, Red Smith – si c'est bien comme ça qu'il s'appelait – est parti en voiture lui aussi, mais en direction de Lover's Lane. J'ai éteint la radio et je suis ressorti regarder la partie. Wilbur était en train de sauter deux pions à Bert Ford pour aller à dame quand Smut Milligan s'est pointé lui aussi.

Il saccageait un petit paquet en cellophane plein de biscuits au beurre de cacahuète, et il avait l'air rudement saumâtre. Wilbur l'a regardé.

«Salut, Smut. C'est ton souper, que tu manges comme ça?

— Probable», Smut a fait en opinant du bonnet. Il s'est assis dans l'entrée. C'est vrai qu'il avait l'air fumasse pour quelque chose.

Le jour tombait déjà, et le ciel avait viré au rouge foncé à l'ouest, là où le soleil avait coulé. L'air était frais, comme souvent en automne, et moi ça m'allait bien. On regardait tous le ciel. La seule chose qu'on entendait c'était Smut en train de mâchouiller ses biscuits.

* Pratique locale. Souvent, la brosse est une simple brindille mâchouillée.

Finalement, il a englouti le dernier et il a balancé le cellophane. « Ça vous dirait de faire une main ou deux de poker, les gars ? Ou de blackjack ou n'importe. »

Wilbur a croisé les bras en se renversant sur son baril. « Si tu veux. »

Bert Ford s'est sorti sa brosse de la joue pour cracher dans la poussière. « Pas de refus », il a fait en se remettant la brosse dans le bec.

Ils se sont tous levés sans un mot de plus et sont passés derrière. Moi je suis rentré allumer. Smut quand il a racheté la station, il marchait encore à la lampe à huile ; mais quand ils ont amené la ligne par ici, il a fait équiper la taule et s'est mis à l'électricité.

On cuisinait pas des masses, Smut et moi. Des fois on forçait Catfish à nous faire une platée de quelque chose, mais il avait horreur de ça, vu qu'on lui faisait toujours se laver les mains avant. La plupart du temps on vivait de conserves. C'était pas terrible, comme ordinaire. Justement ce soir-là j'avais l'intention de me faire des œufs, mais quand ils sont allés derrière jouer au poker j'ai tout de suite compris qu'il y aurait pas moyen de demander à Smut de garder la boutique le temps que je me cuisine mon truc. Quand je l'ai vu manger ses saloperies au beurre de cacahuète, de toute manière, j'ai bien senti qu'il avait rien à faire d'un repas cuisiné. Alors j'ai ouvert une boîte de sardines et j'ai sorti une poignée de crackers.

Je suis resté à l'intérieur jusqu'à onze heures, ce soir-là. Des fois j'écoutais la radio. Le reste du temps je réfléchissais. Côté clientèle, c'était calme. J'ai vendu de l'essence à deux types et environ six pintes de gniole à des morveux qui avaient emmené leurs poules sur Lover's Lane. Un garçon et sa chérie sont venus s'acheter une pinte vers sept heures et demie et sont revenus faire le plein au moment où j'allais fermer. Lui il était commis d'épicerie à Corinth. La fille travaillait dans un salon de beauté là-bas. Il s'habillait toujours pour se faire passer pour un de ces gars de l'université. Pantalons trop courts, veste trop ceintrée, et un galure fallait voir – c'est les chats qui l'avaient ramené et qu'avaient collé une plume dessus, on aurait dit. Il disait que la gniole avait pas l'air de faire d'effet à la fille.

« Rien à faire pour la décoincer, mince, qu'il se plaignait.

— Elle a peut-être encore sa gaine, j'ai fait.

— Hein ?

— Essaye voir du raide », je lui ai dit. Il m'a acheté une pinte de maison. Mais il devait pas être bien fin tout de même. La fille, toute la ville lui était passée dessus sauf moi, et maintenant lui. Il y avait pas grand-chose à attendre de ce gars-là, s'il était pas fichu de décoincer une fille comme ça.

Vers onze heures je commençais à piquer du nez et je me suis rentré dans la pièce où on dormait. La partie continuait. Ils causaient pas, mais j'entendais les cartes. Je me suis assis sur le lit de camp à Smut, et j'étais déjà en train de délacer mes chaussures quand Smut m'a fait comme ça : « C'est toi, Jack ?

— Oui.

— Viens-t'en donc par-derrière avec nous autres. » Rien qu'à sa voix je savais qu'il était de meilleur poil. J'ai relacé mon soulier et j'y suis allé.

Ils jouaient sur la table de la cuisine. Smut était droit sur sa chaise. Wilbur avait l'air à l'aise, et Bert Ford était penché sur la table, le menton dans le creux de sa main gauche. J'ai regardé le bord des cartes. Elles avaient pas l'air de venir d'un des jeux biseautés. Je crois pas que Smut s'y serait risqué avec Bert et Wilbur.

Smut a levé les yeux quand je suis entré. « Jack, j'ai salement les crocs. Tu sais mieux y faire que moi au fourneau. Si tu nous faisais des œufs brouillés et un pot de café ? »

J'ai allumé le fourneau et sorti la poêle. Comme j'allais à la caisse où on gardait les œufs, Smut m'a regardé pardessus son épaule.

« Mets-en huit ou dix. Fais-en assez pour nous tous. »

Wilbur Brannon a levé la main. J'étais debout derrière lui. Il avait un valet et une paire de trois.

« Non, merci, pas pour moi. Je m'en retourne en ville dans une minute. »

Bert Ford s'est penché de côté pour cracher dans le seau à ordures. « Pas pour moi non plus. J'arrête. Faut que je me rentre. Et pis j'ai pas faim. » A l'entendre causer, je savais qu'il l'avait lourd et qu'il avait perdu. J'ai pris trois œufs de la boîte et je les ai cassés dans la poêle.

Bert Ford s'est levé en faisant traîner sa chaise. Il a ouvert la porte de derrière. « A la prochaine, vous autres », il a fait en sortant. Wilbur a dit qu'il resterait bien encore un petit peu pour une tasse de café. Sitôt fini de préparer ça, moi je suis passé à côté m'étendre sur mon matelas par terre.

Smut a pas tardé à rappliquer s'asseoir au pied de son lit.

« T'as gagné ? j'ai demandé.

— Un petit peu. » Mais il avait plutôt l'air jouasse. « Gagné un petit peu. Assez pour compenser ce qui m'est passé sous le nez quand ces enfoirés de filassiers se sont débinés avant de reperdre tout ce qu'ils ont piqué aux autres filasses de ce matin.

— Tu dois tenir la forme, dis donc, pour pouvoir gagner avec ces deux oiseaux-là.

— Je sentais que je pouvais les prendre, ce soir. D'habitude c'est des vrais poisons. Mais quand même, mince, ce que je leur ai pris ce soir c'est rien qu'une goutte d'eau dans la mer. Ils ont de l'argent plein les poches, l'un comme l'autre.

— Je me demande comment ils l'ont eu », j'ai dit.

Smut a fait valser ses souliers contre le mur. « Ça, je sais pas. Mais ce que j'aimerais savoir, par contre, ce serait le moyen de les en séparer. »

5

Le lendemain Smut a pris le camion pour aller à Charlotte. Il est parti vers neuf heures en me disant qu'il serait pas de retour avant la nuit. Il m'a pas dit ce qu'il allait faire à Charlotte.

C'était le lundi habituel. Vendu un peu d'essence. Nettoyé beaucoup de pare-brise et remis de l'eau dans des radiateurs. J'ai passé le temps en écoutant la radio un petit moment, mais bientôt on pouvait plus recevoir que les programmes religieux, ceux qui vous disent comment tirer plus de la vie. Alors j'ai éteint et je suis allé m'asseoir dehors sur mon baril à clous.

J'étais là à fumer et gamberger, quand Catfish s'est ramené. Je le voyais venir d'un sale œil, parce que je me doutais qu'il allait vouloir rester à causer tout le reste de la matinée. Il faisait chaud, mais il portait un chandail sous sa veste de bleu. Il s'est traîné là où j'étais et s'est laissé tomber par terre. « Ça va-t-y, m'sieur Jack ?

— Ça va », j'ai fait. J'essayais de dire ça froidement. Mais pour refroidir Catfish, fallait se lever de bonne heure.

« M'sieur Jack, dites, z'auriez pas une allumette ? »

Je lui ai donné une pochette d'allumettes. Il a entrepris de fouiller partout dans sa veste de bleu. Il retournait les poches pour ainsi dire entièrement. Ensuite il a fouillé ses poches de pantalons. Finalement il a ôté son chapeau et s'est gratté la tête.

« Dieu de mon âme, le ciel me confonde, j'ai quitté la maison en laissant mon tabac. Z'auriez pas une tite cigarette, des fois, m'sieur Jack ? »

Je lui ai donné une cigarette. J'aurais dû retourner au magasin lui chercher un paquet de tabac et le mettre sur son ardoise. Mais de la façon que je me sentais ce jour-là, je préférais encore lui filer une cigarette que d'aller ouvrir le livre de comptes.

Il s'est allumé sa cigarette, et il avait l'air content comme tout, écroulé tel quel dans la poussière. Avec la fumée qui lui montait tout autour, on aurait dit un feu d'herbe. Il a enlevé son chapeau et l'a jeté par terre à côté de lui, avant de s'appuyer sur un coude. C'est là que j'ai remarqué la forme qu'avait son crâne. Comme une cale, on aurait dit.

« Beau temps, 'pas ? » il a fait. J'ai poussé un vague grognement. « Mais pas terrible pour faire la gniole. Un peu trop sec. Dangereux de faire du feu dans les bois, quand il fait sec comme ça. Et pis, la fumée on la repère de loin. »

Il a continué à fumer pendant un moment sans que je lui réponde. Finalement il a demandé : « Où c'est qu'il est, m'sieur Smut ? L'est pas là, à c't'heure ?

— Non.

— C'est qu'il est parti ?

— Charlotte.

— Nom d'un nom ! Charlotte ! J'y ai habité, moi, à Charlotte. Suis pas resté bien longtemps. Me plaisais pas bien par là-bas. »

Je voyais bien qu'il allait falloir soit lui casser la tête, soit rester à l'écouter. « Et pourquoi que tu t'y plaisais pas, à Charlotte ?

— C'est le quartier à négros qu'ils ont là-bas que j'aimais pas. On vivait au bord d'une tite rivière ; Sweet Creek, qu'ils appellent ça par là-bas. Mais moi je l'ai jamais appelée Sweet Creek.

— Comment que tu l'appelais, alors ? »

Catfish a craché par-dessus son épaule. « Je l'appelais Saloprie d'putain d'Creek.

— Pourquoi ça ?

— A cause que cette putain de rivière se cavale tout le temps des berges et pis qu'elle monte dans les cahutes à négros. Dès qu'il vient une saucée, y a tout de suite trois pieds d'eau dans la maison.

— Y avait qu'à te plaindre au proprio.

— Sert à rien. Proprio y dit comme ça, "si tu te plais pas ici, t'as qu'à te tirer !" Mais un pauv'nég'y peut pas se payer autre chose dans tout Charlotte.

— Wilbur Brannon il a deux trois cahutes comme ça à Charlotte, je crois. Je me demande combien que ça lui rapporte.

— S'il en a plein, ça lui rapporte plein. Tout plein de sous. Proprio fait construire une tite cabane en écorce qui coûte rien, avec même pas un coup de peinture dessus, et rien dedans. Fait jamais de réparation non plus, pour ça non. Paye des haricots comme impôts dessus passeque ces maisons-là sur les registres elles valent pas un clou. Mais les loyers, pour ça, ils rentrent bien. Mince, y a un bonhomme qu'en avait quatorze, de cahutes à négros, toutes sur c'te foutue Saloprie d'putain d'Creek, et y avait pas plus d'une tinette pour tout le lot ! Fallait se retenir et faire le pied de grue.

— Je suppose que Wilbur il ramasse un bon paquet, alors, avec ses cahutes. Un drôle d'oiseau, pour moi. Me suis toujours demandé d'où qu'il tirait son argent. »

Catfish ce jour-là il avait que la fumerie en tête. Il s'est relevé un petit peu. « Z'auriez pas une cigarette en rabiot, des fois, m'sieur Jack ? » Je lui en ai refilé une autre, et il a continué. « M'sieur Brannon il a des sous, c'est un fait. Mais pas comme m'sieur Bert Ford.

— C'est ce qu'on m'a dit aussi, que Bert il a de l'argent.

Mais il le claque pas comme Wilbur Brannon. Bert il est toujours en salopette, et il boit du raide. C'est rien qu'un cul-terreux.

— Cul-terreux peut-être bien, mais il a des sous quand même. J'ai habité chez m'sieur Bert une année, alors je sais bien qu'il a des sous. Enterré, même, qu'il est son argent.

— Enterré. Et où ça?

— Il dit pas. Mais un soir il m'a dit qu'il avait enterré tente mille dollars.

— Mince! Savais pas qu'il était bavard comme ça.

— En règ'générale, non», il a fait Catfish. Il faisait un O avec ses lèvres pour essayer de faire des ronds de fumée, mais c'était pas brillant.

«Alors pourquoi qu'y t'aurait causé, à toi?

— Ben je vais vous le dire. Faisait déjà pas mal de temps qu'il buvait comme un trou dans le sable, je parle de comment qu'il buvait avant que son foie se mortifie sous lui. Ça faisait bien six mois qu'il était saoul, l'époque que je vous cause. Et pis voilà qu'un soir, y faisait déjà nuit, je vais le voir pour lui demander si des fois il voudrait pas me prêter son mulet le lendemain, pour labourer avec. J'arrive à la porte de derrière et je tape dessus. Je tape et je tape et j'appelle, et finalement qu'est-ce que je vois, un canon de fusil qui sort de la porte, pointé sur moi. Un canon de Long Tom, même que c'était. Ben j'aime autant vous dire, l'avait beau avoir fait une chaleur pas chrétienne ce jour-là, j'ai quand même eu le frisson tout partout. Cogulé comme la mort, j'étais, tellement que j'avais l'effroi. Et pis je vois m'sieur Bert là au bout du fusil, derrière. Blanc comme un linge, qu'il était, et des gouttes de sueur tout partout sur la figure, comme la rosée sur une pastèque. "Qu'est-ce que tu me veux, tête d'enfer", qu'y me fait comme ça. J'avais tellement la frayeur, moi, je pouvais pus causer. Mais au bout d'un moment c'est sorti quand même: "Saigneur Dieu, m'sieur Bert, rien! Je veux rien du tout ! " Et là il a vu qui c'était. " Mince, c'est rien que Catfish Wall. Non, je te jure, moi qui croyais que t'étais Tom Flake ! " Maintenant, que je vous dise, m'sieur Jack, Tom Flake je sais pas qui c'est. Jamais entendu parler. " Oui, ça ben vrai, croyais que t'étais Tom Flake qui venait me voler mes sous. " » C'est ce qu'il a dit.

— C'est pas pareil que de te dire qu'il avait trente mille dollars d'enterrés », j'ai fait.

Catfish a craché encore un coup. « C'est pas tout. Laissez-moi que je finisse. Y me fait entrer dans la maison et il me donne un verre de gniole qui arrache le feu de dieu. C'était jaune et c'était fort. Tout le temps, il gardait sa méchanceté de fusil sur les genoux. Et je voyais bien que le chien était armé, en plus. "Il rôde dans le coin depuis un moment", qu'il me fait comme ça m'sieur Bert, "à essayer que je lui dise où c'est que j'ai mes tente mille dollars d'enterrés. Mais tu parles que je vais lui dire. " Et là m'sieur Bert il s'est mis à rigoler comme une vraie folle. " M'en va lui expédier une giclée de plomb, à ce fils de pute ", il faisait. " M'est tombé dans les pattes, le magot – comment, ça ça change rien à l'affaire – et maintenant c'est mon argent. On me passera sur le corps avant qu'on me le prenne ", qu'il beuglait comme ça.

— Il était bourré, j'ai dit.

— Videmment qu'il était bourré. Le délire très mince, même, qu'il avait. Mais ça change rien à l'affaire. Il a de l'argent d'enterré quelque part.

— Comment que t'as réussi à te tirer de ses pattes ?

— En restant là-bas la moitié de la nuit, jusqu'à ce qu'il passe, raide comme un concombre. Après les deux premiers verres, j'étais pas dans l'inconfort moi non plus, je vous dirai. C'était le feu de l'enfer, sa gniole qu'il buvait c'te nuit-là, m'sieur Bert.

— Il t'en a quand même pas beaucoup dit sur son magot.

— L'arrêtait pas d'en causer, que vous voulez dire. Toute

la nuit. Toujours la même chose identique. Tente mille dollars. Enterrés.

— Il t'a quand même pas dit où qu'il les avait mis, des fois ?

— Pas exactement, ça c'est un fait. Chaque fois qu'il commençait à en causer il se mettait en rogne et à se plaindre des serpents et des ligators et tout ça.

— Quels serpents et alligators ?

— Est-ce que je sais, moi ? Prétendait que la pièce elle était pleine de serpents, et de la varmine comme ça. "Catfish, qu'il disait, enlève-moi c'te fichu pilate * de ma noreille. Et pis vire le cottonmouth * de dessous la chaise", qu'il disait aussi. "Vise le ligator, là, qui crapahute sur le mur. Mais je peux pas le tirer", qu'il disait, "faut que je garde mon fusil chargé pour si Tom Flake s'amène". Moi j'ai été regarder là où qu'il était assis, mais pas pus de serpent que de beurre au train. Mais j'y disais pas, je faisais comme si. Et que je claquais fort dans mes mains, et que je fichais des coups de balai tout partout sur le mur. Je faisais aussi semblant de balayer les serpents. Je vous jure qu'on s'en est payé, cette nuit-là.

— Ça m'en a tout l'air. Et il se biture encore des fois comme ça, maintenant ?

— Plus des longues muflées comme ça. Son foie il peut plus le supporter. »

Je suis resté à repenser à Bert Ford. Je me demandais si c'était vrai ce qu'il avait dit à Catfish, ou si c'était des bobards à Catfish. J'ai arrêté de lui parler, et finalement il s'est découragé et il est parti tenir le crachoir aux charpentiers.

Je me disais qu'il m'avait raconté des salades, mais j'étais pas sûr. C'est vrai que Bert Ford il avait toujours plein

* *Pilot*, serpent censé servir de pilote aux serpents à sonnettes, d'après le folklore local.

* Ou mocassin, vipère extrêmement vénéneuse

de liquide sur lui. Une fois un des hommes de peine qui lui font son coton a buté un autre négro, et sa caution a été fixée à mille dollars. Bert a été à Corinth et il a craché la somme, parce que c'était en saison et il avait besoin de son nègre. En plus, Bert a dû penser que le nègre allait s'en tirer à l'aise, et c'est d'ailleurs ce qui est arrivé.

Ce qui me trottait par la tête, c'est ce que Smut avait dit la nuit d'avant, en se couchant: «Ce que je voudrais savoir, ce serait le moyen de les en séparer.» C'est ce que j'aurais bien voulu savoir moi aussi. J'avais plus besoin d'argent que Smut. Lui il peinait pas de ce côté-là. Moi j'avais LeRoy Smathers à rembourser. Une fois ça payé, j'avais besoin de plein d'autres choses. Ça me plaisait pas de travailler pour quelqu'un d'autre. J'aurais voulu un truc à moi, même si c'était qu'un stand à hot dogs. Et je savais bien que c'était pas en travaillant pour vingt-cinq dollars par mois que je pourrais mettre assez de côté pour ouvrir quoi que ce soit. Je ne voyais pas non plus comment gagner plus que ce que je gagnais.

Catfish a traîné dans le coin jusqu'en début d'après-midi. Il m'a fait mettre une boîte de saumon et un paquet de crackers sur son compte, et ça lui a fait son repas. Vers deux heures il a chargé sa vieille bagnole avec cinq cents livres de sucre et il est parti. Je crois qu'il était venu pour que soit Smut, soit moi, on lui amène un chargement de sucre chez lui avec le camion, parce qu'on pouvait en amener plus avec le pick-up. Mais après manger quand il a vu que Smut était toujours pas rentré, il s'est décidé à rentrer avec une partie du chargement seulement. Il avait du moût qu'avait besoin de mettre du sucre dedans.

Quand Smut est rentré il était tard. Il a garé le pick-up derrière la station et il l'a laissé là. Il a fait le tour et il est venu s'asseoir devant l'entrée, à côté de moi.

«Bon, j'ai pratiquement tout réglé aujourd'hui, il a fait. Je suis paré pour l'ouverture, à peu de chose près.

— Quand c'est que tu comptes ouvrir ?

— Dans deux semaines, pas plus. J'ai les mecs qui vont venir demain me construire les cabines à touristes. Et la partie neuve on va pouvoir se mettre dedans après-demain.

— Combien qu'ils vont prendre de temps pour transformer la station-essence en dancing ?

— Pas longtemps. Devraient avoir fini en moins d'une semaine. J'ai un plein camion qu'arrive demain, l'éclairage, les portes et tout ça, et les hommes pour les poser. »

Il avait visé à peu près juste. Deux semaines plus tard on aurait pu faire l'ouverture en fanfare. Mais ça serait tombé un lundi, pas vraiment le bon jour. Les gens auraient pas eu le temps de se remettre du week-end. Alors Smut a reculé ça jusqu'au samedi suivant. Ça nous a donné une semaine pour fignoler la taule.

Une fois les ouvriers partis, les peintres et tout ça, la taule avait pas qu'un peu changé de poil. La partie neuve était plus près de la route que l'ancienne station. Smut a engagé Sam Durkin pour qu'il prenne son équipement à déplacer les granges et qu'il rapproche la vieille station-essence tout contre la partie neuve. Après ça la station ils l'ont transformée en dancing.

Par-devant, on se serait cru dans un de ces grills un peu chic comme ils en ont dans les grandes villes. Tout était nickel, le sol ciré, avec les banquettes en alcôves sur un côté. Les banquettes étaient en bois sombre, avec une petite applique au-dessus de chaque alcôve. Du côté opposé il y avait le comptoir, avec des tabourets devant. Trônant sur le comptoir il y avait deux grosses urnes brillantes pour le café, et près de la porte par-devant, la caisse enregistreuse. Au-dessus des banquettes, montant jusqu'au plafond, on avait deux grands tableaux peints à même le mur. Smut avait fait venir un Italien pour les peindre, ou peut-être bien qu'il était grec, en tout cas il avait des moustaches en pointes qui rebiquaient. Il portait une blouse beige bouffante pour peindre, cet oiseau-là, et il chantait des chansons en étranger. Ses chansons elles étaient pas terribles pour la mélodie, ou alors c'est qu'il savait pas chanter. En tout cas il peignait rudement vite, parce qu'avant une heure ce jour-là, les deux tableaux étaient finis. Le premier représentait un lac bordé d'arbres vert pâle. L'eau du lac était bleue, et le ciel au-dessus était bleu aussi, avec des petits nuages cotonneux. En dessous il y avait marqué: *Sous les cieux transalpins*. Alors le bonhomme devait être italien. L'autre tableau représentait deux femmes en train de se laver dans une petite rivière. En dessous il y avait marqué: *Ablutions matinales*. Une des femmes avait un médaillon autour du cou. C'était des belles femmes, mais un brin boulottes.

Par-derrière il y avait une belle cuisine avec plein d'ustensiles et des fourneaux aussi longs que la pièce. Et Smut avait acheté assez de plats, couteaux, fourchettes et cuillers pour nourrir une armée. Je me demandais s'il ferait jamais assez d'argent pour payer tout ça.

Le dancing avait beaucoup de classe. Moi j'étais pas bon danseur, mais Smut et Catfish ils ont passé la moitié de leur temps jusqu'au samedi à valser sur la piste. On avait un nickelodeon là-dedans, alors Smut il mettait un nickel* dans le bastringue, il attrapait Catfish par la taille, et en avant la musique. C'est Smut qui conduisait, et il était sacrément bon danseur. Catfish lui il suivait au moins aussi bien que n'importe quelle bonne femme à Corinth. C'était un dévissé du croupion, ce nègre. Des fois Catfish y allait tout seul, et il dansait comme ça. Il a passé pas mal de temps à danser cette semaine-là, au lieu que d'aller faire sa gniole.

La salle de danse était pas très meublée, mais il y avait des banquettes en alcôves sur un côté, et puis le nickelodeon.

* *Nickel*: pièce de cinq cents.

On avait aussi plein de lumières de toutes les couleurs dans cette salle – des bleues et des jaunes tamisées – et un soir on les a toutes essayées. On y voyait encore un peu, mais c'était tout. C'était plus comme qui dirait une pénombre. Smut il disait qu'une atmosphère comme ça c'est bon pour les affaires et bon pour faire augmenter la natalité du pays en même temps. C'était Smut tout craché, ça: toujours à essayer de faire d'une pierre deux coups.

Derrière la salle de danse on avait une petite pièce où les gens pouvaient jouer s'ils avaient envie de se risquer. Au-dessus de la porte on avait mis un panneau marqué *Privé*. Smut je savais bien qu'il avait mis ça pour que tout le monde se sente obligé d'y aller. On avait deux machines à sous là-dedans, une qui payait en jetons et une qui payait en pièces de cinq et dix cents. Et puis il y avait deux billards électriques dans un coin. Ils avaient l'air de rien. Ils payaient rien non plus, les gens étaient supposés jouer là-dessus juste pour s'amuser. Mais ils pouvaient toujours parier sur les parties si ça leur chantait, et ils allaient pas s'en priver, on se faisait pas de bile pour ça. Smut il disait que si quelqu'un voulait démarrer une partie de passe anglaise* là-dedans, eh ben c'est exactement ce qu'il voulait qu'ils fassent. Et si quelqu'un avait envie, il pourrait toujours se trouver une partie de poker ou de blackjack dans cette petite salle.

On avait toujours les cuves à essence par-devant, mais Smut disait que c'était fini pour lui de bricoler sur les voitures comme il faisait avant. Il était bon mécanicien, et en semaine il avait toujours réparé les voitures. Mais plus maintenant, qu'il disait, c'était du passé tout ça. Si les péquenots ou les filasses voulaient réparer leurs bagnoles, ils avaient qu'à le faire eux-mêmes.

Les ouvriers avaient construit six cabines à touristes bien

* *Craps*, jeu de dés.

en retrait du bâtiment principal. Ils en ont fait une plus grande que les autres pour qu'on habite dedans, moi et Smut. C'était jamais qu'une pièce – plus un coin-douche – mais la pièce était plus grande que les autres bungalows. Smut se disait qu'une partie des employés pourrait dormir dans les cabines le jour, et que la nuit il pourrait les louer.

Ces bungalows étaient peints en blanc, avec les plinthes et les portes en vert foncé. Ils avaient chacun une lampe, un lit, une sorte de coin-douche et une commode. On a bien veillé aussi à ce qu'il y ait un crachoir et une poubelle dans chaque. Smut disait qu'il allait se faire des couilles en or avec ces cabines.

On a reçu les derniers trucs pour la cuisine le jeudi après-midi d'avant l'ouverture, et ce soir-là on a fait du feu dans le grand fourneau, voir si le tuyau tirait comme il faut. Le tirage marchait au poil, et quand tout le monde est parti après dix heures, on est restés encore un peu là-dedans, Smut, moi et Catfish. J'avais encore pas entendu parler du reste du personnel, et j'étais curieux de savoir qui ça serait. Smut a sorti une bouteille de rye pas extra, et il nous a versé un verre.

J'ai vidé le mien et j'ai fait : « Smut, qui c'est qui va travailler ici avec nous, quand on sera ouvert ? »

Smut s'est versé une pleine tasse de whisky. Il a posé ses pieds sur une des tables qu'on avait là-dedans. « J'ai tout prévu. J'ai Rufus Jones comme chef cuistot. Personne cuisine mieux que lui dans la région. »

Un gros fias de nègre, Rufus Jones, gras comme c'est pas possible. Je savais qui c'était.

« Il est pas mauvais, j'ai dit.

— De l'expérience, c'est surtout ça qu'il a. Il a fait la tambouille pour des écoles, et pis pour les chemins de fer. Il a été cuistot au Washington Duke Hotel, à Durham.

— Quand il était jeune, ce nèg'-là il s'y entendait comme pas deux pour le poulet en casserole », Catfish a fait comme ça. Il a ouvert la porte du fourneau. Il a pris un bout de petit bois et il l'a allumé dans le feu. Quand ça s'est mis à bien brûler il s'en est servi pour allumer sa cigarette.

« Où c'est qu'il perche, maintenant ? j'ai demandé à Smut.

— Qui, Rufus ? Il casse des cailloux à Scotland County.

— S'il est au bagne, comment qu'il va faire son compte pour cuisiner chez nous ? »

Smut a bu son whisky et a reposé la tasse entre ses pieds.

« Il sort aujourd'hui. Je vais le chercher au train demain matin à Corinth pour le ramener ici. J'ai été le voir la semaine passée et j'y ai donné l'argent pour venir. »

Catfish s'est levé pour prendre la bouteille. Il s'est resservi un verre comme si c'était sa gniole. Il a fait cul-sec avec et il a reposé son verre sur la table en clignant des yeux.

« Wham ! Drôlement extra, comme gniole ! Savez pas, ben le petit Johnny Lilly il m'a dit comme ça qu'il comptait bien être premier cuistot ici.

— Johnny Lilly, Smut il a fait. Putain, tu parles comme il va être premier cuistot. Deuxième, oui, peut-être. Il a jamais cuisiné autre part qu'au Sanitary Café, à Corinth. Et vous savez le genre d'endroit que c'est. Avec ce qu'ils vous servent là-bas, y a intérêt à tout passer au crible avant de manger, enlever le sable et le gravier, et les clous tombés du fer à cheval.

— T'as pas engagé de blancs du tout ? j'ai demandé.

— Oh, sûr. Plusieurs. J'ai tout prévu. J'ai Dick Pittman pour s'occuper de l'essence, et aussi de servir les gens dans leur voiture par-devant. Comme pompiste Dick a de l'expérience. Il est con comme un manche, mais faut pas être un génie pour nettoyer des pare-brise. »

Smut a ramassé sa tasse et s'est versé ce qui restait dans la bouteille. Il a continué tout en maintenant sa tasse sur ses genoux : « J'ai Badeye Honeycutt au comptoir pour s'occuper du bar. Pour ce qui est de mélanger les drinks il en connaît un rayon. Il devrait faire l'affaire. Et puis j'ai Matt Rush et Sam Hall comme serveurs aux tables. Je peux juste les payer ce qu'ils mangeront, et pis un dollar de temps en temps. Badeye lui il sera sûrement trop content de sortir de chez lui, même si je vais devoir lui fournir à boire, et le peu de nourriture solide qu'il absorbe. »

Sur ce, Smut a éclusé son verre et il a plus parlé. Il restait là à tricoter des sourcils, comme s'il réfléchissait puissamment et voulait pas être dérangé. Catfish roupillait sur sa chaise. La gniole, plus la chaleur de la pièce, c'était un peu trop pour lui. Je restai près du fourneau à passer en revue les gars que Smut avait engagés.

Les négros comme cuistots, ça allait. Matt Rush et Sam Hall aussi. Sam Hall son paternel travaillait aux abattoirs, à Corinth. Matt Rush était bâtard et vivait avec sa mère. Elle travaillait à la filature. Ça faisait près de vingt ans que ces gars-là traînaient leurs guêtres du côté de Corinth, et on les avait pas encore pris sur le fait à travailler. Mais comme disait Smut, il aurait pas à les payer beaucoup. C'est Badeye qui me disait rien.

Badeye il devrait effectivement faire l'affaire pour mélanger les drinks – ça je dis pas –, parce qu'il avait jamais rien fait d'autre que de préparer des drinks, pour lui ou pour les autres. Il devait avoir la quarantaine, et je suis sûr que si on lui avait pressé la joue à Badeye il en serait sorti une demi-pinte de gniole. Il était comme qui dirait saturé. Son paternel avant lui il était bouilleur de cru, et quand il était tout gamin Badeye l'aidait avec l'alambic. Une fois grandi il s'est mis à vendre de la gniole, mais il s'est fait poisser et il a écopé d'une amende de cent dollars. Ça l'a refroidi un moment, et finalement il est parti dans le Nord. Il a travaillé là-bas dans des boîtes genre speakeasy, jusqu'à ce que l'alcool redevienne légal. Après ça il est revenu à Corinth et il a commencé à travailler dans les salles de billards, les bowlings, les stands à hot dogs et tout ça. Il était déjà fort en gueule et grossier avant d'aller dans le Nord, mais le séjour l'avait rendu pire. Du seul fait qu'il était allé à Chicago et Detroit et qu'il en était revenu vivant pour en causer, il se croyait plus malin que n'importe qui à Corinth.

Badeye avait l'air mauvais et faux jeton. Son œil de verre était tout de travers, ou alors il lui allait pas bien.

L'autre œil partait dans le même sens, ce qui fait qu'il avait toujours l'air de regarder derrière lui. Il avait des cheveux foncés qui rebiquaient sur son crâne comme s'il s'était couché dessus du mauvais côté. Il était blême de peau, avec plein de petits grains de beauté sur la figure et dans le cou. Il causait toujours du coin de la bouche comme il avait vu faire dans les films de gangsters. Moi je craignais qu'il insulte la clientèle, mais après tout c'était pas mon roadhouse.

Catfish piquait de plus en plus du nez, et sa tête penchait un peu plus à chaque coup. Finalement il est tombé bas de sa chaise et ça l'a réveillé. Surtout qu'en roulant par terre il a posé la main contre le fourneau brûlant. Il l'a retirée vite fait et s'est mis les doigts dans la bouche. « Grand Dieu tout-puissant, qu'il s'est mis à beugler. Mon âme ! Si je me suis pas ruiné la main sur c'te méchanceté de fourneau. Me suis brûlé quelque chose de bien. » Il s'est relevé en continuant ses jérémiades et à se sucer les doigts. Smut l'a regardé par-dessus son épaule.

« Mets du saindoux dessus, Cat, et bois un coup. »

Catfish ça l'a arrêté tout net. « L'en reste pus dans la bouteille », il a fait.

Smut a ouvert le tiroir de la table. Il en a sorti une bouteille et l'a tendue à Catfish. « Tiens. »

Catfish a ouvert la bouteille et il a bu une longue gorgée. Il a reposé la bouteille en regardant sa main. En rotant il a dit : « Pas si méchante que ça, finalement, ma brûlure. Ça me brûle pas tant que ça que j'aie besoin de saindoux dessus.

— Bien ce qui me semblait, Smut a fait en rotant lui aussi. Donne-moi cette bouteille, d'abord. »

Catfish il l'a pas fait tout de suite. « Juste une tite lichée, m'sieur Smut. Pour me donner du courage. C'est que j'ai drôlement de la route à faire pour rentrer chez moi, et pis des chemins qui traversent des bois puissamment noirs.

— Bon, ça va. Mais elle a intérêt à être petite, ta lichée. »

Cette fois-ci Catfish a pas bu à la bouteille. Il s'est versé un plein verre, qu'il a avalé sans broncher.

Smut l'a regardé, ensuite il a regardé ce qui restait dans la bouteille. « Tu vas être saoul, merde. Avec ce que t'as déjà descendu y aurait de quoi terrasser une mule. »

Catfish a tiré son chapeau sur une oreille. « C'est rien, ça. Jamais été saoul, moi. Sûr, j'en ai souvent un coup dans l'aile, mais jamais vraiment saoul. L'alcool me fait rien à moi. Je peux le prendre ou bien le laisser.

— C'est en partie vrai, en tout cas. Pour une moitié. »

Catfish a boutonné sa veste de bleu jusqu'en haut et puis il est sorti par la porte de derrière. En se mettant en route il a commencé à chanter : « La Mort va poser ses mains froides et glacées sur moi. »

Smut ça lui a donné le frisson.

« Tu le trouves pas un peu lugubre, de disposition ?

— Ça on peut pas dire. Dis donc, Smut, qu'est-ce que ça va être mon boulot, après qu'on sera ouvert ?

— Tu pourrais être le caissier, il a dit en bâillant. Tu devras t'occuper de la caisse enregistreuse, et pis des livres de comptes. Bien sûr, je te donnerai un coup de main. Je compte bien garder un œil sur toute l'opération moi-même. Faudra bien, si je veux me sortir des dettes. »

Le lendemain matin Smut est allé à Corinth chercher Rufus Jones. En rentrant Smut m'a dit qu'il avait réussi à faire dessaouler Fletch Monroe suffisamment pour qu'il sorte le journal dans l'après-midi. Enfin, s'il faisait pas une rechute d'ici là. Smut voulait être sûr que le journal paraisse pas en retard ce coup-ci, parce qu'il avait une grande annonce dedans.

Dans l'après-midi on a planté des poteaux de chaque côté de la route et on a accroché une grande banderole entre les poteaux. Bien sûr, suffisamment haut pour qu'elle se fasse pas emporter par le premier camion venu. La banderole disait :

GRANDE CÉRÉMONIE D'OUVERTURE, 28 OCT.

RIVER BEND ROADHOUSE

DÎNER ET DANCING
BARBECUE EN PLEIN AIR
POULETS GARNIS
TOUT LE MONDE BIENVENU

En plus de ça, Smut avait posé des affiches à Corinth partout où on l'avait laissé en mettre, et là où il pensait qu'il pouvait se risquer. Il en a cloué aux arbres, aux poteaux télégraphiques et sur les clôtures dans les champs. Il avait l'air de croire que ça allait lui ramener la foule pour le samedi soir. Mais moi j'avais mes doutes. Je me disais bien qu'avec le temps il arriverait à se faire une clientèle, mais pas tout d'un coup. Je nous voyais déjà attendre le client samedi soir, avec personne d'autre qui viendrait que ceux de l'habitude, les gars de la filature, les fermiers, et les morveux d'en ville qu'auraient dû être à la maison en train d'apprendre leurs leçons de catéchisme pour le lendemain.

6

Tout l'après-midi Smut s'est fait de la bile, savoir si l'*Enterprise* sortirait bien. D'après lui, Fletch lui avait promis de rester à jeun, mais on pouvait pas beaucoup compter sur Fletch. Pour un rien il filait chez les bootleggers. Arrivé quatre heures, Smut il en pouvait plus, si bien qu'il voulait faire un saut jusqu'à Corinth voir comment Fletch s'en tirait. Mais il en était encore à chercher ses clés de camion quand on a entendu une voiture s'amener. C'était Astor LeGrand, et il avait Fletch avec lui.

Fletch a ouvert la portière et il est descendu. Il était pas reluisant, ça se voyait bien qu'il était à jeun. Il était long et mince comme gars, avec des vraies valises sous les yeux et des lèvres toutes jaunies par le tabac. Il laissait les cigarettes lui brûler les lèvres avant de les jeter.

Il tenait deux journaux à la main et il faisait des grands signes avec. « Tiens, Smut. Sorti à l'heure, comme promis. Je t'en ai amené deux exemplaires, là.

— Tu les as bien expédiés ? » Smut lui a demandé. Je crois qu'il avait peur que Fletch ait juste composé ses pages en se contentant d'en sortir deux ou trois exemplaires, avant qu'il lui vienne une grosse envie de sortir prendre une biture.

« Chaque putain d'abonné recevra son journal demain matin, et si jamais il veut pas le lire il peut bien aller au diable. » Fletch s'était pas assis. Il restait là les bras ballants, à gigoter des épaules. Il arrêtait pas de nouer et dénouer ses doigts.

Smut a ouvert le journal. « Je te donne un verre dans une minute, Fletch. Et vous, m'sieur LeGrand, ça va comme vous voulez ? »

Astor LeGrand s'est posé sur un des barils à clous. « Rien d'extra, merci. »

J'ai ramassé l'autre journal que Fletch avait sur les genoux. Je suppose que Fletch il avait pas beaucoup de nouvelles ce jour-là. Presque tout le journal était sur l'ouverture de la boîte. Il avait une colonne là-dessus en première page. En gros, ça disait que le River Bend Roadhouse serait ouvert au public samedi 28 octobre, et ça continuait sur Smut et ce qu'il voulait faire. En plus il y avait d'autres petits articles sur qui allait travailler là-bas. « M. Matthew Rush a accepté un emploi de serveur chez M. Richard Milligan au River Bend Roadhouse. M. Rush est bien connu dans les environs de Corinth et a passé le plus gros de son existence ici. Il prendra ses nouvelles fonctions à compter de demain. » Les autres étaient à l'avenant. Il y avait un tas de baratin sur monsieur Milligan, comme quoi il avait dirigé plusieurs roadhouses et tavernes sur la côte Pacifique, de la Californie du Sud à la Colombie britannique. L'article ajoutait qu'il était amplement qualifié pour servir le public.

En dernière page il y avait notre annonce, qui prenait toute la place :

GRANDE CÉRÉMONIE D'OUVERTURE
SAMEDI 28 OCTOBRE

RIVER BEND ROADHOUSE

M. Richard (Smut) Milligan annonce qu'il se fera un plaisir

d'offrir au public : Poissons Supérieurs et Fruits de Mer, Steaks Garnis, Service Drive-In et Essence, Dancing, Rythmes Endiablés et Autres Choses Variées, à son établissement au coin de River Road et Lover's Lane. Pensions Spéciales Pour Touristes, Chambres. Smut Milligan jouit d'une grande expérience dans la Restauration, etc., et promet un vrai régal à tous ceux qui visiteront son établissement. Il a, pour ce faire, engagé les services compétents du personnel suivant : M. Jack McDonald, Caissier ; M. Walter Honeycutt, Maître d'Hôtel ; Dick Pittman, Service Drive-In et Auto ; Matthew Rush et Sam Hall, Serveurs ; Rufus Jones et Johnny Lilly, Cuisiniers. Nous attirons plus particulièrement votre attention sur Rufus Jones, qui sera en charge des cuisines. La réputation de Rufus pour ses steaks n'est plus à faire. Il a cuisiné pour Alpha Beta * à l'Université de Chapel Hill, pour le Washington Duke Hotel à Durham, et pour la Compagnie Pullman. [On oubliait la tambouille pour les bagnards de Scotland County, mais je suppose qu'il y a des choses, vaut mieux pas s'en rappeler.] Nous sommes tous très impatients de vous servir.

TOURISTES, ATTENTION ! Nous mettons à votre disposition des logements individuels avec éclairage, eau courante, matelas mœlleux et tout le confort moderne. ESSAYEZ-NOUS !

J'avais fini de lire, que Smut était encore le nez dedans. J'ai regardé Fletch Monroe. On aurait dit qu'il marchait sur des aiguilles, à se balancer d'un pied sur l'autre comme ça. Il arrêtait pas de bouger des épaules, et il avait le coin des lèvres qui remuait, comme une bonne femme quand ça la démange de mettre son grain de sel dans une conversation mais qu'elle peut pas. Finalement Smut a fini de lire, et il a fait : « C'est bien, Fletch. Si on allait te chercher un coup à boire ?

— Ça mon pote, j'en ai salement besoin ! » qu'il a dit

* « Fraternité » universitaire.

Fletch, et ils sont entrés à l'intérieur. Je les ai suivis, mais Astor LeGrand est resté où il était.

J'avais rien d'autre à faire, alors je suis resté là avec Smut et Fletch, à regarder Fletch boire son coup. Smut lui a sorti une pinte de rye pas terrible et Fletch a entrepris de siffler ça, à la bouteille. Il buvait un coup d'eau entre deux gorgées de whisky. Ses lampées à lui, j'ai jamais vu personne en prendre des si grandes. Il en a juste pris trois en une demi-heure de temps, et la pinte était vide. Ça l'a requinqué. Il a arrêté de se tordre les doigts, et ses épaules se sont calmées. Fletch causait à Smut, la façon que les affaires allaient marcher, à son idée. Je voyais bien que Smut l'avait assez vu. Maintenant que le journal était sorti et que c'était réglé, Smut il avait qu'une envie, c'est que Fletch se barre. Il avait mis la radio à jouer très fort et faisait mine de pas entendre ce que Fletch lui demandait. A force, Fletch s'est fatigué, il est resté là à parler tout seul et à fumer.

Au bout d'un moment, Smut a regardé Fletch. Voyant que la pinte était vide, il est passé derrière lui chercher une autre bouteille. Une plus grande, ce coup-ci, qu'il a tendue à Fletch. « Tu ferais bien de te rentrer, Fletch. Des fois que tu deviendrais saoul et que tu te rendes malade. On peut pas aller chercher le docteur, d'ici. Astor va te reconduire. »

Fletch a mis sa bouteille sous son bras en maugréant. Il faisait une tête, on aurait dit qu'il essayait de se rappeler quelque chose qui remontait à bien longtemps. Il est sorti, et tout de suite après j'ai entendu Astor démarrer la voiture. Je me demandais comment ça se faisait qu'Astor LeGrand avait amené Fletch. C'était un grossium, à Corinth, pas le genre à faire le taxi.

Le lendemain il faisait chaud pour octobre, et je me suis dit que finalement on aurait peut-être du monde le soir, si ça se maintenait. Quand il fait chaud comme ça, les jeunes ils peuvent pas tenir en place, et il leur fallait bien un endroit où aller faire quelque chose. La chaleur si tard en automne, ça les exciterait plus que la chaleur en été, quand il est censé faire chaud de toute façon et que les gens restent chez eux à moitié à poil, résignés. Je me disais qu'il y avait des chances qu'ils viennent nous voir.

L'ennui, c'est qu'il y avait un grand match de football à Durham dans l'après-midi. Le genre qui attire toujours beaucoup de monde de Corinth. Il y a des gars qui ont qu'une chemise à se mettre qui font des économies pour aller à Durham ou Chapel Hill voir un match. Spécialement si c'est contre une équipe du Nord. Dans ces cas-là, les filles leur font toujours la comédie pour qu'ils les emmènent voir le match. En automne, une fille se fait sa réputation au nombre de matchs de foot où elle a réussi à se faire amener.

Le matin du grand jour j'étais assis dehors sur une petite chaise en bois peinte en vert (Smut avait rentré les barils à clous dans le garage ; on s'en servirait plus, qu'il disait, parce qu'ils faisaient pas assez bien pour un roadhouse), et je lisais le *Charlotte Observer*. A la page des sports ils disaient que si le temps se maintenait à la chaleur comme ça, l'équipe qui recevait allait gagner. Les Yankees la chaleur ça les fait fondre, quand ils doivent descendre par ici, et les Yankees qu'on a dans nos équipes gagnent parce qu'ils s'y sont habitués, à force. Dans le journal ils disaient qu'il y aurait un monde fou à cette rencontre. Je me disais qu'on aurait peut-être un peu de monde, avec les gens de Caroline du Sud qui monteraient à Durham par River Road.

Et de fait, il y a eu une circulation du diable sur cette route toute la journée. De onze heures à midi on a eu pas mal de monde, on a bien dû vendre dix ou douze pintes de gniole, et beaucoup d'essence. Ça nous a occupés un moment, mais dans l'après-midi les choses se sont calmées.

Pas mal d'ouvriers de la filature sont venus renifler la taule. Ils avaient l'air intimidé au début, comme s'ils se sentaient pas à leur place dans ce roadhouse flambant neuf, mais la plupart achetaient un peu de gniole quand même. Bientôt à les voir on aurait dit qu'ils avaient passé toute leur vie dans un roadhouse. Ils allaient dans la petite salle marquée *privé* jouer aux machines à sous et rouspéter après, comme d'habitude. Comme les billards électriques étaient légaux, ils pariaient sur les parties. Certains se mettaient sur les banquettes et jouaient au poker. Ils se tenaient un peu plus tranquilles que d'habitude.

Côté fermiers, on a pas fait grand-chose avec eux ce jour-là. Je crois que ça avait fini par se savoir que Smut avait laissé épuiser son stock de provisions et bricoles du genre clous, cordeaux de plantoirs ou godillots. Une poignée de culs-terreux s'étaient quand même pointés, mais surtout par curiosité. Tous ils aimaient entendre le nickelodeon. Ils tiraient à pile ou face, savoir celui qui mettrait le nickel dans la fente. Quand un morceau finissait, ils pariaient encore un coup et remettaient un autre disque. Ce qui leur plaisait c'était les disques de hillbilly lugubres chantés par un de ces bouseux des collines. Leur préféré c'était un nommé Basil Barnhart, le Baryton de Bear Mountain. C'était rudement dommage que les ours l'aient laissé s'échapper.

Mon nouveau boulot me changeait de ce que je faisais avant. Fallait que je mette une cravate et que je reste assis derrière la caisse. Matt et Sam, les serveurs, avaient chacun un petit bloc de papier à lignes pour écrire ce que devait le client. Le client était censé me donner le ticket et payer. Ensuite je prenais les tickets et je les plantais sur un long truc comme un clou à l'envers. Quand on fermait le soir je devais les additionner, et fallait que ça fasse juste le compte qu'il y avait dans le tiroir-caisse. Après ça, fallait encore que je retouche les menus, mais ça c'était pas bien foulant. Durant la semaine on avait pas l'intention d'en changer souvent. Mais pour l'ouverture on avait une longue liste de trucs qu'on pouvait servir.

Il a commencé à faire nuit et on avait toujours vu personne à part les habitués du samedi soir, ceux de la filature et les glandeurs de Corinth. Ils avaient déjà un coup dans le nez, la plupart, mais ils se tenaient toujours tranquille. J'y comprenais rien. Wilbur Brannon était dehors, en train de causer avec Dick Pittman. Smut est sorti de la cuisine et il m'a rejoint. Il a posé les coudes sur la table où qu'était la caisse enregistreuse. « C'est pas la foule, jusqu'à présent. » Il avait l'air un peu inquiet. Il s'était mis sur son trente et un : costume noir, une chemise blanche propre et un nœud pap'noir. Il présentait bien, à part ses cheveux, qu'avaient besoin d'être coupés. Il avait toujours l'air d'un dur, vu que son costume était un peu étroit et que ses épaules semblaient vouloir faire craquer les coutures.

« Il est pas tard », je lui ai fait en regardant l'horloge derrière moi. Une grande horloge au mur qui faisait de la publicité pour Bruger's Ale. « Juste six heures et demie.

— Je sais bien. Mais tout ce qu'on a eu jusqu'à présent, c'est nos habitués. Et j'ai trop investi ici pour espérer jamais le récupérer avec eux. »

Côté affluence ça s'est pas arrangé, et vers neuf heures et demie j'étais toujours assis à faire les mots croisés que j'avais trouvés dans un vieux journal du dimanche. Comme ça se présentait, on aurait bien dit que j'allais avoir tout le temps de les finir même sans dictionnaire. Smut est revenu au comptoir. Il a dénoué son nœud d'un coup sec, comme si ça le serrait de trop. « Bon, ben c'est le bide, on dirait. » Aussi lugubre qu'un jeune prédicateur qu'on aurait juste expédié dans une paroisse en montagne.

« Ça sert à rien de te décourager si tôt dans la soirée, je lui ai dit. Tu sais bien qu'avec l'ancienne boîte, le coup de feu c'était toujours à compter de dix heures. »

Il est allé se chercher une tasse de café en maugréant. C'est vrai que ça irait mal pour son matricule si personne d'autre se pointait, que ceux de d'habitude. Suffirait d'un mois comme ça pour lui faire mettre la clé sous la porte. Du coup, je commençais à m'en faire, moi aussi. J'allais en être de ma place, si la boîte démarrait pas un peu mieux que ça.

Je crois qu'il était un peu passé dix heures quand les deux voitures sont arrivées dehors. On a klaxonné et je suis sorti. Pas pour les servir, mais juste histoire de me dégourdir. Ça faisait trois heures que j'étais vissé sur ce tabouret. Les voitures avaient des plaques de Caroline du Sud, et au clair de lune comme ça je voyais bien que c'étaient des gens qui revenaient du match à Durham. Rien qu'à leur touche. Dick Pittman était à une des voitures en train de prendre leur commande. J'ai entendu celui qui conduisait faire comme ça: « Ça me donne toujours bon appétit quand ces damnés Yankees descendent par ici se faire mettre une raclée. Je veux un steak sandwich avec tout le tintouin dessus, et une tasse de café. » La femme à côté de lui a fait: « Donnez-moi un steak sandwich aussi, et je voudrais un verre de lait, mais je me demande si ça passera bien, avec tout le whisky que j'ai bu cet après-midi.

— Pas de lait, l'homme lui a dit. On va s'en jeter un, pas plus tard que maintenant.

— Si c'est le cas, qu'elle a fait la bonne femme, alors on reste ici jusqu'à ce que celui qui nous ramène dessaoule un peu. Moi je roule pas avec un ivrogne au volant.

— Moi, plus j'en ai un tour, mieux je conduis », le type a dit.

Il y avait encore quatre personnes à l'arrière de la voiture. Un homme à la fenêtre de mon côté, et une fille entre lui et le couple qui se bécotait de l'autre côté. L'autre fille était sur les genoux de son mec. A les voir, ça faisait une paye qu'ils s'étaient pas vus. La façon qu'ils se boujoutaient et qu'ils se suçaient la fraise, il y avait de quoi vous retourner l'estomac. Ils étaient trop occupés pour décoller les ventouses, mais l'autre couple à l'arrière a commandé des steak sandwichs pour tout le monde. Un steak sandwich coûtait quarante cents, et là ça en faisait six. Deux dollars quarante en une fournée. Je me suis dit, encore quelques bagnoles comme ça et on sera pas si mal.

Je me suis rentré, et Dick a pas tardé à rappliquer. Il est allé par-derrière en poussant la porte à battants qui donnait sur la cuisine. « Huit steak sandwichs, deux au fromage américain, grillés, un gruyère sur seigle, une portion de frites, un jus d'ananas, deux jus de tomate et treize cafés », il a beuglé. Sur ce, quelqu'un d'autre a klaxonné dehors et Dick est ressorti aussi sec.

Smut était devant le comptoir, un peu plus loin que moi, à causer avec Badeye Honeycutt. En entendant Dick hurler sa commande il a plaqué Badeye pour venir me retrouver. Il avait l'air nettement plus guilleret. « Pas mal, comme commande.

— Pas mal », j'ai dit. Il s'est assis au comptoir et il a pris un menu qui traînait.

« Passe-moi un crayon, Jack. » Et il s'est mis à faire des additions au dos du menu. Il a fini de calculer et il m'a lancé le crayon. « Cinq dollars tout rond, que ça fait. Va probablement leur vendre un peu d'essence, et pis sûrement de la gniole. » Du coup il a remis son nœud en place en tordant du cou. Il s'est levé et s'est regardé dans la glace accrochée au mur derrière le comptoir, en redressant les épaules. « Merde, tu vas voir que ça va marcher du tonnerre. » Et il est reparti vers la cuisine.

C'était que le début. Les gens du match de foot n'ont pas arrêté de défiler, et la bouffe fallait pas leur en promettre. Ils achetaient essence et gniole en quantités égales. Sur le coup d'onze heures, toute une bande de jeunes nous est tombée dessus, avec leurs poules. Ils arrivaient de Corinth. Ils ont pas plus tôt repéré le nickelodeon dans la salle de bal qu'ils se sont mis à le faire marcher, et puis à danser. On faisait rien payer à l'entrée, mais une fois dedans ils dépensaient pas mal. Ils dansaient un moment, et après ça ils allaient s'asseoir sur les banquettes et commandaient quelque chose à boire et à manger. Avec eux, le bastringue arrêtait pas.

Mais ceux qui dépensaient le plus cette nuit-là, c'est encore les types qui bossaient à l'atelier de bonneterie, à Corinth. C'étaient des jeunes, pour la plupart, parce qu'il y a qu'un jeune qui puisse y voir assez pour travailler sur une machine à coudre. Je crois qu'ils se faisaient dans les quarante dollars la semaine en moyenne, à peu près autant qu'on en gagne en un mois à la filature. La plupart, leurs yeux les lâchaient arrivés à la trentaine, et on pourrait croire qu'ils auraient mis de l'argent de côté en prévision de ce jour-là. Mais pas un seul mettait un sou de côté. Ils avaient tous des belles bagnoles, et la plupart s'arrangeaient pour tomber sur des filles qu'étaient des vraies croqueuses. Et pour en croquer elles en ont croqué sur le dos de leurs jules, cette nuit-là, mais c'est surtout Smut Milligan qui en a profité.

De Corinth il en est venu d'une autre sorte, cette nuit-là, juste pour voir. C'étaient ceux supposés être des gens comme il faut, mais qui aiment bien faire péter un bouton de col de temps en temps. Et quand personne regarde de leur côté, qui aiment bien embrasser la femme du copain, lui pincer le derrière et laisser traîner une main sur sa cuisse, toujours accidentellement, bien entendu. Ceux-là ils restaient tous dans leur voiture, parce qu'ils pouvaient mieux se beurrer la hure en privé, là dehors. Parce que, une supposition que ça se sache en ville qu'ils picolaient et faisaient la faridon, ça les mettrait dans une drôle de mouscaille à l'église et avec les gens bien. Il y a une différence entre les gens bien et les gens qui sont juste comme il faut. Les gens bien sont ceux qui prennent le plus de précautions pour que les autres sachent pas qu'ils picolent. Il y en avait quelques-uns à Corinth.

Les voitures continuaient d'arriver là-dehors, et Dick

Pittman il avait plus de jambes, à essayer de prendre toutes les commandes. Matt et Sam savaient plus où donner de la tête, avec les clients à l'intérieur ; moi-même j'arrêtais pas, et Badeye s'occupait du comptoir. Chaque fois que Dick ouvrait la porte de la cuisine pour beugler sa commande, on entendait les cuistots s'engueuler, alors je suppose que ça chômait pas non plus par là-bas.

Finalement, Smut a bien vu que Dick pouvait pas l'étaler tout seul là dehors. Il a envoyé Badeye lui prêter renfort. Badeye ça lui plaisait pas, mais Smut pouvait pas faire autrement. Lui, il fallait bien qu'il reste à l'intérieur pour surveiller. Il a remplacé Badeye au comptoir.

Il est venu de plus en plus de monde. C'est vers minuit qu'il y en a eu le plus et qu'ils ont fait le plus de raffut. Astor LeGrand et Baxter Yonce se sont ramenés à ce moment-là, pendant le coup de feu.

Ils ont regardé la cohue un moment. Ensuite Astor LeGrand est venu s'asseoir sur une chaise juste en face de la caisse, là où il pouvait se faire une petite idée de combien d'argent on ramassait.

Baxter Yonce est resté debout où il était, près de l'entrée au comptoir. En levant les yeux il a vu les peintures, et ça l'a fait comme qui dirait loucher. Il a sorti son étui et il a mis ses lunettes.

Baxter Yonce gagnait beaucoup d'argent ; il avait le plus grand garage et la plus belle concession automobile de Corinth. Il était rouge de figure, comme quelqu'un qui boit beaucoup. C'était le cas. Il était pas aussi petit qu'il paraissait, il était tellement large et trapu que ça le rapetissait. Les habits qu'il portait étaient toujours de première qualité, mais vous auriez bien été en peine de vous les rappeler le lendemain. C'était ce genre de vêtements. Il fumait toujours le cigare et il avait trois bagues à la main gauche, dont une chevalière en onyx avec un Y blanc au centre. Baxter s'est approché de là où j'étais et il a appuyé son coude droit sur le présentoir où on gardait les cigares et les cigarettes.

« Ben mon vieux ! il a fait. On dirait que la boîte va marcher, finalement. J'aurais jamais cru.

— Ça marche bien ce soir, j'ai fait. Tous les gens qui reviennent du match, c'est une des raisons.

— La moitié de Corinth est ici. Et en arrivant, j'ai vu des voitures de Blytheville parquées dehors, et de Seven Springs. » Il mâchait puissamment le bout de son cigare.

« C'est quand même les supporters de foot qui ont fait démarrer tout ça, j'ai dit. Ils se sont arrêtés casser la croûte. Les autres voient les bagnoles garées devant, ils s'arrêtent fatalement voir ce qui se passe.

— Oh, sûr. Tu passes devant un endroit avec plein de voitures dehors et des lumières tamisées dedans, c'est sûr que tu t'arrêtes voir ce qui se passe. »

Ça devait être ça. En tout cas, comme ouverture c'était réussi. On avait eu tout Corinth, à part les gens bien et les négros. Et puis tout le monde avait claqué beaucoup d'argent.

Au bout d'un moment, ça s'est quand même calmé. A deux heures et demie tout le monde était parti, sauf Astor LeGrand et Wilbur Brannon. Wilbur de toutes les manières il se couchait pas de la nuit. On voyait bien qu'il était tout content que ça se soit passé si bien. Il aurait un endroit où traîner tard la nuit. Le week-end, tout au moins. Astor LeGrand il était du soir aussi. Mais c'était pas pour ça qu'il traînait si tard, cette nuit-là. Il était supposé être avocat, mais il exerçait pas des masses. Il avait ni position officielle, ni titre ni rien dans le Parti *, mais c'était quand même lui qui faisait tourner la machine politique dans le comté. C'était lui le boss. Une supposition que vous vouliez un emploi avec le comté,

* Le Parti Démocrate. Dans le Sud à l'époque les Démocrates étaient tellement majoritaires, traditionnellement, qu'il est inutile de préciser.

avec l'Etat, ou le gouvernement fédéral, il vous fallait une recommandation d'Astor LeGrand. Et une fois nommé, fallait lui remettre une certaine somme. Il pouvait se permettre ce genre de pratiques parce qu'il contrôlait les votes dans le comté. Je ne sais pas exactement comment il s'y prenait pour les contrôler, mais vous aviez qu'à regarder, celui avec le soutien d'Astor LeGrand était toujours celui qui gagnait. Même que des fois c'était rudement coton de savoir qui il soutenait.

LeGrand a pas l'air d'un politicien, et il cause pas comme on s'attendrait non plus. En fait, il ouvre la bouche que quand il peut pas faire autrement. Il s'en va jamais baratiner les gens ni leur donner des tapes dans le dos, et il vous parle que si vous lui adressez la parole. Il est pas bien grand, et vu dans une foule il aurait tout l'air de l'homme de la rue, là, celui que les politiciens nous rebattent toujours les oreilles avec. Il avait toujours sa langue plantée dans sa joue, l'air pince-sans-rire, comme s'il était en train de penser à quelque chose qui allait le faire éclater de rire la seconde d'après. Avant il venait de temps en temps à la station-service, juste comme ça. Il disait salut à Smut et ça s'arrêtait là. De temps en temps, il passait la carrée en revue, comme si elle lui appartenait. Des fois quand il y avait du monde il était là, assis d'où il pouvait surveiller la caisse.

Astor LeGrand était au comptoir en train de boire une tasse de café et de fumer une cigarette. Wilbur Brannon était sur le tabouret à côté de lui, et Smut derrière eux, les mains appuyées sur le comptoir. Je me suis levé de mon tabouret derrière la caisse histoire de me dégourdir. J'en avais plein les fesses, d'être resté assis comme ça si longtemps.

« On dirait que tu t'es trouvé la bonne affaire, Smut, Wilbur a fait comme ça. Enfin, si on en juge par ce soir.

— Plus de populo que de pognon », Smut a dit. Et il m'a fait un clin d'œil. Si Astor se mettait dans l'idée qu'on baignait dans l'oseille, c'était mauvais pour lui. Des fois qu'il le fasse trop raquer pour sa protection.

Astor s'est levé et il a étiré ses deux bras au-dessus de sa tête. Sa cendre de cigarette m'est tombée sur la jambe de pantalon, parce que j'avais le pied posé sur le rail à côté de lui. Il s'est penché pour la brosser.

« Excuse-moi, Jack. » Là-dessus il a bâillé en tapotant bien devant sa bouche avec la main, et il est sorti par-devant.

« Partez pas déjà, m'sieur LeGrand », Smut a appelé après lui. Mais il était parti. Je voyais bien que Smut était content qu'il s'en aille, et qu'il aurait bien voulu que Wilbur en fasse autant.

Mais Wilbur est resté encore quinze ou vingt minutes à bavasser. Smut arrêtait pas de bâiller, et il a fini par me donner envie à moi aussi. On était là tous les deux devant Wilbur à lui bâiller sous le nez. Finalement il a quand même saisi, et il a fait : « Bon » – bâillement – « Faudrait peut-être » – bâillement – « que je me rentre » – bâillement – « J'ai sommeil. » Il a encore bâillé un coup, et il s'est levé.

« Content que ça marche aussi bien que ça pour toi, Smut. J'espère que ça continuera.

— Merci. » Wilbur est sorti et Smut s'est arrêté de bâiller aux corneilles.

« Croyais bien qu'ils allaient jamais rentrer chez eux. Maintenant on va pouvoir compter combien qu'on a fait ce soir. »

Il est allé chercher le clou avec le tas de tickets piqués dessus. Il était plein jusqu'en haut, et j'en avais un autre tas dans le tiroir-caisse. Je les avais retirés du clou déjà une fois dans la soirée, quand il restait plus de place dessus. Smut a pris un crayon et du papier, et il a poussé les tickets vers moi.

« Vas-y, annonce. »

Ça nous a pris du temps. Une fois terminé, la recette de la soirée se montait à un peu plus de trois cents dollars. A mon idée, il y avait plus de la moitié de bénéfice. Et c'était sans compter le nickelodeon et les machines à sous.

« Pas mauvaise, la soirée, Smut a fait. Pas mauvaise du tout.

— Les gens du match, ça nous a aidés.

— C'est vrai, et c'est des choses on peut pas compter que ça se reproduise trop souvent. Mais plus tard, quand les gens auront pris l'habitude de venir ici, y aura d'autres choses qui me rapporteront de l'argent.

— Comme quoi, par exemple ?

— Les cabines, tiens. Ce soir, j'en ai juste loué deux. Un dollar chacune. Dick Pittman m'a dit qu'elles ont pas servi plus d'une demi-heure, ni l'une ni l'autre.

— Si les bondieusards de Corinth apprennent que tu loues tes cabines à des gens qui sont pas mariés, ils nous feront fermer, j'ai dit.

— Je me chargerai d'eux.

— Comment que tu feras ?

— Je me chargerai d'eux. S'ils s'avisent de mettre le nez dans mes affaires, j'ai de quoi en faire chanter plus d'un à Corinth, méthodistes, baptistes, et des distingués, en plus. »

7

Le lendemain matin des types sont venus de Corinth en voiture et nous ont loué un des bungalows pour une partie de blackjack. Ils auraient aussi bien pu jouer dans la salle marquée *privé*, mais ils voulaient une cabine. Smut leur a fait payer un dollar. C'était donné, mais ils l'ont invité à se joindre à eux quand il en aurait envie, et ça ça revenait à lui payer au moins quinze dollars la location.

Ce jour-là un couple de touristes en route pour le Sud s'est arrêté chez nous pour déjeuner. Ils se sont mis à une table dans le café, un vieux toqué avec sa femme, une toute maigre, avec une bouche on n'y aurait pas fait passer une pilule tellement qu'elle était petite.

Sam était pas revenu de Corinth, mais Matt était là avec moi, et c'est lui qui a pris leur commande. Ils ont demandé le poulet frit, et ça tombait bien parce qu'il y en avait à la cuisine. Matt leur a amené ça et s'est occupé d'eux tant qu'ils ont mangé. Une fois fini, le vieux m'a apporté le ticket. Je suppose qu'il l'avait pas regardé, parce qu'il m'a fait : « C'est combien, les dégâts ? J'ai pas mes lunettes. »

J'ai regardé le ticket.

« Soixante-dix cents. »

Le vieux a clignoté des yeux. « Soixante-dix cents ! C'est tout ?

— C'est tout », j'ai dit. Il a rigolé et m'a donné l'argent. Quand il est parti, j'ai aussitôt envoyé Matt chercher Smut à la cuisine, où il était en train de manger un morceau.

« Smut, on a eu un touriste avec sa femme, y a pas une minute.

— Je sais. » Il avait encore la bouche pleine et continuait de mâcher. « Et alors ?

— Alors rien. Sauf qu'ils ont bien rigolé quand je leur ai annoncé le prix pour deux portions de poulet frit. »

Smut il en a avalé tout rond. « Rigolé, eh ? C'est sérieux, ça. Je m'en vais faire en sorte qu'ils rigolent plus, moi, attends un peu. Matt, arrive un peu là ! »

Matt s'est ramené, en prenant son temps. « Qu'est-ce tu veux ?

— Ecoute bien. Prochaine fois qu'un touriste débarque ici, tu calcules environ cinquante pour cent du prix normal et tu l'ajoutes à sa note. Tu sais comment qu'on fait pour calculer cinquante pour cent de quelque chose, non ? »

Matt est resté piqué là, avec son air con et sa vue basse ; une chose qu'il faisait bien. Il était tout bouffi, comme gars, la peau sale tachée de son, et des cheveux rouquins. « Je crois que oui.

— Une supposition que le touriste, sa note fait un dollar cinq, combien que tu lui compterais sur son ticket ? »

Matt a cherché un moment dans sa tête. « Un dollar et demi, à peu près », il a fini par dire.

« Pas mal. » Mais Smut était pas encore satisfait. « La moitié de cinquante-cinq cents, Matt, ça fait combien ?

— Ben, un quarter c'est la moitié de cinquante cents, alors ça doit pas tomber loin. » Matt avait pas l'air du tout intéressé, mais il est toujours comme ça.

« Cinquante-cinq, que je t'ai dit. Bon, écoute. Toutes les fois que tu vois un touriste arriver, tu viens me trouver, moi ou Jack, et tu nous demandes combien lui faire payer.

— Et comment que je vais savoir si c'est un touriste ? »

Smut s'est levé de toute sa hauteur et lui a regardé le dessus du crâne. « Putain de dieu, Matt, tu vas quand même pas me dire que t'es pas fichu de reconnaître un touriste !

— Pas à tous les coups.

— C'est aussi facile que de sauter d'un petit banc. Ils ont tous des lunettes de soleil, pour commencer. Et quand ils s'aventurent si profond dans le Sud, pratiquement tous ils ont le nez en l'air tellement qu'ils nous prennent de haut, si bien qu'ils voient rien que le haut des murs quand ils arrivent ici. D'abord ils... »

Matt l'a interrompu. « S'ils ont le nez en l'air comme ça, comment qu'ils font pour conduire ?

— Laisse-moi causer. Ils parlent que de leur boulot. A l'aller ils disent : "Je suppose que la boutique peut tourner toute seule jusqu'à ce que je rentre. " Et en rentrant ils disent : "Fera sacrément plaisir de reprendre le boulot. " En général, la femme de touriste est pire que l'homme. Si elle se met dans son boudin de faire faire quelque chose de cinglé à son mari, il a intérêt à le faire tout de suite, ou alors il a droit aux coups de règle sur les doigts. Dans le Nord, c'est les bonnes femmes qui commandent. C'est pour ça que les hommes de là-bas aiment tellement descendre dans le Sud. Ici, y a les nègres, alors ils ont un peu moins l'impression d'être des vers de terre.

— Tu m'as toujours pas dit comment qu'on reconnaît un touriste des autres clients. » Il l'avait presque mauvaise, Matt.

Smut il en pouvait plus. « Toi ton *père* ça devait être un touriste », il a fait, et Matt s'est éloigné. « Et le tien alors, qui c'était ? » il a lancé à Smut.

« Celui-là heureusement que je le paye pas, sinon je le foutrais à la porte là tout de suite », Smut m'a fait.

Il a suivi Matt par la porte de derrière. Je crois qu'il est allé se joindre à la partie de blackjack en cours dans la cabine.

En tout cas je l'ai pas revu de la journée. Je suis resté au restaurant tout l'après-midi. Matt est revenu et il est resté aussi jusqu'à deux heures, quand Sam est revenu de Corinth. Alors Matt est parti dormir dans le bungalow qu'ils avaient, et Sam l'a remplacé. Badeye Honeycutt s'était mis dans la partie de blackjack, à ce que m'a dit Dick Pittman. En tout cas on l'a pas revu avant que Smut s'en retourne lui aussi. Dick est resté dehors tout l'après-midi. Il a vendu un peu d'essence. Vers trois heures une bande de jeunes qui traînent habituellement à la Beaucom's Pharmacy se sont amenés. Ils sont restés dans la salle de dancing, à faire marcher le nickelodeon.

A la tombée de la nuit, Old Man Joshua Lingerfelt est venu voir comment qu'on était installés depuis les transformations. Il a fait le tour du bâtiment en tapant dans les murs avec sa canne en hickory. Comme d'habitude, il tirait sur sa puanteur de vieille pipe en épi de maïs. Finalement il est entré s'asseoir au comptoir. Il était vieux et il avait fait la guerre à Cuba. Il avait une jambe de bois et une pension du gouvernement. Il était chauve et il avait plus de dents. Même pas des fausses. Mais ça faisait rien, vu qu'il buvait ses repas la plupart du temps. Il m'a fait signe de m'approcher.

« Donne-moi une bière, mon gars », il a fait en crachant par terre. Je lui ai donné sa bière et il s'est jeté dessus vite fait, pour rien perdre de la mousse. Il claquait du bec et aspirait avec ses gencives. « Qu'est-ce qui vous prend, vous autres, d'ouvrir une taule pareille au milieu d'une forêt de pins ?

— C'est pas moi qui l'ai ouverte, j'ai fait.

— C'est qui alors ? Le gars Milligan ?

— Ouais, Smut. Son idée pour gagner de l'argent.

— Ça pourrait marcher », le vieux a fait comme ça en repoussant son vieux chapeau tout gras sur son front. Et il a repiqué du nez sur sa bouteille en se remettant à sucer ; on aurait dit un cochon sur son auge, tellement qu'il faisait de raffut. « Ça pourrait marcher. Mais j'en doute.

— Pourquoi pas ?

— Y a pas d'argent dans ce pays. C'est rien que de la culture dans ce pays. On sait bien que la culture ça paye plus, de nos jours.

— Et les filatures à Corinth, alors ?

— Le coton a jamais rapporté un sou à ce pays. Ils travaillent que la moitié du temps, à la filature. Et quand ils touchent leur petite paye de rien du tout, la compagnie reprend tout, pour les provisions, le loyer, le bois, tout. Pas étonnant qu'il soit pauvre, le pays.

— Et les tricoteurs, alors, ceux des ateliers de bonneterie, ils gagnent pas d'argent, peut-être ? »

Old Man Joshua a craché par terre encore un coup.

« Pour ça oui. Ils gagnent bien leur vie jusqu'à ce qu'ils y voyent pus clair ; ensuite ils sont bons pour retourner à la ferme, ou à l'assistance. Ils mettent jamais un sou de côté ces gars-là. Dépensent tout dans les bagnoles et la rigolade.

— Peut-être qu'ils en dépenseront un peu ici, j'ai dit. Et peut-être qu'on aura une partie des touristes quand ils descendent.

— Oh, pour ça les Yankees ils ont de l'argent. Donne-moi une autre bière, tu veux ? » Et il a repoussé la canette vide devant lui. « Y en a quelques-uns à Corinth qu'ont des sous, mais ils sont pas des masses. Henry Fisher il a des sous. Mais les gens comme ça y vont à la plage et en Californie, à Charlotte et pis dans le Nord, pour dépenser. Viendront jamais ici histoire de se distraire. »

Ça m'est venu tout d'un coup. « Dites donc, m'sieur Joshua. Y en a qui disent que Bert Ford il a des sous. C'est-y vrai ? »

Old Man Joshua a secoué la tête. « J'en sais trop rien. Y en a qui disent que oui, y en a qui disent que non. Bert pour qui se mette à causer, faut vraiment qu'il ait bu des quantités, et pis longtemps. » Il s'est versé un peu de bière dans le creux de la main et il a liché ça comme un chien lape son eau.

« Voulez un verre ? je lui ai demandé.

— Non. Une fois j'étais chez Bert. L'avait pas décuité depuis un mois ou deux. Et cette nuit-là il m'a causé tout drôle, comme qui dirait finaud. "Joshua, qu'il me dit, si jamais t'as de l'argent le mets surtout pas à la banque. Rends-le à la mère Nature – enterre-le. " Sais pas au juste ce qu'il voulait dire par là, à moins qu'il aye enterré ses sous à lui.

— Peut-être qu'il a paumé de l'argent dans une banque et que c'est de ça qu'il causait.

— Peut-être, a fait le vieux. Donne-moi une autre bière. »

Je voyais bien qu'il savait rien, alors j'ai arrêté de lui causer. Il a fini sa bière et il est allé voir le nickelodeon. Il raffolait de la musique ce bonhomme-là. N'importe quelle sorte.

Ce soir-là on a eu un peu de monde. Une fois faits les comptes à une heure du matin, la recette était de cinquante dollars. En plus, Smut avait gagné dix-sept dollars au blackjack. Il s'était arrangé pour faire jouer les gars avec les cartes ratiboisées. Quand ils se sont arrêtés ce soir-là, y avait pas que les cartes qu'étaient ratiboisées.

On peut pas dire qu'on se soit enrichis dans la semaine qui a suivi. Calme plat question populo, mais dans l'après-midi du jeudi Lola Fisher s'est pointée encore une fois.

Il était pas tard. J'étais à l'intérieur quand j'ai entendu la voiture arriver. Je savais que Dick était dehors, alors j'ai même pas levé le nez du journal que j'étais en train de lire. Un petit peu après j'ai entendu quelqu'un qui riait. On aurait dit Lola. Je suis allé à la fenêtre me rendre compte. Smut était debout près de sa voiture et il lui causait. Il devait être sacrément drôle, parce que Lola en mettait un coup à rigoler. Je suis retourné à mon journal.

J'avais presque fini de le lire quand ils sont entrés. Smut lui faisait visiter la boîte.

« Bonjour, Jack, elle m'a fait.

— Bonjour », j'ai dit.

Elle était en veste de cuir rouge ce jour-là, avec un chapeau tartignole. Le tout mis ensemble, je suppose que ça lui faisait une tenue de sport. Smut il faisait semblant de lui faire faire le tour du propriétaire, mais en fait il se rinçait surtout l'œil sur Lola.

« Regarde-moi ce que j'ai de tartiné sur les murs, c'est pas de l'art, ça peut-être ? » Il montrait le tableau avec les bonnes femmes en train de se laver, mais il avait les yeux sur le cou de Lola, derrière, là où c'était blanc, encadré par le noir de ses cheveux.

Lola a regardé là où il pointait. « Elles sont jolies, elle a fait. Qui c'est qui a peint les tableaux, Smut ?

— J'ai fait ça sur mon temps libre, le soir.

— T'es qu'un gros menteur », a fait Lola en riant. Son rire avait quelque chose de nerveux, comme si elle avait peur que quelqu'un de respectable arrive et la découvre ici.

« C'est pas des blagues, c'est moi qui les ai faits. Le commerce moi ça m'assomme. Ce que j'aime, c'est l'art. Toute la journée je sue sang et eau à tâcher de gagner un honnête dollar, mais quand le soleil coule à l'ouest je me donne corps et âme à l'art.

— Oh, pooey. » Lola m'a jeté un sourire par-dessus son épaule, ce même sourire nerveux comme si elle avait peur. Elle tirait sur les coins de son chapeau.

« Montre-moi ton dancing et ta roulette, elle a dit à Smut.

— J'ai pas de roulette, mais si tu voulais venir y jouer, j'en ferais mettre une.

— Oh, je viendrai peut-être un de ces soirs. » Et là-dessus ils sont passés dans la salle de danse. Smut lui a pas fait voir la cuisine. C'était pas le genre de fille spécialement intéressée par la cuisine.

Une minute après j'entendais le nickelodeon marcher, et je

crois bien que je les entendais glisser sur la piste aussi. Je me suis rapproché de la cuisine, histoire de me mirer dans le dancing. Ils étaient en train de danser; Smut la tenait serrée contre lui en la regardant. Elle c'est la piste qui semblait l'intéresser.

Le bastringue a continué comme ça une bonne demi-heure, en comptant les arrêts. Ensuite Lola et Smut sont ressortis par-devant. Lola a pas été longue à se sauver.

J'arrivais pas à me figurer pourquoi elle était venue en douce relancer Smut Milligan. Elle avait l'homme le plus riche de Corinth, ça aurait dû la satisfaire. Je crois que le problème c'est qu'elle était mariée à un homme qui prenait jamais de risques. Il avait pas à en prendre. Mais Smut lui il aurait pris des risques sur n'importe quoi, et quand elle se trouvait avec lui je crois qu'elle se sentait comme ça aussi. C'était plus fort qu'elle, fallait qu'elle éprouve ça de temps en temps. Je voyais bien qu'elle entendait l'avoir, d'une manière ou d'une autre. Pour Smut Milligan ça comptait plus beaucoup, ces choses-là. Maintenant ce qu'il voulait, c'était des sous.

Ce samedi-là il y avait pas de grand match de football, et pourtant on a fait autant d'argent que le samedi de l'ouverture. On s'est bien défendus dimanche aussi, mais ça s'est calmé tôt ce soir-là. A peu près la seule chose qui durait encore c'était une partie de poker.

Ils avaient commencé à trois: Baxter Yonce, Wilbur Brannon et Bert Ford. Au début Baxter Yonce il voulait pas s'y mettre. Comme quoi il avait la migraine. Mais finalement il s'est laissé persuader par Wilbur, qui l'a emmené avec lui dans la salle marquée *privé*. Aux environs de huit heures j'y suis allé leur porter de la glace pilée. J'aurais pas pu dire qui c'est qui gagnait. Ils avaient tous enlevé leur veste. Baxter Yonce sa chemise était à tordre, tellement il suait. Lui quand il jouait il jouait dur.

Il était pas tard ce soir-là quand Smut est venu me trouver à la caisse et m'a demandé combien on avait fait.

« Environ soixante dollars, j'ai dit.

— Bon, tu m'en donnes vingt-cinq. Je veux m'en faire cinquante de plus dans ce poker, là derrière. Je me sens en veine, ce soir. »

Je lui ai donné l'argent. Quatre billets de cinq, trois de un, et deux dollars en mitraille. Il a fourré ça dans sa poche de veste et il a filé par-derrière. Il sifflotait en passant la porte. Il est resté là-dedans une heure, guère plus, avant de revenir me voir.

« Donne-moi vingt-cinq. » Il avait guère plus d'expression qu'une statue.

« Tu perds ? » j'ai demandé. Encore que ça me regardait pas, et que si j'avais un peu réfléchi j'aurais rien dit.

« La nuit fait que de commencer. Je te m'en vais les plumer, ces busards. » N'empêche que ce coup-ci il sifflotait pas en y retournant.

A minuit tout le monde avait quitté la boîte, à part Badeye et moi. Badeye essuyait les verres, alors je savais qu'il s'en jetterait encore un ou deux et qu'il irait tout de suite au pieu. Quand il se mettait à essuyer les verres comme ça, ramasser les trucs par terre et enlever les miettes ou les grains de poussière de dessus le comptoir, c'était bon signe. Ça voulait dire qu'il était presque assez mûr pour la nuit. J'ai fermé devant, et je suis allé voir si les joueurs de poker voulaient quelque chose. Sinon moi j'allais me coucher.

Je suis arrivé juste à temps pour le feu d'artifice. Je suppose que ça faisait déjà un bon moment qu'ils jouaient sans que ça se précise ni d'un côté ni de l'autre. Toujours est-il que Smut il a dû trouver que ça allait pas assez vite. J'étais pas entré qu'il jetait le jeu de cartes qu'il était en train de battre sur la table, en disant : « Et merde. J'en ai ma claque, moi, de ce jeu-là. On roule les dés un petit moment et pis on va se coucher. Bien sûr vous autres personne vous empêche de rester jouer ici aussi longtemps que vous voudrez. Mais moi je vais me coucher plutôt que de continuer comme ça.»

Baxter Yonce s'est mis à bâiller. Il avait des taches de transpiration séchées partout sur sa chemise.

«Les osselets, moi, ça me réussit jamais», qu'il a fait.

«Sûr, Smut, je veux bien te prendre un coup ou deux», a dit Wilbur Brannon.

Smut s'est levé et est allé jusqu'à la fenêtre. Il a pris une petite boîte sur le rebord, et il en a fait tomber deux dés. «Je te prends pour cinq tickets, Wilbur.»

Wilbur s'est tourné vers Bert Ford, qui était resté là à touiller sa brosse dans sa boîte à tabac. «T'en es pas, Bert?

— Nan», Bert a fait, en se remettant la brosse dans le bec aussi sec.

C'est Wilbur qui a jeté le premier. Un neuf, qu'il a amené. Smut a fait onze et Wilbur a pris un billet de cinq d'un petit rouleau qu'il avait dans sa poche. Ils ont jeté encore un coup, et Smut a encore gagné. Cette fois-ci Wilbur l'a pas payé. «Ça fait cinq que je te dois», il a dit. Il s'est tourné vers Bert Ford. «Tu veux toujours pas t'y mettre?»

Bert a hésité une seconde. «De dieu, et comment que je vais m'y mettre.»

Et les voilà partis à jeter les dés contre le mur comme des malades. C'est pas bien sorcier, les dés, à mon avis. Suffit d'avoir du pot. Et pendant un moment Smut a eu du pot. Il ramassait dix dollars chaque fois qu'ils lançaient. Mais tout aussi vite la chance s'est mise à tourner du côté de Bert Ford. Il a gagné huit parties à la file avant d'en perdre une à Wilbur. Et pour Smut c'était du tout comme, de perdre à l'un plutôt qu'à l'autre. C'était d'autant plus mauvais pour lui qu'il était le grand perdant de la partie de poker. Mais il voulait pas s'arrêter.

Au bout d'un moment, Wilbur a dit: «Bon, j'ai déjà paumé trente dollars de plus que ce que j'ai gagné au poker. Je crois que pour moi il est temps d'arrêter.»

Bert Ford a regardé derrière lui. « T'en as assez, Milligan ? »

Smut lui a lancé un sale œil. « Ça me ferait mal. Jette.

— Comme tu veux, fiston », Bert a fait comme ça. Et voilà qu'il amène un onze du premier coup*.

Smut en a perdu trois comme ça d'affilée, avant d'en gagner une. Alors il a fait : « Ça y est, je remonte. Ça va gicler, regardez ça !

— Je regarde, te bile pas », qu'il a fait Bert. Il a retiré son chapeau et l'a flanqué par terre. Il a craché dans un coin de la pièce et s'est mis à jeter un œil farouche autour de lui, on aurait dit qu'il était encerclé d'ennemis et qu'il avait peur qu'on le poignarde dans le dos.

Baxter, Wilbur et moi on était penchés au-dessus du jeu, tous qu'on était, à regarder rouler les dés. Les nègres ils parlent aux dés, mais Smut et Bert ils disaient pas un mot. Peut-être bien qu'ils priaient. Dans ce cas-là, c'est les prières de Bert qui lui réussissaient le mieux. Il avait un pot du diable, cette nuit-là, ou alors il s'y entendait mieux que Smut pour rouler les osselets. Quand ils ont arrêté, Smut lui a donné un chèque. « Attends une semaine avant de l'encaisser, si tu veux bien.

— D'accord », qu'il a fait Bert. Il a sorti son portefeuille, plié le chèque en deux et il l'a mis au milieu des billets. Il avait plein de billets dans son méchant portefeuille bon marché. Si c'était des gros, il avait des tonnes de fric sur lui.

Bert a ramassé son chapeau, l'a épousseté et se l'est remis sur la tête. Il a sorti sa boîte à tabac de sa poche et s'en est repris une bonne dose. « A la revoyure, vous autres », qu'il a fait en passant la porte.

Baxter était resté bouche bée tout le temps qu'ils faisaient rouler les dés, mais quand Bert est sorti, il l'a refermée. Il l'a rouverte juste pour faire : « Dieu de dieu ! » en s'épongeant le front avec son mouchoir.

* Ce qui, à la passe anglaise (*craps*), lui assure la partie immédiatement.

Wilbur Brannon se marrait. « Sacré Bert. Savais même pas qu'il touchait aux dés.

— Y a pas qu'aux dés qu'il a touché. » Smut riait jaune en disant ça.

Je suis retourné devant pour éteindre. Badeye était déjà parti. Je savais que Johnny Lilly était encore dans la cuisine, alors j'y suis allé, parce que j'avais faim. J'étais en train d'ouvrir le réfrigérateur quand Smut a poussé les battants de la porte.

« Tu veux que je te fasse un sandwich ? j'ai demandé.

— Jésus, non alors ! Je vois pas ce que je pourrais avaler en plus de ça. » Il est allé au frigo se chercher un glaçon, qu'il a mis dans un verre. « J'ai drôlement besoin de boire un coup. » Et il s'en est versé un bien tassé, d'une bouteille qu'il avait sur l'étagère du haut dans la glacière.

Il s'est installé devant le fourneau pour siroter son verre. Moi j'ai fini mon sandwich et je me disposais à partir. « J'ai fermé devant et j'ai éteint », j'ai dit.

Smut a reposé son verre sur la table devant lui. « Si c'est pas une fichue façon de paumer son argent, quand même. » Il s'appuyait les pieds sur le fourneau, les coudes sur les genoux.

« C'est une façon rapide, en tout cas », j'ai dit. Et j'allais m'en aller.

« Attends une minute, Jack. Tu veux pas une goutte, avant de te coucher ? » Et se tournant vers Johnny, qui fumait une cigarette debout contre le fourneau. « Tu peux y aller, Johnny, on éteindra. »

Johnny a soulevé une des plaques du fourneau et il a jeté sa cigarette dedans. Ensuite il est sorti.

Je me suis assis sur la table derrière Smut. Il s'est levé pour se verser un autre verre, et il en a versé un pour moi aussi. En revenant il m'a tendu le mien et il s'est rassis sur la chaise. Il a allumé une cigarette.

« Je me suis conduit comme un fichu idiot. J'en étais de soixante dollars au poker. Ça me faisait mal de les voir s'envoler. Je me suis dit que peut-être je pourrais me refaire aux dés. Mais je t'en fous.

— Ça sert à rien de te biler maintenant », j'ai dit. J'avais sommeil, et en moi-même j'étais bien d'accord avec lui. Il s'était conduit comme un idiot.

« Non. Ce qui est fait est fait. Mais je suis bien dans la merde. Le chèque que j'ai donné à Bert Ford, pour combien tu crois qu'il était ?

— Combien ?

— Deux cent cinquante dollars. Et avant ça c'est lui qui a gagné le plus gros des soixante-dix dollars que j'avais pour commencer.

— Je t'ai donné que cinquante, de la caisse.

— J'avais vingt dollars sur moi avant de te les faire sortir. Mais c'est pas pour ça que je m'en fais. Ce qui me tracasse, c'est que j'ai une traite de quatre cents dollars à la Farmers & Merchants Bank qui tombe la semaine prochaine.

— Et tu peux pas la payer ?

— Non. L'argent que j'ai paumé ce soir en faisait partie. Je voulais me faire assez aux cartes et aux dés pour arriver à trois cent cinquante, ou quatre cents dollars.

— Peut-être que tu pourrais la faire reporter.

— Ça m'étonnerait », qu'il a dit. Il la faisait pas briller. « Déjà que j'ai eu du mal à l'obtenir, mon prêt. J'avais emprunté ailleurs, et ils le savaient. D'arranger la boîte comme il faut, ça m'a coûté plus cher que je me figurais, c'est tout.

— De la façon que tu ramasses le fric depuis l'ouverture, ils pourraient bien te laisser un mois ou deux de répit. Ça te prendrait pas longtemps de gagner assez pour rembourser.

— C'est bien ça le problème. Je veux pas que ça se sache, combien je me fais ici. Et toi, cause jamais de mes affaires à personne.

— T'en fais pas», j'ai dit.

Smut a vidé son verre en une fois et il l'a reposé par terre. «Je te dis ça parce que je veux surtout pas qu'Astor LeGrand sache combien je ramasse exactement. Depuis que j'opère ici, je te cause de ça quand j'avais la station-service, je lui donne dix pour cent pour qu'il veille au grain en ce qui me concerne. Je me fais bien trop maintenant pour continuer. Il devrait être content de palper cinq pour cent. Mais comme par hasard, son beau-frère est justement le caissier de la banque. Si je leur dis à la banque combien j'ai ramassé dernièrement, c'est comme si je le disais à Astor LeGrand.»

Je voyais bien qu'il avait raison, pour sûr. «Tu parles d'un pétrin, dis donc. Comme ça, là, je vois pas où tu pourrais dénicher l'argent.

— Peut-être que je pourrai faire poireauter Bert un petit moment.

— Peut-être. L'argent, c'est pas ce qui lui manque.

— Pour en avoir, il en a. Combien, ça je sais pas au juste, Smut a dit en remontant sa ceinture. Avant il était dans un métier qui rapporte gros.

— C'était quoi ?

— Il était briseur de grèves. Il prenait une bande de gros bras avec lui et il cassait les grèves que les syndicats essayaient d'organiser.

— Où c'est qu'il faisait ça ?

— Là-haut dans le Nord, et dans l'Ouest. Badeye il a entendu parler de lui à Detroit.

— Pourquoi qu'il est pas resté, si ça marchait si bien que ça pour lui ?

— L'a dû avoir un pépin. Sonner un piquet de grève un peu trop fort, probablement.

— On m'a dit qu'il avait trente mille dollars d'enterrés chez lui», j'ai fait.

Smut m'a regardé durement. «D'où tu tiens ça ?

— Catfish. Il m'a dit qu'une nuit quand Bert y voyait plus clair tellement qu'il voyait des serpents devant lui, il lui a dit qu'il avait trente mille dollars d'enterrés quelque part.

— Y en a un des deux qui ment. On trouverait pas trente mille dollars dans tout le pays.

— C'est ce que je crois aussi. Mais Old Man Joshua Lingerfelt juste cet après-midi m'a dit que Bert lui en avait causé aussi une nuit. »

Smut a réfléchi un moment. « Y me semble me rappeler quelque chose comme ça. Une fois que Baxter Yonce et Wheeler Wilkinson causaient ensemble au bowling, là-bas en ville. Baxter disait que Bert avait beaucoup d'argent, quinze ou vingt mille dollars, dans une banque de Charlotte. Il disait que Bert l'avait retiré juste une semaine avant que la banque coule.

— Comment qu'il sait ça, Baxter ?

— J'en sais fichtre rien. Mais Baxter c'est pas le genre à raconter des bobards.

— Je me demande bien où il a pu le planquer.

— Putain, si je le savais, je serais pas ici à m'en faire pour cette traite à la banque. » Smut a posé son menton dans ses mains, et moi je l'ai laissé à ses tracas.

8

Smut avait jusqu'à jeudi pour dégoter l'argent. Mercredi matin il s'est amené quand j'étais en train d'aider Matt à balayer par-devant. Il portait son costume sombre, et un chapeau, pour une fois. Il est venu me trouver là où je balayais entre les tables.

« Je vais à la banque, Jack. Sais pas si je serai rentré avant midi.

— J'espère que tu réussiras, j'ai dit.

— J'espère. Si le mec de Schlitz passe ce matin, tu lui prends douze caisses de bière, et dis à ce mec d'El-Putro que j'arrive pas à vendre ces puanteurs qu'il prend pour des cigares. Dis-lui de m'en mettre qu'une boîte, ce coup-ci. »

El-Putro c'était le nom que Smut avait donné à la marque que le type vendait. Le vrai nom c'était Senators, ou quelque chose comme ça. Smut a tortillé du cou dans son col, ensuite il est sorti prendre le camion qui était garé par-devant.

Une fois fini de balayer et ranger, on avait pas grand-chose à faire. Le type est venu livrer la bière, et le mec aux cigares est passé aussi ; après ça, j'ai potassé un cours de comptabilité que j'avais échangé à Badeye. D'après lui, il l'avait acheté dans le Nord. Soi-disant qu'il s'était senti de l'ambition là-bas, pour un temps. Buvait plus qu'une pinte par jour et mettait ses sous de côté. Mais il a pas mis longtemps à découvrir que quand on est pauvre comme lui on a aucune chance. Il s'est découragé et il a plaqué le cours. Il prétendait que l'école par correspondance qui lui avait vendu le cours l'avait forcé à payer jusqu'au bout. Après quoi ils lui avaient envoyé le cours complet. Il disait qu'il avait perdu les solutions des problèmes qu'il avait envoyés, et aussi qu'il avait seulement envoyé douze exercices avant de plaquer. Il devait y avoir quatre-vingt-dix exercices dedans, mais les exercices numéro 19, 21 et 53 étaient de sortie. Comme quoi il les aurait perdus. Sur plusieurs exercices, mais jamais sur l'enveloppe, il y avait marqué ce nom: « Robert McCuiston ». Probablement celui à qui Badeye avait piqué le cours. Moi au moins je lui ai donné un rasoir coupe-chou et une bouteille de lotion à cheveux en échange.

Smut n'a refait surface que bien après midi. Il est passé devant le comptoir sans même me regarder.

« Ça a marché ? j'ai demandé.

— Tu parles », qu'il a fait. Et il a continué vers la cuisine.

J'ai attendu, et il a pas mis longtemps à revenir. Avec un verre à eau plein de whisky, et une bouteille de ginger ale. On était tout seuls, par-devant.

« T'en veux un peu ? » il m'a fait en montrant son verre.

« J'aime mieux pas. Il pourrait se ramener des clients.

— Qu'ils aillent se faire foutre, les clients ! il a fait comme ça. Bon, enfin ça a marché – en un sens. J'ai réussi à faire reporter la traite à dans deux mois.

— Ben alors, ça aide quand même un peu, non ?

— Pas beaucoup. Ils m'assaisonnent de quarante dollars en plus du reste, rien que pour le report, en plus des intérêts normaux.

— Nom de dieu ! Mais c'est du vol à main armée ! »

Smut s'est sifflé la moitié de son verre. Il a fait passer ça avec une gorgée de ginger ale et s'est essuyé la bouche avec sa main avant de parler.

« J'arrive à Corinth, je vais tout droit à la banque. J. V. Kirk est là, justement. Cordial comme tout, jusqu'à ce que je lui dise que je veux faire reporter la traite. Là il sait plus sur quel pied danser. Finalement il me fait : "M. Milligan, je ne sais pas quoi vous dire. Repassez me voir demain, je verrai ce qu'on peut faire pour vous. " Tu parles, moi ça me laisse pas le temps de me retourner au cas où il voudrait pas la reporter, alors j'y dis, "Non, je crois que vous devriez me le dire maintenant. Oui ou non. " »

Smut a fini son verre et bu le reste de la bouteille de ginger ale avant de continuer.

« Finalement il me dit de revenir dans deux heures. "D'accord, j'y dis, à plus tard. " Je prends le camion et je descends la rue me parquer derrière l'hôtel, sur Depot Street. Ensuite je reviens à pinces vers le centre, mais du côté parking, et j'entre par la porte de derrière au Hang-Out. Comme tu sais, ça donne juste en face la banque. Je me prends un Coca-Cola et je me pose sur une chaise près de l'entrée. »

Smut a desserré sa cravate et déboutonné son col.

« J'ai attendu comme ça un bon moment – une heure peut-être – quand v'là Astor LeGrand qui déboule en voiture. Il entre dans la banque et il reste là-dedans je sais pas, une demi-heure. Il ressort, remonte en voiture et continue son chemin vers le Palais de Justice. A peine il est parti que je file droit à la banque. J. V. Kirk est là, dans la cage du caissier. »

Smut a poussé son verre le long du comptoir. Il a fait rouler ses épaules en retirant sa cravate d'un coup sec.

« "M'sieur Kirk", que j'y dis, "j'ai dû revenir en ville pour une course, et je me suis dit qu'y aurait pas de mal à m'arrêter chez vous, voir si des fois vous auriez pris une décision, rapport à cette traite". Et alors là il opine du bonnet avec une sorte de petit sourire. "J'ai décidé de vous laisser la reporter sur deux mois", il fait comme ça. "Merci bien, m'sieur Kirk", j'y dis. "Evidemment, ça va vous coûter un petit extra pour ce service. " "Combien ?" j'y dis. Et là, sans broncher, il m'annonce : "Quarante dollars. " »

Smut a tiré une cigarette de sa veste. Il sortait jamais le paquet ni rien. Sa main farfouillait juste dans sa poche de veste et il en ressortait une cigarette.

« T'imagines comme je l'avais gros sur la patate. J'ai râlé et juré un petit peu ; j'ai essayé de lui faire baisser le tarif, mais rien à faire. Autant causer à une tombe.

— Alors t'as signé ?

— J'ai signé pour quarante dollars, en plus de tout ce que je dois. J'ai soixante jours pour rembourser. »

Dans le mois qui a suivi, le roadhouse a fait beaucoup d'argent. Si bien qu'on aurait pu croire que Smut allait pouvoir rembourser sa traite en soixante jours, à l'aise. Rien qu'en un mois il s'est fait trois cents dollars de bénéfice, net. Seulement il avait acheté trop d'équipement à crédit. C'est ça qui le foutait dedans. Cinquante dollars par mois pour les banquettes, les tables, le comptoir et tout le bazar. Vingt-cinq pour les trucs de la cuisine. Le mobilier dans les cabines, il avait acheté ça à tempérament aussi, et tous les mois il devait cracher quarante dollars. En plus de ça, c'est chez Smathers & Company qu'il l'avait eu, le mobilier ; trente minutes de retard sur un paiement et il aurait LeRoy Smathers sur la soie. En tout, Smut devait payer cent vingt-cinq dollars par mois, rien que pour ce qu'il avait acheté. Du coup, ça ne lui laissait pas assez de bénef pour payer la traite à la banque. N'empêche qu'il a pas fait trop d'effort durant novembre pour réunir la somme ; il laissait juste courir.

Une chose qu'il a faite, par contre, c'est d'arrêter de jouer au poker et au blackjack. Pourtant c'était les dés qui lui avaient joué ce sale tour, mais à compter de ce jour-là il a plaqué tous les jeux. Il avait comme perdu confiance en lui, qu'on aurait dit. Si bien qu'il picolait toutes les nuits.

On avait un coin dans la cour, par-derrière, entre le

roadhouse et les cabines, où on jouait au fer à cheval l'après-midi. Dick ou Sam restaient à garder devant, et Smut et moi, et des fois Matt et Badeye, on faisait deux ou trois parties de fer à cheval. Une fois, c'était déjà décembre, Smut et moi on jouait comme ça pour s'amuser. La journée était douce, pour décembre. Du beau soleil, mais brumeux comme s'il allait pleuvoir le soir, ou en tout cas le lendemain. J'ai gagné la première partie, et ça c'était pas ordinaire. Smut il nous battait quand il voulait, tous autant qu'on était – et moi j'étais le pire du lot. Même Badeye quand il tenait plus debout tellement qu'il était saoul, il me battait.

Quand j'ai gagné la deuxième partie, j'ai dit: «Qu'est-ce que t'as qui va pas, Smut? T'as des ennuis?

— Je réfléchis, il a fait. Enfin, j'essaye.»

Là-dessus il a lancé son premier fer en visant le piquet le plus éloigné. Il l'a raté de deux bons pieds. Le suivant était guère mieux, mais de l'autre côté.

«J'irais bien trouver Bert Ford, voir si des fois je pourrais pas lui emprunter huit cents dollars. Je veux payer cette traite et qu'on en parle plus. J'aimerais bien aussi payer LeRoy Smathers. J'aime pas ce petit merdeux.

— Pasque t'en connais beaucoup qui l'aiment, toi?

— Peut-être sa moman, on sait-y?»

J'ai lancé mes fers, et ils étaient dans les gades tous les deux; ils étaient pourtant plus près que ceux à Smut, et ça faisait deux à zéro. On s'est rendus à l'autre piquet.

«Bert est le seul que je connaisse qu'aurait peut-être l'argent, Smut a fait comme ça. Mais il est tellement radin, ça m'étonnerait qu'il me les prête. S'il dit non, faut que je trouve un autre moyen de payer la banque.

— Tu pourrais peut-être taper Wilbur Brannon. Ou Baxter Yonce, tiens. Ils t'ont à la bonne, tous les deux.

— Nix, l'un comme l'autre.

— Et pourquoi ça?

— Wilbur Brannon il prêterait pas un sou même à sa grand-mère. C'est une règle qu'il a. Une règle qu'il a jamais cassée. Il dit qu'il emprunte pas, alors il prête pas.

— T'as déjà essayé ?

— Non, mais c'est comme ça qu'il est. T'as besoin d'emprunter, tu t'adresses ailleurs ou tu vas au diable. Les deux ça lui convient parfaitement, à Wilbur Brannon. Tant que tu viens pas le trouver.

— Bon, et Baxter Yonce, alors ?

— Baxter Yonce est un type bien. Mais en général il dépense ce qu'il gagne, que ce soit cent dollars par an ou vingt mille dollars. Et puis il est pote avec Astor LeGrand. Il pourrait pas se permettre de me rendre service.

— En quoi ça le regarde, Astor LeGrand ? j'ai fait.

— Tu parles. Il a des visées sur la boîte, pardi. Il la veut pour lui, quitte à me laisser la diriger. Il veut surtout pas que je puisse payer cette traite à la banque, ni payer tout le reste que je dois à tout le monde.

— Comment que tu le sais, d'abord ? » On avait encore rien lancé vers l'autre piquet. C'est nous qu'étions piqués là, les fers à la main. Smut avait son pied droit posé sur le piquet.

« Je le sais, c'est tout. Il est allé causer à LeRoy Smathers, et il a tant fait que l'autre est persuadé qu'il va perdre sa chemise sur les meubles qu'il m'a laissé lui prendre. LeRoy arrête pas de me potiner pour que je paye tout ce que je leur dois avant le premier de l'an. Mais il peut pas me forcer.

— Si c'est comme tu dis, alors pourquoi Astor il s'est pas arrangé pour que J. V. Kirk te coince le mois dernier, quand ta traite était prête à tomber, la première fois ?

— Parce qu'il veut que la boîte démarre comme il faut, avant de mettre la main dessus. Il dira à la banque de me donner de la rallonge encore une fois, si je veux. Mais ils me colleront encore dix pour cent de plus pour le faire. Il veut que je m'endette encore plus que je le suis déjà. Mais il voudrait surtout pas me voir emprunter de l'argent à quelqu'un comme Baxter Yonce, qui a trop le cœur sur la main pour me faire liquider si je peux pas rembourser à temps.

— Qu'est-ce que tu feras, si tu peux pas emprunter?

— J'ai pas encore décidé. »

C'était à moi de lancer le premier, vu que j'avais gagné les deux points d'avant. J'ai raté mon coup avec le premier. Le deuxième, par contre, était en plein dans le mille. Ça m'arrivait pas souvent d'en faire sonner un, alors j'étais pas qu'un peu heureux. Mais Smut maintenant qu'il s'était soulagé la tête de ses soucis d'argent avec moi, il s'était remis au jeu avec intérêt. Il a lancé le premier de ses fers en plein sur le mien autour du piquet. L'autre est venu se mettre tout contre. Ça lui donnait la partie. On a arrêté après ça, en laissant les fers à cheval où ils étaient tombés.

Ce soir-là Smut s'est mis sur son trente et un comme s'il s'attendait à voir venir beaucoup de monde. Mais on était jeudi soir et je me disais qu'il débloquait. Le jeudi c'était généralement la pire soirée de la semaine. Mais il a pas pris racine. Il est allé à la cuisine, et là il a dû s'envoyer un verre ou deux, et peut-être un sandwich par là-dessus. Quand il est repassé devant moi il avait une bouteille de rye qui dépassait de sa poche de pardessus. Il a pris la porte sans dire pépette, à moi ni à personne. Une minute plus tard je l'entendais partir avec le camion. Quand j'ai fermé à minuit, il était pas rentré.

Le lendemain il a dormi tard. Il était près de midi quand il s'est ramené au café. Mais là encore, il s'est pas éternisé. Juste le temps d'avaler un sandwich à la cuisine, et le revoilà parti en camion.

Quand il est rentré on était envahis de potaches. Il faisait déjà nuit, et la taule était pleine de mômes de Blytheville. L'après-midi ils avaient joué un match de football contre

Corinth, et ils s'étaient arrêtés chez nous pour manger. C'était un match de qualification qu'ils avaient joué, et Blytheville avait gagné 7-6. Ce qui fait qu'ils étaient pas très chauds pour manger à Corinth même. Ils étaient assis aux tables sur les banquettes, et ils faisaient un raffut du diable ; ils s'injuriaient, tapaient sur les tables avec leurs fourchettes, raclaient leurs chaussures par terre et s'engueulaient rien que pour le plaisir de s'entendre beugler. Les deux entraîneurs qui les accompagnaient étaient installés à une table du fond, à lire tranquillement les journaux du soir.

J'étais assis au comptoir en train de manger quelque chose que Badeye m'avait préparé quand Smut est venu se poser à côté de moi. Il avait l'air mauvais, comme s'il broyait du noir. Il était tête nue, et ses cheveux auraient eu bien besoin d'un coup de ciseaux. Il portait des pantalons en velours côtelé, dans les bruns rouges, et un blouson de bûcheron en cuir brun avec le col relevé sur la nuque. Il faisait froid, ce soir-là.

« C'est Blytheville qu'a gagné, on dirait.

— 7-6, j'ai dit.

— J'aurais bien voulu voir ça. Mais j'avais d'autres chats à fouetter. »

Je me demandais ce qu'il avait bien pu fabriquer de tout l'après-midi, mais j'ai rien dit. Il a fouillé dans son blouson et en a ressorti une cigarette en vrac. Il a tapé le bout contre le comptoir avant de continuer. « Fallait que je voye Bert Ford, cet après-midi.

— Et ça a donné quelque chose ? j'ai demandé.

— Il a pas voulu. Comme quoi il avait pas d'argent disponible. Mais c'est des menteries. » Smut s'est levé de son tabouret et s'est collé sa cigarette dans le bec. « T'as du feu ? »

Je lui ai tendu une pochette d'allumettes. Il avait vraiment l'air d'un malfrat, avec ses cheveux qui passaient par-dessus son col de blouson. Et puis la cigarette au coin de la bouche, la mâchoire en avant et les pommettes qui ressortaient au moins de six pouces de chaque côté des yeux. Il s'est allumé sa cigarette et m'a rendu mes allumettes en disant merci bien. Là-dessus, il est passé à la cuisine. Je crois que Rufus et Johnny se sont fait agonir comme il faut ce soir-là, pour le seul crime d'être en vie. Il était pas de bon poil.

Décembre n'a pas été aussi bon que novembre, comme mois. A mon avis on a pas dû faire plus de deux cents dollars, net. Durant la semaine de Noël on couvrait tout juste les frais. Une raison à ça, c'est que beaucoup de gens de Corinth étaient partis en visite dans la famille cette semaine-là, ou alors ils avaient des invités qu'étaient pas du genre à venir traîner dans un roadhouse comme le nôtre. Et puis d'abord tous les bars sont vides à Corinth, la semaine de Noël. Tout le monde picole ouvertement et s'en paye une tranche sans se gêner. Même les gens bien. Vers la fin du mois je commençais à me demander comment Smut allait faire son compte pour rembourser sa traite, qui tombait dans pas longtemps. J'espérais qu'il y arriverait. Ça me disait rien de perdre mon boulot.

Le lundi qui a suivi Noël, il s'est mis à pleuvoir. Une vraie pluie à cafard. Le ciel on aurait dit qu'il était soutenu par la cime des arbres, et plein d'eau. Il a plu toute la journée et il a fait nuit de bonne heure. On n'a pas vu plus d'une demi-douzaine de clients de toute la journée, et ce soir-là on était que nous trois dans la boîte, Dick, Smut et moi. Matt avait demandé sa journée et Smut avait dit oui. Sam avait chopé une crève carabinée, à tel point que Smut lui avait dit de rester couché dans la cabine jusqu'au lendemain, et que peut-être ça irait mieux. Badeye était resté jusqu'à trois heures de l'après-midi, jusqu'à ce que l'envie lui prenne de se faire couper les cheveux. C'était un gars qui tenait pas en place quand il avait quelque chose dans le boudin, alors Smut lui a dit d'aller à Corinth se faire couper les cheveux. Il s'est fait emmener en ville par le gars qui livre le pain, en disant qu'il rentrerait à la tombée de la nuit avec le gars qui apportait les journaux du soir. Mais il s'est arrangé pour rater le môme aux journaux, ce qui nous laissait à trois seulement. Enfin c'était pas trop grave, parce qu'on a eu personne de la soirée, jusqu'à environ dix heures.

Une voiture s'est amenée dehors et Dick Pittman est sorti voir ce qu'ils voulaient. Mais ils sont entrés, avec Dick sur les talons. C'était Charles Fisher et Lola, avec un autre couple que j'avais jamais vu. Ils ont ramené un courant d'air froid avec eux. Faut dire qu'il avait arrêté de pleuvoir et qu'il se mettait à faire rudement froid, tout d'un coup.

Ils sont allés s'asseoir à une des tables sur les banquettes contre le mur et j'ai été prendre leur commande. Lola et Charles Fisher étaient d'un côté, et l'autre couple en face d'eux. Ils étaient jeunes tous les deux ; la fille était une petite blonde avec les cheveux coupés au page et un nez retroussé dans le bout. Je sais pas s'il était tourné en l'air comme ça naturellement ou si c'est notre établissement qui la dégoûtait. Le type avec elle était baraqué, avec une face de bébé et des yeux bleus pas plus gros que des pois. Ils avaient un peu picolé tous les quatre, et ils avaient pas l'habitude. Les deux hommes avaient l'air sérieux comme des mariés. Lola et l'autre fille faisaient de leur mieux pour paraître sérieuses aussi, mais elles pouffaient de temps en temps. Ils ont commandé des huîtres à l'étuvée.

J'ai passé leur commande à Rufus et je suis retourné au comptoir parler avec Dick et Smut. Au bout d'un moment j'ai entendu le coup de sonnette dans la cuisine. J'ai été chercher les huîtres et je les ai servies. Charles Fisher a pris sa platée à deux mains ; il tenait son assiette devant lui comme on fait pour la quête à l'église. « Oui, il n'y a pas à dire, Corinth c'est quelque chose, il faisait comme ça. Bien sûr, les écrivains du Sud exagèrent les conditions, mais vous trouverez encore des personnages similaires aux leurs, et pas plus loin qu'ici, en cherchant un peu. Surtout dans l'agriculture. Du côté des filatures, les conditions ne sont pas trop mauvaises.»

Lola a attendu qu'il ait fini pour lever les yeux sur moi. «Donne-moi du ketchup, elle a fait.

— Oui, m'dame», j'ai dit.

Quand j'ai apporté le ketchup j'ai posé la bouteille sur la table et j'ai demandé s'ils avaient besoin d'autre chose. Ils ont dit non, alors je suis resté debout appuyé contre une banquette pas très loin d'eux, au cas où ils voudraient quelque chose quand même. Je suppose que les invités des Fisher étaient du Nord. Ils posaient des tas de questions.

Baby-Face s'est versé près de la moitié de la bouteille de ketchup sur ses huîtres. Ensuite il l'a reposée au milieu de la table. «Et les relations entre races, dans la région? il a demandé.

— Pas mauvaises. En tout cas, pas de violence, par ici. Evidemment c'est pire quand on descend plus au sud. Ici les nègres connaissent leur place et ne font pas d'histoires. Il y a des blancs par ici qui sont autrement pires que les nègres.

— De la racaille, vous voulez dire? a demandé le type aux yeux en petits pois.

— Si on veut, oui. Ignorants et superstitieux. On m'a parlé d'une femme – une blanche – qui prétend être capable d'ordonner au feu de s'en aller d'une brûlure. Il se trouve un tas de pauvres blancs pour la croire, en plus, et ils vont la voir pour ça.

— Comment ça, "ordonner au feu"?

— Elle marmonne une petite parabole sur la brûlure et fait tout un numéro, une sorte d'obscur rituel. A la suite de quoi la douleur est censée s'en aller.

— Sans blague? Et les brûlés, est-ce qu'ils se sentent mieux après?

— Il y en a qui prétendent que oui. Ce doit être le pouvoir de suggestion. »

L'autre avait la bouche pleine d'huîtres et de ketchup. C'est tout juste s'il a pu sortir : « Ce doit être ça. »

Lola et la blonde se faisaient des messes basses par-dessus la table pour pas interrompre la conversation sérieuse des hommes. D'où j'étais je pouvais pas entendre ce qu'elles se disaient, mais de temps en temps elles ricanaient comme deux gamines à l'école. Quand ça arrivait, Lola observait Fisher en douce pour voir s'il avait remarqué. Des fois elle jetait un regard en coulisse à Smut Milligan, qui était assis à la caisse, le menton appuyé contre le comptoir. Lui regardait ailleurs.

Tout en regardant Charles Fisher, Lola a chuchoté quelque chose à la fille. Ça devait être drôle, parce que la fille a éclaté de rire. Charles Fisher les a regardées comme s'il trouvait qu'elles exagéraient, et il est reparti sur les problèmes du Sud profond.

« Le problème ici c'est l'imprévoyance des gens, venant s'ajouter à une superstition indécrottable et à la peur du progrès. Ils ont peur de la nouveauté, pour la plupart.

— Ils voient la machine comme une ennemie, Baby-Face a remis ça. Quelque chose qui, craignent-ils, va les asservir et en faire les machines de la machine. »

Charles Fisher a ramassé un bout de céleri qu'il s'est mis à grignoter comme un lapin de garenne. « Il y a de ça. Mais je crois qu'ils détestent simplement l'effort qui va avec tout apprentissage. Ils ne veulent rien apprendre de nouveau, cela demande trop d'effort. Bien sûr, dans nos ateliers de bonneterie, nous avons le premier choix des autochtones. Ce n'est pas comme à la filature. Nous offrons de bien meilleurs salaires et nous avons un type de main-d'œuvre complètement différent.

— Le Sud m'intéresse au plus haut point. Particulièrement tout ce qui touche la relation entre les deux races. » Le visiteur sirotait son café, une goutte à la fois, tout en essayant de se donner l'air de celui qui s'intéresse méchamment à quelque chose.

« Oh, on exagère toujours, Charles Fisher lui a dit. Ce dont le Sud a besoin, c'est de se mécaniser. Les méthodes de culture ici sont retardataires à un point, vous ne pouvez pas savoir. Les fermiers eux-mêmes ne sont pas bien reluisants. Surtout du point de vue sanitaire. » Rien que d'y penser, il en fronçait le sourcil. « Enfin, même dans ces conditions ils arrivent parfois à amasser de l'argent. Des sommes considérables. Je me souviens d'un type qui avait plus de vingt mille dollars à la banque de Corinth. Bert Ford ou Herb Ford; quelque chose comme ça. Je crois qu'il les avait mis en dépôt dans une banque de Charlotte et qu'il commençait à se faire des cheveux à ce sujet. C'était en 1932, et il savait pourtant que mon père s'était porté garant auprès des dépositaires de la banque, chez nous. C'est une toute petite banque de rien du tout, de toute manière. Eh bien ce Ford, ou Hord ou est-ce que je sais, il avait vu juste pour la banque de Charlotte : elle a coulé. Mais après ça, ça l'a guéri des banques, quelles qu'elles soient. Il s'est pointé un jour à Corinth et a exigé son argent. La banque était parfaitement saine, mais vous savez comment c'était à l'époque. »

Baby-Face a étouffé un rot en disant qu'il se rappelait vaguement.

« Eh bien, le caissier a contacté mon père, et mon père a prié ce Ward ou je ne sais qui, de venir dans son bureau. Il a bien essayé de persuader ce pauvre bougre que son argent était en parfaite sécurité, l'autre ne voulait rien savoir. Finalement, père lui a fait donner l'argent. Avant qu'il parte, père lui a demandé ce qu'il comptait faire de l'argent, maintenant qu'il l'avait. Et l'autre, tout ce qu'il y a de sérieux, lui a dit qu'il allait l'enterrer quelque part sur sa ferme. Je suis sûr qu'il y est encore. »

Moi j'en avais pas perdu une miette, et j'étais bouche bée en entendant ça. Vingt mille tickets ! J'étais déjà en train de les déterrer, rien qu'en pensée. Ensuite je me suis mis à les dépenser. J'allais commencer par en claquer une partie sur les bonnes femmes. Ensuite je me ferais construire mon roadhouse à moi. Mais pas du côté de Corinth. Avec autant d'argent, je pouvais largement me permettre de m'installer dans une grande ville. J'étais en train de débattre dans quelle ville j'allais bien pouvoir construire mon roadhouse, quand Charles Fisher m'a fait signe d'un claquement de doigts.

« L'addition, mon garçon. »

Je lui ai donné la note et je suis allé retrouver Smut. Une minute après ils étaient tous là à la caisse, et Charles Fisher a payé. Lola a fait un clin d'œil à Smut en sortant. Smut s'est incliné en faisant : « Merci beaucoup. Revenez nous voir. » J'ai pas vu s'il lui a rendu son clin d'œil ou non.

A bien y réfléchir, il lui a sûrement pas fait de l'œil. Il était découragé, ce soir-là. Il était pas de mauvais poil ; il avait bu près d'une pinte de gniole avant de souper, et ça l'avait comme qui dirait détendu momentanément. Mais il était un peu déballonné. J'ai débarrassé la table et je suis allé porter tout ça à la cuisine avant de retourner par-devant. Dick était parti. Smut et moi on était tout seuls. Je me suis mis au comptoir et Smut a rapproché son tabouret de l'autre côté pour être en face de moi.

« Plus beaucoup de temps de reste pour faire mes emprunts de Nouvel An », il a dit comme ça, un cure-dent au coin de la bouche.

« J'espère que t'arriveras à emprunter, j'ai fait. Sûr que ça me ferait pas rigoler de me retrouver sans boulot en plein milieu de l'hiver.

— Oh, si j'y arrive pas je ferai prolonger la traite, et je laisserai Astor LeGrand reprendre la boîte au printemps. Le sale fils de pute ! »

Du coup il en a craché son cure-dent par terre. Il respirait fort entre ses dents. « Sais pas ce qui m'a pris de revenir à Corinth, d'abord. Tu parles d'une saloperie d'endroit pour se faire de l'argent. Sitôt que tu commences à monter quelque chose qui marche, tu trouves un de ces fumiers de politicards bien placé qui tend la main ; ça ou alors il te fait fermer.

— Tu crois vraiment qu'Astor LeGrand veut mettre la main sur la boîte, t'es sûr de ça ?

— Putain, oui alors. Une supposition que je pourrais rembourser tous ceux à qui je dois, là maintenant ; il trouverait encore le moyen de me faire fermer. A la suite de quoi il me rachèterait l'affaire, pour la rouvrir un peu plus tard. Comme arsouille on fait pas beaucoup mieux, mais il est sacrément finaud.

— Tu crois que t'as aucune chance ?

— Aucune. Lui c'est Achab, et moi je suis Naboth.

— Lui c'est qui ?

— Achab.

— Achab ?

— Ouais. Tu sais bien, le roi Achab. Dans la Bible, ça raconte que le roi Achab il voulait un vignoble qui appartenait à un fermier nommé Naboth, qui à part ça en avait pas la queue d'un. En définitive, Naboth a eu son compte, et Achab a eu le vignoble.

— Ça me revient, j'ai dit. Mais je savais pas que tu connaissais la Bible comme ça.

— Bon Dieu, je connais que ça, tu veux dire. La vioque Milligan elle m'en lisait un chapitre tous les soirs, juste avant de me flanquer ma volée. Il y a un tas de ces histoires de la Bible qui m'ont comme qui dirait laissé une grande impression. » Et là il s'est soulevé juste assez de son siège pour se frotter le fond de culotte, comme si c'était encore un peu douloureux là en bas.

— Si LeGrand te met sur la paille, qu'est-ce que tu feras ? j'ai dit.

— Putain, je ferai quelque chose, te bile pas. N'importe quoi, sauf travailler. J'en ai soupé de travailler. Dans ce fichu coin, c'est celui qui travaille qui crève de faim. Je me mettrais bien dans la politique, mais ça se bouscule un brin au portillon, dans la partie. L'ennui, c'est que je suis Démocrate, comme tout le monde ici. Y a pas assez de beurre à se faire pour nous autres Démocrates.

— T'as qu'à te mettre Républicain et patienter jusqu'aux prochaines élections. Tu pourrais peut-être te faire bombarder directeur de la Poste à Corinth, si jamais les Républicains passent au prochain coup.

— Je préfère encore crever la dalle. Ce qui me fiche le plus en rogne, c'est que je pourrais vraiment arriver à quelque chose avec cette boîte, si seulement on me laissait tranquille. Je commence à avoir une clientèle. Des fois j'ai même la visite de gens d'un haut calibre social. Tels que monsieur Charles Fisher et madame, sans oublier leurs invités de marque.

— Parce qu'ils sont d'un haut calibre social, ceux-là ?

— Sûr. Plus assommants dans tout le patelin, y a pas. Dis donc, ils en avaient pas un coup dans le nez, ce soir ?

— A l'odeur, je dirais que oui. A leur façon de causer aussi.

— De quoi qu'ils causaient ?

— De tas de choses. Le Sud et les nègres et les métayers. Tu sais bien. Le type qu'était avec lui devait venir du Nord, à mon avis. »

Smut s'est mis à bâiller en mettant sa main devant sa bouche comme s'il était poli. « Rorifié, qu'il était sûrement, non ?

— Ben, pas trop. Il adoptait une attitude comme qui dirait scientifique sur le sujet.

— Si c'est de ça qu'ils causaient, ils devaient pas être bien saouls.

— Ils ont causé d'autres choses aussi. Fisher a raconté l'histoire de Bert Ford et comment qu'il a enterré tout son argent.

— Sans blague ? Qu'est-ce qu'il a dit au juste ? »

Et là je lui ai raconté ce que Fisher avait dit. Quand j'ai terminé, il avait le menton dans la main. Il regardait le mur d'en face sans le voir. « H'm », il a fait seulement.

Je me suis levé faire ma caisse. Il était onze heures et demie quand j'ai quitté la salle de restaurant. Smut s'était retourné et faisait face au comptoir à présent, toujours assis, toujours le menton dans le creux de la main. Il regardait l'urne à café.

9

Le lendemain il faisait un temps dégagé, mais si froid que le soleil ressemblait à une petite boule de glace sale. Les aiguilles paraissaient noires sur les pins, et il soufflait un vent du nord qui forçait tout le monde à rester à l'abri.

Vers le soir le vent est tombé, mais ça s'est pas réchauffé pour autant. Smut et moi on a fermé vers minuit et on est allés se coucher. Le sol de la cour était gelé on aurait dit de la pierre.

Il faisait pas chaud non plus dans la cabine. Il y avait bien un petit poêle, mais on avait pas fait de feu dedans de toute la journée. Je me suis déshabillé et j'ai sauté sous les couvertures.

Smut avait pas l'air de sentir le froid. Il avait fait attention à rien de toute la journée, faut dire. Il s'est assis au pied de mon lit. Il a fermé un œil en fixant le plancher.

« Qu'est-ce que tu dirais de te faire un peu d'argent en rabiot, Jack ? »

Je voyais bien qu'il était sérieux. Je me suis assis dans le lit en redressant mon oreiller.

« Qu'est-ce que tu veux dire ?

— Je veux dire ce que je viens de te dire. Qu'est-ce que tu dirais de te faire un peu d'argent ? Plein d'argent.

— A faire quoi ?

— Peux pas te le dire maintenant, mais ça prendra pas longtemps et ça sera pas bien foulant. T'as pas besoin de t'en faire pour ça, mais y a de l'argent à gagner pour toi si tu marches avec moi là-dessus.

— Combien d'argent ?

— Plein.

— Ça veut dire quoi, plein ?

— Ecoute voir. Combien que t'as en ce moment, en fait d'argent ?

— Rien. A part les vingt-cinq dollars que tu me payes tous les mois.

— Et si je te lourdais t'aurais même pas ça. Essaye un peu de te dégoter un boulot à Corinth. Essaye seulement. La filature tourne à mi-temps, et ils payent que douze dollars la semaine quand ils tournent à plein temps. Même si t'arrivais à te faire embaucher à l'atelier de bonneterie, ils te feraient marner trois ou quatre mois en apprentissage et tu gagnerais des nèfles pendant tout ce temps-là. De quoi que tu vivrais, pendant que t'apprendrais ?

— Je pourrais entrer au C. C. C., j'ai fait. Maintenant que j'ai perdu ma ferme, j'ai plus de quoi gagner ma vie. J'y ai droit.

— J'en doute. Et même si tu pouvais, là-bas ils te collent un petit chef sur le dos qui va te faire trimer pire qu'au bagne. Tu te lèves quand ils te disent de te lever, tu vas au lit quand ils te disent au lit, tu manges ce qu'ils te donnent à manger, t'avales quand ils te disent d'avaler. Ils te laissent aller en ville que le samedi tous les quinze jours et ils te passent un prophylactique quand tu rentres, que t'ayes reluqué une femme ou non.

— C'est mieux que de crever de faim, j'ai dit.

— C'est pire. C'est un endroit pour ceux qui sont nés pour faire de la chair à canon. C'est pas un endroit pour toi. T'es pas le genre de mec qu'aime qu'on lui planifie chaque heure de sa vie. Je te connais trop. Allez, décide-toi. Tu marches avec moi dans ce coup-là, ou pas?

— Je marche si tu la fermes un petit peu. » J'ai remis mon oreiller en place et me suis replongé sous les couvertures. Smut s'est levé pour éteindre. D'habitude la nuit il m'énervait à grincer des dents, ou des fois à ronfler. Mais cette nuit-là il s'est tenu tranquille. Je sais pas si c'est qu'il pouvait pas dormir ou quoi.

Le lendemain j'ai réfléchi à la proposition de Smut. J'arrêtais pas de me demander combien ça ferait comme argent. Encore que n'importe quelle somme me rendrait bougrement service. Je me demandais aussi ce qu'il avait en tête. On était pratiquement à sec en bibine, sauf la gniole maison. Peut-être qu'il avait l'intention de voler un chargement de whisky gouvernement passant par ici pour aller livrer les détaillants en Caroline du Sud. C'est risqué comme combine, à moins de s'arranger avec le chauffeur du camion. Et même comme ça, c'est loin d'être dans la poche. A d'autres moments je me demandais s'il allait pas faire un casse dans un wagon quelque part et piquer un chargement de marchandises. Je pensais tout de même qu'il risquerait pas quelque chose d'aussi péteux, qui rapporterait forcément pas plus que ce que valait la camelote. Il y avait plein d'argent pour moi, qu'il avait dit. Si c'était le cas, ça voulait dire qu'il y en aurait encore bien plus pour lui.

Le jour suivant paraissait un peu plus doux, mais je crois que c'est seulement qu'on commençait à s'y faire. Matt avait toujours son coup de froid, et il était pas bien vésillant. Il a persuadé Smut de le conduire chez sa mère à Corinth. Ils sont partis tôt le matin.

Smut est resté parti toute la journée. Quand il est revenu il s'est mis à picoler. Il faisait même pas encore nuit dehors qu'il m'appelait dans la cuisine pour m'offrir un coup.

« Bois un coup, Jack, ça te réchauffera. » Moi j'en faisais

pas une habitude de boire dans le restaurant ; sauf tard la nuit une fois les clients partis, ou alors quand tout le monde était saoul.

« Je sais pas, j'ai dit.

— Bois un coup, allez. T'en auras peut-être besoin avant que la nuit se termine. »

J'en ai bu un bien tassé, que j'ai fait passer avec un peu d'eau du robinet.

C'est heureux qu'on avait pas beaucoup de monde ce soir-là. Smut s'est mis à faire boire Sam et Badeye. Sam il tenait pas trop le litre, et arrivé dix heures il était déjà bien bourré. Badeye lui bien sûr il buvait tous les soirs, mais d'habitude Smut le rationnait en gniole. Tandis que là il laissait Badeye s'envoyer tout ce qu'il voulait. Tout ce qu'il voulait, ça faisait beaucoup de gniole, et vers dix heures il était fait comme un coing. Smut m'a rappelé dans la cuisine à ce moment-là. Il a indiqué une bouteille à moitié pleine sur la table devant le fourneau.

« Bois-en un bon coup, Jack. On va pas tarder à sortir faire un petit tour. »

Je m'en suis jeté un bien raide derrière la cravate, et je suis retourné devant.

Rufus Jones rentrait toujours chez lui vers onze heures, sauf le week-end. Il vivait avec un frère à lui qui habitait à environ deux bornes du roadhouse, en direction de Corinth. Johnny Lilly restait d'habitude jusqu'à la fermeture, et des fois même après ça. Mais cette nuit-là Smut l'a laissé partir avant minuit. Johnny avait une vieille baille de tacot, et il faisait l'aller-retour jusqu'à Corinth tous les soirs. Il vivait avec une mulâtresse dans Shantytown.

Sam est tombé dans les pommes vers ce moment-là et Smut est allé le porter dans la cabine où le personnel dormait la nuit. Pendant que Smut était parti, Badeye s'est mis à essuyer les verres, et ses yeux brillaient encore plus que les verres qu'il essuyait. Quand Smut est revenu, Badeye a fait comme ça : « Bon, je crois que je vais me rentrer, Milligan. Dodo. » Il était toujours derrière le comptoir à essuyer un verre avec son torchon sale, les yeux qui partaient tout de travers en direction des peintures sur le mur d'en face.

« Vas-y », Smut lui a dit.

Là-dessus Badeye a laissé tomber le verre par terre. Il s'est cassé en mille morceaux. Badeye a mis la main devant sa figure, comme un somnambule. Ensuite il a retiré son œil de verre et l'a fourré dans sa poche de chemise. Il regardait les bouts de verre par terre.

« J'en ai un petit tour », il a dit en mettant le torchon dans sa poche de tablier.

« Oh, crois-tu ? » Smut lui a fait. Badeye s'est frayé un chemin pour sortir de derrière le comptoir et il a foncé droit jusqu'à la porte d'entrée. Il l'a ouverte et il est sorti. La porte est restée grande ouverte, et Smut s'est précipité pour la refermer.

Dick Pittman était resté dans la cuisine le plus gros de la soirée. Il buvait pas, alors Smut s'était même pas donné la peine de lui offrir un verre. Dick s'est pointé à la porte de la cuisine qui donnait dans la grande salle. Il avait sa casquette à la main.

« Dis, Smut, je peux partir ? Personne viendra maintenant. On se les gèle trop.

— Vas-y. Tu vas au pieu, Dick ? »

Dick s'est fendu la tirelire en secouant la tête. « Faut que je me sauve. Faut que j'aille à Corinth un moment.

— Merde ! Me dis pas que tu penses aux femmes, avec un froid pareil… »

Dick est resté à la porte, avec son petit sourire et sa casquette qu'il tordait dans ses mains. Finalement il a compris que Smut voulait bien qu'il parte, alors il a tourné les talons et il est sorti par la cuisine.

« Il va rester là-bas longtemps, tu crois ? » j'ai demandé à Smut.

Smut a fouillé dans son blouson de bûcheron et en a ressorti une cigarette. Il a retiré un long brin de tabac qui dépassait d'un des bouts de la cigarette et il l'a jeté sur le comptoir. « Ça m'en a tout l'air. Je crois qu'il va retrouver une femme mariée du côté de la filature. Son mari doit être de nuit, et il rentrera pas avant sept heures demain matin. Dick va sûrement rester avec elle jusqu'à cinq ou six heures. .

— Bon, maintenant que la voie est libre, qu'est-ce qu'on fait ? »

Smut a allumé sa cigarette. Il a tiré un grand coup dessus et a refoulé la fumée par le nez. « Rien, pour l'instant. Faut lui laisser le temps de dégager ; qu'il nous entende pas. »

On a attendu qu'il ait fini sa cigarette. Ensuite il l'a jetée par terre et écrasée du pied. « Faut que j'aille à la cabine une minute. Attends-moi ici. » Il s'est levé en boutonnant son blouson, et il est sorti par-devant.

Il est rentré par la cuisine. Il avait son imperméable, et des gants aux mains. C'est bien la première fois que je le voyais porter des gants. Il avait aussi mon imper à la main. « Tiens, ton imper. Et mets ça aussi. » Il me tendait une vieille paire de gants qui avaient été beiges à un moment de leur existence.

« D'où tu les sors ? j'ai demandé en les prenant. J'ai pas de gants, moi. Et je savais pas que t'en avais non plus.

— J'ai acheté les miens à Corinth aujourd'hui. Quand j'ai été chercher Matt ce matin à la cabine, j'ai chouré la paire que t'as. Elle était sur la malle à Badeye. Pas tout à fait assez grands pour moi. »

Mais pour moi, si. J'ai passé l'imperméable et je l'ai boutonné.

« Paré ? j'ai fait.

— Ferme les lumières. » Il était déjà à la porte.

Le camion était garé presque dans Lover's Lane, l'avant tourné vers la grand-route. Smut a chuchoté : « Faut qu'on le pousse jusqu'à la route avant de démarrer. Froid comme il fait ce soir, on réveillerait les morts avec le boucan. »

Smut s'est mis à l'avant. Il a baissé la vitre pour pouvoir conduire et pousser en même temps. Moi je me suis mis derrière et j'ai poussé. Le camion était raide gelé, et c'était pas de la tarte de le faire bouger. Finalement on a réussi à l'engager sur la route et Smut lui a fait prendre la direction de la rivière. Ensuite il est grimpé dans le cab et m'a fait : « Pousse-le encore un coup fort, et monte. »

J'ai poussé un grand coup et ça lui a fait commencer à descendre la pente qui va jusqu'au pont. Il a pris de l'allure et j'ai sauté à côté de Smut. Il a enclenché la seconde, et au bout d'un moment le moteur est parti.

Juste avant d'arriver au pont il y a un chemin de terre qui part sur la droite en descendant. C'est celui qu'on a pris.

Le chemin était plein d'ornières, et complètement gelé. Smut bourrait comme un dingue. Il prenait les virages sur deux roues et ralentissait ni pour les bosses ni pour les trous. C'était pas large comme chemin, et il aurait pas fallu qu'il vienne quelqu'un en face. J'arrêtais pas de faire des bonds en l'air et de me cogner la tête contre le toit du pick-up. Encore si seulement j'avais mis un chapeau. Smut aussi était nu-tête.

J'avais envie de lui demander où c'est qu'on allait comme ça, parce que cette route mène nulle part en particulier. Mais il était penché sur son volant, le menton en avant. Je voyais bien qu'il était pas d'humeur à causer. Finalement je me suis dit que ce devait être un raccourci à travers bois pour rejoindre la route qui va de Charlotte à Raleigh.

On a continué comme ça encore deux ou trois bornes, jusqu'à ce qu'on arrive à une fourche. Au milieu de la fourche il y avait une roue de chariot montée à l'horizontale sur un court poteau. Il y avait une boîte à lettres clouée sur chaque rayon de la roue. A côté de la roue se trouvait toute une tripotée de petits panneaux indicateurs peints en noir et blanc qui pointaient dans des tas de directions différentes. Comme on avait ralenti, avec la lune j'ai eu le temps de voir un des panneaux : « Bethel Church – 4 miles* ». Smut a tourné à droite.

La route est devenue pire. Il y avait des flaques partout dans les ornières. Elles étaient gelées, mais on passait à travers la glace et on dérapait sur la route. A l'est sur notre gauche je pouvais voir la lune monter au-dessus dcs pins. Une lune froide comme j'en avais encore jamais vu.

Le premier chemin après avoir quitté la grand-route, je l'avais déjà pris. Mais au début, je ne reconnaissais pas cette dernière bifurcation. Et puis on est passés sur une colline, et là je me suis repéré. On est arrivés à une allée qui s'enfonçait dans les pins. Cent mètres plus bas, au bout de l'allée, se trouvait une maison toute noire avec une cheminée de chaque côté. C'était là qu'habitait Bert Ford.

Smut a freiné comme un sourd et il a arrêté le camion pile devant un chêne qui devait bien faire plus de deux mètres de large à la base. Il a cherché un moment dans la poche qui se trouve à l'intérieur de la portière du pick-up, et il en a sorti une bouteille.

« Bois-en suffisamment pour que ça te fasse de l'effet », qu'il a dit comme ça en me tendant la bouteille.

J'en ai bu une tellement grosse lampée que je me suis étranglé dessus. C'était comme d'avaler du feu, mais j'ai toussé un peu et j'en ai repris un coup. J'ai rendu la bouteille à Smut et il s'est mis à boire.

« Qu'est-ce qu'on va faire ? » j'ai demandé.

Smut a enfoncé la bouteille dans sa poche d'imperméable. « Tu verras dans un moment. »

* Un mile anglais équivaut à 1 609 m.

On est descendus du camion et on a traversé la cour. On faisait un de ces boucans à marcher, on aurait dit des chevaux sur une route en asphalte.

Arrivé à la porte d'entrée, Smut s'est mis à cogner dessus à deux mains en beuglant : « Y a quelqu'un ? y a-t-y quelqu'un ? » Alors il a entrepris de coller des grands coups de pied dans la porte. Il allait pour en flanquer un carabiné quand la porte s'est ouverte en grand.

La porte s'était ouverte comme d'elle-même, on aurait dit. Je voyais pas ce qu'il y avait derrière. Smut ça l'a drôlement pris par surprise, si bien qu'il s'est bâillé à l'intérieur ; je l'ai perdu dans le noir. Ensuite je l'ai entendu se relever d'un bond en gueulant : « Jésus-bon-sang-de-bois ! » Il a allumé sa torche électrique et Bert Ford est apparu, à moitié caché par la porte. Il avait des caleçons longs grisâtres qui lui descendaient jusqu'aux chevilles, et pour le haut un sous-vêtement de la même couleur à manches longues. Et un pistolet à la main.

« Qu'est-ce que vous me voulez ? » il a fait. Il montrait les dents fallait voir. On voyait bien qu'il était fumasse. Chatouilleux comme un furoncle, qu'il était.

« M'sieur Ford, voyons ! Rentrez votre pétoire, mince ! C'est moi, Smut Milligan, et là dehors sous le porche c'est Jack McDonald. On faisait une course dans ces collines, et on est tombés en rade d'essence. Je me demandais si vous pourriez pas nous en donner assez pour qu'on puisse rentrer chez nous. »

Bert Ford a baissé son pistolet, mais sans le rentrer pour ça.

« Pas une raison pour enfoncer la porte, merde.

— C'est que vous êtes sacrément dur à réveiller. Ça fait un quart d'heure que je m'épuise à vous appeler, j'ai l'impression. Les coups de pied dans la porte, c'était comme qui dirait du dernier ressort. »

Bert Ford est sorti de derrière la porte. « C'est pas banal, ça, pour un homme qui tient une station-service, de tomber en panne d'essence.

— On a dû se rendre plus loin que prévu, et pour tout arranger on s'est embourbés dans ces putains d'ornières. Devriez demander au comté de vous réparer ces fichues routes par ici, comme ça on vous dérangerait pas. » De la façon qu'il avait dit ça, on aurait dit que Smut l'avait sec contre Bert et sa façon d'agir. Bert s'est dégelé un petit peu.

« Entrez par là », il a fait en passant le premier par une porte sur sa gauche. Smut l'a suivi, toujours avec sa torche qui éclairait la pièce, et moi j'ai suivi le mouvement.

Une fois à l'intérieur, Bert Ford a pris des allumettes sur la cheminée et a allumé une lampe à kérosène posée sur une table à côté. Dans la cheminée il y avait un lit de charbons bien rouges bordés de cendre par-devant comme pour les empêcher de rouler sur l'âtre, et peut-être sur le plancher. A côté de tout ça il y avait des bûches de bois d'hickory, et du fagot de pin. Contre le mur il y avait un lit. A voir comment les couvertures étaient dérangées, c'était sûrement le lit d'où qu'on avait tiré Bert. L'édredon par-dessus était tout cradingue.

Bert a enfilé sa salopette et il s'est assis sur une chaise cannée. Il nous a pas invités à le faire, mais on s'est assis quand même, Smut et moi. Bert a entrepris de mettre ses chaussures. Il avait pas l'air si heureux que ça, qu'on vienne le saquer au milieu de la nuit. Le pistolet était sur la table tout près de lui. Les volets étaient fermés, et c'était très silencieux dans la pièce. Sur la cheminée il y avait une grosse horloge qui faisait tic-tooooc, tic-toooc, tic-toc. J'avais froid et je frissonnais.

Une fois qu'il a fini de lacer ses souliers, Bert Ford s'est levé. Comme il allait chercher sa chemise qui était restée au pied du lit, il tournait le dos à la table. Smut s'est levé comme pour s'étirer un coup. Il avait les yeux sur le pistolet. Bert a commencé à passer sa chemise et Smut s'est saisi du pistolet sur la table. J'ai fait qu'un bond, et Smut m'a tendu le flingue.

« Tiens, Jack. »

Bert Ford s'est retourné. Moi j'étais là, le pétard à la main. Il était tout froid à travers le gant. Smut avait son flingue sorti et pointé sur Bert Ford.

« Vas-y, Bert, enfile ta chemise. Et te frappe pas. Mais c'est pas de l'essence qu'on veut ce soir. »

Bert, la mâchoire lui en tombait. Ensuite il a refermé la bouche, et serré les lèvres. Il avait pas peur, mais il l'avait sec ; ça se voyait bien. « Bon, alors qu'est-ce que vous voulez au juste ? »

Smut a craché dans l'âtre. « On veut ton argent.

— Quel argent ? J'ai pas d'argent, moi ! » Bert Ford il était tout rouge, comme s'il arrivait pas à déglutir.

« Moi je pense que si. » Smut était drôlement plaisant avec lui.

« J'ai un peu d'argent dans un coffre à Corinth, et des Bons du Trésor, mais c'est tout. Je pourrais pas mettre la main sur dix dollars en liquide en ce moment, même si je voulais. »

Smut a craché encore un coup dans l'âtre. Il a regardé la pendule, mais pas longtemps. « Tu mens », il a fait du même ton poli. « On a l'intention de repartir avec le magot que t'as enterré. S'il est suffisamment gros, on quitte le pays et toi on te fait pas de mal. »

Bert regardait autour de lui, comme pour voir s'il pouvait tenter sa chance vers la porte. Mais il en était loin. D'où il était il pouvait pas renverser la lampe d'un coup de pied non plus ; et puis Smut avait le flingue sur lui. Bert s'est mouillé les lèvres du bout de la langue.

« Tu peux pas t'en tirer avec un coup pareil, Milligan. T'es cinglé.

— Je prends le risque. Où est l'argent ? »

Bert dansait d'un pied sur l'autre. « Qu'est-ce que t'as contre moi ? il a demandé à Smut. Je t'ai jamais rien fait de ma vie.

— J'ai rien du tout contre toi, mais je veux ton argent. Où c'est qu'il est ? »

Bert Ford s'est affalé au pied de son lit. « De l'argent j'en ai pas. Je te l'ai déjà dit. » Sa voix était à la fois inquiète et comme exaspérée.

Smut m'a tendu son flingue. « Tiens-moi ça. » J'ai fait oui de la tête. J'aurais voulu parler que rien serait sorti.

Smut s'est rapproché du lit, en face de Bert. Il a pris son élan et lui en a balancé un sur le menton. Tellement vite qu'un instant le poing de Smut était sur son menton, l'instant d'après Bert était étalé sur le lit.

Smut l'a saisi par les pieds et l'a fait tomber du lit. Mais Bert était pas du genre à se laisser faire sans se rebiffer. Je crois qu'il savait qu'on le buterait pas avant de savoir où était l'argent. Il a chopé Smut par le cou et ils ont roulé ensemble par terre. J'ai enlevé la lampe de la table, pour la poser sur la cheminée. Une bonne chose, en plus, parce qu'ils ont roulé contre la table et la bible qui était dessus a glissé directement dans l'âtre.

Je me suis reculé et je les ai laissés se battre. J'aurais pas été d'une grande aide pour Smut, de toute manière. Ils étaient l'un sur l'autre, à tour de rôle. Ils se battaient avec les poings, les coudes, les pieds et les genoux. Mais Bert il était moins jeune que Smut. Il a commencé à fatiguer et il s'est mis à laisser Smut prendre le dessus un peu trop souvent. Smut l'a frappé au visage de toutes ses forces, et finalement Bert a arrêté de se défendre. Il est resté allongé là, à bout de souffle, les yeux fermés.

Smut m'a fait signe. « Va au camion. Regarde à l'arrière. Ramène la corde. » Il était hors d'haleine, et la sueur lui coulait le long des tempes. Il a levé la main et cogné Bert encore un coup sur l'œil droit. Bert a gémi en essayant de tourner la tête.

J'ai trouvé la corde et je l'ai ramenée. Smut m'a dit où l'attacher. Je l'ai coupée en deux et je lui ai ligoté les pieds comme Smut me disait de faire. Ensuite j'ai essayé de lui attacher les mains. Mais Bert ça lui plaisait pas. Il est revenu à lui et il a essayé de se relever. Il a bien failli faire tomber Smut de sa poitrine. Smut a serré le poing et lui en a balancé un autre. Bert pissait un petit peu le sang au coin de l'œil. En tout cas il se tenait tranquille, et j'ai pu finir de lui attacher les mains.

Smut s'est remis debout. « Bon, il a fait en s'étirant, enlève-lui ses chaussures. »

Pendant que je délaçais les souliers de Bert, Smut est allé prendre les pincettes qui étaient placées debout contre la cheminée. Avec les pincettes il a pris un charbon incandescent dans la cheminée. Il est revenu s'asseoir sur les tibias à Bert. Il a mis le charbon contre le pied droit à Bert, juste à la base des orteils. Au bout d'un moment j'ai entendu grésiller. Bert avait la bouche ouverte et les yeux fermés. Sa figure était tordue comme si elle allait tout d'un seul côté. Moi j'aurais bien voulu qu'on cherche une autre façon de gagner de l'argent.

L'odeur qu'il dégageait à brûler comme ça me rendait malade. Et je crois bien que c'est ce qui a fait céder Bert aussi. « Arrête, Milligan ! il a hurlé en rouvrant les yeux. Dieu Tout-Puissant ! Arrête ! Je te dirai où qu'il est. »

Smut a dit d'accord. Il s'est relevé et il a jeté le charbon, qui entre-temps avait viré au noir, dans la cheminée. Il a remis les pincettes en place.

« Où est l'argent ? »

Bert Ford a fermé les yeux. « Dans la cave. Tu descends par la cuisine. »

Smut s'est penché au-dessus de Bert et l'a soulevé dans

ses bras. Bert se posait un peu là comme gars, et Smut en a bavé pendant une seconde. Mais il s'est rétabli et ils sont sortis dans le couloir. « Amène la lampe, Jack.

— Ta torche ça serait mieux », j'ai dit en la ramassant sur la cheminée là où Smut l'avait posée.

« Bon. Alors éteins la lampe. »

J'ai éteint la lampe et je les ai suivis dans la cuisine. Il y avait un coin dans la cuisine qui ressemblait à un placard, mais c'était l'entrée des escaliers qui menaient à la cave. J'ai pointé la lampe électrique sur les escaliers et Smut est passé devant avec Bert dans les bras.

C'était une cave en terre battue, partiellement recouverte de pierres collées avec du mortier. Il y avait une flaque d'eau dans un coin, et des toiles d'araignée toutes poussiéreuses qui pendaient du plafond. Plusieurs manoques de tabac étaient accrochées à des patères pour sécher contre le mur, et au milieu de la cave deux tonneaux se tenaient debout. Dans un autre coin il y avait un rouet couvert de toiles d'araignée.

Smut a laissé tomber Bert par terre comme un sac de linge. « Où ça ? »

Bert a frissonné. « Regarde dans la vieille baratte, derrière le dernier baril à mélasse. »

J'avais pas vu la baratte, mais il y en avait bien une là derrière. J'étais mieux placé que Smut, alors j'y suis arrivé le premier. J'ai plongé la main dans la baratte. J'ai été profond sans rien rencontrer. Je me suis penché encore un peu plus et j'ai été jusqu'au fond. Ma main a rencontré quelque chose de froid ; je le sentais même à travers le gant. J'ai tiré. C'était un gros lézard, froid et raide comme un bout de bois. Je l'ai passé à Smut.

Il l'a pris et l'a regardé. « Rien d'autre ? » il a fait finalement.

J'ai tenu la torche juste au-dessus de la baratte et j'ai regardé dedans. Smut s'est rapproché de Bert Ford et lui a collé le lézard dans la bouche. « Mange un petit morceau, Bert, histoire de te rafraîchir la mémoire. » Bert a craché le lézard en soufflant un grand coup par la bouche.

Smut est resté les bras croisés, l'air de réfléchir. Fouillant dans son blouson il en a ressorti une cigarette. Toujours qu'une. Il se l'est plantée au coin du bec. « Assieds-toi sur ses jambes », il m'a dit. Et c'est ce que j'ai fait.

Smut a allumé sa cigarette et il a tiré un bon coup dessus. Ensuite il a enfoncé ses deux genoux dans la poitrine à Bert. L'autre en a eu le souffle coupé. Prenant la cigarette il a enfoncé le bout allumé contre l'œil de Bert, celui qui saignait. Bert s'est mis à gigoter et à respirer fort. Smut a mis sa main sur la bouche de Bert et il a continué à lui brûler l'œil. Tout en maintenant la cigarette contre le coin de l'œil, il se penchait pour tirer dessus. Moi j'ai tourné la tête.

Bert Ford a commencé à vouloir dire quelque chose, il faisait des bruits qu'étaient pas des mots. Smut a dû retirer sa main à ce moment-là, parce que Bert s'est mis à hurler : « Je vais te le dire ! Dieu qui m'écoute ! Arrête, bon Dieu arrête ! Je peux plus supporter ! » Il a arrêté de beugler et s'est mis à parler tout bas. « Je t'en supplie, Milligan, arrête. Je te dirai où c'est planqué, jusqu'au dernier sou. Mais arrête ça, Milligan, maintenant !

— Bon. J'arrête. Mais t'as intérêt à ce que ce soit le bon endroit, ce coup-ci. »

A ce moment-là, j'ai tourné la tête et j'ai regardé Smut. Il s'était remis sa cigarette au coin du bec. Je suppose que le sang qui coulait de l'œil à Bert l'avait empêchée de brûler comme il faut. Toujours est-il que Smut a rallumé la cigarette. Il s'est léché un doigt de son autre gant pour pincer le bout brûlé de l'allumette. Il s'est éteint, tout noir. « Elle m'aime pas. Mais elle m'aimera quand j'aurai tout ce pognon. » Là-dessus, Smut s'est relevé, et moi aussi. J'ai examiné l'œil de Bert, mais j'ai tout de suite regardé ailleurs.

« C'est dehors sous les ruches », Bert murmurait comme ça. « Entre le cellier à grain et le verger. Emmenez-moi, je vous ferai voir. » Il regardait Smut, on aurait dit qu'il était pressé de lui dire l'endroit maintenant. « Promets-moi de pas me buter », il a encore murmuré.

« Je te veux pas de mal, Bert », Smut lui a dit en le ramassant. J'ai dirigé la lumière sur les escaliers pour qu'ils puissent remonter. De la cuisine on a pris le couloir et on est sortis par la porte de derrière.

Il y avait une rangée de ruches en face du verger où Bert avait ses pêchers, environ une douzaine, construites comme des caisses d'emballage, blanchies à la chaux.

« Laquelle ? » j'ai entendu Smut faire à l'oreille de Bert. Bert a répondu de la même façon, d'un souffle. « Troisième en partant d'ici. Dessous. »

Smut l'a laissé tomber sur le sol gelé. J'ai dirigé le rayon de la torche électrique sur la troisième ruche. Smut l'a retournée et s'est mis à genoux. L'herbe était toute pourrie en dessous, avec de la terre blanchâtre. En un rien de temps Smut a déterré un bocal à conserves. Et puis deux autres après celui-là. Il s'est tourné vers Bert, qui était étalé par terre et regardait le ciel.

« Combien qu'y a de bocaux ? Smut lui a demandé.

— Trois. Y a que ces trois-là. »

Smut m'a fait signe de venir là où il était, à genoux par terre. J'y suis allé et j'ai tenu la lampe pour qu'il puisse voir ce qu'il y avait dans les bocaux. Il a dévissé le couvercle du premier et a plongé la main dedans. Il en a ressorti un rouleau de billets. C'était épais comme rouleau, avec un élastique à chaque bout et un autre au milieu. Le billet de dessus était un de cinquante. Quelqu'un avait peint ou verni les bocaux pour qu'on puisse pas voir dedans. Smut a revissé le couvercle et m'a tendu le bocal.

« Donne-moi son flingue », il m'a dit. Je lui ai passé l'engin et il l'a ouvert en tapant dessus du plat de la main pour voir s'il était chargé. Quelque chose est tombé ; au bruit, on aurait dit une douille.

« Qu'est-ce que c'était ? Smut a demandé.

— Une douille, je suppose. »

Smut a mis le pistolet dans sa poche d'imperméable et il s'est remis à genoux pour fouiller à tâtons. « Faut qu'on la récupère. Dirige la lumière par là. »

J'ai éclairé là où il fouillait par terre, mais il a rien trouvé et il a pas tardé à se relever. « C'était peut-être rien. De toute façon, personne la trouvera. Et pis faut qu'on s'active, on peut plus rester ici encore bien longtemps. » Il s'est dirigé sur Bert. « Toi tu portes les bocaux. Moi je porte Bert. On rentre à la baraque compter le pognon. »

Il m'a passé les deux autres bocaux. C'était des bocaux d'un demi-gallon, et j'avais pas trop de mes deux mains pour les porter. Smut a fléchi les genoux et il a ramassé Bert Ford.

On a compté dans la pièce où il y avait du feu. Smut a envoyé Bert valdinguer par terre et lui a fourré les pieds sous le lit. On s'est installés à la table pour compter. Enfin, c'est Smut qui a compté. A le voir, on aurait dit qu'il avait peur que je lui en tire une partie dès qu'il regarderait ailleurs. Il y avait deux liasses de billets en rouleau dans chaque bocal.

Bert Ford restait couché là sans broncher pendant que Smut comptait. Tel que c'était arrangé, l'argent était pas trop difficile à compter. Dans un rouleau c'était que des billets de cinquante. Un autre, plus mince, c'était des billets de cent. Il y avait deux rouleaux de vingt et un de dix. Le plus gros rouleau contenait un panaché de billets de cinq, de billets d'un dollar, et une poignée de billets de deux. Smut a enlevé son gant. Il s'est humecté le pouce et l'index et il s'est mis à compter très vite. Dès qu'il avait fini de compter une liasse il se murmurait quelque chose comme pour se le graver dans la tête. Je suppose qu'il multipliait le nombre de billets par la dénomination de la liasse. Une fois terminé, il m'a regardé.

« Douze mille dollars. » Il a repoussé sa chaise et s'est tourné vers Bert. « Ça fait pas le compte. T'en as encore de planqué ailleurs. Où ça ? »

J'étais de l'autre côté de la table en face de Smut. J'ai repoussé ma chaise moi aussi et j'ai regardé Bert, en lui mettant la lumière de la torche électrique dans la figure. Il a cligné de l'œil qui lui restait, et puis il l'a refermé. Ses lèvres paraissaient noires dans la lumière.

« C'est tout ce que j'ai ici, qu'il a fait Bert Ford. J'ai des Bons du Trésor dans un coffre à Corinth, mais ils vous serviraient à rien. » On aurait dit quelqu'un qui essayait de causer la bouche pleine de bouillie.

Smut s'est penché au-dessus de Bert. « J'aimerais autant pas avoir à te brûler l'autre œil pour te faire dire la vérité. »

Bert a détourné la tête vers les jambes à Smut. Il a ouvert l'œil qu'il avait encore de bon. « Me fais plus de mal, Milligan. C'est tout ce que j'ai. » Sa voix était faible. Il était fatigué.

Smut s'est redressé. Il a pris son élan et il lui a flanqué un grand coup de pied sur le côté de la tête. Smut il chausse du 46 fillette, et il y a pas été à regret avec le coup de pied. J'ai entendu quelque chose faire pop. Probablement juste la chaussure. Bert il a rien dit. Juste ouvert la bouche. Et mis un temps fou à la refermer.

Smut est revenu vers la table et il m'a fait signe. « Passe-moi la torche. » Il l'a prise et il est allé dans la cuisine. Sans lumière comme ça, la pièce semblait bizarre, obscure dans les coins et le long des murs, avec juste une petite lueur devant la cheminée, rapport au charbon qui brûlait.

Quand Smut est revenu de la cuisine il avait la torche dans une main et dans l'autre une longue fourchette avec un manche en os. Il m'a rendu la torche et s'est agenouillé devant la cheminée. Il a enveloppé le manche avec son mouchoir pour maintenir la fourchette dans les charbons, jusqu'à ce que le métal soit chauffé à blanc.

« Eclaire sa figure », Smut a fait en se relevant. Il a fichu des coups de pied dans la tête de Bert jusqu'à ce qu'elle soit juste en position voulue au centre de la pièce. Ensuite il s'est assis sur sa poitrine et m'a fait signe d'approcher la lumière.

J'ai contourné la table et j'ai tenu la lumière dans la figure de Bert Ford. Smut lui a mis la main sur la bouche. Il tenait la fourchette dans la main droite. J'ai détourné la tête et je me suis mis à fixer les volets verts à la fenêtre.

C'est peut-être l'imagination qui jouait, mais ça faisait comme de la viande en train de frire dans une poêle, comme bruit. J'ai entendu Smut Milligan changer de position. « Tu tiens pas bien la lumière, Jack. »

J'ai tenu la torche électrique aussi droite que j'ai pu. Je sentais la fumée de graillon. Au bout d'un moment j'ai entendu Smut se relever et j'ai regardé la figure à Bert Ford. Il remuait les lèvres mais il disait rien. Smut a reposé la fourchette devant l'âtre et il a humé l'air. « Devrait se montrer plus causant, maintenant. »

Bert secouait la tête comme quelqu'un qui dort et qu'une mouche lui atterrit sur la figure. Il s'est mis à parler tout en gémissant. « Tue-moi, Milligan ! Grouille-toi. T'as tout mon argent. Maintenant finis-moi, bon Dieu ! » Il a ouvert son œil, le bon, à ce moment-là, tout en murmurant : « Oh, putain, jette un peu d'eau sur mon œil ! » Après quoi il s'est tenu tranquille. Il restait couché là, l'œil fermé, la bouche ouverte, avec la lumière qui brillait sur sa dent en or.

Smut s'est remis à genoux par terre. « Allez, Bert. Où c'est qu'est le reste ? »

Bert secouait la tête d'un côté et de l'autre, la bouche ouverte, on aurait dit qu'il ricanait ; mais c'était pas le cas. Ensuite il s'est détendu d'un coup en disant, presque calme : « Allez vas-y, bute-moi. Qu'est-ce qui te retient ? »

Smut fronçait les sourcils. « Le fumier de menteur ! Il a encore de l'argent planqué quelque part. Mais on va pas y passer la nuit. » Il a ramassé la fourchette et l'a fourrée dans sa poche d'imperméable. « Tiens la lampe pour moi jusqu'à ce qu'on arrive sous le porche. Ensuite éteins-là. »

Il a ramassé Bert une nouvelle fois et on est sortis. J'ai couru devant tenir la porte d'entrée ouverte pour Smut.

Il a jeté Bert Ford à l'arrière du camion et lui a fourré des déchets de coton dans la bouche. Ensuite on est retournés à la baraque ranger un peu. On avait toujours les gants. Rapport aux empreintes, je suppose. Smut a refait le lit comme si personne avait couché dedans cette nuit-là. J'ai remis les chaises dans la chambre comme elles étaient avant, et reposé la bible sur la petite table. Smut a ramassé les trois bocaux à conserves et on est repartis au camion. « Il va rester derrière ? j'ai demandé.

— Ouais. Il sentira plus les bosses, maintenant.

— Qu'est-ce que tu vas en faire ?

— T'occupe », Smut a fait.

On est montés dans le cab et Smut a écrasé la pédale de starter. Mais il était froid, et finalement il a fallu que je descende pousser. J'ai poussé le pick-up jusqu'à l'allée et Smut a essayé encore. Il démarrait toujours pas et j'ai continué à le pousser dans la descente. C'était pas trop dur. Vers le bas de la petite butte Smut a essayé encore un coup, et cette fois le moteur a pris. Il a freiné et il m'a attendu.

Quand j'ai ouvert la portière, Smut était en train de finir le whisky. Il l'a sifflé en entier et il a jeté la bouteille vide sur le tapis de sol. Les trois bocaux aussi étaient par terre, mais je les ai ramassés et je les ai mis sur mes genoux. Smut m'a regardé quand j'ai fait ça. Mais ça allait. C'est lui qui avait les deux flingues.

J'ai jeté un œil par la portière ; la lune était basse à présent. Il devait être dans les deux ou trois heures du matin.

Smut conduisait encore plus vite qu'à l'aller en se fichant pas mal des bosses. De temps en temps j'entendais Bert Ford valdinguer contre les ridelles du pick-up. On a pris le même chemin que pour venir, et en un rien de temps on s'est retrouvés sur la grand-route.

On a fait à peine cent mètres sur cette route, Smut a braqué un grand coup sur la droite et on a dévalé un autre chemin de terre. On a bien failli verser dans le tournant, parce que Smut avait à peine ralenti pour le prendre. J'entendais l'autre qui se cognait partout à l'arrière.

On longeait la rivière, et la route était rien de plus qu'un chemin à charrette. Personne s'en servait plus depuis longtemps, sauf à la saison de la pêche – et puis des fois Catfish. Il faisait sa gniole dans ce coin-là. C'est le pire trajet que j'aie jamais fait en voiture, mais au moins ça nous a pas pris longtemps.

Finalement on est arrivés là où le chemin traverse l'embouchure de Jacob's Creek. Ça descendait à pic de près de deux mètres d'un côté, et de l'autre ça grimpait aussi haut et aussi raide. Smut a tiré le frein à main, ouvert la portière et sauté du cab. Je suis resté assis où j'étais, me demandant ce qui allait se passer.

J'ai pas été long à le savoir. Smut a ouvert de mon côté. « Bon, sortons-le de là », qu'il a fait. Il est monté à l'arrière et m'a passé Bert par-dessus la ridelle. Le poids me faisait chanceler, mais j'ai réussi à le maintenir en équilibre contre moi, comme on fait avec une traverse qu'on veut mettre debout.

Smut est descendu et m'a rejoint. Il a attrapé Bert par le cou en tirant.

« Va falloir que tu m'aides à le porter, Jack. » Smut l'a pris sous les bras, et moi par les pieds.

On le portait comme deux gars qui trimbaleraient un sac d'engrais, avec lui qui se balançait à chaque pas qu'on faisait, exactement comme un sac d'engrais. On est descendus au ruisseau à travers un tas de chèvrefeuilles et de saules jusqu'à ce qu'on arrive à un gros frêne. Là Smut a viré sur la droite, et j'ai suivi.

On a marché un moment à travers un pré en friche envahi de sorgho, jusqu'à ce qu'on arrive à un bois de pin déjà coupé. Au sommet c'était plat comme une table. Au bout d'un moment on s'est mis à redescendre jusqu'à un ravin. C'est là que j'ai su où on était. C'était le ravin qui servait à Catfish pour faire sa gniole.

On a suivi le ravin, et bientôt on s'est retrouvés devant la «distillerie». Le ravin était large à cet endroit, parce qu'à chaque pluie l'eau remontait jusque-là. La distillerie à Catfish on aurait dit une grande caisse. Il y avait le fourneau, construit en briques, et au-dessus le macérateur pour le moût. Catfish avait construit ça en planches, et ensuite doublé le tout d'une plaque de fer-blanc qu'il avait clouée par-dessus les bords. C'était carré, quatre pieds* sur quatre environ, et haut d'au moins cinq pieds. C'était du sérieux comme installation.

Le fourneau était enfoncé dans le sol, mais les bords de la caisse du réservoir étaient salement hauts; ils m'arrivaient bien aux épaules. Arrivés tout près du bazar, on s'est arrêtés pour souffler une minute.

«Ça va être coton de le fourrer là-dedans», Smut a dit.

J'ai examiné le dessus du macérateur. Il était recouvert pareil que les flancs, en planches avec le fer-blanc cloué par-dessus, sauf le trou qui servait à Catfish pour verser l'eau, le grain moulu et le sucre. Ce trou-là était recouvert d'un tonneau de trente gallons qui faisait comme un chapeau au-dessus du bazar.

Smut a lâché la tête à Bert sans prévenir. Moi je lui tenais encore les pieds. «Pose-le, Smut a fait. Faut qu'on se trouve une pierre.»

* Un pied équivaut environ à 30 cm.

J'ai posé Bert. J'ai pas cherché, mais deux minutes après Smut est revenu avec une pierre longue et plate qui pesait bien quarante livres facile. Il a essayé de la faire passer sous les cordes qui ligotaient Bert. Mais la forme du rocher s'y prêtait pas très bien pour ça. Smut l'a jeté par terre et il est parti s'en chercher un autre.

Quand il s'est ramené il avait un rocher qui pesait à peu près pareil que le premier mais qui était mieux fichu comme forme, parce qu'il était tout usé et poli au milieu, alors ça retiendrait les cordes. Smut s'est mis à genoux pour desserrer les cordes autour de Bert, aux bras et au torse. Bert a remué un petit peu et s'est mis à gémir. Smut a sorti son pistolet et lui en a collé un bon coup sur la tempe. Après ça Bert a plus bronché.

Smut a pris la pierre et l'a hissée en haut du réservoir. Ensuite il s'est penché sur Bert et m'a fait signe. « Prends-lui les pieds. »

Smut tenait la tête et moi j'avais les pieds. On l'a balancé plusieurs fois pour prendre de l'élan, et puis on l'a lâché. Il a passé les bords d'un cheveu à peine. Smut a posé les mains sur le rebord. « Pousse-moi. »

Je lui ai donné un coup de main et il est grimpé à côté de Bert Ford. Il a fait passer la pierre sous les cordes qu'il avait desserrées, ensuite il s'est redressé. Il a enlevé le tonneau du trou et il a saisi Bert aux aisselles. Je suis resté planté là à le regarder faire pendant qu'il traînait Bert jusqu'au trou et qu'il le poussait dans le moût. Quand il est tombé dedans ça a fait un bruit dégoûtant, comme de la purée, et le moût a remué contre les parois du réservoir pendant un petit moment, mais Smut a remis le tonneau en place et tout est redevenu tranquille.

On est repartis comme on était venus jusqu'à la grand-route. En arrivant au roadhouse Smut a coupé le moteur et on a continué en roue libre jusqu'à la cour sans faire de bruit.

On a fait attention de remettre le pick-up à la même place qu'il était avant, des fois que quelqu'un aurait remarqué. Smut m'a donné un bocal à porter, et il a pris les deux autres. Il était un peu plus de quatre heures quand on est rentrés en douce à la cabine.

On s'était pas dit un mot depuis qu'on avait quitté la « distillerie ». Mais une fois qu'on a bu un coup et qu'on s'est mis au lit, Smut est redevenu causant. Son lit était à côté du mien, et il faisait noir parce que la lune était couchée.

« Faut qu'on s'organise. » Comme j'ai rien répondu, il a continué. « Faut qu'on se débarrasse du cadavre. On va mettre un bout de temps avant de s'apercevoir qu'il a disparu. Si on peut plus le trouver, on peut rien prouver. »

La gniole avait plus ou moins fait passer le coton que j'avais dans la gorge. « Comment tu comptes te débarrasser du cadavre ? j'ai demandé.

— Comment qu'*on* compte s'en débarrasser, tu veux dire. T'étais là aussi. Oublie pas.

— Bon. J'oublie pas. Ça veut dire qu'on partage l'argent, alors. »

Il a hésité un petit peu. « Ben tiens, évidemment.

— Moitié-moitié », j'ai fait.

Je sentais ses yeux sur moi, dans le noir.

« Tu charries, là. J'ai fait le sale boulot. Et si on a l'argent, c'est grâce à moi.

— Et je t'ai vu à l'œuvre. Oublie pas.

— T'en fais pas, j'oublierai pas. »

Je l'ai entendu se retourner, et je suppose qu'il voulait dormir, mais moi je me faisais de la bile, et plus j'y repensais pire c'était. Moi aussi j'avais envie de causer, maintenant que c'était fini.

« Et tout ce pognon qu'on a ici ? » j'ai fait.

Smut il en est tombé du lit. « Nom de Dieu ! J'allais oublier les bocaux. Je vais les mettre dans mon casier jusqu'à demain.

— Tu crois qu'on pourra planquer l'argent et le flingue aussi ?

— Putain, bien sûr que oui. » Je l'entendais farfouiller du côté de son casier. Et puis j'ai entendu quelque chose faire « glug, glug, glop ». Une fois descendu son coup de gniole il a dû ranger les bocaux dans le casier, parce que j'ai entendu le bruit du cadenas qui se refermait.

Il s'est remis au lit. « Faut que je réfléchisse bien à la situation. Les choses se sont pas passées exactement comme je me figurais.

— T'as intérêt à rudement bien réfléchir, alors.

— De quoi ? T'essayerais pas de me menacer, des fois ? » Je pouvais pas le voir, mais je savais que Smut s'était redressé sur son lit.

« Non, j'ai dit.

— Si t'as pas confiance dans mon jugement, pourquoi que tu te trouves pas un plan à toi ? » Le ton de sa voix était entre la moquerie et la menace.

« C'est peut-être ce que je vais faire, j'ai dit.

— Je te fais profiter d'un bon coup, et voilà que tu te plains de la façon que j'opère. Faut se serrer les coudes. On est là-dedans jusqu'au cou, tous les deux.

— Cette douille qu'on a perdue là-bas aux ruches, j'aime pas ça.

— Rien à foutre. »

On s'est plus rien dit après, et je suppose que Smut s'est endormi. Moi je pouvais pas. Je me tracassais pour ce qu'on avait fait, et j'en voulais drôlement à Smut de m'avoir entraîné comme ça dans un meurtre sans rien me dire avant. J'avais peur qu'il m'ait choisi pour tenir la queue de la poêle, au cas où ça tournerait mal.

La gniole avait fini son effet, et je me sentais pas dans

mon assiette. Je suis resté étendu jusqu'à ce qu'il fasse jour dehors. Alors je me suis levé et j'ai passé mes vêtements en vitesse, parce qu'il faisait frisquet dans la piaule. Je me suis regardé dans le miroir qu'on avait dans le coin-douche. J'avais pas bonne mine. Je me suis jeté de l'eau sur la figure en me pinçant un peu partout pour me redonner des couleurs. Je me suis mis des gouttes dans les yeux pour y voir plus clair. Là-dessus, je suis sorti de la cabine et j'ai couru jusqu'au road-house.

Rufus était en train de faire frire des œufs quand je suis entré dans la cuisine. Dick Pittman était devant le fourneau à se réchauffer l'arrière-train et les mains en même temps. Il m'a regardé quand je suis entré.

« Qu'est-ce que t'as, Jack ? T'as une mine, on dirait que t'es resté debout toute la nuit en mauvaise compagnie.

— Smut et moi on a bu un peu trop hier soir. On a été malades tous les deux. »

Rufus remuait les œufs. « Buvez donc une tasse de cawa, m'sieur Jack.

Ça vous remettra les boyaux en place. »

Il avait une cafetière sur le feu. J'ai pris une tasse et je me la suis remplie jusqu'à ras bord. Ma main tremblait en tenant la tasse, et Rufus m'a vu.

« Z'êtes drôlement nairveux, vous alors. 'Brin jeune pour être nairveux comme ça.

— J'ai toujours été nerveux. Ça tient de famille. »

Dick a claqué du bec. « Achète-toi une bouteille de Narvine, il a fait. Maman elle prenait toujours ça. Lui faisait toujours bien.

— Faudra que j'essaye », j'ai dit. Mais dans mon for intérieur je me disais que j'allais m'en tenir au rye. La mère à Dick était morte à l'asile de fous.

Le café m'a pas fait grand-chose, alors j'ai essayé de manger un œuf. Mais ça passait pas, alors finalement je suis sorti par-devant balayer un coup. J'en étais à faire l'espace sous le comptoir quand Dick Pittman est venu me rejoindre. En s'asseyant il a regardé autour de lui pour être sûr qu'il y avait personne. Alors il s'est mis à causer en douce, du coin de la bouche. « M'en suis payé la nuit dernière, je te dis que ça, Jack.

— Sans blague ? T'es rentré quand ?

— Ça fait une heure à peu près. Son homme il fait le quart de nuit en ce moment, et il revient pas avant sept heures. Et ça valait le coup, je te prie de croire. »

Donc ça réglait le problème avec Dick. Il avait rien vu.

« Je suppose que t'as pris un prophylactique, une fois rentré ?

— Non, pas besoin. Elle est propre, comme fille. Je suis le seul à lui passer dessus. Juste moi et son mari. » Là-dessus, il s'est levé et il est retourné dans la cuisine.

Vers dix heures Smut s'est ramené. Il avait pas bonne mine non plus. Il devait plus rien rester à boire dans la piaule. Il m'a même pas regardé quand il est passé pour aller à la cuisine.

Il est revenu un peu plus tard avec un verre et une bouteille. Il est venu s'installer au comptoir près de moi.

« T'en veux un coup ? il m'a demandé.

— Non. Tu crois pas que c'est un peu risqué de picoler comme ça si tôt le matin ?

— C'est rien, que ça. J'ai dit à Rufus que j'avais trop bu hier soir, et que la meilleure façon de faire passer une gueule de bois, c'est de reprendre un poil du chien qui t'a mordu. Il a pas trouvé ça drôle, d'ailleurs. Deux verres dans la panse et ça ira mieux. »

Deux verres après il paraissait mieux, effectivement. Il lui est revenu des couleurs. Il tenait sa main devant lui en disant : « Milligan sait se tenir » Ses doigts ne tremblaient pas, mais ses yeux restaient injectés.

«T'as fini de réfléchir ?» que j'y ai fait. On était tout seuls dans la salle.

«Pas complètement. On a un jour ou deux pour se retourner.» Il tricotait des sourcils en disant ça.

«Compte dessus et bois de l'eau.

— Personne le trouvera. Ce moût qu'il a là-bas, Cat, il est pas prêt à être tiré. On a pas laissé de désordre chez Bert, et pas d'empreintes non plus.

— Pour ce que ça compte, les empreintes. N'empêche que tu peux être sûr de rien, dans ces coups-là. Il peut pas rester dans la purée très longtemps.

— Je sais bien. Ce soir je me débarrasse du pognon. Et faut que je trouve quoi faire de lui.» Il a pris une cigarette dans sa poche de blouson et il se l'est plantée au coin de la bouche. Il s'est levé du comptoir en haussant les épaules.

«Je m'en vais à Corinth. Rentrerai peut-être tard. Mais j'aurai trouvé un moyen.»

Sur ce, il a relevé son col de blouson et il est sorti.

10

Pas bien longtemps après le départ de Smut, le gars qui livrait les journaux de Charlotte est passé et nous a lancé notre journal. D'habitude il venait avant huit heures, mais quand il faisait froid comme ça il était toujours en retard. J'ai ramassé le canard avant que Dick Pittman puisse le faire, et j'ai commencé à le lire. Dick avait l'air tellement désappointé que je lui ai refilé la partie avec les bandes dessinées. Il n'y avait pas grand-chose en fait de nouvelles, mais en première page c'était titré : « Fin de la vague de froid dans le Sud, promet la Météo. » J'étais content de lire ça, jusqu'à ce que je repense à Bert Ford. Si ça se radoucissait, le moût fermenterait peut-être plus tôt, si bien que Catfish allait devoir tirer sa gniole. Et avant qu'il le fasse, on avait intérêt à se débarrasser du cadavre d'une façon ou d'une autre. Rien que d'y penser ça me donnait du tracas, alors j'ai été me chercher une bière.

J'étais en train de la boire quand Catfish est entré par la cuisine. Il était tout emmitouflé dans des vestes de bleu et des vieux chandails, et il avait une casquette en cuir noir avec des rabats sur les oreilles. Il se soufflait dans les mains en les frottant. « J'en ai soupé moi de ce temps-là, qu'il a fait. Sus pas habité. Si ça se modère pas d'ici un jour ou deux, m'en vais faire mon sac et partir loin profond dans le Sud. »

Dick a levé le nez de ses bandes dessinées. « Oh, fait pas si froid que ça. J'ai regardé le thermomètre dehors ; fait à peine moins dix.

— Ben jusqu'où que tu veux qu'y descende ? Catfish lui a demandé.

— Ben, j'ai pas encore vu moins vingt, cet hiver.

— Moi non pus, et j'ai pas l'intenson de le voir jamais. Si fait seulement encore un degré de moins, moi je fous le camp. Fini la glace et tout ça, je pars pour le Mexique. »

Dick s'est replongé dans son journal. Fallait qu'il forme les mots à voix haute, et il allait pas vite. Catfish m'a regardé.

« Qui c'est qu'y a qui va pas, m'sieur Jack ? On vous entend pas, ce matin.

— Je me sens pas bien », j'ai dit.

Catfish était plein de sollicitude. « C'est-y que vous avez la grippe ?

— Non. Trop bu hier soir.

— Le mieux pour ça c'est de dormir. Sommeil et repos, et doucement les rations pendant un jour ou deux.

— Ça va passer », j'ai dit.

Catfish a soufflé dans ses mains encore un coup, en regardant autour de lui. « Où qu'il est m'sieur Smut ? Faut que je cause à m'sieur Smut.

— Parti à Corinth. Sera peut-être pas de retour très tôt.

— Fallait que je lui cause tout spécial, pourtant. J'ai été voir le moût ce matin. »

J'en ai laissé tomber le journal par terre. Durant une minute j'ai pas pu parler. Je regardais Catfish, mais il s'était assis au comptoir près de moi et sortait sa blague à tabac et son papier à rouler. On pouvait rien lire sur sa figure.

« T'as regardé dedans ? j'ai demandé en bâillant et en regardant le mur.

— Enlevé la barrique en haut du bazar. Senti le moût. L'ai

reniflé et pis goûté aussi. Mais il est pas encore prêt. C'est bien ça qui me chiffonne. » Il s'est versé du tabac sur son papier; avec ses dents il a attrapé les cordons de la blague à tabac et il l'a refermée.

« Qu'est-ce qui te chiffonne ? » j'ai demandé.

Il a léché la cigarette et se l'est mise dans le bec. « Passez-moi voir une allumette, m'sieur Jack. » Je lui ai donné une allumette. Il a allumé sa cigarette et il a aspiré. « J'aurais pourtant bien voulu qu'y soit prêt à tirer maintenant. Vu qu'y semblerait que va falloir que j'aille à Florence, en Craline du Sud. Tenez, lisez ça. »

Il a fouillé dans ses vestes et en a ressorti une enveloppe toute sale. Je l'ai prise et j'ai sorti la feuille de papier à lignes qui était dedans. C'était écrit au crayon, et pas tellement lisible.

> Cher Ander [Catfish son vrai nom c'était Andrew] Pa l'a eu une attaque. Tu sais qu'il a déjà eu deux otres attaques. Il est bas comme tout. Si tu veux voir Pa encore vif tu as intérêt à venir le voir. Il va pas durer longtemps ici on dirait. Nous on va tous bien. Tante May s'est cassé la hanche la semaine passée. Une marche du perron qu'a lâché quand elle était dessus. J'espère que tu vas bien.
>
> Gorgy.

Catfish devait avoir une sœur du nom de Georgia. Je lui ai rendu sa lettre.

« Je sais pas, j'ai dit. Je crois que ça serait pas un problème si tu y allais.

— Seule chose qui me tracasse c'est ce fichu moût. Je me sens de la responsabileté. Deux ans que je fabrique la gniole à m'sieur Smut et j'ai encore jamais laissé une fournée se gâcher. Mais ce moût-là il sera jamais prêt à être tiré avant trois, quatre jours, même si ça se met à se réchauffer pour de bon.

— Combien de temps tu comptais rester en Caroline du Sud ?

— C'est bien ça. J'en sais rien. Si que j'allais là-bas et que je trouvais Pa bien mort, alors ça irait ; j'irais juste à l'enterrement et je resterais là-bas encore un jour ou deux, et pis je rentrerais. Mais vous savez ce que c'est. Il peut aussi bien traîner des jours et des jours. Ça, si continue à faire frisquet comme on a eu, ce moût-là il risque rien avant une semaine ou même dix jours. Le moût ça fermente pas quand il fait froid comme ça.

— Je sais vraiment pas, Catfish. Si tu veux attendre ici, je crois que Smut va revenir avant la nuit.

— Peux pas attendre si longtemps. Faut que j'aille me chercher du bois. J'ai pus rien à brûler à la maison, même pas une tite brindille. »

Je voulais lui dire d'y aller, en Caroline du Sud, rapport à ce que j'aimais pas trop l'idée de le voir tourner autour de ce moût. Mais je savais pas ce que Smut avait fait comme plans.

« J'en parlerai à Smut quand il reviendra. Peut-être qu'il passera te voir.

— Bon. Avant que j'oublille, donnez-moi donc deux poches de Bull Durm* et encore un paquet de feuilles. »

J'ai été lui chercher son tabac et je lui ai donné une pochette d'allumettes avec. Il a mis le tout dans ses poches.

« Mettez-les sur le compte, m'sieur Jack. » Et il est parti par-derrière, en passant par la cuisine.

Smut est revenu plus tôt que j'aurais cru. Quand il avait quelque chose qui le tracassait, il prenait le camion et il roulait jusqu'à ce qu'il ait fini de réfléchir. Il était à peine plus d'une heure quand il est entré dans la cuisine où j'étais en train de casser une petite graine. Johnny et Rufus mangeaient

* Bull Durham, marque de tabac bon marché.

à une table plus loin derrière le fourneau, et ils bavassaient en faisant un potin du diable.

« Catfish est passé te voir », j'ai fait à Smut. Il était pour ouvrir le réfrigérateur, mais ça l'a stoppé net.

« Qu'est-ce qui voulait ?

— Il a été voir le moût, ce matin. »

Smut sa figure elle est devenue toute grise. Il a ouvert la bouche, mais il l'a refermée en s'asseyant lentement et avec plein de précautions sur la chaise à côté de moi.

« Jésus ! Il a remarqué quelque chose ? » Il causait tout bas en fixant Rufus et Johnny, qui rigolaient en discutant.

« Je crois pas. Il a dit qu'il a regardé ; il l'a même goûté pour voir comment ça avançait. »

Smut s'est mouillé les lèvres du bout de la langue. « Pourquoi qu'il voulait m'en causer, si tout ce qu'il a fait c'est l'examiner ?

— Il veut aller en Caroline du Sud. Il voulait voir combien de temps le moût pouvait attendre avant d'être tiré. »

Smut s'est remis à parler normalement : « Et pourquoi qu'il veut y aller, en Caroline du Sud ?

— Son paternel est en train de mourir. Il veut aller le voir.

— C'est tout ? » Smut avait l'air soulagé. « Me fais plus des peurs pareilles, tu veux ? Pourquoi que tu lui as pas dit d'y aller et d'y rester deux semaines ?

— Je lui ai dit que je t'en parlerais quand tu serais rentré, et peut-être que tu passerais le voir à ce sujet. Je me disais que peut-être tu voulais le sortir du moût cette nuit, et après avoir Catfish sous la main pour tirer le moût une fois prêt.

— Merde, laisse-le donc filer en Caroline du Sud. Ça m'arrange comme tu peux pas savoir. Faut que je change un peu mes plans, mais ça fait rien. »

Il s'est levé. Ses couleurs étaient redevenues normales.

« On va boire un coup. » Il est allé au réfrigérateur et il a versé deux pleins verres de gniole. Il les a ramenés là où on était assis.

« J'en veux pas », j'ai dit.

Il a bu le sien. Ensuite il s'est sifflé celui qu'il avait rempli pour moi. « On va monter voir Catfish, il a fait. J'ai à te parler. On sera pas partis longtemps. »

Smut s'est pris un bout de rôti froid et un demi-pain dans le réfrigérateur. Il a avalé ça tout rond. Ensuite il a pris une tomate et a commencé à la manger. On est sortis par-devant. Badeye était assis à sa place habituelle, en train de boire une bière et de lire la page sportive du journal. Il y avait deux gars de Corinth, Joe Murray et Harvey Woods, en train de jouer au billard électrique que Smut venait de faire installer dans la salle de restaurant. Ils portaient des bottes tous les deux ; probable qu'ils revenaient de chasser les lapins.

On est montés dans le pick-up et on a pris River Road. Catfish habite juste sur la rivière, un demi-mile de la route, et pas très loin d'où était la « distillerie ». Mais il fallait prendre un autre chemin que celui qu'on avait pris la nuit d'avant pour porter Bert Ford à la distillerie.

On s'est pas dit grand-chose avant d'arriver chez Catfish. C'était une cabane qui aurait bien eu besoin d'un toit neuf. Je crois qu'il y avait trois pièces. Au nord, là où les vitres étaient cassées, Catfish avait cloué des plaques en ferraille toutes rouillées pour arrêter le vent. C'est qu'il aimait pas du tout les courants d'air, cet être-là.

Une fois dans la cour on a garé le camion près du puits. Le tacot de Catfish était à côté de l'enclos à cochons. Catfish était en train de scier du bois avec un petit bout de nègre. Ils faisaient ça avec un passe-partout, et chaque fois que Catfish tirait la scie vers lui, le petit bout de nègre décollait du sol d'au moins deux pouces*.

* Un pouce équivaut à 2, 5 cm.

En nous entendant venir ils se sont arrêtés, et Catfish s'est retourné.

« Comment que ça va aujourd'hui, m'sieur Smut ?

— Je vivrai, mais pour ce que ça fait comme différence. Salut, Boss-Man », il a dit au petit bout de nègre.

Boss-Man s'est fendu d'un grand sourire et est allé se réfugier derrière Catfish. Catfish l'a regardé par-dessus son épaule. « Rentre à la maison, Boss-Man. Je t'appellerai quand je serai prêt à scier du bois encore un coup. »

Le petit Boss-Man se l'est pas fait dire deux fois. Il a disparu par la porte de derrière.

« Alors comme ça faut que t'ailles en Caroline du Sud », Smut a fait comme ça.

Catfish a enfoncé ses mains dans ses poches en frissonnant. « Je vous inviterais bien près du feu, mais j'évite de parler de gniole, de moût et tout ça devant les gamins.

— Y a pas de mal.

— Ben c'est vrai, ce qu'on vous a dit, semblerait qu'y faut que je descende visiter mon vieux papy. Cinq ans que je l'ai pas vu, et il va pas fort, à c't'heure. Pas fort du tout, même. Peux plus rien pour lui, je sais bien, mais c'est mon sentiment que je devrais y aller quand même. Voudrais pas qu'on pisse dire que j'étais pas près de lui dans son dernier malheur.

— Vas-y donc, Smut a fait. Et t'en fais pas pour le moût. Si jamais il est prêt, je peux toujours le tirer moi-même.

— C'est un peu ce que je me disais. Me demandais seulement si vous saviez tirer une cuvée de gniole.

— Tu parles que je sais le faire. Va en Caroline du Sud et restes-y aussi longtemps que tu veux. Enfin, dans les limites du raisonnable. Si le moût commence à travailler, je m'en charge. »

Catfish a ressorti ses mains de ses poches et il a soufflé dessus. « Merci bien, m'sieur Smut. Si j'arrive à faire partir ma voiture, je m'en irai demain. »

On est repartis. Sitôt sur la route, Smut a fait comme ça : « Voilà, ça s'emmanche bien. Ecoute, faut qu'on s'arrange pour que ce moût se mette à travailler. Faut le tirer vite fait. Dans deux jours au plus.

— Et Bert Ford, là-dedans ?

— Je m'en occuperai une fois qu'on aura tiré la gniole.

— T'en occuperas comment ?

— T'occupe. T'inquiète pas pour ça. »

A ce moment on a quitté le chemin et on a tourné sur la route.

« Et l'argent ? j'ai demandé à Smut.

— Je vais le planquer ailleurs. Probablement ce soir. Ecoute, t'en fais pas pour l'argent. On partagera plus tard, mais là maintenant on a intérêt à le cacher et à se tenir tranquille. Ça va traîner, cette histoire, et notre meilleure chance c'est encore de laisser courir, que ça se tasse tout seul. Faut surtout rien brusquer. »

Il s'est penché sur le volant tout en conduisant de la main gauche. De la droite, il a fouillé dans sa poche de blouson et il a pris une cigarette. J'ai enfoncé l'allume-cigare dans la fente et je le lui ai passé, une fois prêt. Il a allumé sa cigarette et s'est redressé. « Je me demande quand même, pour Catfish.

— Il a rien vu, j'ai dit.

— Je me demande.

— Merde, il l'aurait crié sur tous les toits s'il avait trouvé Bert. On en aurait entendu de belles.

— Je suppose que t'as raison. Et pis merde, d'abord. On a le pognon, c'est ce qui compte. Je crois pas que Dick aura remarqué quelque chose.

— Il est resté au patelin toute la nuit avec sa femme mariée. Il s'en est assez vanté ce matin.

— Il t'a dit quand c'est qu'il était rentré ?

— Vers six heures », j'ai dit.

Un peu après la tombée de la nuit, j'étais tout seul dans la grande salle avec Badeye, quand Old Man Joshua s'est ramené. Il avait un bonnet en laine qui lui faisait comme un toboggan sur la tête, et des moufles. Il a traversé toute la salle en tapant par terre avec sa canne, jusqu'à la caisse enregistreuse là où Badeye était assis.

« Assez froid pour vous, m'sieur Joshua? » qu'il lui a demandé Badeye.

Le vieux s'est mouché entre le pouce et l'index. « Nan, putain de bois. Jamais trop froid pour moi. Ce que j'aime pas c'est quand y fait chaud. Mais quand y fait froid, ça me va. » De sa poche il a sorti un billet d'un dollar et il l'a plaqué du plat de la main sur le comptoir. « Donne-moi des nickels. »

Badeye lui a donné ses pièces de cinq cents, et le vieux est parti faire marcher le nickelodeon.

Il faisait pas qu'un peu frisquet ce soir-là, mais on a quand même eu des touristes qui se sont arrêtés manger, et puis vers huit heures des institutrices sont venues partager le pain avec nous. Les instites se tapaient des bières et fumaient la cigarette et s'en payaient sur la piste de danse, mais elles jouaient pas aux machines à sous, ni aux dés. C'était pas toutes les instites de Corinth qui venaient, loin s'en faut. Juste les plus culottées. Si des fois les gens du conseil de parents d'élèves apprenaient qu'elles venaient dans des endroits comme le nôtre, c'était un coup à se faire renvoyer, ou du moins à pas se faire renouveler leur poste l'année d'après.

Wilbur Brannon est venu plus tard que d'habitude. Il a rien bu. Juste une bière. Il a pris le journal du soir et s'est installé au comptoir à boire sa bière et à fumer. Quand les institutrices sont parties, Wilbur a reposé le journal sur le comptoir. Il s'est étiré en levant les bras. « T'as vu dans le journal? Ils disent qu'on se les gèle à Miami », il a fait à Smut qui était assis au comptoir lui aussi. « Moi qu'avais l'intention d'aller en Floride la semaine prochaine, si c'est pour qu'y fasse froid comme ça là-bas j'aime autant rester ici.

— Ça va se radoucir dans un jour ou deux, probable.

— Je suppose », qu'il a fait Wilbur. Il a pris une cigarette de son étui et l'a allumée au mégot qu'il venait de fumer. « Au fait, ça fait bien plusieurs jours qu'on a pas vu Bert.

— C'est vrai, ça. Bien deux jours qu'il est pas venu.

— Probable qui fait trop froid pour qui se bouge.

— Probable », Smut a dit. Et là-dessus il s'est mis à bâiller en tenant sa main devant sa bouche.

Moi j'avais les yeux fixés sur le nouveau billard électrique, dans le coin près de l'entrée. J'essayais de me donner l'air du gars qui pense à rien de précis en particulier.

11

Il était bien minuit quand on a fermé. On est allés à la piaule, Smut et moi, et arrivé là-bas Smut il a mis ses bottes, et puis son imperméable. Je savais qu'il manigançait quelque chose mais je lui ai pas demandé quoi.

Smut a décroché son chapeau du clou dans le mur, et il l'a remis en forme ; enfin, si on peut dire.

« Je serai pas long, qu'il a fait. Vais jeter un œil à la purée, me rendre compte moi-même.

— A pied ?

— Ouais. C'est pas à plus de deux bornes d'ici.

— Pourquoi tu prends pas son flingue, pour le balancer quelque part ?

— C'est déjà fait. » Là-dessus Smut a entrepris de boutonner son imperméable, en commençant par le bas.

« T'as planqué l'argent aussi ?

— En sûreté. » Il a boutonné son col, qu'il a relevé. Il a éteint la lumière en sortant.

J'ai bien dû rester allongé comme ça un bon moment à me faire du souci au sujet de Bert Ford, avant de m'endormir finalement. Je somnolais, mais j'arrêtais pas de me réveiller. Smut est rentré je sais pas quand. Le lendemain matin je me suis levé tôt, mais lui il est resté à dormir encore deux bonnes heures.

Quand il s'est finalement pointé au restaurant, le type qui venait pour la bière était là, et juste après celui pour le Coca-Cola s'est amené. Chaque fois que je venais pour causer à Smut, quelqu'un entrait. C'était samedi et tout le monde passait voir si on avait besoin de quelque chose. Le mec aux cigares, l'épicerie en gros, le camion à pain, celui des primeurs à Wheeler Wilkinson, qui venait de Corinth, et tous les autres distributeurs; ils sont tous passés ce matin-là. Smut s'en est pas débarrassé avant midi, et à ce moment-là deux gars se sont ramenés rapport aux machines à sous.

L'homme qui venait d'habitude pour les machines c'était un blond filasse, l'air pas commode comme oiseau; et il passait une fois par mois.

Mais ce coup-ci il y avait un autre gars avec lui. L'autre c'était celui qui avait la main sur tout, le Big Shot. Le Big Shot était grec, et son nom c'était Kintoulas, ou quelque chose d'approchant. Il était court sur pattes, comme gars, et trapu. Il fumait toujours un petit cigare pas plus gros qu'une tige de saule. Le Big Shot louait les machines à Smut, et c'est lui qui avait toutes les machines à sous dans cette partie du pays. Il habitait Raleigh, alors il passait pas par ici très souvent. Smut est allé avec eux et ils ont fait le relevé des machines. Ensuite ils sont tous revenus au comptoir, et le type de d'habitude a ouvert sa serviette et il a sorti ses feuilles de comptes. Il a posé le tout sur le comptoir et s'est mis à calculer. Badeye était dans la cuisine, en train de manger, alors Smut m'a fait signe.

« Amène-nous trois bières, Jack. Qu'est-ce que vous voulez ? » Smut a demandé au Big Shot.

« Red Top Ale », Big Shot a fait en faisant passer sa brindille de cigare d'un coin à l'autre de sa bouche.

« Donne-moi une Budweiser », a fait l'autre gars. Il a tourné une feuille et s'est mis à griffonner la suivante.

« Deux Bud et une Red Top Ale, Smut m'a crié. — Deux Bud et une Red Top », j'ai fait. Et j'ai été les chercher.

Quand je les ai posées devant eux sur le comptoir, Big Shot a laissé tomber son cigare par terre et il s'est sifflé sa bière à la bouteille sans la reposer une seule fois. Ensuite il a fait glisser la canette vide sur le comptoir et il s'est déniché un autre petit cigare. « T'as baissé un petit peu, Milligan. »

« Décembre, c'est toujours un peu mort. Et pis, il a pas fait chaud, dernièrement.

— Tout le monde a baissé », Big Shot a fait comme ça.

Smut a fini sa bière et il a fait glisser la bouteille le long du comptoir. « Je vois que la législature parle d'interdire les machines à sous à la prochaine session. »

Big Shot a craché un brin de tabac. Il a levé ses sourcils broussailleux tout en haussant les épaules.

« Depuis le temps qu'ils en causent. Mais j'ai un gars là-bas qui bosse pour moi. Il fait du – comment qu'on dit, déjà ?

— Du lobbying ?

— C'est ça. Du lobbing. Me coûte la peau des fesses, cet être-là. Il veille au grain pour moi. Enfin, il a intérêt. Mais je me bile pas trop. » Big Shot quand il parlait on aurait dit qu'il sifflait. Ou qu'il avait mal à la gorge.

L'homme aux cheveux filasse a remis ses papiers dans sa serviette et s'est levé. « Okay, il a dit. J'ai tout ce qui me faut sur les machines ici. T'as baissé un peu ce coup-ci, Milligan, mais pas aussi pire que dans beaucoup d'endroits.

— A partir de maintenant ça va reprendre », Smut a fait.

Big Shot s'est levé lui aussi. Il a pris ses gants dans sa poche de manteau et il les a mis. « Merci pour la bière, et à la revoyure », il a fait à Smut.

Eux partis, Smut a hoché la tête. « Tiens, en v'là un qui ramasse le pognon à la pelle. A ce qu'on m'a dit, il est arrivé à Raleigh, y a de ça dix ans, avec rien. Un café pour négros, qu'il tenait à Raleigh. » Smut s'est passé les doigts dans les cheveux. « Bien sûr, moi aussi je suis plein aux as, maintenant. » Il me regardait en disant ça.

« T'as regardé dans le moût, hier soir ? j'y ai demandé.

— Ouais. Je l'ai réchauffé un petit peu. Fait un petit feu dans le foyer, histoire de tiédir la purée.

— Ça le fera travailler plus vite, tu crois ?

— Si tu la chauffes pas trop, y a pas mieux. Avec un petit alambic, tu peux chauffer des briques ou des pierres et les jeter dans la purée. Ça marcherait pas dans un aussi grand bazar que celui à Catfish, note bien.

— Si tu chauffes de l'eau, elle gèle d'autant plus vite, non ?

— Le moût ça gèle jamais ; y a trop d'alcool dedans. Et pis y a une croûte de farine à la surface de cette fournée-là, alors ça lui tient chaud. Quand tu réchauffes la purée et qu'y en a des quantités, moins vite elle refroidit. Moi je parie que le moût il travaille dur, là en ce moment.

— Ça sera prêt à tirer quand, tu crois ?

— Demain soir, ça se pourrait. Aujourd'hui ça s'est déjà drôlement radouci. Demain, après la fermeture, on ira voir ce qui en est.

— On dort pas beaucoup, avec tout ça », j'ai dit.

Smut s'est levé et il a étiré ses bras au-dessus de sa tête. « Peut-être que plus tard on pourra dormir autant qu'on voudra. »

L'après-midi on a eu du monde, mais Smut a pris le camion et il est parti je ne sais où. Il y est resté le plus gros de l'après-midi, et quand il est revenu il avait de la boue après ses souliers.

Dimanche il a fait tellement doux, on se serait cru au printemps. Il y a eu foule ce jour-là. En soirée surtout, on savait plus où donner du collier, à quatre qu'on était : Matt et Sam, Badeye et moi. Dick Pittman avait attrapé la crève de Sam, et il était au lit.

On a fait pas mal de recette ce soir-là, mais la plupart des clients sont partis tôt. Baxter Yonce et Wheeler Wilkinson étaient là, et Wilbur Brannon. Ils ont tous réclamé après Bert Ford. Je leur ai dit que je l'avais pas vu. Wilbur il a dit que si ça continuait il irait faire un saut jusque chez lui, voir si Bert était pas malade ni rien. On a fermé à onze heures et quart ce soir-là, et on est allés à la distillerie, Smut et moi.

On a marché sans traîner à travers bois, et ça nous a pas pris plus d'une demi-heure pour arriver. Smut avait sa torche électrique, mais à part ça on avait rien apporté de spécial.

Catfish avait du bois à brûler empilé contre la paroi du ravin. Il était enfoui sous le chèvrefeuille, et personne l'aurait jamais repéré ; mais nous on savait qu'il était là. Il y avait surtout du charbon de bois, pour que ça fasse pas de fumée, mais il y avait aussi des bûches de pin, pour faire du petit bois.

On a amené le bois jusqu'au fourneau, et j'ai tenu la lampe pendant que Smut faisait démarrer le feu. « Regarde dedans, comment que je t'ai arrangé ça », il a fait.

Dans le foyer il avait empilé des pierres de chaque côté, et au sommet de chaque colonne de pierres il avait posé plusieurs vieux ressorts à boudin – des vieilles suspensions de voitures. Ils étaient disposés à deux pieds du sol dans le foyer, et ils se touchaient presque.

« D'où tu sors ça ? j'ai demandé.

— Eté les chercher hier à la décharge, à l'autre bout de Corinth.

— C'est pour quoi faire ?

— T'excite pas », Smut a dit comme ça.

Il a finalement réussi à allumer le feu. Ensuite il a sorti son couteau et il me l'a passé. « Tiens-moi ça une minute. » Il a entrepris de déboutonner son imperméable.

L'imper c'est la première chose qu'il a enlevée. Après ça il a retiré tout ce qu'il avait sur lui, jusqu'à la dernière maille, et il a empilé ses frusques devant la chaudière. « De

Dieu, ce que j'aime pas faire ça ! il a dit. Passe-moi mon couteau. »

On a pris appui contre le macérateur, et je lui ai fait la courte. Ensuite il m'a saisi le bras et il m'a aidé à grimper près de lui. Smut a retiré le tonneau du trou. Je crois que le trou faisait bien deux pieds de diamètre, mais il paraissait pas grand. Smut s'est mis à genoux devant et il a trempé deux doigts dans le moût. Ensuite il s'est glissé dedans.

Je suis resté là à attendre si longtemps, je commençais à croire qu'il s'était noyé. Et puis j'ai vu sa tête sortir par le trou. Ses cheveux dégoulinaient. Il s'est mis debout en crachant. « Je l'ai trouvé, te bile pas. Mais c'est rudement étroit comme endroit, merde. Sacré Catfish il a rempli ce truc-là bien trop haut. Tout juste si je peux respirer quand je me redresse, là-dedans. »

Il a jeté son couteau à mes pieds sur les planches du macérateur, et il a replongé. Au bout d'un moment j'ai entendu sa voix qui sifflait : « Attrape-le ! »

Il avait amené les pieds à Bert Ford au niveau du trou. Les cordes autour de ses bras et du torse il les avait coupées, mais celle des pieds était toujours autour. J'ai empoigné la corde et j'ai tiré tant que j'ai pu. Smut s'est baissé sous Bert et il a poussé. Les jambes à Bert sont remontées un peu plus, mais il était fichument dur à extirper de là-dedans. Finalement on a réussi à le sortir, à plat au-dessus du macérateur. Smut est ressorti. Il a empoigné la corde et il a jeté Bert le long de la paroi. On l'a porté jusqu'au foyer et on l'a posé sur l'espèce de grill au-dessus du feu. Tout ce temps-là on l'a gardé la figure tournée vers le bas. Ça valait mieux.

Smut a commencé à se rhabiller. « La pierre avait glissé. Il se tenait pratiquement debout dans un recoin. »

Le feu prenait pas très bien. Pendant que Smut finissait de s'habiller, je m'y suis attelé et en peu de temps j'avais le petit bois de sapin qui ronflait sous les bûches de charbon de bois. Le charbon de bois a mis du temps à prendre et on est restés là devant la fournaise à se réchauffer. Smut il claquait des dents et il avait le frisson.

« Ce que j'ai froid, nom de Dieu !

— T'es sûr qu'il est prêt à tirer, ce moût ? Parce que sinon, ça donnera pas beaucoup de gniole.

— Il est prêt, je te dis. Regorge d'alcool, cette purée.

— J'en sais quelque chose, avec ce que j'ai avalé là tout de suite.

— Dans quoi que tu vas la mettre, ta gniole ?

— J'ai amené trois tonneaux hier midi, et deux bonbonnes de cinq gallons.

— Des tonneaux de combien ?

— Dix gallons.

— Ça fait jamais que quarante en tout. Cette soupe si on la tire correctement elle devrait donner dans les soixante gallons.

— Y a des bocaux à fruits d'un demi-gallon là-bas sous le chèvrefeuille. T'inquiète pas. Je prévois toujours mon coup. »

Quelque chose m'est venu à ce moment-là.

« Et si les mecs du Revenu* nous tombaient dessus ce soir ? T'as prévu ce coup-là aussi ? »

Smut a regardé derrière lui, dans l'obscurité du bois. Je crois qu'il a eu un haut-le-corps. « Ferme-la, merde ! Tu vas finir par me coller les foies. »

Le feu commençait à brûler comme il faut, et les flammes se mettaient à monter autour du grill. Smut a ramassé un bout de plaque en fer-blanc qui traînait par terre et il a masqué l'ouverture de la chaudière avec. Ensuite on est allés sortir les tonneaux du chèvrefeuille en les faisant rouler.

* Internal Revenue Service (le service des impôts), aussi chargé de la lutte contre la fraude et la contrebande d'alcool.

J'ignorais jusqu'à cette nuit-là que Smut savait faire de la gniole pour de vrai, mais il s'y connaissait ; et pas d'hier. On a rebouché le macérateur et on a monté le stand du réfrigérant. Smut s'occupait du feu et du moût, moi je changeais l'eau du réfrigérant et je récupérais la gniole. Ça nous a pris la nuit ou presque. Une fois terminé, on en avait à peu près cinquante gallons, et ça avait l'air d'être du bon whisky, mais ni l'un ni l'autre on a eu assez d'estomac pour le goûter.

Une fois fini de cacher la gniole dans une crevasse qui donnait dans le ravin principal, Smut a jeté un œil dans la chaudière. Avec une branche il a ôté la plaque de fer qui bouchait l'ouverture. Moi j'ai pas regardé dedans. Je suppose qu'il devait en rester encore un bout, parce que Smut a remis une autre bûche sur le feu. On est restés là à alimenter le feu une bonne heure, ou plus, et puis Smut a regardé encore un coup.

Il s'est mis à quatre pattes et il a examiné dans tous les coins de la chaudière. Il reniflait là-dedans comme un terrier. Ensuite il s'est relevé.

« Plus là, qu'il a fait.

— Reste plus rien ?

— Il est dans l'air, maintenant. On le reverra plus. »

On est allés prendre de l'eau au petit ruisseau dans le ravin et on l'a jetée sur le feu et sur les bouts d'acier qui avaient soutenu Bert. Une fois tout ça refroidi, on a démantibulé le grill et on est allés porter les bouts de ressorts au torrent pour les balancer dedans. Après ça on a démoli les piles de pierres dans le foyer et on a éparpillé les briques et les pierres tout le long du ravin. Ensuite on a démonté l'alambic et on a planqué tout ça sous le chèvrefeuille. On est rentrés à la piaule au petit jour.

On a dormi jusqu'à dix heures, et puis on est montés au roadhouse. Sitôt avalé le petit déjeuner on est allés par-devant. Badeye était là, en train de boire une bière derrière son comptoir. Smut a pris le journal et il s'est mis le nez dedans. Moi j'ai attrapé un torchon et j'ai commencé à faire reluire les banquettes et les tables.

J'ai surpris Badeye juste au moment où il regardait Smut. « Où c'est que vous étiez fourrés cette nuit, vous deux, bordel ? »

Ça m'a sacrément secoué quand il a dit ça. Mais Smut il a pris ça comme si on lui demandait s'il allait pleuvoir.

« On est sortis. » Il a levé les yeux de son journal. « Qu'est-ce que ça peut te foutre, d'abord ?

— Oh, monte pas sur tes grands chevaux, Milligan. C'est pas comme si tu me payais si royalement que je ferais n'importe quoi pour rester ici. Du boulot, je peux en trouver ailleurs. Dans plein d'endroits, même.

— Je te retiens pas », Smut a fait en retournant à son journal.

Badeye a reposé sa bouteille de bière sur le comptoir et il a enlevé son torchon de l'épaule.

« La raison que je te demande ça, c'est que j'ai passé la moitié de la nuit à essayer de vous faire lever, vous autres. »

Smut l'a regardé. « Nous ? Et pourquoi ça ?

— J'étais malade. J'avais l'indigestion et j'ai essayé de vous réveiller.

— Merde, on est pas docteurs ni l'un ni l'autre. Pourquoi que t'as pas été te chercher du bicarbonate à la cuisine ?

— J'aurais bien voulu. Mais les nègres ils sont partis en bouclant la porte. Je voulais votre clé, à vous autres.

— Tu devrais garder une boîte de bicarbonate dans ta piaule. » Smut a pris un cure-dent et se l'est planté au coin de la bouche.

Badeye s'est mis à passer son torchon sur toute la longueur du comptoir. « Je me demandais si vous étiez durs à réveiller comme ça, c'est tout.

— Non, Smut lui a fait. Hier soir fallait qu'on tire de la

gniole. Catfish son paternel est mal en point et il est parti le voir en Caroline du Sud. La sauce était prête hier, et on l'a tirée cette nuit, Jack et moi.

— Pourquoi que tu m'as pas demandé de t'aider? Faire de la gniole, ça me connaît. Je faisais que ça, dans le temps.

— Et à peine on s'y serait mis que t'aurais eu ton indigestion, alors tu vois.

— Ouais, mais vous le saviez pas quand vous êtes partis. Quand on a fermé j'avais pas mal au bide.

— Oh, et pis merde à la fin ! » Smut a recraché son cure-dent et s'est remis le nez dans le journal.

Plus tard dans la matinée, Sam et Dick ont fait un feu dans la cour pour brûler des cochonneries. Badeye est sorti leur dire comment s'y prendre et il nous a laissés seuls, Smut et moi.

« Cette andouille de Badeye, il me rend nerveux avec sa curiosité, j'ai fait à Smut.

— Oh, il sait rien. Et d'abord, c'est la vérité que j'y ai dit – à un ou deux détails près.

— Je serai content quand quelqu'un s'avisera de s'inquiéter de Bert Ford, qu'on en finisse.

— Moi je m'en fais plus, depuis qu'il a disparu hier soir », il a dit.

Il a plu toute la nuit, et le jour suivant, et les affaires allaient pas fort. Mais le mercredi ça s'est dégagé, et Wilbur Brannon s'est ramené à la tombée de la nuit.

Il est entré et il a bu un coup avec Smut. Ils l'ont pris au comptoir et m'en ont offert un, mais j'en voulais pas. Wilbur a fini son verre, il a allumé une cigarette, ensuite il a dit: « Je me disais que Bert serait peut-être ici ce soir et qu'on pourrait faire une partie. Vous l'avez pas vu, je suppose?

— Non, Smut a fait. On l'a pas vu depuis un moment. »

Wilbur a fermé un œil et il a regardé Smut. « Ça fait plus d'une semaine qu'on a pas vu Bert. Il doit être malade. J'ai bien envie de monter chez lui voir ce qui va pas. T'en es ? » il a demandé à Smut.

« J'aimerais bien, Wilbur, seulement c'est tout juste si je peux rester posé sur quelque chose de stationnaire comme ce tabouret. Alors tu penses, les cahots et les trous qu'il y a pour aller chez Bert, ça serait ma mort. J'ai un furoncle mal placé.

— C'est le mauvais endroit pour en avoir un, ça c'est sûr, il a fait Wilbur. Je m'en vais y faire un saut tout seul, alors. Y se pourrait qu'il ait la crève à plus pouvoir sortir. » Là-dessus, Wilbur est ressorti jusqu'à sa voiture et il est parti.

Ce soir-là une partie des institutrices de Corinth sont revenues avec leurs chéris. Je suppose qu'elles s'étaient bien amusées la fois d'avant. Ils se sont installés aux tables du dancing pour boire des bières et du vin cuit. Matt et Sam étaient de l'autre côté pour les servir ; Smut et moi on restait de notre bord.

Je crois que deux des gars ont dû se mettre à jouer aux machines et laisser leurs filles en plan. Toujours est-il que deux filles se sont amenées au comptoir et ont commandé des bières. Il y en avait une assez grande, bien fichue. Son visage aussi était joli, mais à voir sa bouche on aurait dit qu'elle était mal lunée, ou qu'elle était vexée pour quelque chose. L'autre fille était petite, avec des jambes en serpettes. Elle avait un blouson de cuir et le sourire fixe. Je sais pas si tout lui plaisait ou si elle essayait de voir que le bon côté des choses. En tout cas elle faisait un gringue effréné à Smut Milligan.

Smut il était en train de peiner sur les mots croisés dans le journal du soir. Il avait généralement du mal avec les mots croisés, et quand il en faisait un, il aimait pas qu'on l'embête.

« Mince, vous êtes baraqué vous alors ! qu'elle a fait la petite.

— Pas si baraqué que ça, Smut a fait. Je viens juste de me taper la cloche et j'ai bu plein de bière. Et pis j'ai toutes mes affaires sur moi, faut pas oublier.

— Y fait pourtant pas si froid.

— Je m'attends à une gelée d'une minute à l'autre », Smut a fait en se remettant le nez dans ses mots croisés.

« Moi j'aime bien danser avec les grands costauds », la grande a fait comme ça à l'autre. « Ça me ferait mal de danser avec un de ces nabots.

— Oh moi je raffole des grands costauds, la petite a fait. Je parie que vous dansez bien, vous, elle a dit à Smut Milligan.

— Non. Je danse pas. D'abord j'ai de l'arthrite tant et plus, que ce serait une torture même si je savais.

— Me faites pas marcher. » Elle souriait à Smut, mais lui il la regardait même pas. « Qu'est-ce que vous faites ?

— J'essaye de faire ces mots croisés. Mais en ce moment je cale sur un mot en sept lettres qui veut dire pareil que l'amour*.

— J'aurais pourtant cru que c'était votre rayon, l'amour.

— Eh ben non, Smut a dit comme ça. C'est même quelque chose qui veut rien dire pour moi. »

La petite a fait la moue. « Devriez pas causer comme ça », qu'elle a fait.

Les deux gars qui étaient avec elles ont rappliqué. Harvey Wood portait toujours ses bottes. L'autre, Gyp Ward, travaillait à la filature de Corinth, dans les bureaux.

« Aha, on nous sème pas comme ça, vous savez. » Gyp Ward agitait son doigt sous le nez de la grande en disant ça. Il était tout maigre comme gars, avec le teint pâle. Il faisait un peu gitan.

« Vous nous avez laissées en carafe, alors. On vous a vus entrer dans la petite pièce marquée *privé*, alors on s'est dit qu'il valait mieux pas y aller vous embêter », la petite a fait en tirant la langue à Harvey Wood. « Ah, toi je te retiens.

* F-U-C-K-I-N-G.

— On est juste entrés une minute jouer aux machines, qu'il a dit Harvey Wood.

— Oh, la grande a fait, et moi qui croyais que c'était les cabinets. Je me disais que vous aviez peut-être des ennuis de tuyauterie. »

Du coup, Smut Milligan a pris son crayon et ses mots croisés pour s'en retourner à la cuisine, là où il pourrait avoir la paix et pas avoir à écouter des inepties pareilles. Mais pas longtemps après, ils sont retournés tous les quatre au dancing, et tout est redevenu calme.

Vers neuf heures Wilbur Brannon est revenu. Il avait l'air préoccupé. Il est venu jusqu'à la caisse.

« Donne-moi un paquet de Chesterfields, Jack. » Je lui ai donné les cigarettes. « Tu sais, Jack, c'est pas ordinaire cette histoire avec Bert. Il est pas là-bas.

— Sans blague ?

— Non. J'ai frappé à sa porte et j'ai appelé, mais personne est venu ouvrir. J'ai frappé même par-derrière, et toujours rien. C'est d'autant plus bizarre que j'ai été voir dans son garage. Sa voiture est là.

— C'est pas ordinaire, ça c'est vrai », j'ai dit.

Smut est revenu à ce moment-là nous rejoindre à la caisse.

« Smut, il est pas là-bas », qu'a fait Wilbur.

Smut était en train de manger un hamburger. Il a rattrapé un bout d'oignon qui allait tomber par terre.

« Il y est pas ?

— Non. Je disais à Jack juste maintenant, pas moyen de le trouver nulle part. Sauf que sa voiture est au garage. Et pis autre chose. J'ai été voir dans sa grange. Il a pas de vache, Bert, mais il a un mulet. Le mulet s'est mis à ruer et à braire tout ce qu'il savait en m'entendant dans le garage. Si bien que j'ai été le voir.

— Le mulet a pas été nourri ? » Smut a fait en se mettant le reste du hamburger dans le bec.

« Je pense pas. Il avait l'air d'avoir faim, et je lui ai donné deux bottes de fourrage. Il avait renversé un baril de son dans la salle à fourrage à côté. Enfin, je crois que c'est le mulet qui l'a renversé en essayant de l'attraper avec ses pattes de devant. Sauf que le baril est tombé du mauvais côté et que le son était hors de portée. Je suppose que j'aurais bien dû lui donner à boire aussi, au mulet.

— Merde, si ça se trouve Bert il est juste parti voir un voisin, Smut a dit. Un mulet, ça fait toujours celui qu'a faim.

— Ce mulet-là il avait faim, je te dis. Il a essayé de foutre son box en l'air. Et pis les voisins, j'ai été les voir. Enfin, les plus rapprochés.

— Et qu'est-ce qu'ils ont dit ?

— John Weyler a dit qu'il avait pas vu Bert depuis deux semaines. Mais qu'il était passé samedi là-bas et que le mulet faisait que de braire et cogner contre sa porte. Mais il s'est dit que ça le regardait pas ; je crois qu'il s'entend pas trop bien avec Bert. Ensuite je suis passé voir Enos Sellers, et Tom Wall, et Mitch McLeod. Pas un qui l'ait vu depuis plus d'une semaine.

— Ça alors ! Smut a fait.

— Je m'en vais à Corinth prévenir le shérif. C'est peut-être rien qui sort de l'ordinaire ; c'est peut-être pas mes oignons, même. Mais Bert il vient généralement ici quand il passe dans le coin. S'il était pour partir en voyage, il me semble qu'il aurait pris sa voiture, et demandé à quelqu'un de s'occuper de ses bêtes en son absence. Pourrait y avoir eu un mauvais coup, vous savez. Même qu'à moi maintenant ça me paraît bien louche.

— Je sais pas quoi penser », Smut Milligan a dit comme ça.

12

On a pas revu Wilbur Brannon de toute la semaine. Je suppose qu'il était trop occupé à courir après Bert Ford. Les gens qui venaient au roadhouse commençaient à parler de sa disparition. C'est même devenu le gros sujet de conversation, mais Smut et moi on évitait d'en causer quand on pouvait faire autrement.

En fin de semaine Smut est allé à Corinth voir pour une rallonge de son prêt à la banque. Mais J. V. Kirk voulait plus reconduire la traite. Un trop gros risque pour la banque, qu'il disait. Il a envoyé Smut à Astor LeGrand, et Astor a repris la traite. On a changé les termes et on l'a mise à son nom. Il éreintait Smut de cinquante dollars pour ce petit service, ce qui portait le total de la traite à plus de cinq cents dollars. Quand Smut m'a dit ça j'ai dit qu'à mon avis c'était mal barré si Astor avait mis le grappin dessus, mais Smut m'a dit que ça faisait rien. Il avait de l'argent maintenant, et il baiserait Astor LeGrand le moment venu. Il aurait pu se servir de l'argent qu'il avait pris à Bert Ford et payer la traite avec, mais là-dessus on était d'accord tous les deux : le mieux pour nous c'était d'avoir l'air de tirer le diable par la queue pendant encore un moment. Si on était devenus prospères un peu trop vite, ça aurait pu donner des idées à certains.

Le samedi après-midi Sheriff Pemberton est venu nous

voir. Il y avait une grosse partie de poker en cours dans une des cabines, et quand Smut a vu s'amener la voiture du shérif il a envoyé Dick Pittman dire aux gars de se déguiser en courants d'air. Le shérif est descendu de voiture et il est entré dans la salle de restaurant. Smut et moi on était assis au comptoir, à vérifier des tas de bons de livraison et de factures qu'on avait eus ce jour-là.

Le shérif était un petit râblé épais, avec des jambes tellement en serpettes qu'il aurait pas été fichu d'arrêter un goret dans un fossé. Il était toujours habillé pareil : costume de serge bleue et chapeau de cowboy gris. Son ceinturon avait des petites rigoles pour les cartouches, et il avait un étui à revolver sur la hanche. Le shérif chiquait. Il a visé le crachoir, et j'ai entendu « ping » quand le jus de tabac est tombé pile dedans. Avec sa face ronde, le shérif R. L. Pemberton avait l'air con comme la lune, mais il en avait juste l'air.

« Bonsoir les gars, qu'il a fait.

— Tiens, bonjour shérif. » Smut s'est levé pour serrer la main de Sheriff Pemberton. « Content de vous voir, shérif. Comment ça va ?

— Modéré. Modéré. » Il s'est posé sur un des tabourets, tournant le dos au comptoir. Il a regardé le tableau avec les bonnes femmes qui se lavaient sur le mur d'en face. « C'est joli chez vous, Milligan.

— Merci. C'est la première fois que vous venez depuis que j'ai fait les transformations ?

— Première fois. Jamais eu cause pour venir. » Le shérif regardait Smut droit dans les yeux en disant ça.

Smut s'est marré. « C'est que j'essaye d'avoir une gentille boîte bien tranquille, ici. Pas de chahut ni rien.

— Ben voyons. » Le shérif a craché encore un coup, droit dans le crachoir. « Bon, enfin, je vais pas vous embêter bien longtemps, cette fois. Je suppose qu'on vous a dit au sujet de Bert Ford, comme quoi il avait disparu ? »

J'avais beau savoir qu'il était venu pour ça, quand il l'a dit ça m'a fait quelque chose au creux de l'estomac, comme si j'avais pas mangé depuis un mois.

Smut a pris le crayon qu'il avait derrière l'oreille et l'a posé sur le comptoir. « C'est ce qu'on m'a dit.

— C'est à rien y comprendre. Personne l'a vu depuis plus d'une semaine. Il reçoit pas beaucoup de courrier, mais Dolph Jeans, le facteur, dit que Bert prenait le *Southern Cultivator*. Et quand je suis allé voir là-bas hier, il était dans sa boîte. Dolph dit qu'il a mis le journal dedans jeudi de la semaine dernière.

— Il a peut-être eu peur de quelque chose. Peut-être qu'il s'est fait la fille de l'air. »

Sheriff Pemberton secouait la tête. « Rien trouvé chez lui qui indiquerait qu'il avait des ennuis. C'est comme s'il s'était volatilisé. » Smut s'est passé une main sur la figure. « Croyez qu'il s'est fait buter ?

— Je sais pas quoi penser. » Le shérif des fois il faisait le cul-de-poule avec ses lèvres. « On m'a dit qu'il venait pas mal chez vous. Vous l'avez vu quand, la dernière fois ?

— Une semaine et des poussières. J'en causais justement avec Wilbur l'autre soir. Je crois que c'était l'autre dimanche, la dernière fois qu'on l'a vu. »

Le shérif a regardé Smut durement. « Y causait beaucoup avec vous, Milligan ? »

Smut a étalé ses mains sur le comptoir en haussant les épaules. « Est-ce qu'il causait beaucoup à qui que ce soit, shérif ?

— Non. Pour ça on peut pas dire, il l'ouvrait pas beaucoup. Vous lui connaîtriez pas des ennemis, des fois ?

— C'était pas le genre d'homme à avoir ni ami ni ennemi.

— Je vous embêterais pas comme ça, qu'il a dit le shérif, mais vous savez ce que c'est. Faut que je vérifie tout. Faut que je couvre tout, si je veux me ramener une piste.

— J'aimerais bien vous rendre service, shérif, mais je vois pas bien en quoi.

— Qu'est-ce que vous pensiez de lui, au fond, Milligan ? »

Smut a extrait une cigarette de sa poche de chemise et il se l'est mise dans le bec, mais il a oublié de l'allumer. « Je sais pas trop quoi vous dire, shérif. Il m'a jamais fait des crosses, mais je pourrais pas dire qu'il me plaisait beaucoup. Il était comme qui dirait grincheux, mal luné. Moins je le voyais, mieux je me portais. »

Le shérif quittait pas Smut des yeux.

« Il jouait au poker avec vous assez souvent, non ?

— Un peu. Je joue avec tout le monde, pourvu qu'il ait de l'argent.

— Est-ce qu'il y a eu des parties ici où on jouait gros ?

— Qu'est-ce que vous entendez par "gros" ?

— Savez bien. Quand un gars peut perdre des cent dollars en une soirée.

— Des fois il y avait plus que ça sur la table rien qu'en une fois. Mais les choses s'égalisent toujours à la longue. Je crois pas que Bert ait jamais gagné gros ou fait perdre personne en particulier. Vous pouvez demander à Wilbur, il vous le dira. Il jouait au poker avec Bert plus que n'importe qui.

— J'ai causé avec Wilbur », Sheriff Pemberton a fait comme ça. Il s'est levé et il a remonté sa cartouchière sur son ventre. « Bon, faut que je me sauve, Milligan. J'étais juste venu voir si vous pouviez me mettre sur quelque chose.

— Attendez une minute, shérif. » Smut est allé à la cuisine. Au bout d'une minute il est revenu avec un sac en papier qu'il a donné au shérif. Le shérif a ouvert le sac, fermé un œil et regardé dedans. Il a hoché la tête.

« Merci bien, Milligan. Travaillez pas trop dur.

— Revenez nous voir », Smut a fait.

Une fois le shérif parti, j'ai sorti mon mouchoir pour m'éponger le front. Smut m'a vu faire et s'est marré.

« Pourquoi que tu sues comme ça ?
— Rien. Mais fait quand même un peu chaud ici, tu trouves pas ?
— Non.
— Qu'est-ce que c'était, dans le sac en papier ?
— Une bouteille de scotch, ma réserve personnelle. Il a intérêt à apprécier, l'enfoiré. Quatre dollars, que ça me coûte, une bouteille comme ça.
— Je savais pas que le shérif buvait.
— Pas beaucoup. Juste un petit peu quand il a le rhume.
— Et tu crois qu'il a le rhume, là maintenant ?
— D'après ce que je sais, il a la reniflette toute l'année. »
Catfish est revenu de Caroline du Sud le lendemain.
Il nous a dit que son paternel était déjà mort quand il est arrivé là-bas. Il a pris deux sacs de sucre à la cuisine et il les a montés à la distillerie pour commencer une autre fournée de moût.

Deux semaines durant, tout le monde a plus parlé que de Bert Ford au roadhouse, sauf les touristes. Ils demandaient tous s'il y avait du nouveau, et des fois moi ça me tapait sur les nerfs. La plupart étaient d'avis qu'on lui avait volé son argent et qu'après ça on l'avait emmené pour le tuer. Sûrement des gens de l'extérieur qui avaient fait le coup, et qui avaient emmené Bert loin de Corinth avant de se débarrasser de lui. Le shérif s'est mis à demander partout si des fois Bert avait pas de la famille, ou un parent quelconque qui pourrait réclamer sa ferme. Mais ça voulait pas dire qu'il laissait tomber l'enquête pour autant. Vers la mi-février, les gens ont commencé à se fatiguer de causer de ça et se sont mis à discuter des deux clubs de base-ball qui allaient venir s'entraîner à Corinth au printemps. N'empêche que le shérif se privait pas de faire savoir à tout le monde qu'il avait pas enterré l'affaire. Temporairement les électeurs l'oublieraient peut-être, mais à l'approche des primaires on se ferait pas faute de lui renvoyer ça dans les dents, surtout ceux qu'en avaient après son poste de shérif. Sheriff Pemberton avait déjà laissé courir deux meurtres non élucidés durant son mandat.

Il faisait plus doux, et on aurait bien dit que le printemps allait venir tôt cette année. Les pruniers ont commencé à bourgeonner, et les arbres à boutons rouges ont même fleuri un peu. Les vieux birbes hochaient du bonnet en disant que les pruniers en fleur ça voulait rien dire, que l'hiver était loin d'être fini. Old Man Joshua Lingerfelt, lui, il prédisait qu'on aurait de la neige jusqu'au genou le 1er mars. Soi-disant que les marmottes étaient pas encore sorties de leur trou, ce qui voulait dire que le printemps c'était pas demain la veille.

Mais Smut Milligan avait décidé que l'hiver était bien fini. Les affaires ont repris comme jamais. Les touristes commençaient à rentrer de Floride en direction du Nord, et ils avaient l'air d'avoir tous faim dès qu'ils atteignaient le roadhouse. Ils mangeaient, fallait voir; et Smut c'était pas le gars à donner des repas gratuits.

Quand il faisait doux comme ça, ça nous amenait toujours une bonne foule de Corinth aussi; et puis à présent le roadhouse était connu. Les gens venaient en voiture de bien plus loin que Corinth. Rufus et Johnny avaient beau être aussi travailleurs qu'on est en droit d'attendre de deux nègres, ils ont commencé à se plaindre à Smut qu'ils pouvaient plus l'étaler dans la cuisine. Fallait qu'on les aide. Smut leur a dit qu'il allait voir ça.

J'étais bien placé pour voir comment allaient les choses, et je voyais bien que Smut ramassait assez d'argent pour pouvoir payer sa traite la prochaine fois qu'elle tomberait, sans avoir à piocher dans les douze mille dollars qu'on avait pris à Bert Ford. Mais je me rappelais ce qu'il avait dit sur Astor LeGrand, comme quoi il trouverait toujours un moyen de lui faire fermer boutique plus tard, même s'il arrivait à payer la traite. Alors je voulais être en mesure de me faire la malle quand ça arriverait. Un matin, pas loin du 1er mars, on était tous les deux sans personne dans le café, et je lui ai demandé ce qu'il en était de ma part des douze mille dollars.

« Quand c'est qu'on va partager ? » j'ai demandé.

Il était assis au comptoir, un cure-dent planté au milieu de la bouche. Il s'est tourné pour me faire face.

« T'as pas besoin d'argent là tout de suite, si ?

— J'ai toujours besoin d'argent.

— Comme tout le monde. Mais pas là maintenant en particulier, si ?

— Pas plus que d'habitude, non. Mais je suis prêt à prendre ma part. »

Il est resté à mâchouiller son cure-dent un moment sans me répondre. « Je pourrais te donner un peu d'argent maintenant. Mais pas question de diviser le gros du pognon à l'heure qu'il est. Faut encore faire drôlement gaffe.

— Combien je vais avoir, d'abord ?

— J'y pensais, justement. Qu'est-ce que tu dirais de mille dollars ?

— Pas grand-chose, merde. On a raflé douze mille en tout. Si on se faisait prendre et juger pour ce coup-là, j'irais à la chaise tout comme toi.

— Personne va à la chaise, mais cause pas si fort. Oublie pas que c'est moi qu'ai tout combiné le truc. Et j'ai fait le sale travail.

— Je t'ai aidé. Et pis d'abord tu m'as entraîné dans cette histoire sans me prévenir. Tu voulais pas t'y mettre tout seul.

— Quinze cents, alors ?

— Je crois que je devrais avoir quatre mille. »

« T'es fou. Comme si je pouvais te donner quatre mille. »

Il avait pas l'air furieux ni rien en disant ça, mais je voyais bien qu'il avait pas l'intention de me donner autant.

— « Qu'est-ce que t'en ferais, d'abord, si t'avais l'argent ? il m'a demandé.

— Je m'en irais quelque part et j'ouvrirais un roadhouse.

— Une bonne façon de paumer tout son argent en pas longtemps, quand on connaît pas les gens ni l'endroit.

— Je me trouverai un coin et j'y resterai un bon moment avant de me lancer, j'ai dit.

— Ecoute, Jack, je vais faire une chose. Tu restes ici, et je t'augmente à compter du premier. Je te donne le double. Ça te fait cinquante dollars par mois, nourri, logé, blanchi, cigarettes et alcool. On partagera l'argent plus tard. Disons à l'automne. Mais faudra faire drôlement attention à la façon qu'on le claquera, cet argent.

— Ça me dit pas combien j'aurai.

— Je te donnerai quinze cents. Ma dernière offre. Si ça te plaît pas, tu peux toujours aller nous dénoncer et on ira tous les deux à la friture. Moi, sans argent, j'aime autant frire.

— Donne-moi mes quinze cents maintenant, alors, et laisse-moi les garder.

— Ça servirait à rien. Je les ai mis en sûreté, alors autant les laisser où ils sont encore un peu.

— Tu pourrais casser ta pipe.

— J'ai pas envie. Si ça arrive, tu viens me voir à l'hôpital, et sur mon lit de mort je te dirai où j'ai tout planqué.

— Tu pourrais mourir accidentellement et pas vivre assez longtemps pour me le dire.

— Ecoute, si ça peut te faire plaisir, je prendrai une assurance-vie et je te mettrai comme bénéficiaire. Une qui te rapportera à peu près mille dollars, avec double indemnité par-dessus le marché. Comme ça si je crève sans prévenir, t'auras toujours ton argent, et je te souhaite bien du plaisir avec.

— Si tu décampais tout d'un coup, elle me ferait une belle jambe, ton assurance.» Je savais combien il prendrait d'assurance, de toute façon.

«Te bile pas pour ça. Les affaires marchent trop bien pour que je me casse. J'ai l'intention de rester ici et de m'amuser. La situation du côté de Corinth commence à devenir drôlement intéressante pour moi. » Sur ce, Smut s'est levé et il est sorti aux pompes à essence, où Dick Pittman était en train de nettoyer avec le jet.

Juste à ce moment-là, Sam Hall s'est ramené avec le courrier, et je l'ai trié. Le plus gros c'était des lettres et des factures pour Smut, alors j'ai posé le tout sur l'étagère où on garde les bouteilles de vin et je me suis mis à lire le *Corinth Enterprise*. Ça faisait bien deux semaines que Fletch Monroe avait pas sorti une édition, et il essayait de se rattraper en en sortant une épaisse. J'ai parcouru le journal, et il y en avait toute une tartine sur Bert Ford. J'aurais bien voulu que Fletch oublie ça, pourtant. Dans la rubrique mondaine ça disait que Mme Charles Fisher était partie mardi pour Hot Springs, Arkansas, un séjour de deux semaines. Un peu plus bas dans la même rubrique il y avait autre chose : « M. Charles Fisher a quitté la ville lundi en voyage d'affaires à New York et Boston. Il s'absentera une dizaine de jours. »

J'étais en train de me demander pourquoi ils partaient dans des directions opposées, mais à ce moment-là Smut et le livreur Schlitz* sont entrés. J'ai indiqué le courrier, et Smut l'a pris. Ensuite on est passés derrière avec le livreur et on a vérifié comment qu'on était en Schlitz.

* Marque de bière très connue.

13

Quand Smut a pas voulu me donner mes quinze cents dollars tout de suite, ça m'a fait réfléchir. Je commençais à douter qu'il me donne quoi que ce soit, et sûrement pas quinze cents. Chaque fois que je repensais à cette offre de quinze cents dollars, ça me faisait bouillir les sangs. Un meurtre c'est pas rien. C'est mal, même. Non seulement j'étais mêlé à un meurtre, mais apparemment tout ce que j'allais en tirer c'était de l'expérience.

Smut disait qu'il s'en faisait pas pour le shérif; la pièce à conviction existait plus, et il restait rien à trouver pour personne. Mais dans mon idée, le shérif il allait s'accrocher à l'enquête tout ce qu'il pouvait. Il était bien obligé. Je crois que son salaire de shérif était de trois mille dollars par an. Il en palpait encore mille rien qu'en licences et en contraventions, et au moins autant en pots-de-vin. Cinq mille dollars ça fait beaucoup d'argent, du côté de Corinth. Sheriff Pemberton le savait aussi bien que n'importe qui. S'il laissait courir l'affaire de Bert Ford sans seulement arrêter quelqu'un, il en serait de sa place, probable. Pas de doute qu'il se donnerait beaucoup de mal pour découvrir ce que Bert était devenu. Et la piste avait beau être froide, je savais qu'il pincerait quelqu'un d'une manière ou d'une autre, plus tard, quand il aurait plus le choix, et que ce quelqu'un se retrouverait promu meurtrier. Et l'homme promu comme ça avait toutes les chances de se réchauffer les fonds de culotte sur la chaise à Raleigh. Le shérif ferait faire ça par ses adjoints. Leur nom c'était John Little et Brock Boone. John Little mesurait un mètre quatre-vingt-quinze et faisait plus de cent kilos; Brock Boone un mètre quatre-vingt-dix et cent quinze kilos. L'un comme l'autre aurait pu faire avouer une mule.

On a pas revu le shérif chez nous avant le mois de mars. C'est un après-midi qu'il est venu. Il s'est garé devant la boîte et il est descendu de voiture. J'étais dans la salle de dancing, à faire les poussières sur les banquettes. Je savais que Smut était de l'autre côté, alors j'ai décidé de le laisser se débrouiller tout seul avec le shérif. J'ai pris mon chiffon et je suis allé faire les poussières dans la petite salle marquée *privé*.

Au bout d'un moment, j'ai entendu quelqu'un entrer dans le dancing. J'étais pour aller voir à la porte, quand tout d'un coup j'ai entendu le shérif: « On pourrait pas aller dans la petite pièce là-bas? J'aimerais autant qu'on puisse pas nous entendre.

— Pas besoin, j'ai entendu dire Smut. Personne nous dérangera ici. » Je suppose que Smut tenait pas à ce que le shérif mette son nez dans la petite pièce. Il aurait peut-être pas été intéressé par ce qu'il y avait dedans, mais on peut jamais savoir.

Je me suis rapproché de la cloison sans me faire voir. Je les ai entendus s'installer à une table. Quelqu'un a craqué une allumette contre le grattoir d'une boîte.

« De quoi qu'y s'agit, shérif? » Je l'entendais si bien que j'ai tout de suite su que Smut était à la table juste contre la cloison.

« C'est au sujet de Bert Ford. Je suis bien dans la mouscaille avec ça. J'ai finalement localisé la sœur de son père – la seule parente que j'ai pu trouver. Elle habite Selma, en Alabama, mais elle a rien pu me dire qui expliquerait où il a bien pu passer. Elle dit qu'elle l'a pas vu depuis vingt-cinq ans. »

Là il y en a un des deux qui s'est levé. J'ai entendu quelque chose qu'on traînait sur la piste, alors ça devait être le shérif qui ramenait le crachoir à coups de pied pour le mettre sous la table. Je l'ai entendu cracher dedans après.

« On l'a buté, Milligan. Je peux pas le prouver, mais aussi vrai que je suis là je sais qu'on l'a tué.

— Vous croyez que je l'ai tué, shérif ? » Smut a demandé. Il semblait calme et pas gêné du tout.

« Non. Celui qu'a fait le coup l'a fait pour l'argent. Avec ce que vous ramassez comme argent ici, vous avez pas besoin de ça. »

Quelqu'un s'est mis à tambouriner contre la table avec ses doigts. Smut, je suppose. « Pourquoi que c'est au juste que vous venez me poser toutes ces questions ? Je le connaissais pas si bien que ça. Je faisais pas beaucoup attention à lui.

— Milligan, ce que je crois c'est que celui qui l'a tué venait ici souvent. Quelqu'un qui jouait au poker avec lui, ou qui l'aurait vu jouer et qui savait qu'il trimbalait toujours plein d'argent sur lui. Wilbur Brannon m'a dit que Bert avait souvent des grosses sommes sur lui.

— Je l'ai vu des fois sortir des gros paquets, ça je dis pas.

— Combien que vous payez les gars qui travaillent pour vous ?

— Pas des masses.

— Combien chacun, exactement ?

— Ben, je paye Jack cinquante dollars par mois. Rufus vingt-cinq, et vingt pour Johnny. Les autres je leur donne pas un salaire fixe. Ils gardent leurs pourboires, et je les nourris. Bien sûr, je leur fournis aussi de quoi dormir, et je leur donne un petit quelque chose du tiroir-caisse de temps en temps.

— Et ça, ça fait combien par mois ?

— Je leur donne probablement dix dollars chacun dans le mois. Dites, vous pensez pas qu'un d'entre eux aurait pu faire le coup, quand même ?

— Vous occupez pas de ce que je pense. Comment ça se fait que vous payez Jack autant ? Il vous tient pour quelque chose ou quoi ?

— Il est le seul à avoir un peu de jugeote. Il peut faire tourner la boîte si je suis pas là.

— Milligan, faut que je trouve qui c'est qu'a tué Bert Ford. Je sais que c'est un meurtre. Les contribuables aussi. Si je m'en occupe pas, le Parti va pas me reconduire en juin.

— C'est pas de chance. Ecoutez, shérif, j'ai l'intention de voter pour vous, et je ferai en sorte que les gars qui bossent pour moi en fassent autant. Je vais aussi verser ma contribution électorale, comme d'habitude, dans une semaine ou deux. Mais il y a des limites à tout. Je peux pas vous fournir d'assassin.

— Oh, croyez pas que j'essaye d'accuser un de vos gars. Je vous demande seulement d'essayer de vous rappeler si vous avez jamais remarqué personne qui regardait Bert Ford d'un drôle d'air. Quelqu'un qui se serait levé et qui serait sorti juste après lui la dernière fois qu'il était ici.

— La dernière fois que je l'ai vu c'est pas la dernière fois qu'il a été vu en vie. Ça remonte à janvier tout ça, et je me souviens plus très bien. Si on m'avait dit que c'était la dernière fois que je le verrais, j'y aurais fait plus attention ; mais j'y vois pas dans l'avenir, moi.

— Milligan, j'ai besoin d'un coup de main de votre part pour cette affaire. Je veux votre coopération. Je sais que c'est un tripot que vous tenez ici. Je le sais depuis le début. Je suppose que vous vendez pas mal de gniole aussi, en tout cas si vous en vendez pas c'est certainement pas ma faute. Je vois que vous avez des cabines pour les touristes, là derrière, et je sais que des fois elles servent à autre chose qu'à dormir dedans.

— Où c'est que vous voulez en venir, shérif?

— Creusez-vous un peu la mémoire pour moi, moi j'oublierai des tas de choses pour vous.

— C'est une bonne proposition, ça on peut pas dire. Mais je me tue à vous répéter qu'il y a rien à se rappeler.

— Ecoutez, Milligan, je vais encore travailler là-dessus un petit moment, et après je reviens vous voir. Mais il me *faut* un meurtrier. On a une primaire en juin, vous le savez. Les électeurs il faut qu'ils aient un jugement avant ça.

— Je vais vous dire, shérif. Peut-être que c'est quelqu'un qui connaissait Bert du temps qu'il était parti d'ici. Quelqu'un qui lui en voulait, qui l'a retrouvé jusqu'ici et qui l'a buté. Peut-être aussi que c'est un boulot de passage.

— Et qu'est-ce qu'ils auraient fait du corps?

— Probablement emmené avec eux, pour pouvoir plus facilement s'en débarrasser après.

— Moi je gobe pas cette théorie. Je suis persuadé que c'est des gars du coin qui ont fait le coup. Ils étaient en train de le voler, il leur est tombé dessus, ils l'ont buté. Dans mon idée, ils ont lesté le cadavre et ils l'ont jeté dans la rivière. Les poissons-chats auront vite fait de se charger de la pièce à conviction.

— Vous voulez dire qu'il avait de l'argent caché chez lui? C'est ça qu'ils étaient en train de voler?

— Tout juste. Beaucoup de gens disent que Bert il avait de l'argent d'enterré quelque part. J'ai passé sa ferme au peigne fin et j'ai pas trouvé un sou.

— Moi j'y crois pas à cette histoire d'argent planqué. C'est rien que des racontars de nègres.

— Ça se peut bien. Mais je sais une chose: il y avait un trou de creusé sous une de ses ruches; pour quoi faire, ça j'en sais rien. Juste sous une des ruches. Et ça c'est quelque chose que j'ai trouvé tout près de la ruche. »

Il y a eu un bruit de métal contre la table.

« Une douille ! Smut Milligan a fait comme ça.

— Peut-être celle de la balle qu'a tué Bert Ford. Si j'arrive à retrouver le flingue d'où qu'elle a été tirée, je tiens peut-être quelque chose. C'est une douille de trente-huit.

— Y a beaucoup de pistolets de trente-huit en Caroline du Nord.

— Sans doute. Maintenant, essayez de vous rappeler, Milligan. Des fois dans un poker, il arrive qu'un gars se mette en rogne contre un autre, ils sortent leur flingue et tout ça. Vous avez jamais eu de trucs comme ça ici ?

— Jamais vu personne sortir son flingue ici, non. Et d'abord, je saurais pas reconnaître le calibre d'un flingue rien qu'en le voyant.

— Personne peut, le shérif en a convenu. Et vous avez jamais remarqué quelqu'un qui portait un flingue sur lui, chez vous ?

— Pour ça oui, putain. Plein de gars, même. Bert il en portait un, le plus souvent. On aurait dit qu'il craignait quelque chose.

— J'en ai pas trouvé chez lui.

— Peut-être qu'il l'avait sur lui quand il s'est fait descendre – s'il s'est fait descendre.

— Peut-être. Au fait, vous et Jack McDonald, vous créchez bien dans la même piaule ?

— Et alors ?

— Cette semaine-là, en janvier, essayez de vous rappeler. Est-ce que Jack aurait pas découché, une de ces nuits ?

— Pourrais pas vous dire. D'abord, moi aussi je découche, des fois, la plus grande partie de la nuit. Il aurait pu sortir à ce moment-là.

— Pas que je cherche à me mêler de votre vie privée, mais qu'est-ce que vous faites quand vous passez la nuit dehors ?

— Je trempe mon biscuit, si la lune est à la bonne place.

— Une supposition que vous soyez sorti, Jack il aurait pas facile à se trouver une voiture, non ?

— Pas facilement, non. »

Là j'ai entendu quelqu'un se lever. « Faut que je me sauve, qu'il a dit le shérif. Si jamais vous repérez un trente-huit, prévenez-moi.

— Pourquoi que vous allez pas causer à ses voisins ?

— C'est ce que j'ai fait. Ils ont tous des alibis increvables. »

Smut a répliqué quelque chose que j'ai pas bien saisi, et ils sont sortis du dancing.

14

J'ai attendu dans la petite pièce que le shérif soit parti. Ensuite je suis sorti par-derrière et j'ai été à la piaule. Là je me suis assis sur le lit et j'ai tâché de réfléchir à ce qu'il fallait que je fasse.

Smut et le shérif avaient parlé de moi sans insistance particulière, mais j'en étais arrivé à un point où je ne voulais pas qu'on parle de moi du tout. Une chose était claire en tout cas, c'est que j'avais vu juste pour Pemberton. Il était à la chasse au bouc émissaire pour le meurtre. Qu'il soit persuadé comme ça que Bert s'était bien fait buter, ça me paraissait un peu étrange, mais après tout c'est ce que tout le monde croyait aussi. Plus je réfléchissais et plus j'avais envie de me tailler ; mais pour ça j'avais besoin de liquide. Comme Smut refusait de m'en donner, j'ai décidé de trouver l'argent et de me servir moi-même.

J'en étais à me figurer où je pourrais bien commencer à chercher, quand Smut est entré dans la piaule. Il sifflotait et il avait l'air content de son sort. Il s'est assis au pied de son lit et il a commencé à délacer ses chaussures. « Je crois que je vais faire un somme, Jack. On va sûrement avoir foule ce soir, et j'aurai besoin de toute mon énergie. Faut que je me détende un peu pour être en forme ce soir.

— C'est pas la voiture du shérif que j'ai vue partir, il y a une minute ?

— Exact. Il est passé en coup de vent.

— Qu'est-ce qu'il voulait ?

— Voulait savoir qui c'est qui jouait régulièrement au poker avec Bert Ford.

— C'est tout ?

— C'est tout. J'ai vaguement répondu et ça a eu l'air de lui suffire. Il est retourné en ville.

— J'aime pas le voir ici si souvent.

— C'est rien », Smut a fait. Il s'est laissé tomber sur le lit et il a fermé les yeux. Je suis retourné au roadhouse.

Badeye était assis à la caisse quand je suis entré, mais tout de suite après il est allé à la cuisine s'en jeter un. Il picolait, ce jour-là. Dick était du côté des cabines, à réparer la vieille bagnole que Sam Hall venait d'acheter. J'étais seul dans le café quand une voiture s'est amenée et a klaxonné.

C'était Lola Fisher dans une voiture de sport neuve. C'était une Chrysler, ce coup-ci, rouge vif avec les garnitures en noir. Je suppose qu'elle s'en était acheté une neuve parce que c'était le printemps. Elle était garée à côté du café, pas devant. J'ai été voir ce qu'elle voulait.

« Bonjour, j'ai fait, vous avez klaxonné pour quelque chose ? »

Lola a ouvert la portière et elle est descendue.

« J'ai un pneu de crevé. Vous réparez les pneus, non ? »

De la tête j'ai fait signe que oui. « C'est lequel ? »

Elle a contourné l'avant de la voiture et elle a donné un coup de pied dans le pneu droit. « Celui-ci. »

Lola était en beauté, ce jour-là. A l'époque que je cause, la plupart des filles à Corinth raffolaient d'une nouvelle coiffure. Leurs cheveux elles faisaient un nœud avec, comme des laveuses. Mais Lola ses cheveux ils étaient de plein vent. Ils partaient en arrière et retombaient comme qui dirait en cascade sur ses épaules. Je me souviens qu'elle avait un pull-over blanc, ce jour-là, et une jupe rouge foncé. Quand on la voyait on pouvait pas s'empêcher de se dire que son mari avait drôlement de la veine.

J'ai donc examiné Lola des pieds à la tête, et puis ensuite le pneu. Il était à plat, aucun doute là-dessus.

« Je vais dire à Dick Pittman de vous arranger ça. Attendez ici une minute. »

J'ai ramené Dick. Il a monté l'aile avec son cric et il a enlevé la roue. Je suis rentré au café et Lola m'a suivi.

Elle s'est mise au comptoir, et moi sur le tabouret derrière la caisse. Lola s'est étiré les bras au-dessus de la tête en se penchant en arrière. Si elle avait son soutien-gorge ce jour-là, il avait dû lui glisser autour de la taille.

« Combien de temps tu crois que ça va lui prendre ? elle m'a demandé.

— Pas longtemps, sauf si c'est une crevaison sérieuse. Si c'est déchiré, par exemple. »

Elle s'est mise à bâiller en se tapotant la bouche de sa main. « Alors autant boire une bière pour tuer le temps. Donne-moi une Budweiser. »

Je lui ai donné sa bière et elle est restée un moment à sucer dessus. Arrivée à la moitié de la bouteille, elle a bu tout le reste d'une seule lampée et s'est levée du comptoir. « Je tiens pas en place », qu'elle a fait en se dirigeant vers le billard électrique.

Je suppose que j'aurais dû la distraire pendant qu'on lui réparait son pneu, mais je trouvais rien pour alimenter la conversation, alors j'ai pris le journal et je me suis mis à lire ça. Elle a mis un ou deux nickels dans le billard électrique et elle a joué dessus un moment, mais elle a pas été longue à rappliquer au comptoir.

« Donne-moi un paquet de Camel. »

J'ai été chercher les cigarettes et je les ai posées devant elle sur le comptoir.

« Il est où aujourd'hui Smut Milligan ? » Lola me parlait sans me regarder, en déchirant le paquet.

« A la piaule, je crois. »

Alors elle a levé les yeux sur moi.

« Va me le chercher, Jack. Faut que je le voie. » Elle avait dit ça comme quelqu'un avec la gueule de bois qui demanderait à s'en jeter un.

« Bon, j'ai fait. S'il vient des clients pendant que je suis parti, dites-leur que je reviens tout de suite.

— Oui, oui. Mais ramène-le. »

Smut était couché sur le lit. Il dormait. Je l'ai secoué pour le réveiller. Il s'est assis sur le lit et s'est frotté les yeux.

« Lola Fisher est ici. Elle veut te voir, j'ai dit.

— Qui ?

— Lola Fisher. Epouse de Charles Fisher, millionnaire à Corinth.

— Oh. »

On est retournés ensemble au roadhouse. Smut est entré, mais je me suis arrêté une minute voir où Dick en était avec le pneu.

« C'était quoi, Dick ? »

— Un clou à vingt sous qu'elle a ramassé. L'a traversé ce pneu neuf de part en part. »

En rentrant dans le café je n'ai vu ni Smut ni Lola. Au bout d'une minute, Smut m'a appelé du dancing pour que je leur apporte deux bières. Je suis allé leur porter ça avec deux verres. Smut et Lola étaient à une table tout contre la pièce privée, et quand je suis entré ils étaient en train de causer. Ils se sont tus quand ils m'ont vu arriver. Lola tassait une cigarette contre la table. Smut Milligan se regardait la paume des mains.

Quand je suis retourné de l'autre côté, Badeye était là, et il sentait déjà plus la douleur. Son œil de verre encore ça allait, mais c'est l'autre, le bon, qui ressemblait à une bille en agate.

Vert, rouge et blanc qu'il était, tout brouillés ensemble. En plus de ça, Badeye puait comme un tonneau de bière.

« C'est la bagnole à qui, le machin rouge dehors ?

— Mme Fisher, j'ai dit.

— Lola Fisher ?

— T'en connais d'autres des Mme Fisher à Corinth ? »

Badeye s'est servi dans le bocal à bretzels et en a ressorti une poignée. « Non, à Corinth y a juste Henry Fisher et Charles Fisher. Mais y a plein d'autres Fisher de l'autre côté de la Pee Dee River.

— De la famille à ceux de Corinth ?

— Putain, y a intérêt. Et pas de la famille éloignée. C'est que le Henry Fisher, il est pas exactement sorti de la cuisse de Jupiter. Il avait pas dix-huit ans ce vieux grigou quand il s'est amené à Corinth la première fois. Il s'est trouvé du boulot à la filature. Un blanc-bec de rien du tout, un petit blanc qu'il était. A ce qu'on raconte, avant de venir bosser à la filature il portait jamais de chaussures en été.

— Comment qu'il a fait pour devenir si riche, alors ?

— Il a mis des sous de côté. Un vrai rapiat, ce cochon-là. Et pis, le vieux Grimes, qui dirigeait la filature, il l'avait à la bonne. En plus, il a fait un mariage d'argent. Il a épousé une vieille bique avec du pèze.

— Devait plus être très jeune lui non plus quand il s'est marié, non ?

— Au moins trente-cinq ans, qu'il avait. Je parie qu'il en a bien soixante-dix maintenant.

— Il les fait pas.

— Non. Il a tellement l'habitude de rien montrer de ce qu'il a, son âge non plus il veut pas le laisser montrer. »

A ce moment une voiture s'est arrêtée dehors, et Sam Hall en est descendu. La voiture a continué en direction de Blytheville. Sam Hall est entré, et Dick Pittman.

Sam s'est assis au comptoir à côté de Badeye, et Dick est

allé directement à la porte qui donne sur le dancing. Comment qu'il savait que Smut et Lola étaient là-dedans, ça j'en sais rien.

« Votre voiture est prête, ma'ame Fisher », Dick a appelé.

Lola a rien répondu, mais Smut Milligan a fait, « Okay, Dick », et Dick est venu nous rejoindre.

Dick a sorti une carotte de tabac de sa poche arrière et il s'en est mis plein la bouche. Il a chiqué ça un moment, avant de dire : « Saleté de clou, enfoncé de ça qu'il était ! On aurait dit que quelqu'un l'avait enfoncé avec un marteau. Un pneu tout neuf, en plus.

— Je parie que c'est elle qui l'a enfoncé exprès, Badeye a fait comme ça. Et pis d'abord, merde, pourquoi qu'elle radine tout le temps par ici, hein ? » Personne lui a répondu. Badeye a allumé une cigarette avant de remettre ça : « Elle vient toujours l'après-midi, quand il y a personne, ou presque. Pourquoi qu'elle vient jamais avec son mari ?

— Cause pas si fort, Badeye », Sam Hall lui a fait.

Badeye est allé se chercher une bière dans la glacière. Quand il picolait sérieux comme ça, Badeye faisait des mélanges, bière et gniole. Il a décapsulé la bouteille et il en a bu un peu. « Qu'est-ce qu'elle vient foutre ici ? » Il en démordait pas, Badeye.

Dick a craché son jus de chique pile dans le crachoir. « Elle doit connaître ses affaires mieux que moi. Et pis d'abord, moi elle me gêne pas.

— Merde, moi non plus elle me gêne pas, Badeye a fait. Mais ça se remarque, qu'elle vienne ici toute seule comme ça. Je parie que son mari est absent de chez lui, à l'heure qu'il est. »

Sam Hall était en train de renouer son lacet, mais il s'est redressé quand Badeye a dit ça. « C'est vrai, même qu'il est parti ce matin.

— Qu'est-ce que je disais ? Vous voyez bien.

— Je le sais, Sam a dit, parce que je traînais chez Rich, la station-service juste avant de quitter Corinth pour venir par ici. Et v'là le Wiley qu'arrive en Cadillac pour faire vérifier l'huile. Vous savez, le Wiley qui conduit pour Fisher. Même que Wiley se vantait d'être revenu de Charlotte à toute berzingue ce matin.

— Je croyais que t'avais dit qu'il conduisait Fisher à Charlotte, j'ai dit.

— Ben oui. Mais c'est en rentrant à vide qu'il a fait la course. Tu parles qu'il conduirait pas vite comme ça avec Fisher dedans. Il se ferait saquer.

— Pourquoi qu'il va à Charlotte, Fisher? Badeye a demandé. Il fait pas d'affaires dans une ville comme Charlotte. C'est bien trop petit.

— Wiley l'a conduit à l'aéroport de Charlotte pour qu'il prenne l'avion de Washington, Sam a expliqué.

— Pourquoi qu'il va à Washington?

— Est-ce que je sais, moi, merde?

— De la sale politique, Badeye a décrété. C'est pour faire de la sale politique qu'il va là-bas. Ferait mieux de rester à Corinth et de surveiller sa femme.

— La ferme, Badeye», Sam Hall a fait juste au moment où Smut Milligan et Lola sortaient du dancing. Je suppose qu'ils sont allés dehors ensemble, parce que la voiture à Lola est partie peu de temps après.

Smut Milligan est pas revenu à l'intérieur, et je l'ai pas revu avant la nuit, quand j'ai été faire un saut à la piaule chercher ma pipe. Il était dans la douche et il se fredonnait un petit air pour lui tout seul. Il y avait une bouteille et un verre sur la commode. Smut m'a vu et m'a fait signe de son rasoir. «Je me sens plus léger, Jack. Fini une corvée ce matin quand je suis allé à Corinth.

— Et c'était quoi?

— J'ai réglé toute cette saloperie de crédit. Payé ma

dernière traite sur le camion. Il vaut pas un clou, mais au moins il est payé. Et j'ai réglé deux traites à LeRoy Smathers aujourd'hui, ce qui fait que je suis plus en comptes avec lui, rapport aux trucs que je lui ai pris pour les cabines. Comme il m'avait fait verser un acompte au départ, je lui devais pas tellement que ça.

— Moi aussi je voudrais bien en être débarrassé pour de bon, du LeRoy de merde.

— Je croyais que tu lui donnais quelque chose tous les mois. » Smut s'est mis à se raser le menton.

« Juste vingt dollars en tout. Je crois que je vais attendre d'avoir ma part du pognon, et je lui paierai tout en bloc à ce moment-là.

— C'est ça qu'y faut faire. » Smut a passé la tête par la porte. « Les vingt-cinq dollars que j'ai payés sur les trucs de cuisine, c'était rien que des intérêts. J'ai tout réglé aujourd'hui aussi. En plus de ça j'ai fini de payer pour l'éclairage.

— Combien c'était par mois, ça ?

— Cinquante.

— Ça doit faire plus de cent dollars que t'auras plus à payer tous les mois, j'ai dit.

— Tout le monde est payé maintenant, sauf Astor LeGrand. »

J'ai approché une chaise de la porte pour mieux pouvoir causer. « Vas-tu pouvoir payer LeGrand, la prochaine fois que la traite tombera ? Ou est-ce que tu vas devoir piocher dans les douze mille dollars ? »

Smut a pris son blaireau pour se remettre de la mousse sur le côté gauche dans le cou. « Je pourrais le payer sur ce que je ramasse ici, mais faudrait drôlement racler les tiroirs. Et bien sûr je vais pas me risquer à taper dans les douze mille dollars. Ensuite, c'est à mon avantage de laisser traîner la traite ; comme ça je peux continuer à jouer les pauvres devant LeGrand.

— Pourquoi que tu lui rembourses pas tout le paquet en lui disant d'aller se faire mettre sur la hampe du drapeau qu'ils ont là-bas, sur le toit du Palais de Justice ?

— Il saurait pas s'y prendre, je crois. Il a pas l'habitude. Et pis de toute manière, dès que je l'aurai remboursé faudra que je commence à l'arroser davantage.

— Pourquoi ça ?

— Que je te dise. En ce moment, il se figure qu'il me tient par les petits poils, au point qu'il prend même plus la peine de venir vérifier ici. Si on l'a vu une fois depuis la Noël, c'est bien le diable. Il se figure que pour m'avoir il a juste besoin de la traite.

— Tu l'arroses toujours pour la protection, non ?

— Oh, sûr. J'y donne ce que je prétends être dix pour cent de ce que je fais. C'est cinq pour cent, en fait, mais dernièrement il s'est pas trop donné la peine de me tenir à l'œil. Si je le remboursais d'un coup et que j'étais plus dans les dettes avec lui, il pourrait vouloir se débarrasser de moi.

— Je vois toujours pas comment qu'il pourrait faire ça, j'ai dit.

— Oh, il peut le faire, aisé. Il peut me faire fermer en cinq minutes. M'enfin, j'ai moins peur de lui qu'avant. Je crois qu'il me laissera tranquille, même une fois remboursée la traite, si je me mets à l'arroser de dix pour cent des bénéfices. Je lui dirai que c'est vingt pour cent, en lui faisant bien remarquer que la boîte me rapporte rien à moi qu'un bon salaire.

— Dix pour cent, c'est cher payé pour la protection.

— C'est le seul moyen que tu puisses faire tourner une taule comme la mienne sans avoir d'histoire. » Là-dessus, il a fini de se raser dans le cou et il a commencé à rincer son rasoir.

« Dis donc, j'ai fait, tu dois quand même drôlement palper, avec tout ce qu'on ramasse ici. Est-ce que tu m'as pas dit cet hiver que ça te prendrait bien seize mois avant de tout rembourser, pour les lampes et les néons, à cinquante dollars par mois ? Tu m'as dit que tu leur devais huit cents dollars pour l'éclairage.

— Je me rappelle pas.

— Moi si. C'était le premier décembre, ou dans ces eaux-là. Ce qui fait environ trois mois. Tu dois vraiment palper, dis donc. T'as bien dû leur rembourser près de six cent cinquante dollars aujourd'hui. »

Smut était pour enlever la lame de son rasoir, mais il s'est arrêté et s'est regardé dans la glace. Il a fait mine de s'intéresser au plus haut point à une petite coupure sur son cou.

« Me suis coupé », il a fait. Il m'a regardé. « Que je te dise, Jack. J'ai parlé au type et il était d'accord pour accepter cinq cent cinquante pour ce que je devais, si je le payais cash maintenant. Je l'ai fait, mais c'était ric-rac.

— Sans blague. »

Smut est retourné à son miroir. « Autre chose. J'ai gagné plein d'argent l'autre soir au poker, la nuit que les filasses ont joué. Ils étaient pleins aux as, et je les ai soulagés.

— Quelle nuit que c'était ? »

Il a réfléchi une minute, « Jeudi soir.

— Je croyais que t'étais allé au cinéma à Corinth.

— Non. J'étais dans la partie. »

Je m'en suis retourné au roadhouse. Badeye et Sam Hall faisaient une partie de dames. Dick Pittman était assis à la porte, en train de se tailler une branche d'églantier. J'ai été m'asseoir au comptoir. Je sentais que j'allais passer la nuit à me faire des cheveux. Mais j'avais de quoi m'en faire.

Smut Milligan était un menteur de première, mais je le fréquentais depuis assez longtemps pour reconnaître quand il s'y mettait. Ce soir il avait pas arrêté de mentir, mais un peu en dessous de son niveau habituel, qui était élevé. Je savais qu'il avait pioché dans les douze mille dollars pour rembourser tous ses trucs à crédit. Au rythme où il y allait, il tarderait pas à tout claquer. J'ai décidé de commencer à chercher le pognon dès ce soir, si jamais Smut sortait. Je savais qu'il était pas assez idiot pour le déposer dans une banque, où on aurait pu lui demander des comptes. Je le voyais pas non plus courir le risque de louer un coffre pour le mettre dedans. Ce serait à l'abri des regards de tout le monde, sauf des Feds ; et Smut il enfreignait les lois fédérales sur l'alcool chaque fois qu'il vendait une pinte de raide. Il pouvait pas se permettre de mettre l'argent dans un coffre et courir le risque que les gars du Trésor mettent leur nez dedans. Je savais que l'argent était quelque part dans le roadhouse. Et même peut-être bien dans la piaule.

15

Smut m'a eu, ce soir-là. Il est pas parti. Je sais pas pourquoi Lola était venue le voir; peur de quelque chose, peut-être, ou alors elle était venue lui faire un dessin pour future référence.

Durant la nuit, même après m'être couché, j'arrivais pas à dormir, occupé que j'étais à débattre si oui ou non je pouvais me risquer à chercher le pognon, même avec Smut dans la chambre. J'étais pas tout à fait assez gonflé, finalement.

Le lendemain matin on se serait réellement cru au printemps. Les chênes bourgeonnaient tout en vert pâle, et les petits œillets de Pâques s'étaient ouverts tout d'un coup le long de la route. En voyant qu'il faisait si beau que ça je me suis dit que Smut Milligan prendrait peut-être son camion et s'en irait quelque part. Mais je t'en fiche, il m'a encore eu. Vers huit heures il est monté au roadhouse, et il en a plus décollé.

Smut, Badeye, Sam Hall et moi on était tous assis par-devant quand Old Man Joshua Lingerfelt est entré. Il avait sa canne dans une main, et dans l'autre il portait un panier d'œufs.

« A combien que tu prends les œufs, Milligan ? » il a fait.

Smut s'est sorti le nez du journal; c'était celui de Charlotte.

« Sont-y frais, seulement ?

— Putain de bois, oui alors. Frais pondus ces deux derniers jours. » Old Man Joshua a sorti sa pipe en épi de maïs et se l'est plantée dans le coin de la bouche.

« Vingt-sept cents la douzaine, c'est ce que je paye. »

Old Man Joshua a sorti sa boîte à tabac pour bourrer sa pipe. « Pas assez, qu'il a fait à Smut. C'est des œufs d'entrepôt, que t'achètes à ce prix-là. Du réfrigéré. Tandis que ces œufs-là ils sont frais.

— Je prends mes œufs chez Wheeler Wilkinson à Corinth. Ils sont toujours frais. Jamais eu un œuf de mauvais chez Wheeler. Et pis d'abord des œufs j'en ai à revendre en ce moment. Je sais jamais quand vous allez m'amener les vôtres, ni combien.

— Comme si je savais combien d'œufs qu'elles vont pondre, ces bon dieu de poules, bon sang de bois. » Le vieux a aspiré un grand coup sur sa pipe. Ensuite il a craché par terre sous une des tables. « Donne-m'en trente cents la douzaine, et je me paye en nature. Y en a cinq douzaines.

— Oh, bon, d'accord », Smut a fini par dire. Il a pris le panier et l'a posé en dessous du comptoir, près de la boîte où on rangeait les couverts. Il a fait un avoir pour les œufs et il l'a tendu au vieux.

« Vous avez besoin de tout le journal, vous autres ? » Old Man Joshua a fait comme ça.

On s'était partagé le journal. Smut avait la première et la dernière page, moi je lisais les bandes dessinées, et Badeye avait les sports. Sam Hall avait la rubrique mondaine et le courrier du cœur, la chronique à Lucia Locket. Il passait en dernier, alors il prenait ce qui restait.

Smut s'est mis à bâiller en mettant sa main devant sa bouche. Il a fait glisser sa partie du journal sur le comptoir vers Old Man Joshua. « Tenez, y a rien dedans comme nouvelles, de toute façon. »

Le vieux a pris le journal et se l'est mis tout près de la

figure. Je suppose qu'il était myope. J'ai fini les bandes dessinées et je les ai posées sur le comptoir. Smut a pris ça et a commencé à lire. Sam Hall était assis à une table contre le mur de l'autre côté. Il lisait son bout de journal. Il m'a regardé en gloussant. Il riait jamais tout haut, Sam. Gras comme il était, son ventre et ses deux mentons tremblotaient quand il gloussait. « Je voudrais bien que cette Lucia Locket arrête d'écrire sa rubrique, il a fait. Elle gêne mes opérations à Corinth. »

Smut ça lui a fait lever le nez de ses bandes dessinées.

« Qu'est-ce que tu racontes, Sam ?

— Ben oui, quoi. Toutes les filles à Corinth lisent ce qu'elle dit, fidèlement tous les matins, et quand t'en amènes une là-haut sur Lover's Lane, ben tiens, elle se rappelle ce qu'a dit Lucia Locket et elle veut plus rien faire, tout juste si elle te laisse lui tenir la main.

— Personne prête attention à Lucia Locket, merde », Smut a décrété.

Sam s'est remis à glousser. Sam était pas aussi bête que Matt Rush ou Dick Pittman. En fait, il avait même terminé son secondaire à Corinth. Pas vraiment de quoi pavoiser, notez bien – y en a d'autres qu'avaient fait pareil – mais Sam il avait du bon sens. Seulement il était fainéant de nature, et il avait pas plus d'ambition qu'un cochon en juillet. Sa bouille on aurait dit un Chinois, sauf que lui il avait la peau rose comme celle d'un nourrisson en bonne santé. Quand il pouvait avoir sa soirée, il aimait bien courir les filles à Corinth.

« Je pense qu'il y a que les jeunes qui font attention à Lucia Locket, chez les filles », Sam a remis ça. « Mais alors, pardon, c'est pas rien. Sa rubrique, c'est la première chose qu'elles lisent quand elles ouvrent le journal.

— Moi aussi j'aime bien la lire sa rubrique à c'te vieille génisse, Smut a fait comme ça. Elle en a assez que de casser du sucre sur le dos des hommes. "Faites-lui la cuisine", déclare Lucia Locket, "nourrissez-le bien, tapotez-y la main et caressez-y la joue, et en un rien de temps le baudet dormira à poings fermés. Vous pourrez alors lui faire les poches et lire ses lettres et voir s'il fricote avec sa sténo. " T'as fini avec ta page, Sam ?

— Sûr, prends-la. »

Smut l'a ramenée au comptoir en se rasseyant. « Voyons-voir ce que cette vieille buse a dans le boudin aujourd'hui. » J'ai lu par-dessus son épaule, et ce jour-là le courrier du cœur par Lucia Locket était sur la même page que la rubrique mondaine. En haut de la page, ça disait ; *Mariages et fiançailles égayent le calendrier en cette fin d'hiver*. Smut a lu ça tout haut.

« La rédactrice devait encore être saoule hier soir. C'est pas la fin de l'hiver qu'on est. C'est le printemps.

— L'a pas encore vu les marmottes sortir, peut-être bien, Sam a dit.

— C'est peut-être ça. » Smut a sorti une cigarette et il l'a tassée contre le comptoir tout en lisant bien haut le titre de la rubrique à Lucia Locket. *La Jeune Fille moderne peut parler mariage la première, mais elle doit se montrer subtile*. Badeye a reposé son bout de journal et a mis les coudes sur le comptoir. Old Man Joshua a jeté sa page par terre. Smut a allumé sa cigarette, avant de continuer à lire : « "Par ces temps modernes, quand beaucoup de tabous sociaux s'estompent rapidement, il n'est plus considéré indécent pour une fille de proposer le mariage. C'est une chose qui se fait à présent, définitivement.

"Mais chaque cas présente ses problèmes spécifiques, et toute fille qui aurait mariage en tête ferait assurément bien d'étudier de près l'homme à qui elle entend faire cette proposition. C'est un peu comme être à l'affût du tigre dans la jungle. Il est évidemment possible de chasser le tigre sans connaître ses habitudes, mais les grands chasseurs qui connaissent le plus de succès étudient attentivement les tigres qu'ils pourchassent, leur terrain de prédilection et leurs petites manies. Les hommes, naturellement, sont plus dociles que les tigres, et nettement moins sur leurs gardes. "»

Smut a tiré sur sa cigarette avant de continuer :

« "Plusieurs méthodes ont fait leurs preuves, une des meilleures étant de le prendre avec les petits plats. Les émotions chez l'homme semblent fluctuer au gré de leurs sucs digestifs, et la combinaison repas chaud et confort en a mené plus d'un devant l'autel. Il est très difficile pour l'homme moyen de dire non le ventre plein. "» Old Man Joshua Lingerfelt a sorti un rot, suivi d'un hoquet. Smut lui a fait les gros yeux, avant de retourner à Lucia.

« "Une autre façon de ferrer le mâle récalcitrant, c'est de tranquillement faire comme si vous étiez sa promise. Sans avoir l'air d'y toucher, demandez-lui s'il préfère avoir la noce en juin, ou plus tôt. Si vous avez cette audace, vous êtes pratiquement une femme mariée. "» Badeye a froncé les sourcils quand Smut a lu cette partie.

« Je voudrais bien voir une souris essayer ce coup-là sur moi, il a fait Badeye. Je voudrais vraiment en voir une essayer de faire "comme si" avec moi !

— Commence pas à t'en faire pour ça, Badeye », Smut lui a dit en jetant sa cigarette et l'écrasant du pied.

« "Si vous prenez le taureau par les cornes et demandez le mariage, et que l'homme de vos rêves hésite ou réponde évasivement, allez-y de vos larmes. Pleurez un moment sur sa chaîne de montre, et il aura le sentiment de s'être conduit comme une brute immonde – et vous aurez la bague de fiançailles au doigt. Cependant dans ces cas-là il est impératif de hâter le mariage. "»

Smut a jeté la page sur le comptoir. « Eh ben les gars, on peut dire qu'elle est en forme, ce matin. » Il a regardé Old Man Joshua. « Attention à pas vous laisser embobiner par une de ces jeunes filles modernes, m'sieur Joshua. Ça fait un bout de temps que vous êtes célibataire. Vous la feriez pas briller, si vous arrivait d'être marié. »

Old Man Joshua a aspiré un grand coup sur sa pipe. « Oh, j'sus pas trop vieux pour intéresser les bonnes femmes. Et même maintenant comme bonhomme je vaux drôlement plus que beaucoup de ces jeunes branleurs qui sucent la cigarette et boivent du Coca-Cola à la tétine. Chez nous, on reste des hommes très longtemps, c'est de famille. Mon paternel il avait soixante-douze ans quand mon petit frère est né.

— Merde, il avait des bons voisins, alors », Badeye a fait comme ça.

Old Man Joshua s'est mis la main à l'oreille, en cornet. « Qu'est-ce tu dis ?

— Je dis que je trouve ça drôlement bon. »

Sam Hall s'est adossé contre la cloison en allongeant les jambes sur la banquette. « C'est pas tout ce qu'elle raconte, Lucia Locket... »

Smut a regardé le journal. « Non. Mais le reste on connaît par cœur. Elle le passe plusieurs fois par mois. Celle de la sténo au cœur brisé. “Chère Lucia Locket : Je me suis mal conduite. J'ai passé le week-end à la plage avec le patron. On est allés à l'hôtel ensemble. Je l'aimais et lui aussi il disait qu'il m'aimait. Je croyais qu'on s'aimait. Je pensais qu'il allait divorcer. Mais maintenant il dit que c'est son devoir de rester avec sa femme. Qu'est-ce que je peux faire ?” Et Lucia lui dit : “C'est bien simple, espèce de petite oie, vous ne pouvez rien faire du tout ! Qu'espériez-vous donc ? Un homme, tirez-en tout ce que vous pouvez. Mais n'allez jamais à l'hôtel avec lui. Tout est fichu quand vous faites ça. ” On dirait que ça met Lucia en boule de voir une fille se montrer un peu généreuse avec ce qu'elle possède. Lucia son idée c'est de le troquer contre une maison et tout ce qui va avec.

— Elle en a encore une autre de lettre qu'elle nous ressort tout le temps, Sam a fait. Celle qui parle de la fille qu'a couché avec un autre gars, ou peut-être même bien plusieurs, mais maintenant elle est amoureuse d'un bon gars travailleur avec un bon poste, et elle demande à Lucia si elle doit tout lui avouer ou pas.

— Je m'en rappelle de celle-là, Smut a dit. Et Lucia lui fait toujours : “Soyez pas idiote ! Ce qu'il ne sait pas ne peut pas lui faire de mal. Epousez-le et faites-lui en voir tellement qu'il ne lui viendra plus à l'idée de vous poser des questions, encore moins avec qui vous avez déjà couché. ” »

Old Man Joshua hochait la tête. « Elle est dure, c'te bonne femme. Je la lis toujours quand je peux me procurer le journal. Je la lis rien que pour voir jusqu'où on va bien pouvoir descendre.

— Je parie qu'elle a jamais été mariée, Badeye a dit. Des fois je me dis même que c'est un homme qui tient la rubrique.

— Non, c'est pas un homme, Smut a fait.

— Qu'est-ce t'en sais ?

— Parce que les bordels sont jamais tenus par des hommes, Smut a expliqué. Et rien qu'aux conseils qu'elle donne, tu peux voir qu'elle a été mère maquerelle à un moment donné. »

Old Man Lingerfelt était pas pressé de partir, ce matin-là, et il a bu le plus gros de son avoir. Il s'est envoyé huit bières à dix cents et deux à quinze, et il était pas mal gai – mais pas malade ni rien. Il a demandé à Smut de lui donner des nickels, toujours sur son avoir, et il a mis ça dans le nickelodeon. Après la troisième bière, il nous a fait porter les autres dans la salle du dancing. Il était occupé avec le bastringue et il avait pas le loisir de venir jusqu'au comptoir.

Vers trois heures son avoir était rincé, et lui avec. Il s'est ramené à la caisse, où Smut était assis. J'étais en train de faire briller les bouteilles de vin, et Matt lavait par terre.

« J'ai pus rien sur mon avoir, pas vrai, Milligan ?

— Plus rien, Smut lui a dit, mais je peux vous avancer des nickels, si c'est ça que vous voulez. »

Le vieux s'est gratté la tête à travers son chapeau. « C'est pas que je voudrais pas encore entendre un air ou deux, mais faut que je me rentre nourrir le cochon. Je parie qu'y fait un foin du diable à c't'heure, pasqu'y doit être passé son heure. » Il a regardé la grosse pendule au mur. « Bon Dieu de bois ! Passé trois heures ! Je vous jure quand même, faut que je me rentre. J'attends mon chèque dans le courrier d'aujourd'hui, ma pension d'ancien combattant. S'il est dans la boîte, je reviens ce soir. Je me prendrais bien une grosse biture, tiens.

— Voulez pas manger un morceau, avant d'y aller ? Smut lui a demandé.

— Non. Je te remercie. » Là-dessus il a empoigné sa canne et il est sorti en charriant pas très droit.

Smut hochait la tête en direction du vieux. « Bon Dieu, ce qu'il peut aimer la musique, celui-là ! »

Badeye s'est étiré les bras au-dessus de la tête en bombant le torse. Il s'est fait sauter un bouton de chemise en se renversant comme ça. Il s'est baissé pour le ramasser. « Un vrai gamin, Badeye a fait. Old Man Josh il retourne en enfance. Tenez, quand j'y ai apporté ses bières ce matin, il m'a demandé combien que ça coûte un nickelodeon. Il se tâtait pour en acheter un, pour chez lui. »

Old Man Joshua était pas tout seul à raffoler du nickelodeon. Tout le monde à Corinth était presque aussi pire que lui. Chez les blancs, on appelait ça un nickelodeon, ou juste phonographe, mais les négros ils appelaient ça un piccolo. On avait plein de disques pour le nôtre, surtout de la musique de danse pour les jeunes, mais il y avait aussi plein d'autres choses, de ce que les vieux birbes et les tarés voulaient entendre. De temps à autre Fletch Monroe se trouvait une bagnole pour monter jusqu'ici l'après-midi, et il restait une heure à jouer *The Ship That Never Returned.* C'était son morceau favori. Quand Buck Wilhoyt venait avec le camion à Wheeler Wilkinson livrer la viande, il prenait le temps de se jouer un air sur le nickelodeon. Il en pinçait pour *My Pretty Quadroon*. Buck il s'asseyait tout à côté du bastringue et il chantait si fort qu'il noyait toute la musique, ou presque. Des fois quand Old Man Joshua était suffisamment pompette, il jouait un air à nègres qu'un représentant avait refilé à Smut un jour. *Strange Fruit*, que ça s'appelait. Ça commençait: « Les arbres dans le Sud donnent des fruits étranges, du sang sur les feuilles, du sang sur les racines », et c'est une négresse qui chantait ça, avec une voix rauque qui vous fichait le cafard. Ça causait de lynchage, et la négresse elle en faisait quelque chose de drôlement bien. Old Man Joshua une fois il avait aidé à pendre un nègre, dans sa jeunesse. Quelqu'un avait raconté que le nègre avait violé une blanche. Maintenant, quand le vieux avait ses douze bières sous la ceinture, il s'asseyait et il écoutait ce truc-là. Des fois vers la fin il chialait, mais quand la musique s'arrêtait il s'arrêtait de pleurer aussi. « Je sens encore ces satanés yeux sur moi qui me transpercent », qu'il disait Old Man Joshua. Ensuite il rotait un bon coup et il se reprenait. C'était juste quand il était plein qu'il était comme ça. A jeun, il aurait eu aussi tôt fait de lyncher un négro que de se moucher.

Baxter Yonce aussi il avait son morceau favori. C'était le plus étrange de tous: *Plus près de Toi mon Dieu*. Baxter il allait pourtant pas beaucoup à l'église, et il picolait brutal, alors je vois pas pourquoi il était dingue comme ça d'un cantique. On a eu un mal de chien à lui trouver ça chez les disquaires, mais il nous en faisait toute une tinette, si bien qu'à la fin Smut l'a commandé de Chicago pour avoir la paix.

Baxter s'amenait tard le soir, quand il avait déjà du vent dans les voiles, et il se mettait à une table le long du mur. Il attendait sa chance, et toc, il mettait sa pièce dans la fente. Sitôt fait, il revenait dare-dare à sa banquette comme si de rien n'était, il se remettait à boire sa bière, ou autre chose. Une minute après, le nickelodeon se mettait à beugler *Plus près de Toi mon Dieu.*

On avait des fois des clients qui avaient l'air de se dire que c'était déplacé de jouer un cantique sur un bastringue de dancing. Baxter Yonce il s'en fichait. Il restait assis là, les yeux clos, à dodeliner de sa grosse tête en fredonnant.

Un jour j'en ai quand même causé à Smut. Je lui ai dit que certains clients avaient l'air un peu gênés quand le cantique passait. Mais Smut se faisait pas mal d'argent déjà à ce moment-là, et il était plutôt indépendant sur la question. Il disait que si les clients aimaient pas *Plus près de Toi mon Dieu*, ils pouvaient aller au diable.

16

Le lendemain, Smut a passé le plus gros de l'après-midi à dormir dans la piaule. Quand il s'est amené dans le restaurant vers sept heures, il avait l'air de pas pouvoir tenir en place. Je me suis dit que ce serait sûrement pour ce soir.

Au début on a pas eu grand monde. Juste deux ou trois glandeux de Corinth, et Wilbur Brannon et Baxter Yonce. On avait pas beaucoup vu Wilbur depuis que Bert Ford avait disparu, mais je pense pas qu'il croyait qu'on y était pour quelque chose.

Wilbur avait amené sa gniole ce soir-là, et c'est ça qu'ils étaient en train de boire, lui et Baxter Yonce. Smut a bu un verre avec eux dans la cuisine, et ils m'en ont offert un aussi, mais j'ai pas voulu. Je voulais y voir clair, au cas où Smut sortirait.

Ils ont bu leur verre et ils sont revenus dans le restaurant. Wilbur et Baxter se sont mis au comptoir. Baxter a commandé un sandwich barbecue et Wilbur s'est mis à lire le *Sporting News* que Smut avait laissé traîner sur le comptoir. Au bout d'un moment la sonnerie a retenti dans la cuisine, et Smut est allé chercher le sandwich. Il l'a posé devant Baxter Yonce, qui l'a pris et s'est mis à mordre dedans, on aurait dit qu'il avait pas mangé de la journée. Smut s'est adossé contre l'étagère où on mettait les bouteilles de vin. Pour un baratineur comme Baxter Yonce, une cible pareille c'était un vrai nanan.

« Smut, ton affaire ça marche du tonnerre, non ?

— Faut pas croire », Smut a dit comme ça. Il se mouillait jamais beaucoup, quand il s'agissait de répondre à ce genre de questions.

« Je veux dire, t'as pas à te plaindre. Alors pourquoi t'échangerais pas le camion que tu as contre un neuf ? Je te ferai une reprise. Je viens justement de recevoir des pick-up Dodge, exactement ce qui te faut.

— Je peux pas me permettre de changer maintenant », Smut a fait. Il a contourné le comptoir pour s'asseoir à côté de Baxter Yonce.

« Je te ferais une bonne reprise. » Baxter a englouti une bouchée de son bœuf barbecue. « C'est un Ford que t'as, non ? Modèle trente-six ?

— Trente-sept.

— Combien au compteur ? »

Smut a fermé un œil et poussé sa langue dans sa joue.

« Un peu moins de soixante mille, je crois. » Le camion il en avait bien soixante-dix mille, mais je suppose que si Smut disait ça c'est qu'il pouvait toujours ramener le compteur à soixante mille.

« Si les pneus sont bons, je calculerai large pour la reprise, qu'il a fait Baxter.

— C'est pas que je voudrais pas. Mais je suis pas assez en fonds. Faudra que je me contente du Ford pour le moment.

— Alors laisse-moi te vendre la Dodge que j'ai en démonstration. Tu garderais ton pick-up pour le boulot, et cette bagnole pour balader les filles. Un pick-up, quand même, c'est pas aussi chic qu'une voiture, tu me diras ce que tu voudras. Celle que je te cause, elle est de l'année passée, mais le modèle a pas changé d'un poil depuis.

— Une quatre portes ? Smut a demandé.

— Non, un coupé deux portes. Je te ferai un prix.

— J'aimerais bien. »

Baxter a pris une serviette en papier dans la boîte qu'on avait sur le comptoir. Il s'est essuyé la graisse qu'il avait sur la bouche. « Un jour que tu seras en ville, passe me voir et je te montrerai cette voiture. Je veux que tu la conduises un quart d'heure. Si au bout d'un quart d'heure elle te dit toujours rien, je te fais cadeau de cinq gallons d'essence pour ton camion. »

Smut a étouffé un petit rot. « Comme si j'avais besoin d'essence », il a fait comme ça.

Vers huit heures Baxter et Wilbur se sont mis dans une partie de casino, à quatre avec Buck Wilhoyt et un autre gars de Corinth, un vrai rat de salle de billard, celui-là. Ils jouaient dans la salle où on jouait à la passe anglaise d'habitude, et la nuit s'annonçait plutôt morne, jusqu'à ce que les joueurs de base-ball arrivent de Corinth.

Deux clubs du Nord s'étaient installés à Corinth pour leur entraînement de printemps. Enfin, ils avaient des noms différents et ils étaient supposés représenter des villes différentes, mais les équipes appartenaient toutes les deux aux Cincinatti Reds : un club de l'Illinois qui jouait dans la Three Eye League*, et l'autre qui jouait au Canada, dans l'International. Les joueurs des deux clubs étaient descendus au Keystone Hotel et s'entraînaient sur le terrain de Corinth. Dix d'entre eux sont venus ce soir-là. Il y en avait on aurait dit des étudiants, mais d'autres à les voir on se demandait s'ils savaient seulement parler anglais. C'était la première fois qu'ils venaient ici au roadhouse, mais ils étaient comme chez eux. Ils se sont parqués dans le dancing à faire marcher le nickelodeon et boire des quantités de bière. Deux gars ont commencé à jouer aux machines à sous, et bientôt ils ont envoyé

* League regroupant les trois Etats dont le nom commence par un I : Illinois, Indiana, Iowa.

Sam Hall à la caisse pour qu'il leur ramène des nickels. Au bout d'un moment, un des joueurs – un petit gros – a passé la tête à la porte qui donnait sur le restaurant. « Et les filles, où qu'elles sont ? Y a donc pas de mousmés, dans le coin ? »

Smut s'est retourné vers le gars. « Non, il a dit, ici on vend à boire et à manger, mais faut apporter sa mousmé.

— Tu parles d'un programme, toi », il a fait le gars avant de se rasseoir sur une des banquettes.

Il avait à peine fini de réclamer après les filles cet oiseau-là qu'une nuée de jeunes nous est tombée dessus.

Et après ça, des gars des ateliers de bonneterie, avec leurs poules. Les joueurs de base-ball ont attendu que les indigènes s'installent et commencent à danser ; à la suite de quoi ils se sont mis à couper sur les gars et à danser avec leurs mômes. Les jeunesses de l'école ils arrivaient presque toujours à les garder, mais pour piquer une fille à un de ces gars des ateliers c'était nettement plus coton.

Les joueurs de base-ball ont continué ce petit manège encore un bon moment, et finalement je crois qu'ils ont eu sommeil. Toujours est-il qu'ils sont tous rentrés à Corinth, sauf trois. Ceux-là sont venus de notre côté s'asseoir au comptoir et ils ont commandé une tournée. Ils étaient assis côte à côte, et celui du milieu était plus grand que les deux autres. Ce gars-là avait un blouson en cuir gris avec *NY* sur le devant. Je suppose qu'il avait fait partie d'un club de New York dans le temps et qu'il avait oublié de leur rendre le blouson quand ils l'avaient licencié. C'était un grand blond baraqué avec des paluches, fallait voir ; il aurait pu ramasser une demi-douzaine de balles en même temps. Il avait une cicatrice sur la figure qui lui remontait du coin de la bouche jusqu'à l'oreille gauche. Les gars avec lui l'appelaient Ox*. Le gars à gauche du dénommé Ox était un grand serin tout maigre avec une

* *Ox* : « Bœuf. »

grosse pomme d'Adam ; un gaucher qu'arrêtait pas de jouer avec la salière. L'autre c'était le petit gros qui avait réclamé après les filles. Thurlow, qu'il s'appelait.

Badeye a servi les bières et les a posées devant les trois joueurs. Après quoi il s'est reculé d'un pas et a repris sa pose à la Mussolini, bras croisés sur la poitrine. Smut était assis au comptoir un peu plus loin, en train de faire la liste des provisions qu'il fallait commander pour le lendemain.

Le nommé Thurlow a bu un coup de bière et s'est essuyé la bouche d'un revers de main. « Je commence à taper pile dans le caillou, il a fait. Jusqu'à hier j'avais quelque chose qui collait pas dans mon swing, mais maintenant je sens bien la batte.

— Putain, qu'il a fait Ox, attends voir un peu qu'on se mette à lancer vicieux, nous autres les pitchers. T'as encore rien vu.

— Et je verrai jamais rien, si j'attends que t'apprennes à lancer une balle à effet », Thurlow a dit en sortant son paquet de cigarettes.

« Putain, j'ai pas besoin d'effet ni rien. Ce bolide de balle directe et mon gingin, c'est tout ce que j'ai besoin, dans l'International.

— Tu me fais rire avec ton gingin. Ferais mieux d'apprendre à lancer des balles courbes. » C'est Patte-Gauche qui mettait son grain de sel, maintenant. « Si t'avais été fichu de lancer une courbe, la fois qu'ils t'ont sélectionné, tu serais avec les Giants* à l'heure qu'il est. »

Ox a bu un coup de sa bière. Il était pour mettre la canette dans son blouson, mais il s'est repris et l'a reposée sur le comptoir. « Nan, c'est rien que de la politique, si je suis pas avec les Giants. Terry dans son club il prend jamais personne qu'est pas du Sud.

* Equipe de New York, à l'époque.

— Le base-ball ça devient comme tout le reste, Thurlow a dit. De nos jours, les capacités ça compte plus. Maintenant faut faire du spectacle, plaire au public, ou alors faut être grec, ou peau-rouge ou chinois, si tu veux arriver. Si t'es Joe Brillantine, tu vas attirer les Grecs, ou les Ritals, ou les Roumaniens, enfin la tribu de rastaquouères avec qui t'es lié. Mais un Américain pure souche, il a plus aucune chance, de nos jours.

— Ça devrait pas te gêner, toi, alors, qu'il a fait Patte-Gauche. T'es portugais, non ?

— C'est pas vrai, Thurlow a dit. Je suis né à Joplin, dans le Missouri. »

Ox a grogné tout en sifflant sa bière. « Je suis pas vieux. Je serai encore sélectionné. Pas plus tard qu'au mois d'août, probable. J'ai jamais que vingt-six berges.

— Tu devrais pas te rajeunir de plus d'un an à la fois, Ox, lui a dit Patte-Gauche. L'année passée t'avais vingt-huit ans. Tu devrais te ménager et en avoir que vingt-sept cette année. L'année prochaine il sera toujours temps d'en avoir vingt-six.

— Oh, moi non plus je suis pas de la dernière couvée, Thurlow a fait. C'est certain qu'y vont pas me reprendre pour mon air gamin. Mais faut quand même admettre qu'une vieille caboche, ça joue mieux le jeu. C'est pas des jambes ni du biceps qu'il faut travailler, pour arriver dans ce métier, c'est du cerveau.

— C'est-y pour ça que tu joues dans un club de classe B ? qu'il a fait Patte-Gauche.

— Oh toi, le pitcher, fais donc pas le mariole. Avec ton contrôle de balle tu raterais un cul de vache à dix mètres, et si tu t'améliores pas plus que ça tu vas te retrouver à lancer pour Twin Falls dans la division Idaho-Utah.

— Oh, je me fais pas de bile pour mon contrôle. Faut tirer un peu à côté de temps en temps pour les empêcher d'être trop près de la plaque. Le mec à la batte faut faire en sorte qu'il respecte ta balle-éclair.

— Alors toi t'aurais intérêt à t'acheter un fusil, si tu veux qu'on respecte la tienne », Thurlow a fait.

A ce moment-là un gars et une fille sont venus du dancing. C'était la petite instite qui était déjà venue avec Harvey Wood, celle aux jambes en serpettes. Cette fois-ci elle était avec Hubert Parkerson.

Comme la fille est restée dans le restaurant, les joueurs de base-ball ont eu tout le temps de la reluquer comme il faut. Enfin, Ox et Thurlow. Parce que Patte-Gauche est resté le dos tourné à la porte, l'air absorbé dans ses pensées. Il avait l'air de se faire des cheveux pour quelque chose, comme s'il se voyait déjà passer l'été en Utah.

Ox filait des coups de coude à Thurlow.

« T'as vu la petite, les fortifications qu'elle a ?

— Les fortifications ?

— Ses roberts, ballot.

— Oh. » Thurlow a visé le crachoir, mais il a raté de peu. « Pas mal. Y a plus personne maintenant de l'autre côté, on devrait y aller et la libérer de son mec. Remarque que moi, j'aime pas trop danser avec ces petits tas.

— Elle est plus grande que toi, merde, Ox a fait en se levant. Allez, Thurlow, amène-toi. »

Thurlow s'est levé et il était pour partir de l'autre côté, quand Smut Milligan a levé les yeux de sa liste.

« Hey, et les bières alors, qui c'est qui va les payer ? On est pas à l'aide sociale ici, y a pas de tournée gratuite. »

Ox a regardé Smut par-dessus son épaule. « T'emballe pas, Face-d'Emplâtre. On est pas partis. » Et il est entré dans le dancing.

Smut ses yeux se sont rapprochés. Il avait pas l'habitude de se faire traiter de face d'emplâtre, du moins pas dans les environs de Corinth.

Patte-Gauche a vu comme la figure de Smut avait changé. Il a sorti son portefeuille et il a jeté un billet d'un dollar sur le comptoir dans ma direction. « Paye-toi les bières là-dessus, bonhomme », il m'a fait comme ça. Il s'est tourné vers Smut. « Faites pas gaffe à Ox. C'est pas le mauvais gars. Seulement il est un peu pété, et quand il boit, faut toujours qu'il ouvre sa grande gueule. Faut pas le prendre mal. »

Smut est retourné à sa liste sans rien dire. Au même instant j'ai entendu le nickelodeon, alors Hubert Parkerson et son petit lot devaient être en train de danser. Je me demandais comment il allait prendre ça, quand les joueurs de base-ball commenceraient à vouloir lui casser son château de cartes et lui prendre sa souris.

Il avait pas vingt ans, ce Parkerson, mais pour les femmes il en connaissait déjà un sacré rayon. Son père était le superintendant de l'atelier de bonneterie à Corinth, le bras droit d'Henry Fisher. Il gagnait beaucoup d'argent, mais il claquait le plus gros sur Hubert. L'hiver, il l'envoyait généralement à l'académie militaire, où on pouvait à peu près le tenir, mais cette année ils s'étaient fatigués de lui à l'académie, et ils l'avaient renvoyé à Noël. Quand il était à Corinth, Hubert jouait beaucoup au billard à poches, quand il se trimbalait pas en voiture de sport. Mais son activité principale, c'était encore de courir les filles. A tel point que chaque fois qu'une fille se faisait engrosser à Corinth, on lui mettait ça sur le dos. Pourtant Hubert il mettait pas en cloque n'importe qui. Seulement les filles issues de familles sans influence politique ni position sociale élevée ; quand la fille commençait à enfler, il lui donnait juste un petit chèque et lui disait d'aller se faire voir. Une fois, il avait dix-huit ans à peu près, il fricotait avec Rosalie McCann, et elle s'est retrouvée dans le pétrin habituel. Tom McCann, son paternel, c'était une tête chaude ; et il s'est mis dans la tête de forcer Hubert à l'épouser. Mais Tom était gardien de nuit à l'atelier de bonneterie. A peine il a commencé à faire des histoires, comme quoi Hubert allait devoir épouser sa fille, que le père à Hubert il a convoqué Tom dans son bureau et lui a dit de la mettre en veilleuse et d'oublier tout ça, faute de quoi il se retrouverait très vite dehors à chercher un autre emploi. Tom McCann a pris l'argent que les Parkerson lui ont donné, et il a envoyé Rosalie quelque part faire son bébé. C'est qu'il avait pas que Rosalie à nourrir comme enfant.

Hubert je sais vraiment pas ce qu'il avait pour que les filles raffolent de lui comme ça. Il était grand et un peu gras. Il avait des cheveux noirs bouclés, et une grosse bouille comme une cuvette, toute couverte de taches violettes. Je suppose qu'une des raisons qui le rendaient populaire auprès des filles, c'est qu'il était assez culotté pour essayer ce qu'il essayait.

C'est vers ce moment-là que Badeye est ressorti des toilettes, où il venait de séjourner en conséquence des deux jours passés à expérimenter bière, porto et gniole maison. Il était plus pâle qu'à l'ordinaire, mais je savais qu'il irait mieux dès qu'il arriverait à descendre une canette. Sam était parti, et Matt était dans la cuisine, alors j'ai été voir au dancing si Hubert et son petit lot avaient besoin de rien.

Hubert et la fille dansaient toujours. Le surnom de la fille c'était Half-Pint*. Ox et Thurlow étaient à une des tables, et à les voir on aurait dit qu'ils voulaient juste passer le reste de la nuit à parler base-ball.

La petite instite regardait Hubert Parkerson, l'air d'espérer qu'il serait aussi dangereux qu'on lui avait dit. Quelque chose chez elle me faisait penser à la poulette qui court pour échapper au coq, mais pas tout à fait aussi vite qu'il faudrait tout de même. Tout en dansant ils s'étaient rapprochés de la table à Ox et Thurlow. Thurlow a ajusté sa cravate et s'est

* *Half-Pint*: demi-portion.

levé de la banquette. Ox s'est pris le menton au creux d'une main pour regarder le spectacle.

Thurlow s'est approché d'eux en roulant des mécaniques, et il a tapoté Hubert Parkerson sur le dos. Parkerson a virevolté et s'est éloigné sur la piste. Il a regardé la fille de haut. « Mon chou, tu trouves pas que Smut Milligan il pourrait quand même donner un coup de Flit dans sa boîte de temps en temps ? J'ai un insecte qui vient de se poser sur mon dos. »

Thurlow a rattrapé Hubert, et cette fois-ci il lui a flanqué une tape dans les reins. « Pardon, mon vieux. »

Hubert lui a jeté un œil par-dessus son épaule.

« Sûr, je te pardonne, l'ami. Mais que ça se reproduise pas.

— Je suis en train de couper, mon vieux », Thurlow a dit en essayant de se mettre devant Hubert.

Hubert a fait virevolter la fille en faisant un pas de côté. « C'est ce que tu crois. Retourne donc à ta table un moment jouer troisième base. »

Thurlow devait être troisième base dans son équipe. Hubert était deux fois plus costaud que lui. Thurlow il s'est découragé et s'en est retourné retrouver Ox à leur table. Je l'ai suivi.

Thurlow s'est assis en face de Ox, qui rigolait.

« T'as décidé de laisser passer cette danse, c'est ça ?

— Il en a fait toute une histoire, pour jouer au dur. Moi au lieu de chercher les coups avec lui, je préfère laisser tomber. Elle est pas si bien fichue que ça, en plus, quand tu la regardes de près. » Là-dessus, Thurlow a craché par terre sous la table.

« Moi y me paraît pas si terrible que ça. Passe-moi ta cravate, faut que je soye présentable, si je veux danser. » D'un coup sec Ox a arraché la cravate du col de Thurlow, et il s'est levé. Tout en mettant la cravate il a traversé la piste, et arrivé à Hubert il l'a tapé dans le dos. J'ai suivi.

« Pardon, mon pote, mais je crois que cette danse est à moi. » Ox ajustait son nœud de cravate en tortillant du cou.

Hubert a encore fait un pas de côté et a fait virer la fille sur la droite. « Danse, alors, te gêne pas pour nous. »

« Comme si j'allais me gêner », Ox a fait comme ça ; et il a écarté Hubert de la fille en le poussant.

Ox a pris la fille et s'est mis à danser avec elle. Effrayée, elle suivait Ox, la bouche grande ouverte comme un piège à mouches. Hubert est resté planté là une seconde, et puis il s'est ramassé sur lui-même comme un chat sauvage et il a plongé sur Ox.

Il l'a chopé autour des cuisses et ils sont tombés tous les deux. La fille est partie dinguer sur la piste, et s'est retrouvée un peu plus loin à plat comme un carrelet. Hubert a retourné Ox avant qu'il sache ce qui lui arrivait. Il a commencé à l'étrangler.

Il a pas été bien loin avec sa prise. Ox était costaud, et il s'est relevé d'une seule poussée en se retrouvant avec Hubert dans les bras. Il a tenu Hubert de la main gauche, et de la droite il lui a envoyé un ramponeau. Hubert a giclé sur le parquet et sa tête est venue cogner une des banquettes.

Smut Milligan avait dû entendre le barouf, parce qu'il s'est ramené en courant juste à ce moment-là. « De quoi ? De quoi ? » qu'il faisait.

Hubert a pas dû se faire grand mal en se cognant comme ça, parce qu'il s'est aussitôt précipité sur Ox. Mais Ox l'a accueilli avec une autre mandale et Hubert est allé balayer la piste encore une fois.

Smut a saisi Ox par les épaules. « Arrête ça. Pas de bagarre ici. »

Ox s'est retourné aussitôt et a frappé Smut en plein sur la bouche. Sa lèvre saignait un peu. Smut a eu l'air surpris. Ensuite il a ouvert la bouche avec un petit sourire en coin. « Okay », il a fait, et il en a fichu une bonne à Ox juste au creux de l'estomac. Ox s'est pris le ventre à deux mains, et c'est là que Smut lui en a balancé une magistrale au menton. Ox s'est écroulé comme un cochon à l'abattoir. Fin du combat.

Smut haletait un petit peu. Il s'est essuyé la bouche avec son mouchoir. «Emmène-le se coucher», il a fait à Patte-Gauche. «Je voulais pas le frapper, mais il commençait à faire trop de chahut.»

Ox s'est relevé en jurant à ce moment-là, mais il était encore un peu sonné. Patte-Gauche et Thurlow l'ont emmené dehors et ils sont rentrés à leur hôtel.

Hubert avait un peu morflé, et sa figure était toute sale, d'avoir lavé par terre comme ça. Il avait pas exactement l'air d'un héros. Mais la petite instite était sur la piste auprès de lui à lui essuyer la figure, et elle le regardait comme le Défenseur de la Foi en personne. Probable que Smut allait encore louer une cabine ce soir-là.

Il était onze heures passées, avec tout ça, et il n'y avait plus personne d'autre dans la boîte. Je suppose que Smut était sur le point de partir quand la bagarre avait éclaté, mais à présent il avait la lèvre en sang et tout enflée. Fallait qu'il aille se nettoyer à la cabine avant de partir. Je l'ai accompagné pour aider Hubert Parkerson à se refaire une beauté. On a laissé la fille au comptoir, aux bons soins de Matt Rush et Badeye.

Hubert était sale comme tout. Il s'est lavé la figure et je lui ai mis de la teinture d'iode sur le cou, là où c'était écorché. Smut a lavé le sang de sa lèvre et s'est examiné dans la glace.

«M'a pris par surprise, le salaud», Hubert faisait pendant que je lui époussetais le dos de sa veste. «Mais t'inquiète pas, je l'aurai. Il a pas le droit de venir ici et faire des coups pareils.

— Ouais, Smut a dit, ça se fait pas de chercher la bagarre contre un gars qu'est avec sa poule.

— Oh, c'est pas spécialement ma poule. Half-Pint j'en ai rien à foutre. Je veux juste tirer ma crampe, c'est tout. Mais il peut pas venir de l'extérieur comme ça et faire des coups pareils à Corinth. » Il se touchait l'œil là où ça commençait à enfler un peu – Ox l'avait frappé sur le côté de la tête la dernière fois. « Au fait, Smut, combien tu prends pour une cabine ?

— Un dollar. »

Hubert a sorti un dollar de sa poche et l'a donné à Smut. « Laquelle je prends ?

— La dernière près du bois. Elle est pas fermée, mais la clé est dans le tiroir de la table, si tu veux fermer. Personne t'embêtera.

— Je voudrais pas que ça se sache. Elle est maîtresse d'école, tu sais ce que c'est.

— Elle pourrait être présidente du D. A. R*, pour ce que j'en ai à foutre. Mais te bile pas. J'ai pas plus envie que ça s'ébruite que toi. »

Hubert est reparti au roadhouse, et Smut était pour y aller aussi, mais il s'est arrêté à la porte. « Dis donc, Jack, t'aurais pas vu la clé de mon casier, par hasard ?

— Comment qu'elle est ?

— Petite clé. Plate. Avec trois encoches dessus.

— Pas vue, non.

— Garde un œil ouvert et tâche de me la trouver, tu veux ? J'ai besoin de l'ouvrir, ce casier, et je l'aurais lourd d'avoir à limer le cadenas. »

Smut est remonté au roadhouse, mais moi je suis resté dans la piaule. Smut m'avait dit que Badeye et Matt resteraient jusqu'à minuit ou minuit et demi, et qu'ils fermeraient tout seuls. Quand cinq minutes plus tard j'ai entendu le camion

* Daughters of the American Revolution, organisation ultra-conservatrice.

s'en aller, je savais que Smut aurait d'autres chats à fouetter cette nuit-là. Ensuite j'ai entendu la voiture à Hubert qui partait. Je suppose qu'il a descendu un petit bout de Lover's Lane et qu'ensuite il a fait demi-tour par le chemin de terre qui arrivait juste derrière les cabines. Sans doute que c'était nécessaire de faire toutes ces simagrées pour faire croire à la fille qu'ils trompaient leur monde.

Donc le chemin était libre, et je me suis aussitôt mis à chercher l'argent. J'ai fouillé partout dans la piaule, les matelas, les tiroirs de la commode, dans la douche. Partout sauf dans le casier à Smut, qui était bouclé. De toute manière, à mon avis il l'aurait jamais mis dedans. Il aurait pu, remarquez, mais il savait aussi que je pouvais prendre une hache et forcer le cadenas en un rien de temps. En désespoir de cause je suis sorti fouiller sous la cabine, mais j'avais peur d'utiliser la torche électrique là dehors.

Je suis rentré dans la piaule et je me suis mis à cogiter, où est-ce que je planquerais l'argent si j'étais à sa place. Tout en ruminant ça, je suis allé dans le coin-douche avec l'intention de me raser, histoire de pas faire qu'une chose à la fois.

J'avais plus de lame dans mon rasoir, alors j'ai pris celui à Smut. Mais une fois que j'ai commencé à me raser, j'ai vu que sa lame coupait comme une doloire, alors je me suis mis à la recherche d'une lame neuve. J'ai tâté à l'aveuglette au-dessus de l'armoire à pharmacie, et je suis tombé sur le paquet dc lamcs. Jc l'ai pris et quelque chose est tombé par terre.

C'était une clé plate, et j'ai tout de suite pensé à celle que Smut avait égarée. Avec la serviette j'ai rincé la mousse que j'avais sur la figure et je suis retourné dans la piaule ouvrir le casier à Smut.

J'ai enlevé le premier niveau et j'ai fouillé dedans. Rien qu'une demi-douzaine de jeux de cartes avec les petits losanges derrière, et une paire de ciseaux tout courts que Smut utilisait pour biseauter les cartes. Une fois il m'a dit qu'une paire de ciseaux comme ça, ça coûtait soixante-cinq dollars.

Smut avait des chemises et des sous-vêtements au fond du casier. Il avait une bouteille de White Horse aussi, et une enveloppe avec une autre petite clé dedans, mais pas d'argent.

J'ai remis le premier niveau en place et j'ai fermé le casier. Ensuite j'ai remis la clé où elle était et j'ai fini de me raser.

Après ça je suis sorti jusqu'au garage et j'ai fouillé là-dedans, dans le noir; je voulais faire le roadhouse aussi, mais Johnny Lilly était dans la cuisine, et j'osais pas m'y risquer. Finalement j'ai abandonné la partie et je suis allé me coucher.

Une fois couché, j'ai pas très bien dormi. Je faisais des rêves pas possibles, et finalement j'ai fait un cauchemar où je croyais que j'étais éveillé, mais je pouvais plus sortir de mon lit. Une fois surmontée la paralysie que m'avait flanquée ce cauchemar, j'ai sorti mes jambes du lit et je me suis assis. C'est là que m'est venue une autre idée.

Je suis allé chercher la clé sur l'armoire à pharmacie et j'ai ouvert le casier. J'ai pris l'enveloppe au fond, et la clé qui était dedans. Avec ça j'ai ouvert le cadenas du sac noir à fermeture Eclair que Smut gardait sous la commode.

Il y avait un exemplaire du *Charlotte News* au-dessus. L'argent était dessous. Il était encore en liasses, par dénomination de billets, avec les élastiques autour. J'étais en train de sortir une des liasses quand j'ai senti que j'étais pas seul dans la pièce. J'ai levé les yeux. Smut Milligan était debout dans l'entrée.

17

Smut était contre la porte, les mains sur les hanches. Il souriait, les yeux presque clos, les lèvres pressées l'une contre l'autre. Comme on sourit à un môme qui serait sur le point de trouver la solution d'un problème pas commode.

« Tu te réchauffes, là, Jack. En fait, tu brûles. Tu brûles comme l'enfer. »

Je me souviens d'avoir essayé de me mouiller les lèvres avec ma langue sèche. Derrière moi les fenêtres étaient fermées. Smut était entre moi et la porte. Il avait l'air immense comme ça dans la lumière, contre l'obscurité dehors.

Smut avait toujours son sourire plaisant.

« Je suppose que t'avais l'intention de filer avec l'argent », il a fait. Il souriait plus, et il a fait un pas vers moi. J'étais toujours à genoux près du sac.

« T'aurais perdu ton temps, d'ailleurs. Je t'aurais toujours rattrapé pour te balancer aux busards, dans un marais quelconque.

— Tu causes dur, j'ai fait.

— Je peux agir dur aussi, s'il le faut. » Il était à un mètre de moi.

« Je veux seulement ce qui me revient, j'ai dit.

— C'est bon, putain, alors viens que je te le donne ! » Et là Smut s'est jeté sur moi.

J'ai essayé de me redresser, mais il m'a atteint avant que je puisse le faire. Il m'est tombé dessus de tout son poids. J'ai bien essayé de lui griffer les yeux, mais il a commencé à m'étrangler, et bientôt mon seul problème était de chercher comment j'allais respirer encore un coup. Je commençais à voir du noir tout autour, quand finalement j'ai réussi à dégager mon genou et à lui filer un grand coup dans le bas-ventre. Et j'ai pas dû y aller à regret. Il m'a lâché la gorge en grognant. J'ai respiré un peu, et je l'ai frappé au même endroit. Il a roulé sur le côté.

Je lui avais fait mal, c'est entendu, mais je me sentais pas mieux pour ça. J'ai reculé dans un coin et je me suis placé derrière la seule chaise qu'il y avait dans la piaule. S'il recommençait son cirque, j'avais l'intention de m'en servir autrement que pour m'asseoir dessus.

Smut avait mal au cœur. Il a craché par terre et s'est tourné vers moi. « Saloperie, t'auras besoin d'autre chose que ton genou dans pas longtemps, tu vas voir ça.

— Je pouvais pas faire autrement, j'ai dit. C'était ça ou tu m'étranglais. Mais si tu recommences, j'ai cette chaise, là. »

Smut s'est relevé. « Fous-moi le camp d'ici », il a dit.

J'ai reculé jusqu'à la porte avec la chaise. Je suis sorti dans la cour. Il faisait nuit noire, avec du vent comme il y en a au printemps avant un orage. Je suis allé dormir dans la cabine à côté de celle à Smut. Une fois dedans, j'ai verrouillé la porte et fermé les fenêtres.

18

Le lendemain matin quand je suis monté au roadhouse, j'ai même pas pris la peine d'aller à la cuisine. J'avais pas faim et j'avais plein de choses en tête. Je savais que Smut essayerait de me faire partir. Mais j'étais déterminé à rester. J'en savais trop sur lui pour qu'il puisse se permettre de me mettre à la porte si je voulais rester. Il allait planquer l'argent autre part, ça, ça ferait pas de plis, mais j'étais plus que jamais convaincu qu'il avait la trouille de le mettre à la banque. Je me disais que j'avais une chance de trouver l'argent, et j'étais prêt à courir le risque d'être servi en pâtée aux busards. Tôt ou tard ce seraient les busards, de toute manière, ou les asticots. Je me fichais bien que ce soit l'un ou l'autre.

J'ai pris un balai et j'ai commencé à nettoyer la salle de restaurant. Au bout d'un moment, Dick Pittman est venu de la cuisine s'asseoir au comptoir. Il avait le journal et il m'en a offert un bout. Mais je lui ai dit qu'il pouvait le garder en entier. J'étais pas trop intéressé par ce qui se passait dans le monde, ce jour-là.

Vers huit heures Smut s'est amené. S'il était surpris de me voir, il ne le montrait pas.

« Salut, les gars, il a fait.

— Salut », Dick a fait.

Smut s'est assis à côté de Dick et il a allumé une cigarette. Moi je balayais sous les tables. Smut me regardait du coin de l'œil. Finalement il a demandé : « Comment ça va, Jack ?

— On fait aller. »

Smut s'est adossé au comptoir et il a regardé par terre, comme s'il réfléchissait à quelque chose. J'ai terminé de balayer sous les banquettes et j'ai fait un petit tas au milieu du plancher avec la poussière et les saletés. Dick a fini ses bandes dessinées et il a jeté le journal sur le comptoir. Smut l'a regardé. « T'as beaucoup à faire ce matin, Dick ?

— Pas vraiment.

— Si tu me lavais le camion ?

— Bon. » Dick avait quand même l'air surpris. « Six mois que je suis ici, et j'ai jamais vu ce camion lavé, pas à ma connaissance. Et pis d'abord laver un pick-up ça sert pas à grand-chose.

— Faut le laver.

— Bon. Passe-moi les clés. »

Smut lui a donné les clés et Dick est sorti. Aussitôt Smut s'est tourné vers moi. « Où t'as dormi, hier soir ?

— Dans la cabine à côté de la tienne », j'ai dit.

Smut a pris une autre cigarette et il s'est mis à la tasser contre le comptoir. « Ecoute, Jack. La chose à faire pour toi, c'est de prendre tes affaires et dégager.

— Tu crois que tu peux te passer de mes services ?

— C'est ça. Faut que tu t'en ailles, il a fait sans me regarder.

— Je peux pas. Je me plais bien ici. C'est comme chez moi, cette taule.

— Si tu décampes pas en vitesse, ton chez-toi ça va être l'enfer.

— T'aurais pas les couilles de le faire, j'ai dit.

— T'inquiète pas pour ça. » Il m'a jeté un regard dur comme la pierre. J'étais dans ses pattes, à présent, et il commençait à plus pouvoir me sentir ; à me haïr, même, jusqu'à l'âme. Chose qu'il avait jamais ressentie pour Bert Ford.

« Tu peux pas te passer de moi, j'ai fait. Je t'ai entendu une fois dire au shérif que j'étais le seul à connaître suffisamment l'affaire pour faire tourner la boîte. »

Smut s'est posé le menton au creux de la main, comme s'il faisait des tas de calculs dans sa tête. « Pour ça on peut pas dire. T'en connais pas mal sur mes affaires. »

Il est resté là avec sa main sous le menton, et il a plus rien dit. Moi j'ai été chercher la pelle à poussière dans la cuisine.

Quand je suis revenu, Smut était en train d'allumer une nouvelle cigarette à celle qu'il venait de finir. Il m'a regardé droit dans les yeux.

« C'est bon, Jack. Tu peux rester, au même salaire. »

Comme j'ai rien dit, il a continué : « Quand on aura une minute dans la journée, on ira à la piaule mettre tes affaires dans la cabine où t'as dormi ce soir. Si on te demande pourquoi, t'auras qu'à dire que je t'empêche de dormir avec mes ronflements.

— Bon », j'ai fait.

Smut s'est levé et il est parti vers la porte. Mais arrivé là il s'est ravisé et il est retourné où j'étais. « Seulement je te préviens : pas d'embrouilles. Si tu remets ça avec les embrouilles, tu sors d'ici les pieds devant. J'ai rien oublié de ce qui s'est passé cette nuit.

— Moi non plus », j'ai dit.

Smut est sorti, et avec mon balai j'ai mis les saletés dans la pelle, et j'ai été jeter le tout dans la boîte qu'on utilisait pour les ordures. Ensuite j'ai été me chercher une bière dans la glacière. Juste à ce moment-là Smut est rentré s'asseoir au comptoir. Il tenait pas en place ce matin.

J'ai ouvert ma bière et je commençais à la boire, debout derrière le comptoir, quand Badeye Honeycutt s'est ramené de la cuisine et s'est posé à côté de Smut.

« C'est qui le nouveau négro avec Rufus, dans la cuisine ? Badeye a demandé à Smut.

— Nouveau nég... ? Oh, c'est Garfield York. Il va bosser à la cuisine à partir de maintenant. »

Smut a fait le tour du comptoir et s'est mis à faire du rangement dans les bouteilles de vin.

« Il travaillait pas pour Henry Fisher, à Corinth ?

— Je crois que oui. » On voyait bien que Smut avait pas envie de causer, ce matin.

« Garfield York. Y serait pas le gars à Bish York ?

— C'est ça. » Smut a tiré sur le bouchon d'une bouteille de vin à moitié pleine, et il en a bu un petit peu.

« Je croyais que c'était un négro avec de l'instruction, Garfield York. Il a pas été à l'université, même ? »

Smut a repris encore un peu de vin. Il a rebouché la bouteille et l'a reposée sur l'étagère. « Il a de l'instruction, sinon je l'aurais pas engagé. Mais c'est rien, que ça. Quand j'étais en Californie, je bossais dans une taverne avec un gars qu'avait sa licence et qu'était membre de Phi Beta Kappa. Et il servait les voitures, dehors. »

La bouteille de bière m'avait ouvert l'appétit. Alors je suis passé à la cuisine manger un morceau. Rufus m'a arrangé ça, et je me suis mis à table près du réfrigérateur. Le nouveau négro était en train de laver par terre.

C'était un long négro tout mince, avec une grosse tête et des grandes mains. Ses cheveux étaient crépus, mais il commençait à se déplumer. On voit moins souvent de chauves chez les nègres que chez les blancs, alors ça lui donnait un air bizarre. Les pantalons qu'il portait étaient trop courts d'au moins six pouces, mais ça c'était à son avantage pour patauger, quand il passait la serpillière.

« Alors, Garfield, ça va comme tu veux ? » j'ai fait.

Il m'a regardé, l'air surpris que je connaisse son nom. Il savait sûrement pas le mien.

« Bonjour, ça va très bien, merci.

— Je croyais que t'allais à l'université. Ou alors t'as terminé au printemps ?

— Non monsieur, je n'ai pas terminé. Juste fait deux ans et le premier trimestre cette année. A Noël je suis tombé à court d'argent et il a fallu rentrer.

— C'était bien à Culpepper que t'étais comme université, non ?

— Non monsieur. Cool Springs College. » Sur ce, il est retourné à sa serpillière.

J'avais vraiment les crocs, alors j'ai fini ce que j'avais dans mon assiette. Ensuite j'ai allumé une cigarette en examinant le nouveau négro plus attentivement.

« C'est pas toi qui travaillais chez M. Henry Fisher à Corinth, Garfield ? »

Garfield s'est arrêté et s'est appuyé sur le manche du balai-brosse. Rufus était en train de faire une fournée de petits pains, et il a regardé Garfield l'air de dire qu'il ferait mieux de continuer son travail.

« Ça fait bien... cela fait deux ans que je ne travaille plus pour M. Henry Fisher, Garfield a fait comme ça. Lorsqu'il a appris que j'allais au collège il n'a plus voulu de moi pour travailler chez lui l'été. Il n'est pas partisan de l'éducation pour les gens de couleur. »

Rufus m'a regardé. Ensuite il a regardé Garfield. « Ça t'en sais rien, Gar. C'est juste ton imagination. Tu ferais mieux de finir de laver par terre. »

Garfield s'est remis au travail, mais en prenant son temps.

« Je n'ai pas réussi à trouver beaucoup de travail, depuis deux ans. J'ai quand même travaillé chez monsieur Charles cet été.

— Charles Fisher ?

— Oui monsieur.

— Comment c'était, de travailler pour lui ?

— Cela me plaisait beaucoup. Je préfère travailler pour lui que pour monsieur Henry. Mais je travaillais seulement de temps en temps, dans la cour. Monsieur Charles faisait des rénovations dehors, il s'est fait faire une rocaille dans le jardin. Quand on a terminé ça c'était l'automne, temps pour moi de retourner au collège. Et à Noël quand j'ai dû arrêter l'école, monsieur Charles m'a dit qu'il n'avait rien pour moi.

— En quoi tu le préférais à son paternel ? Il te payait mieux ? »

Garfield s'est de nouveau arrêté de travailler ; il s'est assis sur la table à côté de la mienne. « Il paie plus. Et puis il jure pas après vous comme monsieur Henry ; il vous insulte pas.

— Et sa femme, comment tu la trouves ? »

Rufus a regardé Garfield. Mais Garfield faisait pas attention à lui. « Elle est très bien comme dame. Mais je ne pense pas qu'ils s'entendent très bien. Elle ne l'aime pas.

— Tiens donc.

— Enfin, c'est ce que Mozelle dit, en tout cas.

— Mozelle ?

— Mozelle Turner. La bonne chez les Fisher. Mozelle elle me disait toujours ce qu'il en était. Ma'ame Fisher, son mari elle s'en fout, qu'elle disait, et d'après Mozelle il s'en apercevait.

— Gar, tu devrais finir de laver », que Rufus lui a dit.

Garfield s'est remis à frotter par terre, mais question rendement il était pas négro pour rien. Genre un mètre carré à l'heure.

« Alors d'après toi, elle l'a épousé que pour son argent ? j'ai remis ça.

— Tout ce que je sais c'est ce que me dit Mozelle. Mozelle dit qu'un matin, l'été dernier, ils prenaient leur petit déjeuner – ils le prennent toujours drôlement tard, des fois il est neuf heures passées quand ils s'y mettent – et monsieur

Charles lui a dit comme ça qu'elle ne l'avait épousé que pour son argent. Mozelle dit que ma'ame Fisher a pas essayé de dire le contraire. Elle a juste haussé les épaules, le matin que je vous cause, et elle s'est resservi une tasse de café.

— Je parie qu'il devait l'avoir drôlement sec. »

Garfield a poussé son balai-brosse d'environ un demi-pouce sur le sol. « Mozelle dit qu'il s'est levé de table et qu'il est sorti. Elle dit qu'un peu plus tard quand elle est montée faire la chambre, il était étalé de tout son long en travers du lit. Elle dit que monsieur Fisher 'l pleurait.

— Faut-y qu'y soit toqué d'elle, quand même.

— Il en est fou, et jaloux d'elle comme c'est pas permis. Mozelle dit qu'ils se chamaillent sans arrêt parce qu'elle ne veut pas l'accompagner quand il voyage.

— Garfield, t'as pas bientôt terminé de laver par terre ? » Rufus a dit.

Garfield s'est mis à brosser sous le fourneau.

« Même qu'elle a dit à Mozelle une fois qu'elle était bien contente quand il partait. Elle dit que ça lui fait des vacances, quand il est pas là. Elle dit qu'elle peut se payer plus de bon temps à Corinth sans lui qu'à New York avec lui.

— Drôlement froide, la cliente.

— Moi elle me traitait toujours bien, mais elle a de l'eau glacée dans les veines. »

Ce coup-ci Rufus s'est sorti les mains de la pâte et il s'est essuyé. Il a secoué son tablier et un petit nuage de farine lui est monté à la figure. Il avait eu sa ration de ragots pour la journée.

« Garfield York, tu vas me faire le plaisir de frotter ce bon dieu de pavé ! » il s'est mis à beugler.

Je suis retourné par-devant et j'ai discuté le bout de gras avec Badeye. Deux minutes après, Catfish s'amenait par-derrière. Ce jour-là il apportait une pleine cargaison de gniole maison, et je crois qu'il venait juste de décharger. Il avait une cigarette à la bouche, mais quand il nous a rejoints il l'a jetée par terre de toutes ses forces, on aurait dit qu'il jetait une pierre à un serpent.

« J'ai tellement fumé de cette saloperie de tabac au rabais, moi j'en peux plus. Ça pique vous pouvez pas savoir, j'ai la langue tout acide. Du Quince Ilvert, c'est ça que je veux.

— Tu veux du quoi ? Badeye a fait.

— Donnez-moi une boîte de Quince Ilvert.

— De quoi qui cause, bordel ? Badeye a demandé.

— Il veut une boîte de Prince Albert, j'ai fait.

— Alors pourquoi qu'il le dit pas, bordel ?

— C'est ce que j'ai dit, Catfish a dit.

— Pourquoi que t'apprends pas à causer anglais, d'abord ? Dans ce pays c'est l'anglais qu'on cause. Tu devrais arrêter de baragouiner ton patois, nom de Dieu. » Là-dessus, Badeye est allé lui chercher sa boîte de tabac. « Pourquoi que tu prends pas des leçons de grammaire avec le nouveau négro qu'on a à la cuisine ? Un négro 'duqué, à ce qu'on m'a dit.

— Oh, Gar il est pas méchant, Catfish a fait. L'est peut-être rien qu'un négro, mais l'a de l'instruction. Eduqué comme tout, ce gamin. » Là il m'a regardé comme s'il attendait que je mette mon grain de sel sur Garfield.

« Bien informé, en tout cas », j'ai dit.

19

Un peu avant midi, Smut est revenu au roadhouse et s'est entretenu de quelque chose avec Catfish. Ils se sont mis à une table à l'autre bout de la pièce, et comme moi j'étais assis près de la porte je pouvais pas entendre ce qu'ils disaient. Probablement quelque chose à voir avec la gniole qu'ils faisaient, ou avec l'ardoise que Catfish avait chez Smut. Au bout d'un moment Catfish est sorti jusqu'à sa voiture et il est parti. Smut s'est amené.

« C'est le moment d'aller à la cabine », il a fait.

On y est allés. En arrivant, j'ai vu que Smut avait mis un verrou à la porte, qui ressemblait fort à celui qu'il avait sur la porte du garage. Il a sorti son trousseau de clés, il a pris la bonne et il a ouvert.

« Prends tes affaires et va les porter dans la cabine d'à côté », il a fait.

Presque tout mon barda était dans ma malle ; il m'a pas fallu longtemps pour ramasser mes autres possessions et les bourrer dedans aussi. J'ai fait claquer les fermetures, j'ai hissé la malle sur mes épaules et je suis sorti. Smut me suivait. Dès qu'on est sortis, il a bouclé la porte comme il faut.

« Oublie pas, Jack, c'est fini de jouer les détectives par ici. Si tu veux vivre et prospérer, tu ferais aussi bien d'oublier ce pognon. Là où il est caché, tu le trouverais pas en cent ans. »

Je me suis tourné et je l'ai regardé, mais sans rien dire. Il faisait sauter son porte-clés dans sa main. Finalement il l'a mis dans sa poche.

« Ce serait une perte de temps pour toi de le chercher. Et pis, à partir de maintenant, ce sera dangereux aussi. » Sur ce, il est remonté au roadhouse. Je suis entré dans l'autre cabine.

Je suis monté au roadhouse moi aussi un peu après midi. Il y avait une Plymouth grise couverte de poussière garée devant les pompes. C'était la voiture du shérif, et Smut Milligan était assis à l'avant avec lui. Je me demandais ce qu'ils pouvaient bien se raconter, mais là où ils étaient je pouvais pas écouter aux portes.

Je suis entré par-devant. En me voyant arriver, Badeye est passé dans la cuisine pour casser la croûte. Je me suis assis près de la fenêtre, d'où je pouvais observer Smut et le shérif. C'est le shérif qui avait l'air de causer pour deux. Toutes les cinq minutes il sortait la tête par la fenêtre de son côté de l'auto pour lâcher une traînée de jus de chique. Smut restait assis de l'autre côté, et il fumait des cigarettes.

Moi j'aurais bien voulu que le shérif dise quelque chose à Smut qui le fasse dégager d'ici un petit moment cet après-midi. J'en étais arrivé à un point, j'aurais tenté n'importe quoi. Dès que Smut aurait le malheur de prendre le camion et de s'absenter un moment, j'avais bien l'intention d'aller voir en douce dans sa cabine, même s'il fallait casser quelque chose. Le seul moyen c'était de casser un carreau, mais ça prenait pas beaucoup de temps. Seulement je me disais qu'il avait peut-être mis le verrou exprès pour me faire marcher. Dans la piaule les endroits où il pouvait le planquer ils étaient pas bien nombreux, et Smut c'était pas le genre de gars qui avait beaucoup d'imagination pour ces choses-là.

Finalement le shérif a ouvert la portière de son côté et il est descendu. Il a fait quelques pas en direction des pompes, histoire de se dégourdir. Smut a fait la même chose. Il a dit quelque chose au shérif. Le shérif a hoché la tête, et il est remonté en voiture. Il a mis le contact et il est reparti en direction de Corinth. Smut Milligan est rentré au roadhouse.

Smut tenait pas en place. Et que je m'assois au comptoir. Et que je me relève. Et que je m'en vais à la cuisine. Moi je suis sorti m'asseoir sur le banc à gauche de l'entrée. Au bout d'un moment Smut est venu s'asseoir sur le banc de l'autre côté de l'entrée. Il mangeait un sandwich.

Smut et moi on est restés assis comme ça près d'une heure sans se dire un mot ou presque. Juste assis les jambes croisées sur nos bancs respectifs, à regarder le bois derrière Lover's Lane.

Si seulement Smut avait pu aller voir un match à Corinth, ou faire deux trois parties de billard à l'Elite. Et puis voilà qu'une voiture qui ressemblait à celle de Lola Fisher a déboulé dans le tournant au-dessus des cabines.

C'était bien Lola. Elle est passé devant le roadhouse en klaxonnant et en faisant signe à Smut. Il a répondu de la main en rigolant.

Ça sortait pas trop de l'ordinaire, qu'elle fasse ça, et j'y pensais déjà plus. Mais dix minutes plus tard la voilà qui remet ça dans l'autre sens. Ce coup-ci Smut a levé la main en faisant oui de la tête. Lola avait comme qui dirait ralenti, mais quand Smut a fait ça elle est repartie vers Corinth à fond la gomme. Elle faisait bien du cent trente quand elle a disparu.

Smut s'est levé pour aller à sa piaule, mais je suis resté devant une bonne partie de l'après-midi.

J'étais content que Lola soit passée. Je me disais que c'était peut-être un signal entre eux, pour dire que le mari était parti en voyage. En fait, j'avais aucune preuve qu'il se soit passé la moindre chose entre elle et Smut depuis son mariage avec Fisher. Juste une idée que j'avais. Mais si c'était bel et bien un signal, alors ça faisait pas un pli que Smut allait passer le plus gros de la nuit dehors. Et quand il reviendrait de son rencart, il en serait de douze mille dollars. Du moins j'y comptais bien.

Pendant que j'étais là à examiner la situation, j'ai repensé à la vieille berline que Smut utilisait pour planquer sa gniole.

Il avait acheté la voiture à la casse de Corinth. Dix dollars, je crois qu'il avait payé. Elle avait plus de roues, mais de toute manière personne aurait eu l'idée de rouler avec. Elle avait encore les vitres intactes, alors on pouvait boucler les portières. Smut gardait généralement l'arrière plein de gniole. Avec la gniole maison il fallait qu'il fasse plus gaffe qu'avec le whisky gouvernement. Personne pouvait l'inquiéter pour le whisky gouvernement avec les taxes payées dessus, à part les flics du comté, et ceux-là il les arrosait. Il pouvait s'arranger avec eux aussi pour la gniole qu'il fabriquait, mais pas les fédéraux. C'est pour ça qu'il avait acheté la vieille berline. C'était une Studebaker de dix-neuf cent vingt-quatre, et sans doute une sensation en son temps. Mais maintenant elle avait l'air pas mal déglinguée derrière la pile de bois, au milieu des bidons d'huile de vidange, bouteilles cassées et vieux souliers.

A Corinth et dans les environs, Smut Milligan passait pour un gars tout ce qu'il y a de futé. Mais je commençais à avoir mes doutes. C'était le genre à foncer là où personne d'autre osait, et c'est surtout ça qui faisait sa réussite. C'était plus le culot que le ciboulot qui avait amené Smut là où il était. Alors si ça se trouve il était bien du genre à se dire que la berline était une planque idéale pour l'argent.

Tout l'après-midi j'ai fait mes plans. Le premier car qui allait de Salisbury à Blytheville passait le pont vers sept heures et demie le matin. J'irai à l'arrêt du pont et prendrai le car jusqu'à Blytheville. De là, j'avais des correspondances directes pour Charlotte. Arrivé à Charlotte, j'avais que l'embarras du choix. Mais c'est Chicago que j'avais en tête. Je me disais que là-bas Smut pourrait plus me retrouver.

J'ai traîné au roadhouse jusqu'à la nuit. Vers sept heures et demie j'ai été à la cuisine manger un morceau. Mais justement on a eu un client, et j'avais à peine fini de lui rendre sa monnaie qu'un autre a rappliqué. Après ça j'ai eu plein de monde. La façon qu'ils sont venus tout d'un coup ce soir-là, on aurait dit un orage en été.

Huit heures est arrivé, et j'avais drôlement les crocs. Badeye aussi il avait faim. Il a fait une remarque à Smut, comme quoi il aimerait bien qu'on le remplace une minute, le temps de s'enfiler un sandwich. Smut lui a ramené un sandwich de la cuisine et lui a demandé s'il pouvait faire aller avec ça pour l'instant. Badeye a dit oui, et Smut est venu me trouver à la caisse.

« Tu veux que je te ramène quelque chose à manger ? il m'a demandé.

— Un bol de soupe, ouais.

— Quel genre tu veux ?

— Soupe de poulet, soupe de tomate, soupe de légumes, pourvu que ce soit de la soupe. »

Il y a mis le temps, à me ramener ma soupe. Il l'a posée sur le comptoir près de la caisse. J'ai vu que c'était supposé être de la soupe de poulet.

« Jamais vu de soupe de poulet verte comme ça, j'ai fait.

— Peut-être que le poulet avait mangé plein d'herbe avant qu'on lui torde le cou », Smut a dit.

Je me suis jeté sur la soupe. Elle avait un drôle de goût, mais j'avais tellement faim, je pouvais pas faire le difficile.

« On dirait du fiel, cette soupe, tellement qu'elle est amère », j'ai dit à Smut qui était resté près de moi.

« Probablement faite avec un jeune coq qui se faisait de la bile. » Et là-dessus, Smut est retourné par-derrière.

J'ai fini la soupe sans plus y penser. Mais une heure après quand j'ai allumé une cigarette et que j'ai voulu aspirer une bouffée, j'ai bien failli y passer en m'étranglant. J'avais la gorge en feu. Je suis passé derrière me chercher un verre d'eau. L'eau avait rien, mais ça passait pas. Je suis retourné à la caisse, toujours la gorge en feu. J'ai regardé sous le comptoir, à côté de la caisse à pain.

Il y avait toujours eu deux paquets de vert de Paris là en dessous. Smut en vendait du temps qu'il s'intéressait encore aux fermiers. Eux ils diluent ça dans l'eau et s'en servent pour tuer les doryphores sur les patates. Ces deux paquets restaient de cette époque, et une fois j'avais même demandé à Smut pourquoi il les balançait pas. Mais il avait horreur de jeter quoi que ce soit. Ce jour-là il m'a dit de les laisser en place, qu'il trouverait bien le moyen de les bazarder à un péquenot.

Mais ce soir-là le vert de Paris avait disparu. De voir ça j'en ai eu mal au ventre. J'ai fait signe à Badeye de venir à la caisse.

« Je suis malade, Badeye. J'en peux plus. Dis à Smut de mettre quelqu'un à ma place.

— Qu'est-ce que t'as ?

— Mal à l'estomac.

— Prends du bicarbonate.

— Ça servirait à rien maintenant », j'ai dit en partant.

Badeye a encore ouvert la bouche pour répliquer quelque chose, mais un client est arrivé et je me suis précipité dehors.

J'ai vomi un petit peu. Des gens descendaient justement de leur voiture devant le roadhouse. Ils m'ont regardé.

« C'est le caissier qui travaille ici, saoul comme un cochon », j'ai entendu dire une fille.

Je crois que c'était Gyp Ward avec la fille. « Ce gars-là on devrait le virer », qu'il a dit à la fille.

J'ai titubé jusqu'à la cabine des employés. C'était ouvert, et j'ai pris une bouteille de lait de magnésium dans la salle de bains. Ensuite j'ai été à ma piaule.

En me forçant tous les muscles du cou, j'ai réussi à avaler un peu d'eau et une partie du lait de magnésium. C'est pas que ça m'ait fait beaucoup de bien, mais j'avais rien de mieux à prendre. J'aurais voulu un docteur, parce que j'avais peur et mal au cœur, mais personne est venu me voir à la piaule, et j'étais pas en état de marcher jusqu'à la porte.

Au matin je me suis endormi, et il était près de midi quand je me suis réveillé. Je me suis mis debout et je me sentais mieux, mais une fois habillé quand j'ai voulu marcher jusqu'à la porte j'ai pas été fichu de le faire.

Au bout d'un moment Dick Pittman est descendu voir comment j'allais. Il m'a demandé si je voulais quelque chose. J'ai demandé deux œufs crus, comme quoi j'avais l'estomac barbouillé.

Vers dix heures le lendemain je me suis senti suffisamment d'attaque pour m'habiller de nouveau et essayer de monter au roadhouse. Chaque fois que je faisais un pas ça me chavirait en dedans. Mon estomac me faisait mal de temps en temps. Mais ce qui me faisait mal au ventre tout le temps, c'était surtout le fait d'avoir pris deux nuits dans la vue pour ma course au trésor. Ce matin-là j'aurais déjà dû être loin avec le sac noir à Smut Milligan et les douze mille dollars.

20

Smut était tout seul dans le roadhouse, assis au comptoir en train de faire les comptes. Il a levé les yeux quand je suis entré.

« Ça va mieux ?

— Ça peut aller, j'ai dit en m'asseyant à côté de lui.

— Faut faire attention à son estomac, quand vient le printemps. Au printemps il en faut pas beaucoup pour se détraquer l'estomac.

— Juste un petit peu de poison, j'ai fait. Je sais pas encore pourquoi ça a foiré. Si tu m'en as donné trop ou pas assez. Je sais pas ce que t'avais dans l'idée. »

Smut a délaissé ses livres de comptes pour me regarder de nouveau. « Qu'est-ce tu dis, de quoi tu causes, là ?

— Vert de Paris, c'est de ça que je cause. Je sais pas si tu voulais en mettre assez dans ma soupe pour te débarrasser de moi d'un seul coup, ou seulement m'en refiler un peu de temps à autre, histoire de bien me pourrir les tripes graduellement.

— Non mais t'es vraiment cinglé, ma parole.

— Pas cinglé, non.

— Je sais pas de quoi tu causes. » Là-dessus, Smut s'est remis à écrire dans son livre.

« Il y avait deux paquets de vert de Paris sous le comptoir. Juste après la soupe que tu m'as amenée hier soir, j'ai regardé sous le comptoir et le vert de Paris avait disparu. Je sais pas ce que t'as fait du reste, mais je sais foutrement bien que tu m'en as servi une bonne dose.

— Tu débloques complètement. J'ai jeté ce truc-là y a au moins une semaine.

— J'ai pas encore décidé ce que t'avais dans l'idée. T'aurais été idiot de m'en mettre assez pour me buter du premier coup. Ça sent déjà suffisamment mauvais pour toi comme c'est maintenant. Je crois plutôt que t'avais l'intention de me le faire prendre à petites doses, qu'on puisse dire que j'étais mort d'autre chose. D'un arrêt du cœur ou quelque chose. »

Smut a jeté un œil sur l'entrée, voir si personne venait. « Tu parles comme un gamin, je te dis.

— Je suppose que t'as piqué l'idée dans ces saletés que tu lis tout le temps, *Ace Detective Magazine* et tout ça. Tu ferais mieux de pas trop te fier aux recettes qu'ils ont là-dedans. C'est les auteurs qui les inventent, tu sais. »

Smut a refermé son livre de comptes et il s'est levé.

« Je vais pas rester à écouter ces conneries. Je sais pas ce que t'as à l'estomac, mais je sais ce qui te rend malade. La diarrhée, mon pote, tu l'as par la bouche. »

Il a remis le registre sur l'étagère derrière la caisse et il est sorti s'asseoir sur le banc par-devant.

Au bout d'un moment j'y suis allé aussi, sur l'autre banc, et Badeye est venu nous rejoindre dans l'entrée. Badeye avait une montre presque de la taille d'un petit pain de maïs. Il l'a sortie de son gilet pour la remonter.

« Alors, Milligan, ça marche comme tu veux, la médecine nocturne ? »

Smut comprenait pas. « La médecine ?

— Ouais. Je t'ai vu partir l'autre nuit avec un petit sac. Tu trimballais un 'tit sac comme les docteurs trimbalent. Je me suis dit que t'allais peut-être en visite voir une malade. »

Badeye il rigolait tout seul en remontant sa montre. Smut m'a jeté un œil en coulisse. Ensuite il s'est contenté de regarder ses chaussures sans répondre à Badeye.

Sur le coup de deux heures Smut est parti en camion en direction de Corinth. Je l'ai entendu dire à Badeye qu'il allait faire un coup de billard.

Il venait tout juste de partir, que Sam Hall et Matt Rush se sont amenés.

« C'est qu'est Smut ? » j'ai entendu Sam demander à Badeye dehors. Moi j'étais au comptoir, à lire le journal.

« Parti à Corinth faire un coup de billard.

— Parfait », Sam a dit comme ça.

Il est entré, et Matt avec lui. Sam est passé derrière le comptoir et il a sorti une boîte plate comme une petite valise. Il l'a posée sur le comptoir, et il a fait sauter quelques chose, comme un déclic. C'était une machine à écrire portative dans la mallette. Sam s'est assis sur un tabouret devant la machine. Il a sorti une feuille de papier de sa poche de chemise, l'a dépliée et l'a glissée dans la machine.

« Je veux essayer ce truc-là, qu'il a fait Sam. A l'école j'avais commencé d'apprendre, mais j'ai dû m'arrêter au bout d'une semaine. J'avais pas de quoi me payer le manuel. Mais j'ai toujours voulu savoir taper sur ces machins-là. » Sam regardait ses doigts, qu'il avait disposés sur les touches.

« Tiens, c'est comme ça que t'es supposé mettre les doigts », il a fait à Matt Rush qui regardait bouche bée à côté de lui.

Toujours en regardant ses doigts, Sam a tapé sur les touches, lentement et laborieusement. Il tapait son nom. Sam Hall.

« Mince, j'ai oublié la majuscule sur le H.

— A qui c'est, la machine ? j'ai demandé. Savais pas qu'on avait une machine ici.

— C'est Smut qui l'a ramenée de Corinth hier. Le Juif

avait des soldes comme tous les ans, et Smut lui a acheté la machine, et pis des bricoles en plus.

— Un coffre, qu'y s'est acheté, Matt Rush a dit comme ça.

— Un coffre ?

— Oui, a fait Sam Hall, un coffre-fort pour garder l'argent. C'est celui du Juif. Le Juif il s'en va pour de bon.

— Et il est où, ce coffre ?

— Dans la piaule à Smut. Il pensait le laisser ici, mais il s'est dit que c'était dangereux. A partir de maintenant, qu'il a dit, quand il fermera le soir il prendra la recette avec lui dans la cabine, histoire de rester avec. Je te jure, à le voir on croirait qu'il s'attend à se faire dévaliser d'un jour à l'autre.

— Ça pourrait arriver, a fait Matt, Smut des fois il a des gros paquets de pognon, ici. »

Alors c'était là qu'il était. Mais ça faisait rien. J'avais pas la combinaison, mais je savais comment percer un coffre. L'ennui, c'est que ça prendrait du temps. Mais s'il avait l'argent dans un coffre, j'avais du temps devant moi ; je pouvais attendre ma chance. Je voyais plutôt ça d'un bon œil, cette histoire de coffre.

Badeye est rentré à ce moment-là, et il a vu la machine à écrire sur le comptoir. « Y a quelqu'un qui va se faire sonner les cloches par Smut Milligan, s'il apprend qu'on lui a sorti sa machine.

— Je peux la remettre en place en un rien de temps », Sam a répliqué.

Matt Rush m'a regardé. « Tu sais te servir de ces engins-là, Jack ?

— Je savais, quand j'étais à l'école.

— Sans regarder les touches ? Sam a demandé.

— Je savais, dans le temps. Laisse-moi essayer pour voir. »

Sam a changé de place et je me suis assis devant la machine. Une Remington, que c'était. Même qu'elle avait l'air pour ainsi dire neuve.

« Ecris ton nom les yeux fermés, pour voir », Badeye a dit comme ça. Je l'ai fait. Sam Hall a regardé Matt.

« T'as vu ça ? »

J'ai fermé les yeux et j'ai tapé : « Le rapide renard brun saute par-dessus le chien lambin. Ceci est un spécimen de l'écriture de cette machine. »

« Tu vois ? Sam faisait à Matt.

— Putain de ta mère ! » Matt Rush a fait.

J'ai tapé encore un peu, et puis mon estomac a recommencé à m'élancer, alors je suis sorti me mettre dans la vieille décapotable que Sam Hall venait d'échanger chez le concessionnaire. Adossé comme ça contre le coussin du siège, j'étais en train de récupérer, quand Catfish est arrivé.

« Je parie que m'sieur Smut l'a été en ville.

— Je crois que oui, j'ai dit.

— Ça m'aurait bien arrangé d'arriver avant qu'y parte. Vacherie de voiture m'a encore lâché, et faut que je fasse un saut en ville chercher des pièces. J'aurais pu y aller avec m'sieur Smut.

— Qu'est-ce qu'elle a de cassé, ta voiture ? »

Catfish a ôté son chapeau et il s'est passé les doigts dans la laine. « C'est son moral qu'est cassé, plus qu'autre chose. Enfin c'est ce que je crois. Mais génialement je vais voir au garage à m'sieur Baxter Yonce, et des fois il me refile des vieilles pièces. Je répare avec ça et ça marche encore un petit moment. » Il a remis son chapeau et il m'a regardé. « Dites, m'sieur Jack, qu'est-ce qui lui prend à m'sieur Smut ? L'aurait-y perdu l'esprit pour de bon ?

— Je sais pas. Pourquoi ?

— Que je vous dise. Y a de ça une paire de nuits, je faisais ma gniole dans la ravine. Savez bien, là où que je vais d'habitude, pas loin de la rivière. Cette nuit-là j'ai fini tôt. Pas plus de deux heures du matin, qu'il était. Je remontais le chemin jusque chez moi, et v'là que je tombe sur une auto garée juste là où que Jacob's Creek il débouche en travers. Un coop tout neuf, c'était. Comme y avait beaucoup de lune, j'ai vu qu'il était rouge, le coop. Et dedans y avait un bonhomme en train de se faire une bonne femme. Y avait de la lune, comme j'ai dit, et je jure sur le Bon Dieu que le bonhomme c'était m'sieur Smut !

— Et alors ?

— Alors rien. Seulement il devrait pas emmener ses bonnes femmes sur c'te route-ci. Une supposition que ça devienne comme Lover's Lane ce coin-là, moi ma distillerie j'ai pus qu'à la bouger de place.

— Te fais pas de bile pour ça, j'ai dit. Elle est tellement mauvaise ta route d'abord, personne voudrait jamais rouler dessus. C'est trop sauvage par là-bas, même pour ce genre de truc.

— Justement. Le sauvage, c'est ça qu'ils recherchent les gens en chaleur.

— La femme avec lui, tu l'as vue aussi ? »

Catfish a changé de jambe d'appui. De sa poche il a sorti sa boîte de tabac et son papier à cigarette. Il a posé tout ça sur le marchepied.

« C'est bien ça le pire. L'aut'soir j'ai pas bien vu la bonne femme. Mais ce soir en venant ici, j'étais pas sitôt grimpé sur la grand-route que v'là le coop qui me déboule dessus en sens inverse, le même coop identique. Dedans c'était la femme à m'sieur Fisher.

— Des voitures comme ça y en a pas qu'une. T'as trop d'imagination, Catfish.

— Je suppose. C'est vrai que j'ai l'esprit qui s'emballe, des fois. Mais un coop rouge aussi long que ça, l'en existe qu'un dans la région. M'sieur Smut y ferait bien de faire attention. C'est une femme de riche. »

Je me suis débarrassé de Catfish aussitôt que j'ai pu. Il est reparti à la cuisine rendre une visite aux cuistots, surtout quand je lui ai dit qu'il y avait une bonne bouteille à peine entamée là-bas. Je suis rentré dans le restaurant. Il n'y avait plus personne, sauf Sam. J'étais en train de me figurer comment me débarrasser de lui un petit moment, mais Sam l'a fait pour moi.

Il bâillait comme un bébé, mais en mettant sa main devant sa bouche.

« Je te jure alors, ce que je peux avoir sommeil ! Si j'allais faire un somme, tu serais là pour garder la boutique, Jack ?

— Je bouge pas d'ici. »

Une fois Sam parti, j'ai sorti la machine à écrire et j'ai glissé une feuille dedans. Apparemment le Juif lui avait fait cadeau d'un paquet de feuilles, mais c'était du papier blanc uni, avec rien dessus pour me compromettre. J'ai commencé une lettre à Charles Fisher. Une fois terminé, ça donnait ça :

M. Charles Fisher
Service Ventes
Bonneterie de Corinth
Corinth, C-d-N
Cher Monsieur,

Je vois dans l'*Enterprise* que vous vous absentez beaucoup de Corinth pour affaires. Il s'en passe, des choses, quand vous êtes parti. D'abord, votre atelier fabrique des tas de chaussettes. Quant à votre femme, je peux vous dire aussi ce qu'elle fabrique. Elle vous trompe un petit peu, M. Fisher. Mais comme vous êtes un homme pour qui les affaires priment tout, j'ignore si vous êtes intéressé ou non par ce que votre femme fabrique. J'ai seulement pensé que vous seriez content d'apprendre qu'elle ne se sent pas trop seule quand vous êtes à N. Y., Boston, etc. Mais je sais que vous êtes un homme très pris, aussi je ne vais pas m'étendre davantage pour cette fois. Je vais même conclure ici. Mais je vous enverrai un mot de temps à autre pour vous tenir au courant. Je ne vous demande pas d'argent en échange. Je fais seulement ça pour garder la main.

Un ami

P. S. : Avez-vous déjà été au roadhouse de Milligan, sur Lover's Lane ?

J'ai relu, et ça me semblait pouvoir aller. Et puis je savais pas quand Smut allait rentrer ; j'avais pas le temps de trop finasser. J'ignorais si Fisher mordrait à l'hameçon ou pas. Mais je me disais que si. Je le connaissais pas aussi bien que je connaissais Milligan. J'avais pas eu l'occasion de l'étudier autant que j'aurais voulu. Mais je savais qu'il était jaloux de sa femme comme pas possible. A mon sens, la lettre lui ferait bien sentir qu'elle se fichait de lui, et rien que ça devrait suffire à le faire bouillir. Plus tard, je comptais lui dire carrément avec qui elle fricotait.

Je pensais pas que Fisher tuerait Smut lui-même. D'abord, il avait pas le courage pour ça. Et puis c'était le genre de gars qui pouvait pas se permettre le scandale. Il s'arrangerait juste avec Astor LeGrand pour faire rétamer Smut. Ça lui coûterait pas bien cher. A mon idée, pour mille dollars il pouvait avoir la besogne faite, tout compris. A Corinth il y en avait beaucoup qui auraient tué Smut pour bien moins que ça, mais je me disais qu'avec toutes les pattes à graisser, le shérif à calmer (lui et sa soif de détection), sans parler de la somme rondelette qu'il faudrait allonger pour affecter l'ouïe et la vue du juge Grindstaff, Fisher en serait bien de mille gros billets.

Sitôt Smut expédié – si tout se passait comme prévu – il faudrait encore ouvrir ce satané coffre. Je me disais que j'avais une journée de battement avant que le shérif vienne boucler la taule.

Une fois la lettre terminée, je l'ai mise dans ma poche et je suis sorti jusqu'au garage. C'était là que Smut gardait la plupart des trucs qu'il avait dans la station-service, du temps qu'il réparait encore les automobiles. J'ai fouillé là-dedans un bon moment avant de trouver le chalumeau. Il était sous un tas de bidons vides dans un coin. Je l'ai remis à sa place et je suis retourné à ma piaule.

Ce soir-là j'ai quitté de bonne heure. J'ai dit aux gars que je me sentais encore un peu patraque. Mais suffisamment en forme tout de même pour aller au garage récupérer le chalumeau sous les bidons, et m'en aller avec. Je l'ai caché sous une racine dans le bois, juste en dessous des bungalows.

21

Le lendemain matin j'étais tout à fait remis, pour ce qui était de mon estomac. Je me suis levé tôt, et une fois expédié le petit déjeuner j'ai guetté ma chance pour poster ma lettre à Fisher. J'ai été jusqu'à notre boîte et j'ai fourré la lettre dedans aussi vite que j'ai pu ; ensuite j'ai relevé le drapeau pour que le facteur vienne la ramasser. J'espérais qu'il ferait pas attention à qui c'était adressé. Mais même, c'était pas ses oignons.

Je suis retourné au roadhouse, et je crois pas que personne m'ait vu aller à la boîte. Je suis resté à traîner au restaurant, à travailler un petit peu, mais surtout à tuer le temps, jusqu'à environ neuf heures trente, quand Smut s'est amené.

Smut pouvait plus me blairer, depuis le temps, mais il faisait tout son possible pour pas le laisser paraître ; faire comme si rien s'était passé entre nous, ou pas grand-chose. Il était venu me demander si je voulais aller à Corinth avec lui. Je lui ai dit que non.

Il est pas parti bien longtemps. A peine une heure et demie. En rentrant il est descendu directement aux cabines, et on l'a pas revu au roadhouse avant midi. Il a cassé la croûte et il est sorti s'asseoir sur un banc dehors. Au bout d'un moment j'y suis allé aussi.

Je sais pas comment ça s'est fait, mais cet après-midi-là

on s'est tous retrouvés dehors assis ensemble, comme si on allait se faire photographier. Smut et Badeye sur le banc à gauche de l'entrée. Sam, Dick et moi sur l'autre. Matt Rush était assis sur le pas de la porte. Smut se tenait plus tranquille que d'habitude. Je la fermais moi aussi, mais les autres discutaient le bout de gras, on pouvait pas les arrêter. Ils ont d'abord causé bagnoles, ensuite poker, et pour finir machines à sous. Ils sont partis sur le temps qu'il faisait, mais ça n'a pas duré plus d'une minute. Ensuite quelqu'un a fait remarquer que ça s'annonçait comme une bonne année pour les récoltes, mais évidemment le coton ça rapportait toujours pas. Ensuite ils ont parlé des séances qui se tenaient sous la tente de l'évangéliste, juste à côté de la décharge, et ça a dérivé sur les filles. Ils étaient tous en train de s'en payer une tranche là-dessus quand le shérif et ses deux adjoints se sont amenés dans la Plymouth du shérif.

Ils sont tous descendus de voiture et se sont dirigés vers nous, Sheriff Pemberton en tête de la procession. Il marchait devant cahin-caha, tout en chiquant son tabac. Brock Boone et John Little suivaient à deux pas derrière. Ils étaient tellement grands qu'à côté d'eux le shérif ressemblait à un canard dodu se dandinant devant deux grizzlis. Le shérif a craché l'équivalent d'une tasse de jus de chique, juste devant mes pieds.

« Bonsoir, il a dit.

— Salut, shérif », Smut a fait.

Il avait l'air d'être pas qu'un peu surpris de voir le shérif s'amener avec ses deux sbires. Smut s'est levé. « Je vais vous sortir des chaises. »

Le shérif a levé la main. « Pas la peine, Milligan. » Là-dessus, Sheriff Pemberton a plongé la main dans sa poche et en a ressorti un papier. Il a repoussé son chapeau à larges bords loin derrière sa tête. Brock Boone s'est adossé contre le pilier près des pompes. John Little était debout aux côtés du shérif, les mains sur les hanches. Ils avaient tous les deux leur flingue là où on pouvait le voir. Le shérif s'est éclairci la voix.

« J'ai un mandat, Milligan. Un mandat de perquisition. Je vais le lire. »

Smut s'est tourné. « Un quoi, que vous avez ?

— Un mandat qui m'autorise à fouiller les lieux.

— Pour trouver quoi ?

— Gniole de contrebande. » Le shérif s'est raclé la gorge encore une fois, et il a tenu le mandat plus près de ses yeux.

« Pas la peine de vous fatiguer à le lire. J'ai pas de gniole ici, mais vous pouvez y aller, voyez par vous-mêmes.

Sheriff Pemberton a tendu le mandat à Smut. « Voulez voir le mandat ? »

Smut a retroussé sa lèvre du haut. « Rien à foutre de votre satané truc. Je suppose que vous m'arrêtez pas avant d'avoir réellement trouvé de la gniole, hein ?

— Non. Mais vaut mieux rester avec nous quand même.

— Pour ça vous en faites pas, j'ai bien l'intention de pas vous lâcher d'une semelle, shérif. Je ferais peut-être bien de fermer le tiroir-caisse à clé, jusqu'à ce que vos adjoints s'en aillent. » Et là-dessus, Smut est rentré dans le roadhouse.

Le shérif a fait un pas dans l'entrée, s'est retourné le temps de cracher un dernier mollard dans les grands espaces, et puis il a suivi Smut à l'intérieur. John Little et Brock Boone ont fait pareil.

On a suivi le mouvement, tous autant qu'on était. Qui sait, on allait peut-être voir un peu d'action. Un fait certain, par contre, c'est qu'il y avait de la gniole à l'intérieur ; et ça on le savait tous.

Une fois dedans, on est restés piqués là à regarder le shérif et ses hommes chercher la gniole. Par le restaurant, qu'ils ont commencé. Enfin, Sheriff Pemberton et Brock

Boone. John Little, lui, il est passé de l'autre côté pour fouiller. Là on pouvait pas dire qu'il brûlait.

Ils ont fouillé là-dedans et regardé partout, sauf où était la gniole. Je regardais Badeye. Il disait rien tout haut, mais je voyais ses lèvres bouger, qui faisaient « tu brûles » quand ils se rapprochaient, ou « c'est froid » quand ils allaient dans un coin mort.

Je me demandais si c'était du lard ou du cochon, si Smut avait arrêté de payer sa protection, ou si c'était Astor LeGrand avec un de ses tours de vache. Je dois dire que pendant une minute ils m'ont bien fait marcher ; j'y comprenais plus rien.

Et puis finalement Sheriff Pemberton s'est trahi. Sans faire gaffe il a ouvert la glacière, là où on gardait les boissons gazeuses, et environ dix pintes de gniole maison. Le shérif a regardé dedans, et il a refermé la porte aussi sec. Il s'est gratté la tête. « Mais où c'est qu'elle peut bien être, cette bon dieu de gniole ? »

C'était donc pas après la gniole qu'ils en avaient. La fouille était aussi bidon que l'amour sur Lover's Lane. J'ignorais ce qu'ils mijotaient à mettre leur nez partout comme ça, mais je craignais que le meurtre y soit pour quelque chose.

Tout était trop louche pour qu'il s'agisse d'une vraie perquisition. D'abord, Smut avait paru bien trop surpris de la venue du shérif. Personne aurait pu avoir l'air aussi surpris, à moins d'avoir répété des tas de fois. Je commençais à drôlement m'inquiéter.

Finalement, après que Brock Boone eut pratiquement buté contre une bouteille de gniole sous le comptoir, en plus des quatre pintes que le shérif avait vues dans la glacière, ils ont abandonné.

« C'est dans la cuisine que ça doit se trouver, qu'il a dit le shérif.

— Pas de gniole ici non plus », Brock Boone a fait.

Au même moment, John Little revenait de la salle de dancing en secouant la tête. « Pas une goutte. »

Sheriff Pemberton s'est gratté la tête encore un coup, brutalement cette fois ; ensuite il a renfoncé son Stetson jusqu'au front. « Brock, et toi John, vous me fouillez cette cuisine comme il faut. Milligan, vous m'accompagnez. On va aller jeter un œil à ces cabines. »

Le shérif et Smut sont sortis. Nous on a filé le train à Brock et John dans la cuisine.

Ils ont fait pareil que par-devant. Ils ont fait le frigo en dernier – histoire que John Lilly ait le temps de jeter plein de bidoche pour couvrir les bouteilles qu'on avait là-dedans – alors évidemment ils sont pas tombés dessus. On n'avait pas d'autre gniole dans la pièce, sauf dans le fond de la caisse à bois, et dans le tiroir de toutes les tables, mais ils se sont bien gardés de regarder à ces endroits-là. On est tous retournés par-devant. Les adjoints secouaient la tête, comme s'ils y comprenaient plus rien.

Je me suis assis sur un des tabourets au comptoir, et Badeye s'est posé à côté de moi. Les autres sont restés piqués debout. Brock Boone et John Little sont allés se parquer sur une des banquettes.

« Pas grand sens de descendre aux cabines, tu crois pas ? qu'il a fait Brock Boone.

— Vois pas à quoi qu'on servirait », John Little a fait. Il a sorti son canif et il a commencé à se décrotter les ongles avec.

John venait de finir sa main droite, et il allait attaquer la gauche, quand Smut est revenu avec le shérif. Smut avait pas les menottes. Et le shérif avait rien de plus à la main que quand il était parti. Juste la grosse alliance en or sur la main gauche, et la bague avec la dent d'élan*.

* Insigne de l'Elks Club, confrérie du genre Rotary

Le shérif est allé jusqu'à la table où les deux adjoints étaient affalés. Il regardait ses pieds en hochant la tête. « Rien ce coup-ci, les gars. On nous a donné un mauvais tuyau. »

Brock Boone s'est levé en s'étirant les épaules, comme font les chats. « C'est que c'est pas facile de coincer Smut Milligan. Merde, quand on a grandi comme ça à l'orphelinat et dans la rue. »

Le shérif s'est tourné vers Smut. « Vous êtes un malin, mon gars. Mais faites bien attention avec ces histoires de gniole. On s'est plaint des tas de fois récemment à votre sujet, comme quoi vous vendiez du raide. Moi je fais juste mon devoir de shérif, comme n'importe quel shérif. Faut pas le prendre mal.

— Oh, putain, que non ! Smut a fait. Y a pas de mal. Je vous offrirais bien un coup de raide pour la route, mais justement je suis à sec aujourd'hui. Revenez nous voir quand votre mouchard aura un autre tuyau.

— Je reviendrai », le shérif a fait. Là-dessus, ils sont tous repartis en ville.

Personne a dit un mot jusqu'à ce qu'ils démarrent. Alors Dick Pittman a fermé un œil en hochant la tête.

« Mince ! C'est passé rudement près, la vache ! Une ou deux fois j'ai bien cru qu'ils allaient tomber dessus. N'empêche qu'ils sont pas passés loin, à deux reprises. »

Badeye a ricané, un petit rire sec comme s'il trouvait rien d'amusant là-dedans. « J'ai bien cru que le Brock Boone il s'était fait une entorse à la cheville, à buter sur la bouteille de gniole comme il a fait, sous le comptoir. Et Sheriff Pemberton qui met son nez dans la glacière. Tu trouves pas qu'il est un peu myope, le shérif, hein Smut ? »

Smut a ignoré Badeye. « Je sais pas qui c'est qui leur a dit que je vendais du raide, mais c'est un beau dégueulasse. »

Badeye a tendu la main à Smut, comme s'il se présentait

et qu'il voulait lui serrer la pince. « Ravi de vous connaître. On m'appelle Honeycutt. »

Le sale œil que Smut a jeté sur Badeye à ce moment-là, la négresse qui faisait le lavage en serait pas venue à bout en moins de deux jours. Il est reparti dans la cuisine, sans un mot.

22

Deux jours après la descente au sujet de la gniole, Sheriff Pemberton s'amenait au roadhouse encore un coup. Il avait Brock Boone avec lui. Ils sont entrés dans le café, où j'étais en train de lire le journal, appuyé contre le billard électrique. Sheriff Pemberton était comme qui dirait pressé. Il a pas pris la peine de dire bonjour.

« Je veux voir Milligan, il m'a fait.

— Je crois qu'il est à la cuisine », j'ai dit. Et je suis allé voir. J'ai poussé les battants de la porte, avec le shérif et Brock sur les talons. Smut était assis à une table avec Dick Pittman. Ils prenaient un coup de café.

Le shérif m'a écarté pour aller plus vite jusqu'à la table. Smut Milligan a levé les yeux.

« Un peu tôt pour sortir, vous trouvez pas shérif ? »

Sheriff Pemberton a montré Dick Pittman. « Je veux ton gars, Milligan. Faut que je l'embarque pour l'interroger. »

Dick a regardé le shérif, et il a bu un peu de café. Il a reposé sa tasse et l'a touillée avec sa cuiller. Il avait pas l'air de saisir ce que venait de dire le shérif.

« L'interroger sur quoi ? Smut a demandé.

— Au sujet du flingue. » Le shérif a envoyé une mince traînée de jus de chique dans la caisse à bois.

« Oh, Smut a fait comme ça. Ça s'embringue mal, alors ? »

Smut avait l'air attristé que ça s'embringue comme ça s'embringuait manifestement, même si personne savait de quoi il parlait.

Dick Pittman a laissé tomber sa cuiller sur la table en faisant un potin du diable. Il avait l'air un peu paumé ; probable qu'il commençait à réaliser que c'est de lui qu'on parlait.

Le shérif a cherché quelque chose dans sa veste et il en a ressorti un pistolet. Il ressemblait à celui que Smut avait pris à Bert Ford la nuit qu'on l'avait tué.

« Regarde bien ça, mon gars. Jamais vu avant ?

— J'en ai vu des qui lui ressemblaient drôlement », qu'il a fait Dick. Il a sorti sa carotte de Beechnut et s'en est fourré un gros morceau dans la bouche ; des longs brins de tabac noir.

« Ça m'étonnerait pas plus que ça, le shérif a énoncé lentement. Il était dans ton casier. »

Dick s'est fendu d'un grand sourire. Ça le gênait d'avoir tout le monde qui le dévisageait comme ça. Mais le sourire a pas fait long feu. « Dans mon casier ? Voulez dire que c'est là que vous l'avez trouvé, dans mon casier ?

— Tout juste. Le jour que je cherchais après la gniole. J'ai regardé dans tous les casiers qu'y a dans ces satanées cabines. Et ça c'était dans le tien. »

Dick était resté la bouche ouverte. Un filet de jus de chique jaune lui a coulé sur le menton et est allé se perdre dans sa barbe. Il s'est essuyé d'un revers de main et s'est remis à bafouiller.

« Je sais rien là-dessus.

— Et si t'y réfléchis deux minutes, tu l'as même jamais vu de ta vie, c'est ça ?

— Non, m'sieur.

— Alors comment ça se fait qu'il était dans ton casier ?

— Quelqu'un a dû le mettre dedans.

— T'as un permis de port d'arme ?

— Non, m'sieur. J'ai pas d'arme non plus. »

Dick commençait à drôlement avoir peur. Il était blanc comme du coton.

Le shérif a remis le pistolet dans sa poche de veste. Il a regardé Dick d'un air dur. « Ecoute-moi bien, mon gars. J'ai une douille, là. Une douille que j'ai trouvée près des ruches à Bert Ford. Je l'ai trouvée la première fois que je suis allé voir chez lui, quand on a commencé à raconter qu'il avait mystérieusement disparu. C'est une douille de trente-huit, et ce pistolet que j'ai trouvé dans ton casier est un trente-huit aussi. J'ai vérifié tous les calibres trente-huit que j'ai pu trouver et j'ai fait faire des tests balistiques sur la douille et sur ton flingue. Il y a plusieurs choses que j'aimerais que tu m'expliques. Je t'emmène. »

C'était un drôlement long discours pour quelqu'un comme le shérif. Une fois terminé, il a craché un bon coup dans la caisse à bois. Il restait debout au-dessus de Dick, les mains sur les hanches.

Brock Boone s'est approché de Dick. « J'y passe les menottes, shérif ?

— Tu ferais mieux, oui. »

Brock a refermé une des menottes sur la main droite à Dick, ensuite il s'est passé l'autre à la main gauche.

« C'est pas une façon de passer les menottes à un prisonnier. Un jour tu tomberas sur un dur à cuire aussi costaud que toi et il t'en fera voir de toutes les couleurs, le shérif a fait à Brock.

— Faudrait qu'il soit vraiment balèze, alors. » Brock a tiré Dick d'un coup sec pour le faire lever de table.

« Allez, môme, amène-toi. »

Il s'est dirigé vers la porte, entraînant Dick après lui. Arrivé à la porte il a attendu le shérif.

Dans l'émotion, Dick avait trouvé le moyen de perdre la casquette de pompiste qu'il portait toujours, et il avait les cheveux qui lui venaient dans les yeux. Il a remué les lèvres comme pour dire quelque chose, mais en fin de compte il a baissé les épaules et il est resté planté là, l'air perplexe et inquiet.

« J'ai rien fait de mal, moi », Dick a marmonné. Il s'est tourné vers Smut. « Tu peux pas m'aider, Smut ? »

Smut s'est levé et a repoussé sa chaise sous la table.

« J'arrive en ville dans une minute, Dick. Je vais t'arranger ça. » Et il a fait un clin d'œil à Dick, mais Dick était tout blanc et découragé quand il est sorti du roadhouse avec Brock Boone et le shérif. Planquer le flingue de Bert Ford dans le casier à Dick pour ensuite dire au shérif où il se trouvait, c'était le tour le plus dégueulasse que Smut Milligan avait encore joué à quelqu'un. J'en avais mal au ventre pour Dick. D'un autre côté, j'étais bien content que ce soit pas dans ma malle qu'ils aient trouvé le flingue.

J'ai regardé Smut, mais il était retourné à son café et il avait l'air plongé dans ses pensées. J'ai été l'attendre pardevant.

Il s'est amené au bout d'un moment. Sans me regarder il s'est posé sur un tabouret et il a pris un cure-dent, dans la boîte.

« Je veux te faire mes excuses », j'ai dit.

Il continuait à regarder par terre.

« A propos de quoi ?

— Pour avoir dit que t'avais pas les tripes pour me descendre. Maintenant je sais que t'as les tripes pour faire n'importe quoi.

— Je sais », qu'il a dit.

Il mâchouillait le cure-dent, les yeux fixés sur le tableau *Sous les cieux transalpins*.

« Qu'est-ce que t'as contre Dick ? » j'ai demandé.

Là quand même il m'a regardé. Il a pivoté sur le tabouret et m'a fait face.

« J'ai rigoureusement rien contre lui. Il est bête, mais je l'aime bien. Seulement je préfère que ce soit lui que moi. Ou toi. Toi, tu pourrais causer. En fait, c'est comme un et un font deux que tu mangerais le morceau.

— Quand est-ce que t'as mis le flingue dans le casier ?

— Environ une heure avant que le shérif rapplique, le jour où il est venu soi-disant perquisitionner.

— Et avant, où qu'il était pendant tout ce temps ?

— Là où je pouvais mettre la main dessus. Au début, j'avais la trouille de m'en débarrasser ; si bien que je l'ai gardé. Cette douille qu'a trouvée le shérif, ça me tombe vraiment du ciel.

— Mais ils peuvent toujours pas coincer Dick, j'ai dit. Comment qu'ils vont faire, puisqu'ils ont pas le cadavre ? En fait, ils ont aucune preuve.

— Ils en ont pas besoin. Si tu crois que Brock Boone et John Little sont pas capables de lui faire avouer qu'il a tué Bert Ford, t'as vraiment droit au bonnet d'âne. Ces deux busards-là adorent rien tant que de faire parler un gars. Tu les laisses seulement s'en payer sur Dick une demi-journée, et je te garantis qu'il sera prêt à jurer que non seulement il a buté Bert Ford, mais qu'il l'a mangé aussi. Les os, les poils et tout.

— Bon Dieu ! Tu crois quand même pas qu'ils vont le cogner jusqu'à ce qu'il dise que c'est lui qu'a tué Bert. Ecoute, à force de remuer cette histoire, on va bien finir par se faire coincer. Tu nous as collés dans un beau merdier, oui. »

Smut a craché son cure-dent par terre et il a sorti une cigarette de sa poche. « Si tout se passe comme je pense, c'est dans la poche. Tu m'as pas dit que Dick cette nuit-là il était avec une femme mariée du côté de la filature, pendant que son homme se crevait à la tâche en faisant le quart de nuit ?

— C'est ce qu'il m'a dit.

— Ouais, ben je me suis renseigné. Y a qu'une bonne femme dans tout Corinth qu'aurait pu coucher avec Dick, et c'est la femme à Dave Cline. Elle fait la pute à mi-temps. Je mettrais ma main au feu que c'est dans son lit qu'il a passé cette nuit-là, Dick. Mais ça va lui faire une belle jambe comme alibi. Tu penses bien que la bonne femme elle le verra plutôt griller que de reconnaître quoi que ce soit.

— Mais putain, le shérif il sait même pas quelle nuit il s'est fait buter, Bert. Et en admettant, ça fait si longtemps de ça que Dick se rappellera jamais où il était cette nuit-là plus qu'une autre.

— Moi je te garantis qu'il a intérêt à s'en rappeler. Le shérif d'abord il a fini par déterminer la date; enfin, il en est pas loin.

— Comment que tu sais tout ça? j'ai fait. Toi et le shérif vous avez l'air copains comme cul et chemise quand personne est là pour le voir.»

Smut a allumé la cigarette qu'il avait gardée au coin de la bouche. Il a pris une grande bouffée et refoulé la fumée par les narines avant de me répondre. «Ouais. On est potes maintenant, le shérif et moi. Il a des ennuis, j'ai des ennuis, on essaie de se donner un petit coup de main, l'un comme l'autre. Un prêté pour un rendu. On en est là, avec le shérif.

— C'est la pire dégueulasserie que j'aie jamais entendue. Tu sais très bien que Dick Pittman a jamais fait de mal à personne, de toute sa vie.

— Sois pas stupide, merde. C'est sur lui que ça retombe, et on en parle plus. Ils vont le condamner, mais ils vont pas le tuer. Merde, tout le monde sait que Dick est bête comme ses pieds. Ils l'enverront seulement au bagne à perpette, et dans dix ou douze ans il sera sorti, et sur les listes de l'aide sociale.

— C'est dégueulasse.

— Tu sais, j'ai bien pensé à mettre le flingue dans ta malle au lieu de son casier. Je suppose que tu serais content, maintenant, si je l'avais fait. Je te jure, de ma vie j'ai jamais vu un cul béni comme t'es devenu tout d'un coup depuis que tu m'as aidé à buter Bert. Et puis merde. Dick il est aussi bien au bagne qu'ailleurs. »

Smut s'est levé à ce moment-là et s'est mis à marcher en rond devant la caisse, les bras croisés sur la poitrine, et puis après derrière son dos.

« Au bagne il mangera aussi bien qu'ici. Il aura ses nippes et son tabac. Il boit pas, alors il sera pas gêné de ce côté-là. Evidemment, il pourra plus s'envoyer de bonnes femmes de la filature, mais pour ça y a pas à se biler, les autorités pénitentiaires veilleront à mettre assez de salpêtre dans son café pour lui rabattre son ardeur. Merde, il sera aussi bien au bagne qu'ici. Plus peinard, même, en un sens.

— Elle est vraiment bonne, celle-là, j'ai dit. D'abord tu t'arranges pour que je t'aide à faire quelque chose sans me dire ce que c'est. Tu me promets juste de l'argent, et quand je découvre que c'est d'un meurtre qu'il s'agit, tu me dis de pas me biler. Tu me bourres le mou avec l'argent. Et en plus, t'essayes de m'empoisonner quand je me mets à le chercher. Et voilà que maintenant tu colles le meurtre sur le dos d'un demeuré. T'as tout pour plaire, toi, je dois reconnaître. »

Smut s'est arrêté de tourner. Il avait un air perplexe sur la figure, un peu comme s'il avait voulu m'expliquer pourquoi il avait agi comme ça mais qu'il savait pas par où commencer. Il s'est remis au comptoir. Il s'est mordu le pouce en regardant par terre.

« Si tu démarres au bas de l'échelle, qu'il a dit, faut être plus dur que ceux qui se trouvent entre toi et le haut. »

Badeye est entré à ce moment-là, et j'ai été dans la cuisine m'en jeter un.

23

Smut a bien été à Corinth ce jour-là, mais pas avant le milieu de l'après-midi. Il a dit à Sam qu'il allait voir pour la caution à Dick. Les autres gars du personnel avaient appris qu'on avait arrêté Dick pour l'interroger, et ça les rendait tous un peu nerveux. Badeye est pas arrivé avant midi, et quand on lui a dit que Dick était en prison, il s'est mis à lever le coude aussitôt.

Quand Smut est rentré, le soleil était déjà couché. J'étais à une des tables en train de jouer au rami avec Sam Hall. Badeye était derrière le comptoir. Smut nous a même pas regardés. Il a filé droit à la cuisine. Il avait pas Dick Pittman avec lui.

Smut est pas resté à la cuisine bien longtemps. Au bout d'un moment, il est ressorti avec un sandwich dans chaque main. Il s'est assis au comptoir en face de Badeye.

« Comment ça a marché, Milligan ? Badeye a demandé.

— Ben, j'ai pas pu le sortir, mais je sais que tout va s'arranger pour lui. »

Badeye s'est accoudé au comptoir, en clignant de son bon œil. « Qu'est-ce que tu veux dire exactement par " s'arranger" ?

— Je veux dire qu'ils vont le relâcher demain. Tiens, donne-moi une bouteille de bière bock », il a dit à Badeye.

Et il s'est mis à dévorer le sandwich qu'il tenait dans la main gauche.

Pendant que Badeye allait chercher la bière, Wilbur Brannon et Buck Wilhoyt sont entrés. J'étais tellement occupé à écouter ce que Smut disait que j'avais pas entendu la voiture arriver. Wilbur avait le bras en écharpe, et des pansements partout.

« Qu'est-ce qui t'arrive, Wilbur ? Tu t'es battu ? » Smut lui a demandé, la bouche encore pleine de sandwich au jambon.

« Non. J'ai glissé sur une peau de banane et je me suis mal reçu sur ce bras-là. Fracture.

— Sans blague ? Pourquoi que tu regardais pas où tu marchais ?

— Parce que j'étais pété. »

Ça c'était Wilbur Brannon tout craché. N'importe qui d'autre aurait dit que c'était de la maladresse.

Buck Wilhoyt a demandé vingt-cinq cents en petite monnaie et il est allé de l'autre côté faire marcher le nickelodeon. Wilbur Brannon s'est assis à côté de Smut.

« Qu'est-ce que c'est que cette histoire avec Dick Pittman ? » Wilbur a demandé.

Smut a pris une bouchée de son sandwich numéro deux et il l'a fait passer avec une gorgée de bière bock.

« Que je te dise. Quelqu'un a dit au shérif de venir perquisitionner chez moi, rapport à la gniole. Ils ont rien pu trouver ici, alors le shérif s'est mis dans le boudin d'aller fouiller les cabines. Il a trouvé un pistolet dans la cabine à Dick ; dans son casier, un trente-huit. Et le shérif, justement, il s'intéresse aux trente-huit.

— Je sais. Il m'a parlé de la douille de trente-huit qu'il a trouvée. »

De l'autre côté, Buck Wilhoyt avait mis son morceau favori, *My Pretty Quadroon*.

« Ils essayent d'avoir Dick au flan, Smut a dit comme ça. Ils ont rien du tout sur lui. Je me demande même pourquoi il avait ce flingue, mais tout le monde sait qu'il serait pas fichu de tuer personne. Il sera sans doute de retour demain matin.

— T'aurais quand même pu lui payer sa caution.

— J'y suis allé cet après-midi. Le shérif m'a dit d'attendre un jour ou deux, et qu'à son avis ça allait s'arranger.

— Je vois pas pourquoi qu'ils l'ont arrêté, d'abord. Des tas de gens ont un flingue, et le shérif il le sait pas forcément. C'est qu'on en arrive à un point dans ce comté qu'un flingue c'est une nécessité dès qu'il fait noir, et toute la journée du samedi.

— A qui le dis-tu. Je comprends pas bien moi non plus, mais le shérif sait ce qu'il fait, je suppose. Quand il a trouvé le pistolet ce jour-là, il m'a bien demandé de rien dire à personne, et j'ai rien dit. Ce matin quand il est venu chercher Dick, il a seulement dit qu'il voulait l'interroger. »

Wilbur a sorti son étui à cigarettes et en a offert une à Smut, mais il mangeait encore. Wilbur a pris une cigarette et s'est mis à la tasser contre le comptoir. « Je crois que le shérif sait à peu de chose près quand Bert a disparu. Il m'en a parlé plusieurs fois.

— Comment qu'il peut savoir ? » Badeye a demandé.

Wilbur s'est mis la cigarette aux lèvres et il a sorti une pochette d'allumettes.

« Là, je crois que je l'ai un peu aidé. J'ai vu Bert le mercredi du Jour de l'An. Je m'en souviens rien qu'à cause de ça, parce que c'était le Jour de l'An. Dans la soirée on a fait une partie de billard à l'Elite Pool Room. Je l'ai battu, je me rappelle, même qu'il a dit comme ça que c'était la première qu'il perdait cette année au billard. Parce que c'était sa première partie de l'année, je suppose.

— Et quand c'est qu'ils disent qu'il a disparu ?

— Je suis allé chez lui le mercredi suivant. Janvier en huit. Il était déjà plus là. Il y est toujours pas. »

Wilbur a frotté une allumette contre la semelle de sa chaussure et l'a approchée de sa cigarette.

« Une semaine, tu parles, c'est plutôt vague quand il s'agit d'un meurtre », Badeye a continué.

Wilbur a soufflé des ronds de fumée vers le plafond. Dans l'autre pièce, le nickelodeon l'a enfin mis en veilleuse sur un dernier hoquet, à mon plus grand soulagement.

Wilbur s'est mis à expliquer : « En fait, quoi qu'il se soit passé, ça s'est probablement passé avant le samedi après-midi. Entre mercredi, disons six heures du soir, et cinq heures le samedi après-midi. C'est l'heure que John Weyler est passé devant la ferme à Bert et qu'il a entendu le mulet braire parce qu'il avait faim.

— Ça réduit déjà drôlement la marge », Smut a fait comme ça.

Il est arrivé deux voitures, et j'ai entendu des gens entrer dans le dancing par l'autre porte. Je me suis levé de ma banquette pour reprendre ma place derrière la caisse. Juste à ce moment-là deux hommes sont entrés. Old Man Joshua Lingerfelt, et l'autre c'était Baxter Yonce.

Old Man Joshua il voulait que ses nickels. Il les a eus et il a filé droit de l'autre côté. Baxter Yonce a dit bonjour à tout le monde et il est allé s'écrouler sur le tabouret à côté de Wilbur Brannon.

« Smut, sers-nous à boire. J'ai besoin de boire un coup, tu peux pas savoir.

— Moi j'en veux pas, Smut a dit. Ce soir je marche à la bière.

— Quand je t'aurai raconté la dernière, t'auras besoin d'un bon coup de raide toi aussi. »

Là-dessus, Baxter Yonce s'est renversé sur son tabouret en croisant les jambes. Il suait comme si on était en plein juillet. Smut l'a regardé. « Alors, c'est quoi ?

— Dick Pittman vient juste d'avouer qu'il a tué Bert Ford pour le voler. Ils ont fini par lui soutirer ses aveux complets.

— Non ! Wilbur Brannon a crié.

— Jésus ! Merde ! » Smut Milligan avait l'air horrifié, la bouche grande ouverte et les yeux écarquillés. Je l'avais eu tellement à l'œil tout ce temps-là qu'au début j'ai pas saisi ce que Baxter Yonce venait d'annoncer.

Smut s'est levé et il a remonté sa ceinture.

« Tu nous fais marcher, là, Baxter. »

Baxter a fait le signe de croix. Je sais pas pourquoi il a fait ça. Les rares fois qu'il allait à l'église, il était presbytérien. « Que Dieu m'étende raide mort si c'est pas la vérité vraie. D'après lui il était en train de regarder sous les ruches à Bert pour lui voler son argent quand Bert l'a surpris. Il dit qu'il a tué Bert et qu'il lui a pris l'argent qu'il avait sur lui.

— Eh ben nom de dieu ! Badeye a dit. Et qu'est-ce qu'il en a fait, une fois flingué, m'sieur Yonce ?

— Balancé dans la Rocky River la nuit même, à ce qu'il dit.

— Et comment qu'il aurait fait pour trimbaler le cadavre tout là-bas ? Wilbur Brannon a demandé. Bert Ford il était pas de ces plus légers.

— Il a pris la voiture à Bert et il l'a transporté jusqu'à la rivière. L'a balancé la nuit même. Même qu'il dit qu'il a lesté le cadavre avec une vieille roue de moissonneuse qu'il a trouvée quelque part dans la grange. Je pense que les poissons-chats se sont chargés du reste.

— Putain ! Il a drôlement fait fissa, alors », qu'il a dit Wilbur Brannon. Il devait avoir mal au cœur, parce qu'il a craché sa cigarette.

« Je sais pas si c'est une idée, mais moi je trouve que ça sonne pas très juste, tout ça », Badeye a dit en se frottant son œil de verre avec un doigt.

«Oh, ils ont tout ce qu'il faut pour le faire plonger, Baxter a dit. Ils l'ont comme qui dirait cuisiné sur ce qu'il a fait cette semaine-là, même qu'au début il se souvenait plus de rien.

— Tu parles, comme si qu'on pourrait se rappeler quelque chose qui remonte à si loin, Badeye a fait. Moi je pourrais pas vous dire où j'ai passé la nuit au mois de janvier, même pas une seule nuit.

— Vous vous souvenez comment qu'il a fait froid autour du premier janvier? Baxter a continué. Eh ben ils ont quand même réussi à lui faire admettre qu'il s'en rappelait, et à partir de là ils ont commencé à le travailler.» Baxter tenait pas en place sur son tabouret. «Putain, j'aurais drôlement besoin de boire un coup de raide, mince.» Mais personne a bougé. «Ils l'ont cuisiné et il se rappelait plus rien. La mémoire qui flanche, comme qui dirait. Mais finalement ils ont réussi à lui faire dire qu'il avait découché une nuit vers la fin de la semaine en question. Soi-disant qu'il aurait passé la nuit avec une bonne femme au village de la filature.»

«Qui ça?» Badeye a demandé.

Baxter Yonce a croisé les jambes encore une fois. Il se tortillait le dos comme pour montrer qu'il aurait été plus à l'aise si les tabourets du comptoir avaient eu des dossiers. «Infernal, ce tabouret, mince! La bonne femme, c'est la femme à Dave Cline. Selon Dick, il se l'est faite dans la nuit du jeudi.»

En entendant ça, Smut Milligan s'est raidi tout d'un coup et m'a regardé.

«Au début il voulait pas dire qui c'était. Mais ils l'ont comme qui dirait persuadé, si bien qu'après ça la mémoire lui est revenue, claire et verte. Alors le shérif a fait convoquer la bonne femme pour l'interroger. Elle jure ses grands dieux que c'est des menteries. Mais finalement, à la tombée de la nuit, c'est Dick qu'a craqué. Il a dit que c'était lui, et comment il avait fait. Tout Corinth était au courant, quand je suis parti.

— Bon Dieu, c'est mauvais pour lui ! Smut a fait.

— Oh, il risque pas d'être lynché. Bert était pas assez aimé pour ça. »

On entendait plus le nickelodeon depuis un moment. Peut-être que Buck Wilhoyt et Old Man Joshua étaient en train de mettre leurs nickels dans les machines à sous. Mais juste à ce moment-là le fichu truc s'est remis à jouer. Plus la même chanson, mais le même genre que Buck mettait toujours. Je sais pas pourquoi, mais ce soir-là ça me tapait sur les nerfs.

« Alors, et ce verre de raide, on se le boit ? Baxter Yonce a demandé.

— On se le boit, Smut Milligan a fait. Tu l'as bien gagné, Baxter. »

Smut est allé dans la cuisine et il est revenu avec une bouteille de rye presque pleine. On a tous bu un coup. Je me disais que je pouvais y aller, vu qu'on buvait de la même bouteille.

Wilbur Brannon ça lui avait fait un choc, ce que Baxter Yonce venait de raconter. On le voyait bien. Ça lui faisait quelque chose de savoir que Bert, peut-être le seul ami qu'il avait jamais eu, s'était fait buter, et qu'on avait nourri les poissons de la Rocky River avec. Ça lui faisait encore plus mal de penser que Dick Pittman ait pu faire une chose pareille. Wilbur Brannon il tirait une bonne part de ses revenus d'un tas de taudis à nègres là-bas à Charlotte. Il avait fait du bagne pour trafic de drogue. D'une certaine façon à Corinth il faisait figure de paria. Mais on aurait dit que ça lui fendait le cœur de voir qu'il pouvait arriver des misères aux autres aussi.

« Si ça se tombe ils ont dérouillé ce pauvre gars jusqu'à ce qu'il invente n'importe quoi juste pour avoir la paix. » Wilbur a fini son verre et l'a reposé sur le comptoir.

« Oh, ils lui ont pas fait de mal. Ils en sont juste venus à bout à coups de questions ; et pis d'abord il avait sa conscience contre lui, Baxter Yonce a expliqué.

— Mais juste parce que son flingue est un trente-huit et que le shérif a trouvé une douille de trente-huit chez Bert, ça veut pas dire pour ça qu'il a tué Bert, ce garçon. » Wilbur en démordait pas.

« Quand il est venu ici ce matin il a dit qu'il avait fait faire un test balistique sur la douille, Smut a dit.

— Oh, tout ça c'est des bêtises ! Wilbur a dit. Si je comprends bien, on sort la balle du corps de la victime et ensuite on peut dire si elle a été tirée de ce flingue-là ou non, rien que d'après le canon. Tu parles ! »

Badeye s'est redressé derrière son comptoir en ricanant. « Je voudrais bien voir le shérif en train de faire un test balistique. Je parie que dans son idée un test balistique c'est de faire baisser son froc au prisonnier.

— Tu l'as dit », Wilbur a fait. Mais il riait pas.

« N'empêche qu'il a avoué », Baxter Yonce a fait. Smut Milligan mâchouillait son cure-dent. Il avait bu qu'un petit coup de gniole de rien du tout. Les choses commençaient à se décanter, et il tenait à rester sobre.

« C'est quand même quelque chose, ça, comme un corniaud peut cacher son jeu, Smut a dit. Qui aurait cru Dick capable de faire un coup pareil, et de se débarrasser des pièces à conviction comme ça ?

— Il est plus malin que je le croyais, ça c'est sûr », a dit Baxter Yonce.

Sam l'a ouverte pour la première fois depuis l'arrivée de Baxter. « Dick il était pas si bête pour certaines choses. Prenez la mécanique. Il pouvait démonter une machine et la remonter comme il faut.

— Ça c'est vrai, Smut a dit en hochant la tête. Pour les réparations au pied levé, il en connaissait un rayon. Sur les autos, mais sur plein d'autres choses aussi, comme les radios et les réfrigérateurs.

— Il a quand même pas été bien futé ce coup-ci, après tout, qu'il a fait Baxter. A ce que je sais, il s'est pas fait plus de deux cents dollars à buter Bert comme ça. Prétend même avoir tout claqué en bêtises déjà. Et à ce qu'il dit, il a jamais rien pu trouver d'enterré sous les ruches. Comme quoi, le crime ne paie pas.

— Ça dépend des gens», Badeye a fait en débouchant une bouteille de porto qui était derrière lui sur l'étagère.

«Pas à la longue.»

Badeye a bu une longue lampée de porto, ensuite il a rebouché la bouteille et l'a remise à sa place.

«Puisque vous le dites, m'sieur Yonce», il a fait poliment.

Ils sont restés là à bavasser et à trouver des exemples qui prouvaient que Dick était finaud, et d'autres qui prouvaient qu'il était bien aussi bête qu'on l'avait toujours cru. Au bout du compte ils s'accordaient tous sur une chose, c'est que Dick était dans une belle merde pour l'instant. Et pendant qu'ils bavardaient comme ça, il arrêtait pas de venir du monde.

Tant et si bien, d'abord, qu'on s'est retrouvés débordés. Dick était en taule et Matt Rush était allé faire un saut à Corinth avec le camion à journaux. Il avait dit qu'il serait de retour dans les deux heures, mais il était toujours pas arrivé. Pendant un moment Sam s'est chargé de toutes les tables, des deux côtés, mais finalement il en pouvait plus. Si bien que j'ai dit à Smut que je m'occuperais des tables de notre côté et que lui pourrait tenir la caisse, et c'est comme ça qu'on a fait.

J'aurais pu tenir le comptoir et laisser Badeye faire le service aux tables, mais j'avais mes raisons pour faire autrement. Fisher et Lola étaient là. Ils étaient à une table de notre côté, et personne s'occupait d'eux. On les avait pas vus entrer. Juste par hasard j'avais regardé du côté du mur, et ils étaient là. Une bonne occasion d'écouter ce qui se dirait.

On voyait que c'était le printemps rien qu'aux affaires qu'ils portaient, les Fisher. Ils avaient leurs chaussures deux tons. Fisher était en tweed verdâtre et fumait la pipe. Lola avait une jupe qui paraissait être en tweed aussi, avec une veste à carreaux. Elle était nu-tête. Les Fisher se faisaient face, assis à la table.

J'ai pris mon crayon et un des petits carnets à lignes et j'y suis allé. « On s'est occupé de vous ? j'ai demandé.

— Personne », Fisher a fait en suçant sa pipe.

Lola regardait le menu qu'elle avait ouvert à plat sur la table.

« Ils sont vraiment de l'Ouest, vos steaks ?

— Oui, m'dame Fisher. Et rudement bons, si je peux me permettre.

— Je vais prendre le steak avec les pommes sautées, et un petit peu de salade de chou. » Elle a tendu le menu à Fisher. « T'en veux pas un aussi, chéri ? »

Fisher a même pas regardé le menu. « Ça me dit rien, un steak. Ce que je veux, c'est un cocktail. Dites à Milligan de me faire un highball. Et dites-lui de mettre du whisky dedans.

— Oui, m'sieur.

— Oh, chéri, commence pas à boire ! T'en as déjà pris deux. » Lola s'est penchée sur la table et elle lui a pris le menton en faisant une petite moue. « Allez, mon chou, tu sais bien que j'aime pas manger toute seule. »

Fisher s'est dégagé. « T'en fais pas, chérie, je reste avec toi. »

Lola a haussé les épaules. « Bon. Il mange pas ce soir. Colère après moi, je suppose. Jack, surtout tu m'amènes toutes les sortes de sauces à steak. Worcestershire, et puis le truc qui pique.

— La sauce rouge qu'emporte la bouche ?

— C'est ça. Celle avec tous les piments rouges.

— D'accord. »

Je suis allé à la cuisine donner leur commande, et en revenant je leur ai apporté leur verre d'eau.

Il y avait d'autres clients de ce côté-ci de la cloison, et je m'occupais d'eux en essayant d'en expédier le plus possible. C'est-à-dire, je leur demandais si c'était tout, s'ils désiraient autre chose, et dans ces cas-là je l'apportais vite fait, pour être libre de prêter toute mon attention aux Fisher. Mais c'était pas après leur pourboire que j'en avais.

Une fois servi le steak à Lola et un deuxième highball à Fisher, je me suis posté à la table juste à côté de leur banquette. Je suis allé me chercher une bouteille de soda et je me suis mis à la table en faisant mine de siroter ça, tout en restant à la disposition des clients bien entendu. Mais j'avais surtout les oreilles vissées sur ce que racontait le couple le plus riche de Corinth.

Au début on les a pas entendus. Lola avait de bonnes manières à table, et elle faisait pas de bruit en mangeant, surtout de là où j'étais. Une ou deux fois j'ai entendu Fisher tirer un coup sur sa pipe. Je crois qu'elle était déjà éteinte avant qu'ils arrivent au roadhouse. Finalement, j'ai entendu Fisher reposer son verre sur la table. Il devait commencer à en avoir un tour, parce qu'il l'a reposé drôlement fort.

« Je ne peux toujours pas croire que ce simplet que le shérif a mis en prison ait le courage de tuer qui que ce soit.

— Quand on est suffisamment bête, on a pas besoin de courage pour faire le mal », Lola a dit comme ça.

Fisher a eu l'air estomaqué un moment.

« Je suppose que tu as raison. Un idiot de naissance ne réalise pas les implications de ce qu'il fait. Une personne comme ça ne songe qu'au présent immédiat. Ce sont les besoins animaux qui priment, ou plutôt les désirs bestiaux. Les femmes en particulier sont comme ça.

— C'est vrai qu'on est terribles, de ce point de vue-là.

Chéri, tu sais pas ce que tu perds, à pas prendre de steak avec moi.

— Ça se peut bien. J'ai l'impression de perdre des tas de choses. Mais mon whisky me suffit largement. Je me demande ce que les marchands de vin peuvent bien acheter de moitié aussi précieux que ce qu'ils vendent*.

— De la came, peut-être, a dit Lola.

— Très fort comme poète, ce vieil Omar. J'aime beaucoup ses quatrains.

— C'était pas un Grec ?

— Persan. Je trouve beaucoup de réconfort dans ses vers.

— Moi je trouve beaucoup de réconfort dans ce steak. »

Fisher a tourné la tête. « Où est notre garçon ? »

Je me suis levé. Fisher a claqué des doigts dans ma direction. « Whisky.

— Bien, m'sieur.

— Oh, Charles ! Pas un autre. Si tu as un peu de respect pour moi, arrête de boire.

— Je veux un verre de whisky », Fisher m'a dit.

Je l'ai préparé moi-même, son verre ; je l'ai chargé comme pour la chasse à l'ours. Sur un plateau, en plus de ça. Il a pris le verre et il l'a pratiquement vidé d'un seul trait.

« C'est nettement mieux », qu'il a fait.

Lola faisait la tête. Moi je suis retourné me poster à la table d'à côté.

« Le crime ne paie pas, Fisher a remis ça. Pas plus que l'intrigue ni la tricherie. Rien de tout ça ne mène jamais à rien. Je ne comprends pas ce qui pousse tant de gens à croire qu'ils peuvent agir comme ça et s'en tirer. »

Lola a rien répondu. Côté dancing, le nickelodeon était en train de jouer *The Beer Barrel Polka*. On entendait les

* Vague citation d'Omar Khayyam, dont la vogue battait son plein aux Etats-Unis à cette époque.

gens danser ; ça avait même l'air de se donner drôlement, et il devait y en avoir qui faisaient le jitterbug, parce que beaucoup de clients de mon côté se sont levés pour passer dans la salle de dancing. Quand les filles dansent le jitterbug, des fois elles se retrouvent les jupes par-dessus tête, et bien sûr aucun des gars aurait voulu manquer ça pour un empire. Ils disaient tous que ça enfonçait le spectacle de hootchie-kootchie à tous les coups, parce que là c'était des gentilles filles qui faisaient ça. Des filles bien. Elles aimaient juste faire le jitterbug, et elles portaient pas beaucoup de dessous.

« Prends Capone, par exemple. Qu'est-ce que toute son activité criminelle lui a donné ? Il est enfermé dans une prison fédérale – ou l'était –, et en plus de ça, il fait de la parésie. Ou les autres gangsters. Ils se font tous descendre. C'est pareil partout. Il faut se plier aux règles.

— Toi alors, on peut dire que t'as le crime en tête, ce soir, qu'elle a fait Lola.

— Chérie, si tu me trompais avec un homme, je le tuerais. Tu es prévenue. Je deviendrais un assassin. Je ne pourrais pas le supporter ! »

La dernière phrase il l'a dite si fort que Badeye et Smut se sont retournés sur lui.

Je me suis levé et suis resté debout contre la banquette. Fisher avait la tête sur la table. Lola lui a passé la main sous la tête pour essayer de la redresser.

« Charles, t'es saoul ! » Elle lui tirait sur la tête, mais il résistait. « Charles, redresse-toi ! Bon Dieu, Charles, me fais pas une scène ! Tu te conduis comme un enfant. Redresse-toi ! »

Elle a levé les yeux et elle m'a vu.

« Vous voulez quelque chose d'autre, m'dame Fisher ? j'ai demandé.

— Non. C'est tout. »

Je lui ai donné l'addition et je suis reparti vers l'entrée. Deux minutes plus tard ils étaient à la caisse pour payer. C'est

Fisher qui a payé, alors il devait pas être si saoul que ça. Quand ils sont passés devant moi, j'ai cru voir que Fisher avait la larme à l'œil, mais peut-être que c'était seulement tout le whisky qu'il avait bu ce soir-là. Fisher il tenait pas bien le litre. Moi en tout cas j'étais bien content qu'ils soient passés nous voir.

24

Le lendemain, j'étais debout avant même que le merle moqueur se mette à coinquer de l'autre côté de la route. Rufus était seul dans le roadhouse quand je suis arrivé. Je suis passé par la cuisine, et j'étais pratiquement à la porte battante quand il m'a repéré. Il m'a demandé si j'étais pas un peu matinal et je lui ai dit que si, mais je pouvais pas dormir alors je me suis dit que j'allais ouvrir de bonne heure aujourd'hui. Il a eu l'air de se contenter de mon explication et il m'a demandé si je voulais une tasse de café. J'ai dit non, je crois pas, et je suis passé à côté.

J'ai sorti la machine à écrire de Smut et j'ai commencé un mot pour Fisher. Rufus faisait un raffut du diable ce matin dans la cuisine. Et que je chante, et que je jette du bois dans le fourneau, et que je claque les portes, et que je cogne les poêles et les casseroles ; je me disais qu'il entendrait peut-être pas le boucan de la machine. De toute manière, je m'en faisais pas beaucoup pour lui, même s'il m'entendait. S'il y avait un nègre qui savait la boucler sur les choses qui le regardaient pas, c'était bien lui.

Comme j'avais déjà la lettre composée dans ma tête, elle a pas pris longtemps à taper. C'était court, comme lettre, et ça disait à peu près ceci :

Cher M. Fisher,

Vous vous souvenez sans doute de la lettre que je vous ai écrite il y a un petit moment. Comme quoi votre femme vous faisait les cornes à ses moments perdus quand vous étiez parti.

Elle continue. Elle vous fait passer pour un imbécile. Bien sûr, moi je sais très bien que vous êtes loin de l'être, mais les gens à Corinth se sont mis dans l'idée que vous devez être une sorte de crétin.

M. Fisher, il faut que vous me fassiez confiance. Si jamais dans les deux jours qui viennent vous partez en voyage, il y aura une rencontre entre votre femme et le gars qui la saute. Je peux m'arranger pour être témoin de cette rencontre. Je devrai forcément rester en arrière-plan, mais je verrai néanmoins tout ce qui se passe et je vous raconterai. Mais pour ce faire, il faut que vous partiez immédiatement; et laissiez entendre que vous partez. Dites-le aux glandeurs en ville. Dites-le à Fletch Monroe. Peut-être qu'il sortira un journal dans un jour ou deux, et ça tomberait pile si vous partiez en voyage à ce moment-là. A votre retour, je vous en raconterai des vertes et des pas mûres.

Votre ami.

Il fallait que Fisher fasse savoir à quelqu'un qu'il partait en voyage. Je pouvais pas juste me fier à Lola avec sa façon de passer devant le roadhouse et de faire signe à Smut, des fois que ce serait pas un signal.

J'ai remis la machine dans la boîte et je l'ai reposée à sa place sous le comptoir. Je m'apprêtais à aller poster la lettre quand Smut s'est amené par-devant. Il était drôlement de bonne heure, pour lui.

«T'es levé de bonne heure, il a dit.

— Pouvais pas fermer l'œil.

— Moi non plus.»

Il est allé se prendre un paquet de cigarettes au présentoir près de la caisse. J'ai été à la cuisine me chercher une tasse de café.

Une fois dans la cuisine j'ai décidé de manger un morceau, et peu de temps après, Smut est venu prendre son petit déjeuner. Après ça on est retournés devant. Smut a ouvert et je me suis mis à nettoyer.

On s'est occupés comme ça jusqu'à ce que Badeye et Sam Hall arrivent. Il devait être huit heures et demie. Sam et Badeye se sont partagé le journal, mais quand Smut a pris la porte en faisant sauter ses clés de camion dans sa main, Sam a levé le nez de ses bandes dessinées.

« T'irais pas à Corinth, des fois, Smut ? »

Smut s'est arrêté à la porte. Il a tourné la tête.

« Ouais, justement. Tu veux venir ? »

Sam a jeté son journal sur le comptoir. Il a levé le pied droit. Sa chaussure était toute déchirée à la semelle. Sam a fait tortiller ses doigts de pied à travers la fente.

« Si tu pouvais me donner un peu d'argent, j'irais avec toi m'acheter des godasses.

— Combien tu veux ?

— Devrais pouvoir m'en trouver une paire pour trois dollars. »

Smut est revenu à la caisse. Tout en s'accoudant au présentoir il s'est penché sur la chaussure éclatée.

« Tu devrais pouvoir te trouver des chaussures pour moins que ça.

— Les godasses bon marché, ça dure jamais.

— Je te donne deux dollars et demi. J'ai vu quelque chose dans la vitrine chez Delk's, la semaine passée. Ils ont des belles chaussures de sport pour deux dollars quarante-cinq. »

Smut a ouvert son portefeuille et il a donné deux billets à Sam, et deux quarters. Sam s'est levé et ils sont partis au camion, qui était garé devant dans la cour.

« Je peux venir aussi, Smut ? j'ai appelé derrière eux.

— Ramène-toi », Smut a fait.

Alors comme ça on est partis pour Corinth – Smut au volant, Sam au milieu, et moi calé contre la portière. Smut d'habitude prenait par Lover's Lane, mais là on a pris par la grand-route. Smut conduisait à toute blinde, cent dix presque tout du long, et il soufflait un tel vent dehors que ça le gênait dans sa conduite. Le pick-up arrêtait pas de mordre sur le bas-côté, et Smut redressait le volant en jurant copieusement. Smut disait qu'à son avis il y avait de plus en plus de vent d'année en année. Peut-être parce qu'on avait défriché trop de forêts, qu'il disait.

On fonçait sur la route et les fermiers étaient au travail dans les champs de chaque côté de la chaussée. La plupart buttaient leurs terres à coton pour l'année. Juste comme on dépassait un fermier j'ai vu son chapeau qui s'envolait. Le vent a emporté le chapeau qui est passé tout près de l'oreille d'une des mules – une grande grise, c'était –, et la mule a fait un écart en se cabrant sur ses pattes de derrière.

On a traversé Shantytown comme ça à toute blinde et on a bien failli rentrer dans le camion laitier à Jules Wertz, qui sortait de derrière le New York Cafe en marche arrière. Smut était pas spécialement pressé, il conduisait toujours comme ça. Et s'il lui est jamais arrivé un pépin, ne serait-ce qu'un pare-chocs égratigné, j'en ai jamais eu vent.

On s'est garé devant la Beaucom's Pharmacy. J'ai ouvert la portière et j'ai mis le pied sur le trottoir. Smut et Sam sont descendus de l'autre côté, et Smut lui a demandé si ça lui dirait de faire une partie de billard. Sam lui a dit comme ça qu'il ferait aussi bien de claquer son argent sur la paire de chaussures, alors Smut est entré seul à l'Elite Pool Room, et Sam s'est mis à remonter la rue principale en direction de Delk's, le grand magasin. Smut avait dit qu'il voulait retourner au roadhouse dans une heure environ.

J'ai attendu devant le drugstore jusqu'à ce qu'ils aient

disparu tous les deux, ensuite j'ai été m'acheter un timbre à la poste et j'ai jeté la lettre à Fisher dans la fente.

Je savais pas trop quoi faire pour occuper mon temps, toute une heure à Corinth. Ça faisait si longtemps que j'y avais mis les pieds que j'avais oublié comment qu'on faisait pour tuer le temps dans les stations-service, au café ou au bowling. De toute manière, le bowling était désert, à part un négro qui balayait. Le billard, très peu pour moi. Smut Milligan je le voyais suffisamment comme ça au roadhouse sans encore en plus le suivre partout dans Corinth.

Du coup, j'ai marché jusqu'à la station à Rich et j'ai passé un petit bout de temps avec lui. Ensuite j'ai arpenté Main Street d'un bout à l'autre jusqu'à ce que ça fasse une heure. Quand je suis revenu devant le drugstore, Smut était assis sur le marchepied du camion, en train de renouer son lacet. Il m'a regardé.

« Je suis pas encore prêt à rentrer, Jack. Trouve-toi de quoi tuer encore une heure. Faut que j'aille voir LeGrand à son bureau discuter de quelque chose. Reviens dans une petite heure. »

C'est comme ça que je me suis décidé à aller rendre visite à Dick Pittman. En redescendant la rue il y avait autant de vent qu'on est supposé en avoir en mars. Mon chapeau fallait que je le tienne à deux mains. J'ai tourné le coin, passé la taule à Duke Power, j'ai descendu Grindstaff Street (la rue portait le nom du père au juge Grindstaff), et je me suis retrouvé devant la prison.

Elle était neuve, la prison, construite en briques. De dehors, on aurait dit une école ou un collège, sauf pour les barreaux. Elle était à un étage, et le geôlier habitait en bas avec sa femme. Grover Davis, le geôlier, était debout devant sa porte quand j'ai monté le perron.

« Bonjour, m'sieur Davis. On peut voir le prisonnier ?

— Qui c'est que tu veux voir ? il a demandé.

— Dick Pittman. Juste une minute.

— Je suppose qu'il y a pas de mal à ça», il a fait.

Grover a hésité une seconde, ensuite il m'a fait signe de le suivre. On a grimpé un escalier près de l'entrée.

Ça faisait à peine six mois que la prison était finie. Elle était censée être ininflammable, et elle avait coûté cinquante mille dollars aux contribuables. C'est Tom McDermott, le beau-frère à Astor LeGrand, qui a construit la prison. Alors aucun doute qu'elle a effectivement dû coûter plusieurs milliers de dollars.

Arrivé en haut des escaliers, ça devenait bas de plafond. Et un peu sombre aussi. Il y avait un long couloir, et des cellules alignées sur la gauche. A notre bout il y avait une grand cellule, et c'est là qu'était Dick, avec deux autres gars. Juste après eux il y avait un colosse de négro dans une cellule à lui tout seul. J'ai vu personne d'autre plus loin.

Il y avait trois lits de camp, où Dick était, et les deux autres gars étaient allongés sur le leur. Mais Dick était sur un tabouret, la figure pressée contre les barreaux. Il avait les yeux fermés, comme s'il dormait. Il avait de la peluche dans les cheveux. Je lui ai parlé et il a ouvert les yeux.

«Si c'est pas Jack, bah ça par exemple!» Il avait le sourire. «Je suis bien content de te voir, Jack. Et Smut, où qu'il est?

— Au bureau de M. LeGrand», j'ai dit.

Grover Davis a craché par terre. «Faut que je redescende, il a dit. Tu peux lui parler une minute, Jack, mais tu peux pas rester trop longtemps.

— Je serai pas long.»

Grover est sorti et j'ai jeté un œil sur les compagnons de Dick. Un des deux c'était le gars avec les boutons plein la tronche, le dénommé Slop Face, celui qu'avait failli en suriner un autre au roadhouse l'automne passé. L'autre je le connaissais pas. Mais il avait pas l'air commode, comme client – hâlé si foncé qu'on aurait dit un négro un peu clairet. C'était peut-être en partie de la suie, parce qu'il avait tout l'air d'un vagabond qui s'était fait piéger en ville.

« Comment que tu t'en tires, Dick ?

— Comme ça », il a fait. Son œil gauche était noir comme l'as de pique. Sa lèvre était fendue aussi.

« Qui c'est qui t'a collé l'œil au beurre noir ? »

Dick a regardé les deux gars derrière lui. « Je me suis cogné dans le mur hier soir. L'ampoule était grillée, il faisait noir et je connais pas encore bien l'endroit. »

L'homme qui avait l'air de sauter d'un wagon de marchandises s'est esclaffé. Un petit rire court, comme un cheval qui renâcle. Dick l'a regardé en se fendant d'un sourire. Bigrement jaune, le sourire.

Il s'est rapproché des barreaux. « Ils m'ont eu, Jack. J'en avais tellement marre de les avoir sur la soie, j'ai avoué que j'avais tué m'sieur Bert Ford. Je sais pas ce qui m'a pris de le buter. »

Dick parlait deux fois plus vite que je l'avais jamais entendu parler. Il gardait les yeux fixés au sol. Il arrêtait pas de se tordre les mains, comme si elles étaient mouillées et qu'il voulait se les sécher en les frottant l'une contre l'autre.

« Cette nuit-là je suis sorti m'amuser, et j'ai bu un coup de raide. Ça m'a mis la tête en feu. Il me fallait de l'argent, tout de suite. Je savais pas où en trouver. Finalement Bert Ford m'est venu à l'esprit. Je me suis dit, il a des sous planqués chez lui, ce radin. Tout le monde le dit, ça doit être vrai. Je me suis repris un coup de gniole, de cette gniole en cube comme ils en vendent dans Shantytown, et je suis arrivé tant bien que mal chez Bert Ford. Il faisait noir comme dans un four là-bas. J'ai mis le temps, mais j'ai réussi à distinguer les ruches. Une supposition que Bert Ford aurait planqué son argent sous les ruches, je me suis dit. Et je me suis mis au travail. »

Dick a pris sa carotte de Beechnut et s'est collé tout ce

qui restait du paquet dans le bec. Il a froissé le paquet et l'a laissé tomber par terre.

« J'étais sur le point de trouver quelque chose, quand j'entends un bruit. Bert Ford. Debout devant moi, une torche électrique à la main. "Qu'est-ce que tu fabriques dans mes ruches, putain de ta mère ?" qu'y me dit comme ça. "Que le diable t'emporte, fichue crevure, je vais t'apprendre à venir fouiner dans mes putains de ruches !" Et v'là qu'il me tombe dessus. J'ai eu peur. Je suppose que j'ai perdu la tête. J'ai sorti mon pistolet et j'y ai troué le cœur. Je me serais bien débiné sans lui tirer dessus, mais comment que je pouvais savoir qu'il était pas armé ? »

Dick m'a regardé une seconde, avant de se remettre à fixer le sol et à me donner sa version du meurtre.

« J'ai trouvé ses clés dans sa poche. J'ai sorti sa bagnole du garage et je l'ai mis à l'arrière. Après ça je me suis trouvé une vieille roue de moissonneuse qui traînait dans la cour. Non, dans le garage, que c'était. C'est comme ça que je l'ai vue. Quand j'ai allumé les phares de la voiture. Je l'ai emmené à la rivière et je l'ai lesté avec la roue. Ensuite je l'ai balancé dans la rivière. Juste après le pont. J'ai pris l'argent qu'il avait sur lui. Cent dollars et des poussières, il avait. J'ai ramené la voiture chez lui et j'ai rappliqué au roadhouse en courant tout le chemin. »

Dick à ce moment-là il m'a regardé, l'air tout heureux d'avoir bien retenu l'histoire. Sauf que ses yeux avaient quelque chose de vitreux. Il bavait un peu, et ça lui tombait sur sa chemise en chambray. Le gars nommé Slop Face s'est allongé sur son lit en se mettant un vieux journal sur la figure. Je sais pas pourquoi il faisait ça, sauf par habitude, parce qu'il faisait pas assez chaud pour qu'il y ait des mouches dans la prison. A part les meubles et les trois prisonniers, tout ce que j'ai vu dans cette cellule c'est des cafards qui avaient l'air bien nourris, et un rat qui a traversé le plancher et qui s'est cavalé dans un trou sous les latrines. Les couvertures étaient sales et l'endroit puait, mais il n'y avait pas une mouche en vue.

« T'as drôlement dû faire vite, dis donc, cette nuit-là, j'ai fait à Dick. As-tu couru tout le long du chemin, de Shantytown jusque chez Bert ? Parce qu'autrement je vois pas comment t'aurais eu le temps de faire tout ce que tu dis rien qu'en une nuit. »

Dick a fait sa bouche en cul de poule. « Non, je vais te dire comment ça s'est passé. Je suis en train de courir sur la grand-route, juste à la sortie de Shantytown, et v'là une voiture qui s'amène. Un gars que je connais pas, qui me fait monter. M'a fait faire le bout de chemin jusqu'à la rivière, jusqu'à la route qui monte chez m'sieur Bert. C'est comme ça que ça s'est passé.

— Je vois. » Je vous dis pas l'effet que ça me faisait de l'entendre avouer n'importe quoi comme ça. J'aurais donné je sais pas quoi pour jamais être venu dans cette bon dieu de prison.

C'est alors que Dick m'a regardé droit dans les yeux. Il s'est levé de son tabouret, il a pris un barreau dans chaque main et il a pressé sa figure contre les autres. Il s'est mis à chialer.

« Dieu Tout-Puissant ! Jack, y m'ont coincé et y vont me lectrocuter pour quelque chose que je sais même pas ! Pour l'amour de Dieu, Jack, tu peux pas rien faire ? Où qu'est Smut ? Y peut pas rien faire, lui ? Tu sais bien que j'ai pas tué personne, quand même ?

— Je sais, Dick. » Je savais pas quoi lui dire. Dick, les larmes qui coulaient sur la figure. Sitôt sorties de ses yeux elles tournaient au grisâtre, à cause de toute la poussière qu'il avait sur la figure. Il serrait les barreaux si fort que les veines lui faisaient comme des sillons sur les poignets et les avant-bras.

«Sors-moi d'ici avant qu'ils m'embarquent à Raleigh pour me faire frire!» Dick a hurlé. Il avait enlevé ses mains des barreaux et restait comme ça, juste appuyé sur la figure, les bras ballants comme des manches sur un épouvantail. Sa voix était plus qu'un murmure. «Je savais pas de quoi qu'y causaient. M'ont tapé dans la bouche et dans l'œil, et dans le ventre jusqu'à ce que je me sente comme un furoncle tout partout; à la fin ça m'a rendu comme fou. Ils arrêtaient pas de me dire comment que ça s'était passé; ce que j'avais fait, alors que j'ai rien fait. A la fin j'ai bien vu qu'ils allaient me faire crever, à me taper comme ça, alors j'ai dit, ouais, c'est moi, je l'ai fait. Je me disais que ça ferait toujours moins mal de mourir sur la chaise que comme ça.»

Il s'est redressé, et ses yeux étaient plus vitreux du tout. Ils étaient farouches et apeurés, et j'ai même pensé: Dick serait salement dangereux là maintenant, s'il avait un flingue et s'il pouvait sortir de derrière les barreaux; avec quelqu'un entre lui et ces escaliers.

«Je te le dis, moi, saleté de bon dieu de bois, Smut Milligan il a drôlement intérêt à me sortir d'ici! Il sait foutrement bien que j'ai jamais rien fait, bordel! Dis-lui de me sortir de là!» Dick criait, à présent.

Le vagabond était en train de se soulager la vessie dans la latrine. Il a tourné la tête. «Gueule pas si fort, paysan. Tu m'empêches de faire mes eaux.»

Dick s'est remis à chialer et à gémir.

«Je *pourrais* pas tuer personne, même si je voulais. Mince, quand j'étais môme j'allais me cacher quand on tuait le cochon. Je pouvais pas supporter de les voir faire. Tu sais bien que j'ai jamais tué m'sieur Bert Ford. Dans ton for intérieur, Jack, tu le sais que j'ai pas tué?

— Je sais bien, Dick. Mais t'en fais pas. T'auras un procès et un avocat. Tu vas t'en tirer.»

Le vagabond s'est retourné à ce moment-là, en se reboutonnant. « Sur la chaise, que tu vas frire, paysan », il a fait avec ce petit rire de cheval qu'il avait. Slop Face, lui, a commencé à ronfler. Chaque fois qu'il inhalait, le journal qu'il avait sur la figure se collait à sa bouche. Le vagabond s'est assis sur le lit de camp à côté de Slop Face. Il semblait fasciné par le journal qui montait et qui descendait.

« Jack, t'es mon ami, non ? » Dick était de nouveau sur le tabouret, la tête appuyée contre les barreaux.

« Tu sais bien que oui, j'ai dit. Tu veux que je t'amène quelque chose ?

— Arrange-toi seulement pour que Smut Milligan vienne me voir. Ce matin.

— Je te l'envoie tout de suite, j'ai dit en partant. T'as besoin de quelque chose, du tabac à chiquer ou autre chose ? »

Dick regardait par terre, comme s'il voulait plus qu'on l'embête. « Je veux un Coca-Cola. C'est tout ce que je veux.

— Je t'en fais monter un tout de suite, j'ai dit.

— Fais-le monter par Smut Milligan », Dick m'a crié après alors que je dévalais déjà les escaliers.

Dehors, j'ai traversé la rue jusqu'au Pee Dee Barbecue Lunch. J'ai donné la pièce au garçon à l'intérieur pour qu'il monte un Coca-Cola à Dick. Le gars a dit qu'il y allait tout de suite.

25

J'ai remonté Gringstaff Street, tourné encore une fois devant chez Duke, et j'ai commencé à remonter Main Street. Au bout de la rue j'ai vu Smut devant le drugstore, qui me faisait signe de m'activer.

« Où c'est que t'étais passé, merde ? Smut m'a demandé de loin. Je t'ai cherché dans tout le patelin.

— J'étais à la prison. Je causais à Dick.

— Sans blague ?

— Il va perdre la boule d'un moment à l'autre. Il veut te voir. Tout de suite.

— J'ai pas le temps maintenant. Je suis pressé. Je veux que tu fasses quelque chose pour moi.

— Quoi ?

— Je veux que tu ramènes le pick-up. Sam est déjà parti – il est rentré avec le camion de la blanchisserie. Reste plus personne pour ramener le camion, sauf toi.

— Et toi, tu peux pas le conduire ?

— Faut que je conduise une autre bagnole. Je viens juste de faire un échange chez Baxter Yonce, je me suis payé un coupé Dodge.

— Donne-moi les clés », j'ai dit.

En rentrant au roadhouse j'ai réfléchi à plusieurs choses. La façon qu'on laissait Dick Pittman trinquer me rendait malade. J'ai bien pensé un moment à le faire s'évader, mais parlez d'une perte de temps et d'effort. Dick était bien trop con pour rester évadé. J'ai songé aussi à aller trouver le shérif et lui dire exactement ce qui s'était passé avec Bert Ford. Mais j'ai vite rejeté l'idée.

Une autre chose qui me tracassait, c'était cette voiture que Smut venait d'acheter. Encore mille dollars qui s'envolaient du coffre, et ça m'inquiétait brutal de le voir dépenser cet argent comme si c'était de l'eau. Si au bout d'une semaine mes lettres donnaient toujours pas de résultats, alors faudrait bien percer un trou dans le coffre et voir ce qu'il y avait dedans.

L'après-midi, sur le coup de trois heures, j'étais dehors au pont de graissage à côté du garage en train de regarder Smut et Sam vidanger le camion, quand j'ai entendu une auto klaxonner. C'était un klaxon à deux notes. J'ai regardé d'où ça venait, mais j'ai juste vu l'arrière d'une voiture qui disparaissait derrière le roadhouse. Au bout d'une minute, pourtant, j'ai vu la voiture de Lola Fisher qui faisait demi-tour sur la grand-route. Elle a encore klaxonné une fois tout en repartant à toute blinde en direction de la rivière. Smut s'était retourné et il regardait la route, là où elle était passée. J'ai pas pu voir s'il lui avait fait signe.

N'empêche qu'il a pas fallu longtemps à Smut pour laisser Sam terminer le graissage tout seul. Il est allé à sa piaule. Il a dû dormir tout le reste de l'après-midi, parce qu'on l'a pas revu au roadhouse avant qu'il fasse nuit noire dehors. Il a mangé deux sandwichs au comptoir, avec un verre de sa mixture favorite. Une sorte de grog, moitié whisky, moitié lait. Il y en a qui disent que ça vous rend malade comme un chien de mélanger whisky et lait frais, mais Smut prétend que c'est des bêtises, tout ça. Le lait lui faisait comme une doublure dans l'estomac, qu'il disait toujours.

Il y avait justement foule, ce soir-là. C'était vendredi, et dans ce temps-là la fabrique de bonneterie payait le vendredi. En plus de ça, l'équipe scolaire avait écrasé Blytheville 8-0 au base-ball l'après-midi même, alors ils fêtaient ça, d'autant qu'ils avaient corrigé Blytheville à l'extérieur sur leur terrain, et malgré les arbitres fournis par Blytheville. Les jeunes buvaient beaucoup de bière à cause du match.

Smut est resté accaparé un bout de temps dans la pièce réservée aux parties de dés. Deux fois de suite il a fallu que j'aille porter du whisky là-bas, et je vous prie de croire qu'il fallait jouer des coudes pour seulement y arriver. On avait aussi toute une armée d'étudiants, ce soir-là, rentrés chez eux pour les vacances de Pâques, et je crois que jamais Duke ni Carolina State en a lâché un lot qui croyaient plus au Père Noël que ces gars-là. Ils se figuraient pouvoir battre Smut Milligan et ses dés pipés. Et il y avait plus d'un gars de la bonneterie qui semblait d'ailleurs aussi bête que ces godelureaux d'étudiants.

Cette nuit-là il y avait une formation nuageuse qui restait stationnaire à l'ouest. Il avait fait du vent toute la journée, mais à la nuit le vent était tombé et plus rien bougeait. C'était la bonne époque pour les tornades, mais ce nuage à l'ouest ressemblait plus à une de ces formations qu'on voit l'été. Il y avait des éclairs sans arrêt au loin, et de temps en temps on entendait gronder en sourdine, lent et profond.

Vers onze heures, Smut est revenu de notre côté. Il est sorti jeter un œil sur le ciel. En revenant, il s'est arrêté à la caisse.

« Je crois pas qu'il va flotter. C'est bouché au sud-ouest là-bas, mais ça va se tasser. Je vais à ma piaule, me changer. Ensuite, faut que je m'en aille. »

Au bout d'un quart d'heure il était de retour à la caisse. Il s'était mis sur son trente et un. Le costume vert à chevrons, avec les chaussures de sport deux tons, brun et blanc, et le chapeau tyrolien vert avec une plume dans le ruban. Au coin de la bouche il avait un de ces longs cigares fins que les planteurs sudistes sont supposés fumer – quand ils ont dix sous pour s'en payer un – et il ressemblait à un croisement entre un tricheur au cinéma et un de ces Peaux-Rouges, bien déterminés à plus céder un pouce des terres de chasse au visage pâle. Tout en tortillant du cou dans son col, il a ouvert sa veste en grand. Il avait une bouteille de gniole dans sa poche intérieure.

« Equipe-moi, mon pote, qu'il m'a fait. Faut que je me fournisse. »

Il s'est penché vers moi. Son haleine faisait au moins du soixante degrés. Il s'est retiré le cigare du bec.

« Donne-moi un paquet de Camel et une pochette d'allumettes. Et pis une bouteille d'eau gazeuse, pendant que tu y seras. Et un décapsuleur. »

Je lui ai donné les allumettes et les cigarettes. J'ai mis la bouteille dans un sac en papier que j'ai poussé vers lui. Il s'est penché encore un peu plus, parce qu'il y avait deux filles assises tout près au comptoir.

« Donne-moi aussi un paquet de peaux de zébi. »

Je lui ai donné le paquet, et il l'a tenu dans sa main, l'air de calculer quelque chose.

« H'm, y en a que trois par paquet. » Smut a fourré le paquet dans sa poche. « Fait plus d'une semaine que j'ai pas fait l'amour. Tu ferais aussi bien de me donner encore un paquet de ces trucs-là.

— Tu doutes de rien toi au moins, j'ai dit en lui donnant un autre paquet.

— Et c'est rien, que ça. Tu verrais ce que j'ai dans ma poche. Dis donc, ça marche pas mal, ce soir, on dirait. Mais faut que je m'en aille. Reste ouvert aussi longtemps que t'auras du monde. Même s'ils sont beurrés à en tomber par terre. Tant qu'ils continuent à dépenser, ils peuvent être saouls comme des cochons, laisse ouvert. »

Il est passé derrière le tiroir-caisse et l'a ouvert. « Ferais bien de prendre le plus gros de la recette avec moi. C'est pas prudent de laisser du fric ici la nuit. » Il a sorti tout un rouleau de billets et se l'est mis dans la poche. « Je t'ai laissé plein de monnaie. Quand tu fermeras, boucle le tiroir-caisse et laisse la recette dedans. »

Il allait pour partir, mais il s'est ravisé. Il s'est tourné vers moi. « Et j'ai bien dit toute la recette, jusqu'au foutu dernier sou. Compris ? »

Il avait l'air mauvais en disant ça. J'ai rien répondu et il est sorti.

Baxter Yonce et Fletch Monroe étaient chez nous ce soir-là. Ils avaient passé le plus gros de la soirée côté dancing, à faire marcher le nickelodon et à faire du gringue aux filles les plus dindes, comme font les vieux des fois, mais quand Smut est parti ils sont venus se parquer au comptoir. Baxter biberonnait un petit peu ce soir-là, et il a commandé une bière. Je l'ai servi et j'ai demandé à Fletch s'il en voulait une aussi. Il m'a regardé posément et s'est fendu de son grand sourire plein de dents qui se montaient dessus.

« Non, j'ai arrêté, qu'il a fait. Pas touché à rien depuis vingt-neuf jours pleins, même pas une bière. Demain, ça fera juste un mois que je bois plus. »

Fletch il restait généralement saoul des trois semaines durant, quand il s'y mettait, et après une muflée il arrêtait toujours pour de bon. C'est pas que je voulais le tenter ni rien, mais ça m'embêtait de le voir sobre juste au moment où je voulais justement qu'il ait la langue bien pendue. Et puis d'abord, on n'a pas idée non plus de venir traîner ses guêtres dans un roadhouse quand on veut arrêter de boire.

Je suis resté avec Fletch et Baxter un moment, à essayer

de glaner quelque chose, des fois que Fisher serait parti en voyage. Baxter a bien touché deux mots d'à peu près tout ce qui était vivant à Corinth, mais pour une raison ou une autre il semblait éviter toute mention de Charles Fisher.

Finalement, quand il s'est lancé à débloquer sur son passé, j'ai pas pu tenir. Je me suis penché au-dessus du comptoir et je l'ai interrompu dans un de ses bobards favoris, comme quoi une fois il avait couché avec une fille de la campagne, et quand il était sur le point de partir il lui avait donné un dollar; soi-disant que la fille avait palpé l'argent comme si elle en avait jamais vu de sa vie, et finalement voilà qu'elle lui dit que s'il veut bien retourner au lit avec elle encore un coup, non seulement elle lui rend son dollar mais elle lui donnera un quarter, qu'elle a économisé sur l'argent des œufs.

«Au fait, m'sieur Baxter, j'ai dit, vous auriez pas vu m'sieur Fisher ce soir, des fois?»

Baxter s'est arrêté pour réfléchir. «Non. Pas vu. Pourquoi?

— Comme ça. Un gars qui le cherchait ici, il y a deux heures. Fallait qu'il le trouve d'urgence, qu'il disait.

— Pas vu de la journée.» Là-dessus, Baxter s'est remis à raconter à Badeye comment qu'il faisait plaisir aux dames dans le temps, et plutôt deux fois qu'une.

Fletch Monroe fumait une cigarette après l'autre. Il avait l'air encore plus tracassé que d'habitude. Finalement il a craché la cigarette qui était en train de lui brûler la lèvre et il s'est penché vers moi par-dessus le comptoir.

«Fisher il est pas en ville, il m'a fait.

— Non?

— Non. Il est parti ce soir. Il est passé au journal vers deux heures, comme quoi il voulait renouveler son abonnement. Il expirait pas avant l'automne, mais il croyait que c'était maintenant. Il avait l'air comme qui dirait tourneboulé par quelque chose.»

Fletch a sorti un paquet de cigarettes de sa poche et il l'a secoué. Il s'est mis une cigarette dans le bec, mais il l'a retirée. Il la gardait comme ça dans sa main droite.

« Même que j'ai réussi à lui faire prendre un abonnement de cinq ans – Fisher, je veux dire. Donne-moi une bière, Jack», il m'a dit en regardant la cigarette qu'il avait toute chiffonnée dans sa main.

Je lui ai servi sa bière et je suis retourné derrière ma caisse. Baxter Yonce avait fini son histoire. Il s'est mis à bâiller en se couvrant la bouche à deux mains. « On y va, Fletch ? »

Fletch finissait juste sa bière. « Une minute », il a fait. Ensuite il a fait signe à Badeye. « Donne-moi une bière, Honeycutt. »

Baxter s'est rassis sur son tabouret. « Croyais que tu buvais rien, ce soir, Fletch. T'as décidé de remettre ça ? »

Fletch a seulement haussé les épaules. Il voulait pas regarder Baxter en face. « Merde, c'est rien que de la bière, il bougonnait. Ça va pas me saouler.

— Non ?

— Non, merde ! »

Baxter a attendu que Fletch finisse sa canette. Ils se sont levés pour partir. Mais arrivé à la porte, Fletch a fait demi-tour jusqu'au comptoir.

« Donne-moi donc une pinte de raide. Et pis tiens, non, un bocal entier, plutôt », il a dit à Badeye.

Baxter Yonce était resté à la porte. Il regardait Fletch Monroe d'un air navré. « Tu devrais pas prendre de gniole. Tu vas te saouler, Fletcher.

— Je sais », Fletch a dit d'une voix guillerette.

Il a tapé Baxter pour payer la gniole, et ils sont partis tous les deux dans la voiture à Baxter. Il se faisait tard. Badeye et Sam voulaient partir, alors je leur ai dit d'y aller, je resterai ouvert jusqu'à ce que le dernier client en ait assez. Il en restait plus que quatre, et ils étaient tous côté dancing – deux gars de Duke, et une paire de reines. De l'école secondaire locale, qu'elles étaient les reines. J'ai été voir à leur table s'ils voulaient quelque chose. Ils ont dit non, pas maintenant. Je suis retourné de mon côté et j'ai sorti la machine à Smut.

Ça me disait pas trop rien d'écrire cette lettre. Peut-être que Fisher avait juste fait semblant de partir, avec l'intention de rappliquer chez lui vers minuit histoire de voir si sa femme était à la maison. Peut-être que Smut était pas parti la retrouver, peut-être que Fisher la trouverait bien à la maison. Auquel cas ça arrangerait pas du tout mes affaires. Mais il fallait pourtant bien que je l'écrive.

> Cher M. Fisher,
>
> Ce soir j'ai joué les limiers et j'étais présent au rendez-vous entre votre femme et l'homme qui la rend heureuse. Ils ignoraient ma présence, et se croyant seuls ils se sont défoulés – en fait, ils s'en sont payé une sacrée tranche.
>
> J'espère que vous aussi vous vous amusez bien quand vous êtes en déplacement, M. Fisher, parce que sinon vous en devrez beaucoup à votre femme, à charge de revanche. Elle a tout d'une femme passionnée, et ce gars qu'elle retrouve en tire avantage. C'est que lui aussi il est passionné. A peu près comme un étalon. Cette nuit il a bénéficié de beaucoup de coopération de la part de votre femme. La première chose qu'elle a fait, elle lui a roulé une pelle à lui délacer ses souliers, sauf qu'il était déjà déchaussé. Ils causaient pas beaucoup. Juste des gémissements, dans la bataille. Enfin, c'est surtout votre femme qui gémissait.
>
> Le nom du gars qui fréquente votre femme c'est Smut Milligan. Il tient le roadhouse sur Lover's Lane.
>
> *Votre ami.*

J'ai écrit l'adresse de Fisher sur une enveloppe, mis la lettre dedans et piqué un timbre dans le tiroir-caisse. J'ai marché jusqu'à la boîte dehors, dans le noir absolu, et j'ai jeté la lettre dedans.

Revenu au roadhouse, j'ai passé la tête côté dancing. Les mômes se tenaient rudement tranquilles. Quand je suis entré ils se sont décollés en vitesse, et je leur ai demandé s'ils voulaient encore autre chose. Ce coup-ci ils ont compris et sont sortis continuer dans leur voiture.

26

Le dimanche matin je me suis levé tard et je me la suis coulée douce. Vers dix heures j'ai pris mon petit déjeuner, ensuite je suis sorti dans la cour derrière et je me suis assis dans l'herbe tout près du pont de graissage.

Pour un jour de printemps il faisait rudement chaud. Il y avait une petite brise qui venait de l'est, et le soleil tapait dur, mais au sud le ciel était un peu brumeux et moutonné, des nuages minces qui commençaient à monter de ce côté-ci.

J'étais allongé dans l'herbe sous le mûrier quand Smut a amené sa voiture sur le pont de graissage. Il est descendu et il est entré dans le garage sans faire attention à moi. Smut a farfouillé là-dedans plusieurs minutes, et pendant ce temps-là Sam s'est amené près de la voiture.

« Tu vas pas attraper la crève, dis donc, couché comme ça à même le sol ? Sam a demandé.

— Non.

— Moi ça raterait pas, je choperais un rhume, je te dis que ça. »

A ce moment-là Smut est sorti du garage avec deux clés anglaises et le pistolet-graisseur. Sam est allé chercher deux bidons d'huile de vidange dans le garage.

Ils ont commencé à graisser la voiture, avec Sam au

pistolet. Mais au bout d'à peine une minute une voiture s'est mise à klaxonner tant et plus devant le roadhouse. Smut a regardé qui c'était.

C'était une Ford, devant le roadhouse, deux hommes à l'avant et deux filles sur la banquette arrière. Le type au volant avait la tête sortie par la fenêtre, et il parlait à Matt Rush.

Smut est resté là, les poings sur les hanches, l'air de pas trop savoir s'il devait y aller ou non. Au bout d'un moment le conducteur est passé en première et il a amené la voiture jusqu'à deux mètres du pont de graissage. Il a tiré le frein à main et il a sauté de voiture.

L'homme était bien habillé – un costume sombre avec des chaussures blanches et noires – mais il y avait quelque chose chez lui qui me plaisait pas. Peut-être ses cheveux, qu'il portait ramenés en arrière avec trop de gomina – il était nu-tête – ou peut-être que c'est dans sa voix qu'il avait trop de gomina, quand il s'est adressé à Smut. Le gars avait la trentaine, pas plus.

« Salut, skipper, il a fait à Smut.

— Salut.

— On veut louer un bungalow. Une double cabine.

— Toutes mes cabines sont simples.

— Deux simples, alors. »

Smut a examiné l'homme, d'un air dur. Ensuite il a passé en revue l'autre homme et les deux filles à l'arrière. L'autre homme était à peu près du même gabarit que le premier, et lui aussi était nu-tête. Il était un peu déplumé sur le caillou. Il portait un polo bleu clair et il avait besoin de se raser. Les deux filles étaient jeunes et moches. On voyait tout de suite que c'étaient des putes.

« Je suis complet, Smut a dit. Je regrette.

— Oh, allez, dites. » Le gars y a mis le sourire. « On est des touristes, on vient du Massachusetts. On est fatigués et on voudrait louer deux cabines pour plusieurs jours. Histoire de se balader dans le coin et visiter la région. Vous pouvez vraiment pas nous prendre ? »

J'ai regardé la plaque de la voiture. Elle était bien du Massachusetts.

« J'ai plus rien aujourd'hui », Smut a fait. Il a tourné le dos au gars et s'est mis à ouvrir le second bidon d'huile. Le soi-disant touriste s'est promené un doigt sur la gorge dans le sens de la largeur, avant de remonter en voiture. Ils sont remontés sur la grand-route et sont partis en direction de Blytheville.

Sam Hall s'était arrêté de graisser tout le temps de l'échange. Quand les touristes se sont engagés sur la route, Sam a regardé Smut.

« Je sais bien que ça me regarde pas, mais pourquoi que t'as pas voulu louer une cabine ou deux à ces gars-là ? On est loin d'être complet. »

Smut a sorti une des clés anglaises de sa poche et s'est mis à examiner les gonds de la portière.

« Je le sais bien qu'on est pas complet. Mais je loue pas de cabines aux maquereaux, ni à leurs putes.

— Comment que tu sais que c'en était ?

— Ça se voit, c'est tout. Ils se seraient incrustés ici et leurs affaires auraient marché disons une semaine – c'est le temps que ça prend la chtouille pour se déclarer chez un homme – ensuite ils seraient repartis prospecter dans une autre boîte.

— Mais les gens ici ils louent bien une cabine pour deux heures, des fois.

— C'est différent.

— Ah bon ?

— Ouais. Les gens d'ici qui font ça c'est des gens comme il faut. Les filles pour la plupart c'est des filles qui font partie de la chorale à l'église, et qui font ça aussi. Les gars viennent des meilleures familles. Mais si je devais laisser des putes rester ici ce serait différent.

— Je suppose que t'as raison, Sam a fait en reprenant le pistolet.

— On me ferait fermer. Et autre chose : si je devais mourir demain et aller en enfer, c'est pour le coup que je serais pas clair. Il sera pas dit que je me ferai jamais de l'argent sur une pute. Tu parles, je pourrais pas garder la tête haute en enfer, si je faisais ça. »

Sam s'est marré, et Smut est passé à l'avant de la voiture. Juste à ce moment-là une autre voiture s'est amenée de la grand-route et un homme en est descendu.

Il est entré dans le roadhouse avant que j'aie pu voir qui c'était. Smut regardait aussi, mais je crois pas qu'il ait reconnu l'homme non plus. Au bout d'un moment, le même bonhomme a tourné le coin du roadhouse et il a marché droit sur nous.

C'était Charles Fisher. Il avait quelque chose à la main on aurait dit un sac de femme. Il marchait rapidement. Smut l'a regardé et il s'est remis au graissage avec Sam.

Fisher est arrivé au pont de graissage. Il était tout blanc, et en nage. Il avait déboutonné son col de chemise, et son nœud de cravate avait glissé, si bien qu'on le voyait plus. Il avait les yeux bouffis, un petit peu.

Fisher s'est arrêté devant le pont. Smut a contourné la voiture pour faire face à Fisher.

« Bonjour, M. Milligan. Je veux vous montrer quelque chose, Milligan. » Il parlait si vite que tous les mots se tenaient.

Smut a rien dit. Il s'est pas rapproché de Fisher non plus. Fisher l'a regardé et il a fait deux pas vers Smut. Il fouillait dans le sac – c'était un sac à main.

« Quelque chose à vous montrer », Fisher a dit, comme quelqu'un qui causerait tout seul.

Le sac à main était bleu, en tissu. Quand Fisher a essayé de l'ouvrir, ses mains tremblaient tellement qu'il a bien failli en lâcher le sac. Il l'a rattrapé et il l'a ouvert lentement et soigneusement.

La façon qu'il mettait la main dedans comme ça si prudemment, on aurait dit qu'il avait peur de ce qu'il allait trouver. Sa main avait l'air de s'enfoncer un tout petit peu à la fois. Il a pas mis longtemps à la ressortir, par contre, et il tenait un pistolet avec une crosse blanche.

J'ai regardé Smut juste comme Fisher lui tirait dans le ventre. Smut a mis ses mains là en bas, il a fait la grimace et a chancelé un peu sur la droite. Sam Hall a laissé tomber le pistolet-graisseur contre un des bidons vides, et ça a fait un bruit du tonnerre de Dieu. Fisher a tiré encore un coup et j'ai entendu la balle siffler dans le bosquet de pins derrière le tas de bois.

Smut était salement amoché, mais il a plongé sur Fisher. Fisher a attendu que Smut soit pratiquement sur lui pour lui tirer une balle dans le front. Smut est tombé sur la figure. Une fois tombé, il a enfoncé ses ongles dans la terre.

Moi tout ce temps-là j'étais à plat sur le ventre. Et j'ai décidé de rester comme ça par terre jusqu'à ce que Fisher déguerpisse de là.

Fisher regardait Smut. Il a eu l'air convaincu que Smut était bien mort. « Voulais juste te montrer quelque chose, Milligan », il répétait.

Fisher a remis le flingue dans le sac, mais il a pas pris la peine de le refermer. Il a juste plié le sac autour du flingue, tourné les talons et déguerpi en courant vers sa voiture. Il a démarré, il a fait un tête à queue et il est parti sur Lover's Lane. Il fonçait pied au plancher quand il a disparu.

Je me suis relevé en m'agrippant au mûrier. J'ai cherché Sam, mais il était plus là. J'ai été voir Smut et me suis mis à genoux près de lui.

Il était mort, à présent. J'ai regardé autour de moi pour voir s'il y avait quelqu'un en vue. Sam était à quatre pattes derrière le garage, juste au coin. Quand il m'a aperçu il s'est redressé.

« Il est parti ? Sam a demandé.

— Fisher, oui. »

Sam s'est ramené vers moi. Il marchait lentement, et pas très solide sur ses jambes. Il avait l'air aussi faible que je me sentais.

« Mort ? » Sam a murmuré.

J'ai fait signe que oui. « Va chercher les autres », j'ai dit.

Sam les forces lui sont revenues, tout d'un coup. Il a cavalé jusqu'au roadhouse. J'ai fouillé Smut et j'ai trouvé son portefeuille. Il était boutonné dans sa poche de chemise. J'ai regardé dedans en faisant vite. Il y avait un billet de cinq et deux pièces de vingt-cinq cents, et c'était tout. Pas de bout de papier avec la combinaison du coffre ni rien. J'ai remis son portefeuille en place et j'ai continué à le fouiller, cette fois-ci pour son porte-clés. Il était dans la poche de montre de son pantalon. Il y avait bien une douzaine de clés sur l'anneau, mais j'ai pas eu de mal à décider laquelle était celle de la piaule. Je l'ai décrochée et j'ai remis le porte-clés dans la poche juste comme Badeye et Matt sortaient de la cuisine.

Ils ont couru tout du long. Sam était derrière eux, il courait aussi, et un peu après Rufus et Garfield se sont pointés aussi. Badeye s'est laissé tomber à genoux de l'autre côté de Smut.

« Nom de Dieu ! Nom de Dieu ! » Badeye répétait. Il a pris la main droite de Smut et l'a retirée de la terre. « Non mais regardez-moi ça ! Badeye disait plus pour lui-même que pour les autres, regardez-moi ça, putain. Il a dû plonger sur Fisher. Il a griffé la poussière, là. » Badeye hochait la tête. « Bon Dieu, quel phénomène ! » Là-dessus, il s'est relevé.

Ils ont tous reluqué Smut un bon coup. Sauf Rufus Jones, qui s'est couvert la figure à deux mains en secouant la tête.

« Je veux pas voir ça », qu'il a fait Rufus en courant vers la cuisine. « Les Blancs, moi je m'en mêle pas », qu'il criait par-dessus son épaule.

Je me suis relevé. « Dites donc, vaudrait mieux le laisser ici jusqu'à ce que le shérif et le coroner puissent venir. Ils doivent le voir tel qu'il est. Mais on pourrait peut-être le couvrir avec un drap.

— Va chercher un drap, Matt », Sam Hall a dit.

Matt est parti à la cabine que les autres gars utilisaient pour dormir. Au bout de quelques pas il s'est mis à courir comme un dératé.

Je me suis tourné vers Sam. « Faut que quelqu'un aille jusqu'à Corinth prévenir le shérif. Tu veux le faire, Sam ? »

Sam s'est laissé tomber assis par terre à côté de Smut. Il était tout blanc, comme s'il allait tomber dans les pommes.

« Je pourrais pas, il a fait. Je te le dis, j'ai trop la pétouille pour faire quoi que ce soit. »

Matt conduisait pas très bien. Restait Badeye, mais il était un peu trop pété. Je me suis agenouillé près de Smut.

« Bon, je vais voir si je peux trouver ses clés de camion.

— Prends sa bagnole, Sam a dit. Les clés sont dessus.

— Elle est en état ?

— J'ai fini de graisser. » Sam sa voix sonnait comme s'il était très loin.

J'ai donc fait marche arrière pour enlever le coupé à Smut du pont de graissage. Badeye a sauté sur le marche-pied et il a fait le bout de chemin jusqu'aux pompes avec moi. Arrivé là je me suis arrêté pour le laisser descendre, parce qu'il voulait pas m'accompagner à Corinth. C'est là que j'ai remarqué la jauge à essence. Elle était sur vide.

« Donne-moi de l'essence, j'ai dit à Badeye. Je suis carrément à sec. » J'ai levé le pied de l'embrayage et j'ai roulé lentement jusqu'à la pompe de super.

« Combien ? Badeye a demandé.

— Un gallon ou deux. »

Pendant que Badeye pompait l'essence, une voiture s'est amenée de la route. Elle venait de Corinth. Une vieille guimbarde sans toit ni pare-brise. C'était la vieille Essex à Buck Wilhoyt, celle qu'il sortait chaque printemps. Buck s'est garé à côté de moi et il a coupé le moteur de son tas de ferraille.

« Quoi de neuf, Jack ? il a beuglé.

— Rien, j'ai dit.

— Ma vieille péniche elle a rudement besoin d'un bon graissage. J'ai amené mon huile. Voudrais juste me servir de votre pont, si c'est d'accord avec vous autres. »

Badeye a mis le tuyau dans le réservoir. Il a craché un coup avant de s'adresser à Buck.

« Tu peux pas te servir du pont maintenant.

— Pourquoi ça ?

— Il est pris, en ce moment.

— Mince, je sais bien que non, j'ai regardé en descendant jusqu'ici. Y a juste une bande de gars qui glandent tout autour. »

Badeye a retiré le tuyau du réservoir. Il a craché encore une fois.

« Retournes-y voir », il a fait comme ça à Buck Wilhoyt.

27

Je me rappelle que d'une chose sur le trajet jusqu'à Corinth ce dimanche-là, c'est que j'ai roulé à plus de cent dix tout du long jusqu'aux limites de la ville. Là il a bien fallu ralentir, parce que les gens commençaient à sortir des églises.

Il était midi à peu près. Je me disais que Sheriff Pemberton serait sûrement chez lui, prêt à manger son déjeuner du dimanche, alors c'est là que j'ai été en premier, à sa maison. J'ai descendu Main et j'ai tourné à l'église méthodiste. Le prêcheur méthodiste faisait les sermons les plus bavards de la ville, alors il y avait encore pas mal de monde devant cette église-là. J'ai même dû freiner une fois à cause d'une bonne femme qui sortait devant moi en marche arrière en plein milieu de la rue.

J'ai pris cette rue-là, j'ai tourné à gauche, et au bout du pâté de maisons, je me suis garé devant chez le shérif. C'était un bungalow de plain-pied peint en vert foncé avec des liserés bruns, et une lucarne qui dépassait du toit. La voiture du shérif était pas devant.

La femme du shérif a ouvert à mon coup de sonnette. Une blonde grassouillette, que c'était, trente-cinq ans environ, et à en juger par la robe négligée qu'elle portait, elle avait dû manquer la messe ce jour-là.

« Je veux voir le shérif, j'ai dit.

— Il est pas ici. Il a reçu un appel, il vient juste de partir.

— Savez pas où il est allé ?

— Chez M. Charles Fisher, je crois. Il a reçu un appel pour aller là-bas, il y a pas dix minutes. Juste comme on allait se mettre à table.

— Charles Fisher ! » j'ai fait. Alors comme ça Fisher allait se constituer prisonnier.

« C'est de là que l'appel venait. Quelqu'un a téléphoné et lui a dit de s'amener tout de suite, que c'était pressé. J'ai essayé de me renseigner, mais personne est encore rentré de la messe. »

Je crois que la bonne femme a encore dit quelque chose, mais je suis pas resté pour l'écouter. Je suis remonté en voiture et j'ai réfléchi une minute à ce que je devais faire. Si Fisher l'avait appelé pour se constituer prisonnier, j'avais pas besoin d'aller mettre le shérif au courant, mais la vraie raison pour laquelle je voulais pas aller là-bas, c'est que je tenais pas à voir Fisher tout de suite.

En définitive, j'ai quand même décidé d'aller là-bas prévenir le shérif. J'ai pris par les petites rues derrière jusqu'à ce que je tombe sur Pee Dee Avenue. J'ai roulé un moment sur cette avenue bordée de peupliers d'Italie, et arrivé tout au bout, j'ai vu trois voitures garées devant chez Charles Fisher. Il y avait la voiture à Fisher, celle qu'il avait pour venir au roadhouse. La voiture du shérif était là aussi, et une que j'ai pas reconnue. Je me suis garé derrière le long du trottoir.

J'ai monté les marches en courant jusqu'à la porte de Fisher, mais j'ai pas eu à sonner. Juste comme j'arrivais, Bud Smathers a ouvert la porte pour sortir, et j'ai vu le dos du shérif à l'intérieur.

« Je veux voir le shérif, m'sieur Smathers », j'ai dit.

Bud mâchouillait un cigare éteint. Il l'a ôté de sa bouche pour cracher un morceau de tabac. « Vas-y, te gêne pas. »

Le shérif a tourné la tête quand je suis entré, mais il m'a pas parlé aussitôt. Il chiquait dur, mais ici il crachait pas.

« Je peux vous parler deux secondes, shérif ? »

Il a fait oui de la tête. Il a regardé tout autour de lui, mais il voyait pas de crachoir, et la cheminée sur la gauche était murée. Sheriff Pemberton s'est approché de la table devant la cheminée. Il a craché dans un vase plein de jacinthes qui se trouvait sur la table.

« C'est au sujet de m'sieur Fisher, j'ai fait. Est-ce qu'il vous a mis au courant, shérif ? Pour Smut, je veux dire... »

Là pour la première fois Sheriff Pemberton m'a regardé directement. Il avait l'air de ne pas comprendre.

« Pour Smut Milligan, c'est ça que t'as dit ?

— Tout juste. Je croyais que peut-être il vous aurait mis au courant. »

Juste à ce moment-là Bud Smathers a passé la tête dans l'entrée. « Je vais y aller, shérif. LeRoy sera revenu au magasin, je crois.

— Bon, d'accord », le shérif a fait comme ça.

L'autre voiture garée par-devant c'était celle à Bud. Il est monté dedans et il est parti. C'est là que ça m'est revenu que c'était lui qui faisait le coroner chez nous. Ça allait très bien avec son entreprise de pompes funèbres.

Sheriff Pemberton m'a regardé encore une fois. Ensuite ses yeux sont allés se poser sur le divan au milieu de la pièce, devant la petite table.

« Fisher il m'a rien dit, fiston, le shérif a fait tout bas. Il était mort quand je suis arrivé il y a un quart d'heure. Il s'est tué.

— Mort ? » Je savais plus ce que je disais.

« Comme je te le dis. Mort. Il a tiré sur sa femme, et ensuite il s'est tué. » Le shérif est retourné au bouquet de jacinthes pour cracher dedans encore un coup. Sur le mur au-dessus de la cheminée il y avait le portrait d'un vieillard à l'air pas commode, habillé comme on faisait dans le temps, en redingote noire, chemise blanche et col montant tout raide. Sheriff Pemberton est resté un moment à contempler ce gars-là sur la cheminée, ensuite il s'est tourné vers moi.

« J'y comprends rien, qu'il a dit. Tu voulais me voir pour quoi, au juste ?

— Sa femme aussi elle est morte ? j'ai demandé.

— Pas quand on l'a emmenée. LeRoy est venu avec l'ambulance et les a emmenés tous les deux à l'hôpital. Lola en a un coup dans l'épaule. Elle avait l'air sonné, elle a rien pu me dire. » Sheriff Pemberton s'est rapproché du bouquet de jacinthes. « L'a dû lui venir un coup de folie. Tu voulais me voir pour quelque chose ?

— C'est ce que je voulais vous dire. Pour Smut Milligan. Il y a environ une heure, Fishcr est venu au roadhouse et il l'a tué. C'est ça que je voulais vous dire. »

Le shérif a eu l'air secoué. Il s'est assis près de moi sur le divan.

« Tué ? L'a buté Milligan aussi ? »

J'ai fait oui de la tête.

« Ben ça alors ! Buté Milligan par-dessus le marché ! »

Il disait ça comme quelqu'un qui renonce à y comprendre quelque chose.

Les fenêtres étaient fermées dans la pièce, et il faisait chaud. N'empêche. Je regardais le pisse-froid dans son cadre au-dessus de la cheminée, et ses yeux me rappelaient une hache qu'on vient d'affûter. En plus de ça il me regardait droit dans les yeux, pour un peu il m'aurait montré du doigt. J'avais une furieuse envie de quitter cette baraque. Je me suis levé pour tourner le dos au type dans son cadre. « Je suppose que vous pouvez pas y aller maintenant, j'ai dit au shérif. Moi je vais retourner à la boîte. »

Il fallait surtout que je réaligne mes canards, maintenant que les choses commençaient à se décanter. J'avais besoin de boire un coup aussi.

Sheriff Pemberton a secoué la tête en se levant lui aussi. « Attends une minute. Pourquoi qu'il a tué Milligan ?

— Il l'a pas dit.

— Ils se sont pas engueulés, avant qu'il tire dessus ?

— Non. Il est juste arrivé en voiture et il l'a descendu.

— Ça s'est passé quand exactement ?

— Il était peut-être onze heures et demie. »

Je voulais déguerpir. Le shérif s'est éloigné du divan.

« Ecoute bien. Vous le couvrez avec un drap et vous attendez que j'arrive. Je viendrai dès que possible. Faut encore que je trouve Brock Boone, et qu'on passe aux pompes funèbres prendre Bud.

— On l'a déjà recouvert, j'ai dit.

— Quel dimanche ! Non mais tu parles d'un jour de repos ! »

Du coup, Sheriff Pemberton s'est relaissé tomber sur le divan.

Je l'ai laissé là et je suis remonté dans ce qui avait été le coupé à Smut. Je suis retourné sur Main Street. En passant devant le magasin de meubles et pompes funèbres des Smathers j'ai eu le temps de voir LeRoy, debout devant la première porte. Il avait retiré sa veste et il remontait ses manches de chemise. Pour lui aussi les choses commençaient à se décanter.

28

Buck Wilhoyt avait dû foncer à Corinth répandre la nouvelle, parce que la cour était pleine de voitures quand je suis arrivé au roadhouse. Il y avait foule du côté du mûrier.

Je suis entré au restaurant. Badeye était tout seul dedans, sur un des tabourets à regarder son verre vide posé devant lui sur le comptoir. A côté du verre il y avait une bouteille de Teacher's presque pleine. Badeye m'a regardé quand je suis entré, mais il a rien dit.

« J'ai drôlement besoin de boire un coup de ça », j'ai fait.

Il a clignoté de son bon œil. « Hein ? Oh, sûr, vas-y sers-toi », il a dit en poussant la bouteille et le verre sur le comptoir.

Je m'en suis versé un plein verre et j'ai fait cul sec, sans rien avec. Je me suis assis à côté de Badeye et j'ai allumé une cigarette pour faire passer le whisky.

« Où t'as trouvé la gniole ? j'ai demandé.

— Hein ? Oh, la gniole. Dans le réfrigérateur, là où Smut l'a mise pour qu'elle soit bien froide. Je suppose qu'il avait l'intention de s'en jeter quelques-uns derrière la cravate ce soir. »

La porte à battants de la cuisine s'est ouverte, et Sam Hall est entré nous rejoindre au comptoir. Il avait toujours l'air dans le cirage. Il a pris la bouteille et il s'est mis à boire comme si c'était de l'eau, ou peut-être du thé glacé.

« Vas-y doucement avec cette gniole, Badeye lui a fait, elle représente sans doute mon salaire pour le mois.

— Bon, bon, ça va. » Sam a sorti son mouchoir et s'est épongé le front et les tempes. « T'as trouvé le shérif ? il m'a demandé.

— Il sera ici dès qu'il pourra.

— Y a eu un meurtre, Badeye a fait d'un air absent. Il pourrait quand même bien se déranger.

— Il y a eu un autre meurtre à Corinth, j'ai dit. Fallait qu'il s'en occupe avant de venir ici. »

Badeye a sauté de son tabouret. Sam, lui, a même pas bronché. On aurait dit que plus rien pourrait plus jamais l'exciter.

« Nom de Dieu ! qu'il a fait Badeye. Qui ça ?

— Fisher s'est foutu en l'air. Et avant ça il a tiré sur sa femme.

— Morts tous les deux ? » Du coup, Badeye a repris la bouteille.

« Juste Fisher », j'ai dit.

Badeye a longuement bu à la bouteille. Il s'est essuyé la bouche avec sa manche et s'est précipité sur la porte. Sam Hall s'est affalé encore un peu plus sur son tabouret, le coude droit sur le comptoir. « Je savais bien que Smut il lui arriverait des histoires, à fricoter avec cette bonne femme. C'est de sa faute à elle. » Il a repris la bouteille.

Moi aussi j'en ai repris un coup, quand Sam a terminé. Je me suis dit qu'il fallait que ce soit le dernier, parce que je devais guetter ma chance à partir de maintenant. J'étais en train d'allumer ma deuxième cigarette quand la voiture du shérif s'est amenée devant le roadhouse. Le shérif et Bud Smathers se sont extirpés de l'avant, et Brock Boone de l'arrière. Ils ont marché droit sur le mûrier. Sam et moi on est sortis et on leur a filé le train.

En arrivant à l'attroupement, Sheriff Pemberton a fait des

grands moulinets avec ses bras et il a mollardé droit devant. « Ecartez-vous, les gars ! Reculez ! »

Smut était toujours étendu la figure par terre, mais le drap qu'on avait mis sur lui maintenant était sous le pont de graissage, roulé en boule. Il y avait plein de mégots par terre autour de Smut et le sol était devenu tout compact. Ils devaient bien être une centaine à reluquer Smut et lui cracher du jus de chique près de la figure. Ils avaient pas l'air de croire qu'il était mort pour de vrai.

Le shérif et Bud ont bien regardé Smut. Ensuite Bud s'est mis par terre et l'a retourné sur le dos. Il avait un peu de sang sur le front, et plus sur sa chemise et en haut du pantalon. Il avait les yeux fermés, et ses lèvres pressées l'une contre l'autre formaient une ligne dure. Quand Bud l'a bougé, un petit peu de terre a coulé de sa main droite, qui était encore contractée.

« L'a dû mourir sur le coup, qu'il a dit Bud Smathers. Comme qui dirait instantanément. »

Il s'est mis à desserrer la ceinture à Smut.

Je me suis rapproché du mûrier, à l'écart de la foule. Il faisait chaud, pour un mois de mars, et le soleil tapait de façon aveuglante sur le toit en tôle du garage ; il me faisait mal aux yeux. Je me suis appuyé contre le tronc du mûrier, et là la gniole m'a rattrapé. De loin je pouvais voir le shérif à genoux au côté de Bud Smathers, au centre du cercle. Ils se disaient quelque chose, mais les autres causaient aussi – pas bien fort, mais suffisamment pour m'empêcher d'entendre ce que le shérif et Bud pouvaient bien se dire.

Je savais que le shérif allait boucler la boîte de A à Z. Ça m'arrangeait. Arrivée la nuit, je pourrais récupérer le chalumeau dans le petit bois. Je savais qu'il y avait assez d'acétylène dans le garage pour percer dix trous dans le coffre. J'avais la clé de la piaule à Smut. Tout marcherait comme sur des roulettes. N'empêche que j'aurais bien voulu que la nuit arrive vite quand même.

Je me suis ressaisi juste au moment où le shérif m'appelait. Je suis allé le trouver au pont de graissage. La foule faisait toujours cercle. A côté de moi, Bud Smathers, le shérif et Sam Hall on était tous les quatre à l'intérieur du cercle. On aurait dit qu'on s'apprêtait à jouer à un de ces jeux comme quand on était mômes.

Bud Smathers était toujours à genoux par terre. Il a levé les yeux sur moi quand j'ai pénétré dans le cercle.

« Tu l'as vu quand il s'est fait descendre ? » Bud m'a demandé.

J'ai fait oui de la tête.

« Juste vous deux ? » Il voulait dire Sam et moi.

« Autant que je sache, oui. »

Bud Smathers portait une casquette grise à carreaux. Il a repoussé la visière en arrière et le soleil s'est mis à luire sur son crâne chauve. Il a cherché dans sa poche de gilet. Il en a sorti un cigare et il a coupé le bout d'un coup de dents. « Y a-t-y eu des mots d'échangés entre eux ? »

J'ai secoué la tête. Bud a regardé Sam Hall, et Sam a fait : « Fisher a juste dit à Smut qu'il voulait lui montrer quelque chose.

— Quelque chose ?

— Oui, m'sieur. Il avait un petit sac et il l'a ouvert et il a sorti le pétard. Et pis il a tiré sur Smut.

— Combien de fois qu'il a tiré ?

— Trois fois. Je crois.

— Je vois que deux endroits où il a morflé.

— Il l'a raté une fois », j'ai fait.

Bud Smathers s'est relevé. Il a sorti une pochette d'allumettes et il a allumé son cigare. « Meurtre, et suicide après, qu'il a dit au shérif. On peut pas trouver plus net que ça comme affaire. »

Le shérif a craché dans la foule. « Ça m'en a tout l'air, oui. »

Bud Smathers s'est tourné vers le roadhouse et s'est mis à faire des grands signes avec ses bras. « Que quelqu'un cavale là-bas, dire à LeRoy qu'il s'amène ici. »

J'ai regardé, et l'ambulance des Smathers était là-bas. Deux gamins ont fait la course pour porter le message de Bud. Au bout d'un moment, LeRoy a conduit l'ambulance juste devant le pont de graissage.

Une autre voiture suivait l'ambulance. Une Buick bleue, conduite intérieure. Un jeune négro à peine en âge la conduisait, et Astor LeGrand était à côté de lui.

Astor LeGrand a ouvert sa portière et il est descendu de la voiture bleue. Il avait des lunettes de soleil, avec son chapeau rabattu dessus. Il restait devant la voiture, sans regarder personne en particulier.

LeRoy Smathers est descendu de l'ambulance et il est allé trouver le shérif et Bud. A part que ses petits yeux noirs étaient ouverts, LeRoy ressemblait à quelqu'un mort depuis déjà un bout de temps. Il a regardé Bud et il a dit comme ça en reniflant : « Je le charge ?

— Attends une minute », le shérif lui a dit. Il s'est tourné vers Astor LeGrand, qui s'était approché du cadavre. « Qu'est-ce que vous en pensez vous m'sieur LeGrand, Sheriff Pemberton a demandé. Croyez pas qu'on ferait aussi bien de l'emmener à Corinth ?

— Vous avez terminé l'instruction ? »

Bud, son cigare s'était encore éteint. Il l'a rallumé. « Ben c'est-à-dire, pas formellement, non, m'sieur LeGrand. J'ai posé des questions aux gars que vous voyez là ; des gars qu'ont tout vu comme ça s'est passé. Je vois pas l'utilité d'embêter un jury pour ça. Il y a aucun doute possible ni sur la façon qu'il s'est fait descendre, ni sur celui qui l'a descendu.

— Alors emmenez-le à Corinth. »

Sheriff Pemberton s'est encore mis à genoux pour prendre le portefeuille de Smut, et son porte-clés. A la suite de quoi ils l'ont mis à l'arrière de l'ambulance. C'est Brock Boone et un ouvrier de la filature nommé Arch qui l'ont hissé dedans, en prenant de l'élan. Smut se balançait d'un côté et de l'autre comme Bert Ford avait fait, la nuit qu'on l'avait trimbalé jusqu'à la distillerie à Catfish.

Pendant qu'ils mettaient Smut dans l'ambulance, Astor LeGrand a marché un peu à l'écart de la foule, là où se tenait Badeye. Ils se sont éloignés un peu tous les deux et ils ont discuté de quelque chose.

LeRoy est monté dans l'ambulance, lui a fait faire demi-tour, et puis il est parti. La foule a commencé à se disperser. Le plus gros des voitures a repris le chemin de Corinth. La majorité de ceux qui étaient venus voir Smut étaient des gars de la filature qui lui avaient fait sa pelote en jouant au black-jack contre lui. Je crois que ça leur faisait plaisir de voir Smut comme ça la gueule dans la poussière. Mais ils s'étaient comportés comme s'ils voulaient pas trop s'y risquer avec lui, même comme ça, à croire qu'ils avaient peur qu'il revienne tout d'un coup à la vie, se relève, les engueule et leur dise de laisser leurs couteaux à la caisse avant d'entrer.

Bientôt la dernière voiture de curieux est partie, et Astor LeGrand a appelé le shérif; Sam et moi on y est allés aussi. Au bout d'un moment, Bud Smathers et Brock Boone se sont amenés.

« J'étais son homme d'affaires, Astor LeGrand était en train de dire au shérif. Je m'occupais de toutes les questions juridiques pour lui, et en plus de ça il me devait de l'argent. J'ai appelé le juge Grindstaff tout à l'heure, et il m'a dit que je serais tout à fait dans mon droit de protéger mes intérêts ici. Milligan avait pas de famille, pas que je sache tout du moins. Je paierai l'enterrement de ma poche, et probable que je serai appointé exécuteur testamentaire.

— Comme vous voudrez, monsieur LeGrand, qu'il a dit Sheriff Pemberton.

— On va fermer le roadhouse. On va ramener le pick-up et la voiture en ville et les garder là-bas jusqu'à ce que ses affaires soient réglées. »

Le shérif a opiné du bonnet là-dessus aussi. Il est allé jusqu'au roadhouse avec LeGrand. Badeye est allé avec eux. Moi je suis allé m'asseoir sur le marchepied du pick-up. Au bout d'une minute ou deux, j'ai vu Rufus Jones sortir par-devant. Il avait sa veste et son chapeau. Rufus était pas arrivé à la route que les autres sont sortis par-devant aussi, et le shérif a bouclé la porte.

Ils sont passés près du pick-up en descendant. LeGrand trimbalait la boîte à cigares qu'on utilisait pour les pennies des taxes à la vente. Ils allaient vers les bungalows. Je me suis levé et j'ai suivi.

Arrivé devant la cabine à Smut, Sheriff Pemberton a sorti le trousseau de clés qu'il avait pris sur Smut, et il a essayé toutes les clés. Mais la bonne clé était dans ma poche, alors il a fallu que Brock Boone fasse sauter le cadenas avec un outil à réparer les pneus qu'il est allé prendre dans la voiture du shérif.

Je suis entré avec eux. Le coffre était là près du mur, passé la porte qui donnait sur la douche. Astor LeGrand a repéré le coffre tout de suite.

« Tiens donc ! il a fait. Je me demande bien pourquoi qu'il gardait un coffre ici ? »

Personne lui a répondu, et il s'est mis à regarder un peu partout. Le shérif et Brock Boone lui donnaient un coup de main. Ils ont retiré tous les tiroirs de la commode, forcé le casier, éventré le sac noir à Smut et ouvert le matelas sur le côté. Ils ont rien trouvé qui les intéressait.

Finalement, Astor LeGrand a regardé sa montre-bracelet.

« On ferait aussi bien de se rentrer, il a dit au shérif.

— Vous avez pas dit qu'on ramenait les véhicules en ville ? »

Astor LeGrand était déjà sur le pas de la porte. Il avait toujours la boîte à cigares. « Qu'un des gars amène le camion par ici d'abord. On va charger le coffre-fort dedans. »

Ça m'a retourné les tripes quand il a dit ça. Je me sentais tout creux à l'intérieur, du haut en bas. Mais il me restait peut-être encore une chance.

« J'y vais, j'ai dit. Si vous voulez bien me donner les clés, shérif ? »

J'ai pris mon temps pour me rendre au camion. Il me restait encore ce que moi au moins je prenais pour une chance ; une dernière chance à risquer. Tout dépendait d'où ils mettraient le coffre à Corinth. Je suis monté dans le pick-up, j'ai fait marche arrière jusqu'à la cabine et j'ai attendu que Brock Boone, Badeye, Sam et le shérif montent le coffre à l'arrière.

Tout du long jusqu'à Corinth on a roulé lentement. Le shérif et Bud Smathers étaient en tête dans la voiture du shérif. Sam Hall les suivait, dans le coupé à Smut. Brock Boone était dans le pick-up à côté de moi, son flingue posé sur ses genoux durant tout le trajet. Derrière nous il y avait Astor LeGrand et son chauffeur négro dans la Buick bleue. A nous voir entrer comme ça dans Corinth, on aurait dit un enterrement.

Le shérif a mené le cortège jusque derrière la Farmers and Merchants Bank. Il s'est garé un peu en retrait de façon à pas bloquer la ruelle, et Sam en a fait autant. Le shérif est descendu de voiture et il est venu me trouver au camion.

« Entre en marche arrière et mets-toi de façon à ce qu'on puisse descendre le coffre. »

J'ai donné un coup de main pour décharger le coffre. On l'a porté à l'intérieur de la banque et on l'a posé devant la porte de la chambre forte. LeGrand avait la clé de la banque, mais je crois pas qu'il connaissait la combinaison de la chambre forte. Il était en train de téléphoner dans le bureau quand je suis sorti par la porte de derrière.

Sam Hall et moi on est retournés dehors au camion et on

est restés là. On savait pas quoi faire ensuite. LeGrand nous a trouvé la solution à ce problème. Il a passé la tête par la porte de derrière.

« McDonald, toi et Hall vous êtes les deux qui l'ont vu se faire descendre, non ? »

On a fait oui de la tête tous les deux. Bud Smathers et Brock Boone sont passés à côté de lui à ce moment-là pour sortir.

« Bon, qu'il a dit Astor LeGrand, va falloir que je ferme le roadhouse. Sais pas quand il rouvrira – s'il rouvre un jour. Alors inutile de compter sur quoi que ce soit là-bas. J'ai laissé Honeycutt pour garder la boîte jusqu'à nouvel ordre.

— Autrement dit, faut qu'on se casse ? j'ai demandé.

— C'est ça. Pas utile pour personne de rester là-bas, à part Honeycutt. Allez-y chercher vos affaires, mais vous pouvez plus habiter là-bas. » Là-dessus, il a fait un signe de tête à Bud Smathers. « Je te les laisse, Bud. » Et il est rentré dans la banque.

Bud Smathers a essayé de rallumer son cigare, mais cette fois-ci il en restait plus assez long, alors il l'a fichu en l'air.

« Si vous autres voulez bien me suivre au Palais de Justice, je prendrai vos dépositions sur ce que vous avez vu ce matin. »

Brock Boone nous a conduits là-bas dans la voiture du shérif. Là il a fallu attendre un moment, le temps que Bud Smathers trouve une sténo, mais quand finalement elle est arrivée, ça lui a pris plus longtemps. La fille a tapé ce qu'on avait à dire sur le meurtre de Smut Milligan, ensuite on nous a fait prêter serment et signer les dépositions. Bud Smathers a dit que ce serait tout et qu'on pouvait s'en aller.

Alors on s'est retrouvés dans la rue. Sam Hall m'a demandé si je voulais pas venir passer la nuit chez lui. Je lui ai dit que non, que je rentrerai au roadhouse pour la nuit. Il m'a dit à la prochaine. Il a traversé la rue et il est parti chez lui.

Pour un dimanche après-midi, Main Street était rudement peuplée. Plein d'hommes et de jeunots debout par petits groupes, tous endimanchés. Ils parlaient de la même chose, tous autant qu'ils étaient. Un bon nombre d'entre eux ont voulu me poser des questions, mais j'étais vraiment pas d'humeur causante ce jour-là. Mais j'ai quand même traîné suffisamment pour apprendre ce qui était arrivé à Lola Fisher.

Baxter Yonce tenait audience devant la Beaucom's Pharmacy, appuyé contre une poubelle publique. Tout en fumant et mâchant son cigare, il m'a raconté ça par le menu, comme s'il y était.

Charles Fisher avait trouvé sa femme en train de prendre son petit déjeuner en rentrant d'avoir tué Smut Milligan. Il s'était amené dans la pièce, toujours avec le petit sac. Lola était assise à table, et la bonne était appuyée contre le rebord de la fenêtre. Fisher a posé le sac à main sur la table et il a contourné la table pour embrasser sa femme sur la joue. Ensuite il est retourné au sac. Il a sorti le pistolet et il a tiré sur Lola. Elle a hurlé en tombant de sa chaise. Pendant ce temps-là, Fisher s'en est tiré une giclée à travers la tempe. C'est comme ça que ça s'était passé d'après Baxter Yonce, qui le tenait de la bonne. Il disait que Lola avait pris la balle dans l'épaule droite.

D'après Baxter, Fisher avait dû devenir fou temporairement. Tout le monde savait que le gars était dingue de sa femme. On racontait que Fisher avait pour cent mille dollars d'assurance-vie, et Baxter disait que bien sûr Lola aurait ça en plus de ce que son mari avait comme fortune à son nom. Comme de toute manière elle l'aimait pas, on peut dire que mon petit manège arrangeait rudement bien Lola Fisher. Sauf que maintenant elle aurait plus Smut Milligan pour lui changer les idées. Je me demandais ce qu'elle en pensait. Mais comme il y avait pas moyen de savoir la réponse, je me suis mis en route pour rentrer.

J'ai marché jusqu'à l'hôtel, et là j'ai tourné dans Depot Street. En fait, j'aurais pu remonter Main et tourner là aussi, mais j'en avais marre de voir la banque. Ça me rendait malade de penser que LeGrand allait mettre le grappin sur le coffre, après tout ce que j'avais fait pour l'avoir. Quand il verrait tout cet argent dedans, il allait bien se rendre compte que c'était pas Dick Pittman qu'avait tué Bert Ford. J'ai bien espéré un instant que ça allait arranger les affaires de Dick, mais j'ai pas perdu beaucoup de temps à me faire des illusions là-dessus. Je connaissais suffisamment Astor LeGrand pour savoir qu'il allait pas se mouiller pour Dick ni pour personne. Il allait juste louer un coffre dans une autre banque, mettre le pognon dedans, et laisser Dick au juge et aux jurés.

J'ai continué de marcher jusqu'à la grand-route. Je suis rentré au roadhouse de la même façon que j'y étais allé ce soir-là pour m'acheter une pinte de gniole – la nuit que Smut Milligan m'avait offert du boulot. C'est comme si toute une vie s'était écoulée entre ce temps-là. Le soir que je cause, c'est l'argent que je devais à LeRoy Smathers et aux Impôts qui m'avait causé du souci. Maintenant ça semblait bien peu de chose.

29

Le lendemain il a fait froid et gris. Le vent soufflait du nord-est, un vent fort et humide. On se serait cru en janvier, sauf que derrière les cabines les cornouillers étaient en pleine floraison.

Le shérif avait bouclé le roadhouse par-devant, mais Badeye avait une clé pour la cuisine, qu'Astor LeGrand lui avait laissée. Vers huit heures on y est montés se préparer le petit déjeuner. On a mangé, et après ça Badeye a refermé. On est retournés aux bungalows.

Badeye il avait forcé la portière de la vieille Studebaker, et il avait commencé à taper dans la réserve de gniole sous le siège arrière. Il avait pas mangé grand-chose au petit déjeuner, juste une tasse de café et un œuf cru. Une fois de retour dans sa cabine, il s'est mis à picoler sérieux. Il voulait que je l'accompagne, et il l'a mal pris quand j'ai refusé de boire avec lui. Il m'a dit que je pouvais pas rester dans la piaule une nuit de plus. Il avait l'air drôlement mauvais, alors je l'ai laissé là avec les trois bocaux d'un demi-gallon qu'il avait sortis de la vieille épave.

Je suis retourné à la cabine qui m'avait servi de piaule. J'ai réuni mes affaires, mais j'avais rien pour les mettre, à part ma malle, et ça c'était bien trop lourd, de la façon que je comptais voyager. Alors je suis retourné voir Badeye dans la cabine qui avait été celle à Smut.

Badeye était assis sur la chaise cannée. Il avait un bocal de gniole entre ses pieds par terre. Parce que ses deux yeux étaient de traviole, il semblait à la fois regarder à gauche comme à droite.

«Ecoute, j'ai fait. J'ai besoin du sac à Smut, celui avec la fermeture Eclair. Pour mettre mes affaires dedans. Je laisse ma malle en remplacement.

— Prends-le.

— Je pense pas que LeGrand aurait quelque chose à redire.

— Je pense pas, non.

— Je voudrais surtout pas qu'on puisse dire que j'y ai volé quoi que ce soit. Après tout ce qu'il a fait pour moi, je voudrais pas qu'il en soit d'un sac-zipper si précieux.

— Savais pas que vous étiez si copains, toi et lui, qu'il a fait Badeye.

— J'ai rendu un sacré service à monsieur LeGrand. Mais j'irai pas jusqu'à dire qu'on est copains, non.

— Tandis que lui et moi on est potes», Badeye a dit.

Il regardait fixement le bocal d'alcool. Il s'est penché, il a levé le bocal jusqu'à sa bouche et en a bu une longue goulée. Après quoi il a replacé le bocal entre ses pieds et il s'est remis à regarder dedans. J'ai sorti le sac de sous la commode.

Comme Astor LeGrand l'avait déchirée, la fermeture Eclair marchait plus, mais je me disais que je pouvais toujours nouer une corde à rideau autour et m'en servir comme ça. De retour à ma cabine, j'ai mis mes affaires dedans. En tout ça a dû prendre deux minutes.

J'ai rien mangé à déjeuner ce jour-là, vu que Badeye picolait et qu'il voulait pas manger. Il voulait pas me donner la clé de la cuisine non plus, mais j'ai quand même traîné au roadhouse jusqu'à la fin de l'après-midi. Vers cinq heures, Sam Hall est venu chercher sa vieille voiture et les quelques frusques qu'il gardait ici.

Sam avait fait la route avec un démarcheur qu'on voyait

des fois. Il était comme qui dirait dans les caoutchoucs, et ce jour-là il allait à Blytheville. Sam est descendu près des pompes à essence devant le roadhouse, et il a traversé la cour. J'étais assis dans l'entrée de ma cabine, et quand il m'a vu il a changé de direction pour venir me retrouver.

« Tu t'en vas quand, Jack ?

— Sitôt que je pourrai me décider où aller, j'ai dit.

— T'as rien en vue ?

— Non.

— Ecoute, pourquoi que t'irais pas chez Renner, te chercher une place ?

— C'est où, ça, chez Renner ? »

Sam s'est accroupi devant la porte. « Quinze bornes en dessous de Blytheville, environ. Là où la U. S. n° 1 coupe la route de Florence. Ça vient d'ouvrir.

— Un roadhouse ?

— Ouais. Copain à moi en parlait justement hier soir. Il dit qu'il est pote avec un type qui tient la boîte. Il dit que je pourrais me trouver du boulot là-bas.

— Ça me ferait mal », j'ai dit.

Sam s'est relevé et il allait pour partir vers la cabine qu'il avait partagée avec les autres.

« C'est pas des blagues, tu peux te trouver un emploi là-bas si tu veux.

— Plutôt crever de faim. Dis donc, Sam, quand c'est qu'ils vont avoir les funérailles ? »

Il s'est retourné. « Ils enterrent Fisher demain. J'ai causé à LeRoy Smathers ce matin, aux pompes funèbres. LeRoy il dit qu'ils vont faire ça tout ce qu'y a de privé, comme on dit. Juste son paternel, je crois bien, et sa femme, et peut-être deux trois amis ; sauf que des amis il en avait pas tant que ça à Corinth. Tu sais, les gens le respectaient parce qu'il était riche et tout ça, mais il était pas très liant, comme gars.

— Et Smut ?

— Ils l'ont déjà enterré, je crois. Je suppose que c'était privé aussi, comme qui dirait. »

Je les voyais au cimetière comme si j'y étais. Len Smathers en train de conduire le corbillard, et peut-être un gars en plus pour l'aider à porter le cercueil. Trois ou quatre négros engagés par Astor LeGrand pour creuser la tombe. Probable qu'ils avaient aidé à faire glisser le cercueil dans la fosse. Ensuite le corbillard était rentré en ville et les fossoyeurs avaient recouvert le cercueil et ils étaient allés se faire payer chez LeGrand, un dollar par tête de pipe. Ça, pour être privé ça avait dû être privé. Aucun doute là-dessus.

Au bout d'un moment Sam Hall est ressorti de la cabine. Il a tiré la porte et il est allé jusqu'à sa vieille Ford décapotable qui était parquée entre la cabine tout au bout et Lover's Lane. Il a fallu qu'il pompe sur le starter plusieurs fois, mais il l'a quand même fait démarrer, et il est parti. Sur le point de s'engager sur la grand-route, Sam s'est retourné et il m'a fait au revoir. J'ai fait signe aussi.

J'ai été à ma cabine à ce moment-là, chercher le sac qui fermait avec un bout de corde à rideau maintenant. Je suis ressorti et j'ai tiré la porte. La nuit tombait. Le vent d'est soufflait en rafales mouillées. J'ai remonté le col de mon blouson et tiré mon chapeau sur mes oreilles. Quand j'ai posé le pied sur la route il s'est mis à pleuvoir un peu plus fort.

*Cet ouvrage a été composé
par Infoprint.
Reproduit et achevé d'imprimer sur Roto-Page
par l'Imprimerie Floch à Mayenne
le 23 février 1993.
Dépôt légal : février 1993.
Numéro d'imprimeur : 33860.*

ISBN 2-07-049329-6 / Imprimé en France.

63249